客中消遣录

[民国] 蔡东藩◎著
王继浩◎校注

敦煌文艺出版社

图书在版编目（CIP）数据

客中消遣录 / 蔡东藩著；王继浩校注．— 兰州：敦煌文艺出版社，2023.12

ISBN 978-7-5468-2484-0

Ⅰ．①客… Ⅱ．①蔡… ②王… Ⅲ．①中篇小说—小说集—中国—现代②短篇小说—小说集—中国—现代 Ⅳ．①I246.7

中国国家版本馆 CIP 数据核字（2024）第 005203 号

客中消遣录

蔡东藩　著

王继浩　校注

责任编辑：张家骝

封面设计：MEOW

敦煌文艺出版社出版、发行

地址：（730030）兰州市城关区曹家巷 1 号

邮箱：dunhuangwenyi1958@126.com

0931-2131579（编辑部）

0931-2131387（发行部）

三河市龙大印装有限公司印刷

开本 710 毫米 × 1000 毫米　1/16　印张 18　插页 1　字数 270 千

2024 年 5 月第 1 版　2024 年 5 月第 1 次印刷

印数 :1~1000 册

ISBN 978-7-5468-2484-0

定价：92.00 元

前　言

《客中消遣录》是蔡东藩先生所著的中短篇小说集。对于作者蔡东藩，相信很多读者并不陌生。蔡东藩（1877—1945），名郕，字椿寿，号东藩（又作东帆、东飒），浙江绍兴府山阴县临浦镇（今属杭州市萧山区）人，近代著名演义小说作家、历史学家。他怀着满腔爱国热忱呕心沥血所著的巨作《中国历朝通俗演义》，久已脍炙人口，一版再版，畅行不衰，被誉为“一代史家，千秋神笔”。蔡东藩先生学识渊博，兴趣广泛，著作丰富，除历史通俗演义外，还著有《清史概论》《客中消遣录》《风月吟稿》《写忧草》《留青别集》《联对作法》《写信必读》《高等小学论说文范》《中等新论说文范》《绘图重增幼学故事琼林》《内科临症歌诀》等书，涵盖史学、文学、教育、医学等多个领域。

《客中消遣录》，全书四卷，收录了《赵善人》《于青天》《谋婚案》《大刀王五》等五十七则中短篇小说，每篇之后以“阅者曰”的名义对其中的人物和故事加以评论，乃蔡东藩“于目所睹者择而辑之，于耳所闻者又酌而记之”而成之书。此书由上海会文堂书局初次出版于民国七年（1918）二月；至民国二十三年（1934）已出至第三十二版。民国三十二年（1943），光明书局予以重印。其受欢迎之程度，可见一斑。

此书以浅显的文言文写成，内容丰富，情节精彩，语言生动，说理精当。虽仿照蒲松龄《聊斋志异》之体例，亦有鸳鸯蝴蝶派之风格，而一摒怪诞浮华之气，悉归于正。正如作者在自序中所说：“自问虽无当大雅，而较诸芜秽鄙俚者，固相去有间矣。且立说无方，不拘一格，举所谓社会、时事、历史、人情、侦探、寓言、哀感、顽艳诸说体，备见一斑。俾阅者神游目想于卷帙间，探盈虚之理，达祸福之源。”书中记述的大量的仁人善士、义人侠士、哲人智士等人物，他们的事迹，及其所展现和折射出的人性光辉，照耀后世，永不磨灭。值得一提的是，书中记载了晚近以来诸多历史名人的逸闻趣事，如于成龙、徐潮、栗毓美、霍元甲、大刀王五等，具有极其珍贵的文献价值。更可贵的是，作者在书中对女性人物和情感话题着墨较多，刻画了诸多性格鲜明、具有传奇色彩的女子形象，如杜宪英、“半截美人”、阿脆、韦十一娘、红儿、林眉娘、吴咏琴、阿聪等。反映出的是在特殊时代背景下，在并不极力反叛传统的前提下，作者对妇女解放这一课题的关注和理性思考，具有一定的进步意义。

不难看出，蔡东藩写作《客中消遣录》一书，虽名曰“消遣”，而意在以小说这种大众喜闻乐见的文学作品形式挽救世道人心，字里行间寄寓劝惩之意，既不偏激地反叛传统，又孕育现代文明思想。从作者自序中可以看出蔡东藩对小说作用的认识，他说：“夫小说之作劝善惩恶，所以补圣经贤传之未逮。读圣经贤传往往未终而即倦，读小说则虽一知半解之徒亦且醰醰乎有味也。故经传之有功于世也大，而小说之有功于世尤大。”因此，应该说，作者写作此书的目的，与其“演义救国”“小说救国”的初衷是一致的。

此次点校整理，以民国二十三年（1934）五月上海会文堂书局版《客中消遣录》为底本，改为简体横排、新式标点，精心编排校勘。并对部分较为生僻、疑难的字词、典故等，以脚注的形式加以注释，以便于读者阅读。此次对《客中消遣录》的整理出版，在中华人民共和国成立以来尚属首次，可以说是填补了空白。因整理者水平所限，不足之处在所难免，还请读者不吝批评指正。

王继浩

2023 年 7 月于苏州

目录

序

说部夥矣，而短篇小说久传人口者，莫如蒲留仙《聊斋志异》一书。蒲之作此书，每篇之中各有寓意，非劝即惩，不便明言则假诸狐鬼以为词。后之阅者，或疑其好诞，或病其导淫，岂知作书之旨哉？然蒲氏则固谓有知我者，惟青林黑塞[①]间，谁生炬眼能识由来。书虽盛传，亦第赏其文字之简洁，与事迹之离奇已尔。蒲书作后，踵起者皆莫与之逮。

自欧文迻译[②]，而体制一变；自杂志盛行，而格局又一变。庞言杂沓，媟语浸淫，于是以昔人为好诞者，今果好诞矣；以先作为导淫者，今果导淫矣。夫小说之作，劝善儆恶，所以补圣经贤传之未逮。读圣经贤传，往往未终编而即勸；读小说，则虽一知半解之徒，亦且醰醰[③]乎有味也。故经传之有功于世也大，而小说之有功于世也尤大。假令厕以荒唐之语、秽亵之谭，供一时之悦目，且犹不足；坏万人之心术，则已有余。社会方沉溺于禽息兽欲中，而不知返，安堪令伤伦渎化之书再行于世？世无祖龙[④]，吾恨其不尽付一炬也。

鄙人不敏，有志作新，恒惭未逮，第因笔墨余闲，漫焉裒录。于目所睹者，择而辑之；于耳所闻者，又酌而记之。共得数十则，集为一编。自问虽无当大雅，而较诸芜秽鄙俚者，固相去有间矣。且立说无方，不拘一格，举所谓社会、时事、历史、人情、侦探、寓言、哀感、顽艳诸说体，备见一斑。俾阅者神游目想于卷

---

① 青林黑塞：喻指知己朋友所在之处。语本唐・杜甫《梦李白》诗："魂来枫林青，魂返关塞黑。"

② 迻（yí）译：翻译。

③ 醰醰（tán tán）：醇浓；醇厚。

④ 祖龙：指秦始皇。

帙间，探盈虚之理，达祸福之源。其庶几借鉴有资，能近取譬[1]乎！缩印成，爰志数语以弁简首。

中华民国七年二月古越东帆氏识。

① 能近取譬：能就自身打比方。比喻能推己及人，替别人着想。出自《论语·雍也》："能近取譬，可谓仁之方也已。"

客中消遣录

卷一

赵善人

赵廉，字志芳，安徽太和县人，性慈祥，乐善好施。乡里有公益事，辄解囊佽助[1]之。见嫠妇[2]孤儿，赒恤备至，推食解衣不吝也。里人称之曰“赵善人”。

有吴德让者，延陵[3]之后裔也，秉质冲和，与赵相伯仲，以此联为莫逆交。惟赵颇小康，而吴则赤贫。吴匮乏时，向赵乞贷，无不允，未闻索偿也。吴尝谓：“生我者父母，知我者赵君。”赵谦不敢当。吴虽极力筹措，时贷时偿，而偿不敷贷，负赵犹不止十百计。不意贫魔未去，病魔又缠，困顿支离，竟致不起。赵随时探视。至弥留之夕，吴泣语之曰：“予负君逋，已不胜计矣，极思一一偿还，免辜厚谊。无如天不假年，二竖[4]为厄，行将辞尘世而登鬼箓。死不足惜，如负君何？”赵亦流涕曰：“友重义不重财，君岂以赵某为市侩交哉？请君勿介意。”吴复曰：“上有老母，下有妻孥，并有一弱妹未嫁。睹兹四口，情实可哀。予负君逋不能偿，今尚欲以此相托，人其谓我何？然虚度一生，落落寡交，除君外，无他知己。今将死，不得不向君哀鸣，君其怜之。”赵曰：“君母即我母，君妹即我妹，君妻孥即我嫂侄，请无虑。君病能疗更佳，万一不讳，君之责皆我之责，决不负托也。”吴以首侧枕，作叩谢状。赵却之，暂别出门。翌晨再至，而吴竟逝矣。

吴殁后，赵亲送殓，复代为治丧，赀用皆自赵出。既葬，吴家日用之需，亦

---

① 佽（cì）助：帮助；资助。

② 嫠（lí）妇：寡妇。

③ 延陵：古邑名。借指季札。季札，姬姓，寿氏，名札，又称公子札、延陵季子、州来季子、季子，《汉书》中称为吴札，春秋时吴王寿梦第四子，封于延陵（今常州），后又封州来，传为避王位“弃其室而耕”常州天宁焦溪的舜过山下。季札不仅品德高尚，而且是具有远见卓识的政治家和外交家。

④ 二竖：两个小孩。语出《左传·成公十年》：“公梦疾为二竖子，曰：‘彼良医也，惧伤我，焉逃之？’其一曰：‘居肓之上，膏之下，若我何？’”后用以称病魔。

皆由赵供给，所费殊不赀也。久之，情渐淡，给资亦渐少。又久之，益加靳矣。吴家屡索屡不应。吴妻愤恚，径诣赵家，语赵曰："君之厚谊，非不足感，然善始尤望善终。亡夫以四口托君，诚望君之全终也。君不允则已，既允矣，则言犹在耳，奈何行不顾言耶？"赵正色曰："嫂误矣。予家亦有妻小，宁能时时他顾？嫂毋徒责我也。"吴妻曰："求人不如求己，未亡人亦知此义。如君且背约，益信求人之匪易也。"赵冷笑曰："嫂既知此，奚待烦言？此后请求己，毋专求人可耳。"言已，奋然入内，不之顾。吴妻忍气而归，与姑述赵言，闭户而哭，皆失声。巫峡哀猿，无此凄切也。

哀未已，而门外剥啄[①]声，直达户内。吴妻收泪启门，一老人携杖入，视之，乃邻翁沈叟也，问何事哀号。吴妻详告之。沈叟曰："赵某亦大不情矣，向称之为善人，何意名不副实若此？余愿代为诮让[②]也。"吴母止之，且曰："有初鲜终，人情同然。若漫加诮让，是并前惠而亦忘之。施者倦矣，求者无餍，未始不足滋谤也。"沈叟曰："予家虽微，然薪米且尚有余，当勉筹接济，所虑者来日方长耳。必不得已，以针黹[③]博升斗，亦贫家妇女之常情。针黹不足赡，可向予取给。予虽老，救灾恤邻，固有志焉。"吴母曰："予媳与予女，颇擅女红[④]；但不能为无米之炊，奈何？"沈叟曰："予当代筹之。"吴母曰："赀本有着，销售无人，可奈何？"沈叟曰："是亦属诸老朽。"于是母率妇女等拜谢。沈叟让而起，策杖出门，令吴妻随取薪米，并为购布帛针线等物以畀之。

吴家得此接济，甚德沈叟，且因遭赵之白眼，益自刻励。昕夕缝纫，虽劳不惮。每成一物，交沈叟手，无不立售。由母生子，由子生母，辗转相生，除取作

① 剥啄：象声词。敲门或下棋声。

② 诮让：责问。

③ 针黹（zhǐ）：缝纫、刺绣等针线活。

④ 女红（gōng）：也称为女事，旧时指女子所做的针线、纺织、刺绣、缝纫等工作和这些工作的成品。

衣食外，且稍有赢余。积少成多，几小康矣。逮吴妹出嫁，吴子成童[①]，岁已数易。而吴母七秩寿辰适届，开筵招客，亲朋毕集。沈叟密迩吴家，最先至。吴母笑颜相迎，命媳若子趋出拜谢，沈笑却之。继而赵廉亦至，由从者担酒相随，登堂祝寿。吴母咈然[②]曰："赵君之物不敢领受，且吾家与赵君契阔，已数年矣。曩昔受恩不之报，岂尚可领兹盛礼耶？"吴妻更含怒色，见赵，转身竟入。沈叟在旁，不禁太息曰："姥误矣，嫂尤误。恩人在前，乃反雠视之乎？"众闻言骇愕，母益疑，因详诘之。

沈叟曰："赵君固施恩不望报者也，素嘱余守秘密。顾今状，余不得不言矣。余之所为，彼教之，姥家所有，皆彼之赐，余特为居间人耳。姥未之察，乃以怨报德，毋乃不平？余不言，是使世间无直道也。"吴母曰："老丈所言，不甚详，请明以教我。"沈叟曰："是当转问赵君。"母乃起，与赵为礼。赵答礼毕，乃语母曰："生友之约，不可忘；死友之约，更不可负。余虽不敏，宁敢为负约之罪人耶？所以如此者，以嫂与妹俱年少，恐坐食偷安，转损闺德也。沈叟系吾乡老成人，特与密商，令叟为间接之赒恤。使嫂妹诸人，衔我而激成志气，感叟而助长精勤，劳其筋骨，保其坚贞，则家赖以造，而吾可以对死友矣。累年缝纫之物件，皆在吾家，并未售出一物。今无所用之，愿取赠亲友，以作纪念。"遂令从者回家，肩一巨篋至。启视之，果皆吴家针绣物也，一一携出，分赠座中客。于是吴母延赵上坐，敛衽[③]谢过。吴妻与子，亦出拜之。赵亟避席曰："何谓朋友，何谓道义，相赒相恤，乃朋友应尽之义务，何足言德？吾固欲秘之不宣也，既沈叟泄言，不能再秘。还愿阖府慎终如始，克勤克俭，则亡友有知，亦应含笑矣。"阖座鼓掌称善，欢饮竟日，乃散。赵亦别去。自是两家往来如初云。

---

① 成童：清朝以前男子十五岁时束发为髻，成童。

② 咈（fú）然：不悦貌。咈，通"怫"。

③ 敛衽（liǎn rèn）：旧时指妇女行礼。衽，同"衽"。

阅者曰：语有之："一死一生，乃见交情。"若赵生者，洵可谓生死交也。慨自人心不古，友道寖衰。平居里巷相慕悦，饮食游戏相征逐，诩诩然自称为莫逆交。迨贫富悬殊，贵贱迥隔，则即反眼若不相识，甚且有下石投穽者，遑问其为死后耶？闻赵善人风，亦可少愧矣。

苗喜凤

世道日衰，人心不古。魑魅罔两[①]之属，横行白日下。自好者流，反局蹐无容身地。以此习俗移人，竞尚狡诈。语以忠孝节义事，辄掉头而去。循此以往，恐名节亡，人种将灭矣。闻清故老言，浙江桐庐村有苗喜凤者，贼而义者也。贼犹知义，能不称之？

桐庐多山，地瘠而民贫，夙为盗贼出没地。苗亦操此业，昼伏夜出有年矣。身短而悍，能上五丈余高墙，踰城如踰槛；行城楼上，轻捷如猿猱。以此行窃既久，无能捕之者。一夕，过某村，思逞其故技。更阑月黑，万籁无声。方张其灼灼之目，四觅巨厦，忽闻有悲戚之音，自西南来，细听之，乃一女子泣声也。苗性好奇，欲一觇其异，蹑声而前，觉出自南向之矮屋中者。一跃升屋，见西室内残灯尚明，启瓦俯视，中一敝床隐隐有呼痛声。因为帐所掩，不辨其谁何也。覆瓦而起，自檐上窥庭中，有一妙年女子，炷香瓦鼎，望空而拜，拜且泣，泣且祝，语嘤嘤可辨。其语曰："家寒弟幼，所依惟母，母病殆。秀玉一女子身，无力购药饵，自恨乌私未报，愿以臂肉和血，为母疗病，母生儿亦生。天神在上，请鉴愚诚，默赐保佑。万一母寿已终，不便再续，秀玉更愿减寿为母增寿算，以弟年长为期。"语至此，骤出小刀，白如霜，卷袖露臂，持刀欲下。

喜凤知其将刲股也，奋身作鹰隼状，捷下庭中，直出女前。女大惊。喜凤摇手曰："毋恐，我即义贼苗某，特来救汝，无恶意也。汝须知刲股伤身，不足为孝。缺药赀，宁我赠汝，休学愚人所为。"遂探怀出银置案上曰："此银约三十

① 罔两：亦作"魍魉"。古代传说中的一种精怪。喻凶恶的坏人。

两，可作药饵赀，速延医，无少缓，数月后当再来探视也。”女欲拜谢，而苗已杳然如黄鹤。女乃望空遥拜，不复刲臂，乘夜延医诊治。奈病入膏肓，无可救药，越二三日而母竟逝矣。

女遭母丧，一恸几绝。转念母待葬，弟尚幼，未可轻以身殉也。乃勉强节哀，出医药所余之赠银，为母置棺备殓，藁葬[①]如礼。葬已，赀亦罄。爰为邻家缝纫，本十指所出，养弟赡生。女故有葭莩[②]戚，务农为业。至是，闻女与弟茕茕[③]失依，遣人迎养。女泫然曰：“老母新逝，苫块[④]未寒。秀玉虽一弱女子，殊不忍遽弃敝庐，即违亲灵也。戚谊诚可感，但姑俟异日。”于是一椽矮屋中，仅留遗雏二人，孤烛惨淡。竟夕思亲，缝纫之余，哀号不辍。当局固悲不自胜，局外亦闻而酸鼻矣。不意人情叵测，祸不单乘，彼狡者童，不可与言，而强暴之衅又起。

先是，女母曾为某绅佣。某绅居城中，距女家数里，女亦尝入城省母。绅子某，登徒子之流亚也，见女美，布衣粗服，不减芳容，因微词以挑之。女毅然不可犯。绅子又出金啖母，愿娶为妾。女母欲正言拒斥，转念依人篱下，未便使气，乃诡以有夫辞。绅子料其诈，语之曰：“尔毋欺我，即使罗敷有夫[⑤]，亦可向彼离婚，转而嫁我。予怜尔女娇小，不应适村夫牧竖家，横遭磨折，故为尔设想及此。若以女妾我，则丰衣美食，享用无穷。尔亦得依我终老，庸非幸事？”女母不与辨，诉诸其父，父诃责之，乃已。然其心益衔恨矣。女母知不可久居，辞绅还家，纺绩度日。至女母殁而绅亦死，绅子欲报前怨，与仆媪密商。闻女以缝纫营生，遂诡遣佣媪，常持衣饵之。

---

① 藁（gǎo）葬：草草埋葬。

② 葭莩（jiā fú）：芦苇里的薄膜。比喻亲戚关系疏远淡薄。用作新戚的代称。

③ 茕茕（qióng qióng）：孤单无依。

④ 苫（shān）块：苫，草席；块，土块。古礼，居父母之丧，孝子以草荐为席，土块为枕。

⑤ 罗敷有夫：旧指女子已有丈夫。汉·无名氏《陌上桑》诗：“使君自有妇，罗敷自有夫。”

险哉！女安知狂且[①]计？媪屡至女家，使制衣，工价较丰。又甘言厚词，佯作怜悯状。女视之不啻如再生母，辄感且泣。媪又屡购果饵以饲其弟，其弟尤相依如命，几不忍一日离也。媪尝迓女过其家，女初不允，继以一再严拒，似出不情，姑许之。暂以弟寄戚家，而随媪出门。媪家在城内，与绅子家比邻。绅子预凿其墙，沟通后室。女入媪宅，媪导入绅室，设酒相待。女犹以为媪家也，与媪饮，绝无戒心。饮半酣，媪以谐媟[②]之言进，女少觉其异，停樽防醉，默然不答而已。既而日将西下，女辞媪欲归，媪强留之，不可。正相持间，突有一少年入，陡抱女躯。女惊视之，乃绅子也，大呼求救。绅子曰："今日已入吾手，任汝喊破娇喉，不令汝完璧而返也。"女死力抵拒，卒之女不敌男，况又有媪助虐，用絮塞女口，并推女仰卧床上，尽褪其衣。女求生不得，求死不能，肉体横陈，芳心已碎矣。

绅子喜甚，亟褫去己衣，欲腾上女身以快其欲。此时正危急万状，有玉碎虑，无瓦全望也。媪笑曰："娇嫩之躯，不堪受损，愿公子好为之。"言未已，窗外突来飞刃，中媪脑，砉然[③]而踣。绅子正惊视间，忽有人从窗外飞入，足及其身，亦仓猝倒地。其人举足践其上，数之曰："父尚在殡，夫妇亦宜分居。汝乃诱人家良女，欲行强暴，汝罪尚可贷耶？"绅子方呼饶命，其人已自媪首拔刃，当胸刺入，不待覆斫而已毙矣。亟令女起，着衣裙，负诸背上，跃出窗外，履屋如平地，踰城出郊，谓女曰："尔不能再返故庐。尔弟何在？可同往我家避难。"女曰："余弟暂寄戚家，去此只里许耳。然以两人累君，于心何安？"其人曰："救人救到底，休作厌听语。"遂负女至其戚家，置女于门外，令导之入。向戚家叙前事，即挈其弟出，雇船返桐庐村。其人非他，即义贼苗喜凤也。

苗挈女与弟至家，女乃整容拜谢，并问苗曰："适堕恶人计，险被污辱。君

① 狂且（jū）：行动轻狂的人。

② 谐媟（xié xiè）：指诙谐狎亵的事。

③ 砉（huā）然：象声词。常用以形容破裂声、折断声、开启声、高呼声等。

何以知妾入网，救妾于至危至险时耶？”苗曰：“我今日遵约探视，见尔屋重闭，窥之无人迹，惊疑不解。问诸邻，始悉尔已入城矣。我知尔与绅家有雠，防中奸计，亟入城至绅家。闻南楼呼救声，潜身窗外以觇之，不意正如我所料。尔之不遭污辱，亦非我之力，乃上天鉴尔孝思，令我不期而相救也。”女曰：“感君之德，不啻二天[①]。自问将何以报君？”苗曰：“我岂望报哉？”女曰：“施恩不望报，义士固然，但妾心终未安也。”言至此，红生于颊，低首拈带。苗曰：“毋作他想。我非好色者，脱尔于险，转欲娶尔为妻，义乎何有？尔情可感，然陷我不义，反非我救尔之初意矣。”女乃不敢言。后竟为女别择良婿，并抚其弟至成人焉。

阅者曰：贼，恶名也；义，美德也。如苗喜凤之所为，侠士中犹罕遇之，不意见之于穿窬[②]中。然则苗殆为借窃行义者。借窃行义，义贼云乎哉？吾直称之曰“义侠”。

---

① 二天：恩人。对庇护者的感恩之辞。

② 穿窬（yú）：打洞穿墙行窃。

黎 某

拳术为中国之武士道，向以少林派为正宗，惜其后罕传。原其故，盖因为技师者有口授，无笔述，而又不肯轻易授人，以致斯风绝响。迄今谈少林学派，殆已成为《广陵散》[①]矣。然亦未尝无埋迹深山者，寿州黎某事可证也。

黎某以笔工著，独擅技击术。尝兀立桶中，使众人挥利刃斫其腰，刃集而黎杳。众奇之，停刃，而黎又植立；再斫再杳。细加勘验，乃知黎身轻捷，遇刃则缩入桶中，否则依然挺立也。又尝令人缚其身，纵横数十道，愈紧愈妙。迨一经施力，绳皆寸断，纵跳如飞。以此大江南北，多有耳其名者。黎尝自谓未遇敌手，拟出游访友，以试其技。偶闻齐鲁间多勇士，遂率其徒一人，渡江而东，越沂泗，登泰岳，历龟蒙[②]，野行露宿。微特无勇士踪，抑且无虎狼迹。游历有日，兴尽思归，循原路而返，其觖望[③]可知矣。

归途日暮，权借破庙为栖宿地。夜将静，二人席地欲睡，忽有怪声自西南来，其音哀而厉。黎某跃然起，语其徒曰："此鬼魅声也。"语未已而声渐近，屋内亦飒飒然，彷佛阴风环绕，惨砭人肌。黎自户隙窥之，皓月俱黯澹无光，而怪声尚未绝也。回顾其徒，已瑟缩一隅，在己亦不禁毛发森竖，作惊惶状。既而声止，觉有人叩扃，料为鬼物，不之应。俄有姗姗之影，移近阶前。视之，乃一明眸皓

---

① 《广陵散》：琴曲名。南朝·宋·刘义庆《世说新语·雅量》："嵇中散临刑东市，神气不变。索琴弹之，奏《广陵散》。曲终，曰：'袁孝尼尝请学此散，吾靳固不与，《广陵散》于今绝矣！'"后以《广陵散》称事无后继、已成绝响者。

② 龟蒙：龟山和蒙山的并称。二山均在山东省境内。二山连续，长四十余千米，其西北一段名龟山，东南名蒙山。

③ 觖（jué）望：因不满意而怨恨。

齿、雾鬓风鬟之美人，适从何来，遽集于此。此真所谓咄咄怪事者也。

黎方欲诘问，见美人已缓步前来，盈盈欲拜。黎仗胆曰："尔何人，敢来此地？"美人曰："妾乃前村养媳耳。"黎曰："尔既为前村养媳，正宜静守家门，胡踽踽至此？有事请速告我，何拜为？"美人曰："无他，遭翁姑虐，烦大力相援。"黎笑曰："尔遭虐私奔者耶？尔私奔欲从我去耶？尔休妄想，尔非人类，殆欲设词以魅我者。我黎某乃堂堂男子，宁堕汝术？"美人以手拈带，并媮[1]觑二人面，泪眦莹莹，似不胜凄楚者。黎某拔刀出鞘，以刃拟之曰："尔毋为此状。黎某，寿州勇士也，阅世多矣，宁有不知尔真相？尔速返安居墟墓，免污吾刃。不尔，白刃无情，休怪休怪！"美人惊骇，却行数步，复徐徐言曰："君正人，既窥破行踪，请以实告。妾，实魅也，为怪所迫，令饵行客。妾今去，怪将复来，请君慎防之。"黎不应。美人欲退，旋复转身曰："此怪不易敌，一失手，即为所噬。君等宜速行。此去东北，有一书生家可避。切记切记，毋自误也。"言毕，遂从墙阴而去，倏忽不见。

黎某恃其勇，仍向月光下摩挲宝刀，无速行意。其徒则面色如土，向黎某曰："女鬼之言，不可不从，请师注意。"黎曰："有宝刀在，何畏怪物？"其徒曰："彼怪也，恐难与力角，不如他避。"黎愤曰："汝无能，可先避去。吾留此，愿与怪斗力。"其徒逡巡不敢前。黎诘之，曰："倘途中遇怪，孑身无援，将奈何？"黎曰："汝正可谓胆小如鼷[2]矣。去，去，姑与汝同行。"于是黎在前，徒在后，启门径出，向东北隅往。约数里，果见草舍一椽，内有灯光，自户隙透出。黎甫以手叩门，门即随手而辟，盖虚掩而未重闭者也。

既入门，见案前坐一书生，倚灯观书。黎欲与为礼，书生起，稍稍离座，指案旁之榻，令师徒小坐而已。黎见其傲岸状，意颇未惬。迨详瞩其容，则一种英

---

① 媮：同"偷"。

② 鼷（xī）：鼷鼠，鼠类中最小的一种。

爽之态，流露眉宇间，已决为非常人。乃静坐旁榻，不敢多言。书生亦未尝再问，只危坐观书。未几，灯光渐淡，曙色微乘。黎不堪耐坐，拟辞主人出户矣。忽闻迅风骤至，沙石横飞，门户俱震撼有声，无故自辟。外有怪物长丈余，张口而至，目如铃，齿如刃，为生平所未曾睹者，伫立门外，俯视久之。书生犹从容自若，毫无张皇之态。既而怪物突入，欲攫黎某。黎不能忍，拔刀迎敌。书生以手相阻，未近黎身。黎已立足不稳，退坐榻上。一声异响，状若土崩。拭目而视，则硕大无朋之怪物，竟不知何处去矣。

黎起揖书生，婉辞告别。书生曰："且缓，日光犹未露也。"少焉，日出东山，晴晖映室，乃辞书生行。书生曰："君技虽工，未登绝域，奈何轻冒险耶？"黎请受教。书生举其瑕隙若干状，一一示之。黎大骇汗下，视为神人，询以姓名。书生辴然[1]曰："草茅之士，不传姓氏久矣。"黎问怪物已毙否，书生曰："盍觇诸门外？"遵视之，渺无踪迹，但有无数血痕而已。还问书生："人耶，妖耶？"书生曰："谓之人即人，谓之妖即妖。妖非纯然为妖，大率不离乎人物。即人即妖，即妖即人，不必详辨，从君意指可也。"黎申谢。书生曰："早知怪物之宜毙吾手，特借君导引而来，冥冥中自有定数，奚待君谢耶？"黎出门即掩矣，乃怅然而返。

途次遇行人，探问是乡土风。俱云鬼怪甚多，人迹稀少，间有经此不得返者，余则未之知也。问茅舍书生，更无有知之者矣。黎自是不敢以术鸣，易卤莽而为谦谨，恂恂如文士。然其术则固因是益精也。更数月，有寿州客自东归，黎再加探询。答言曾经是地，居人较多，由前有怪异而今安辑耳。黎暇时，重往该地访书生，白云渺渺，流水淙淙，并草舍亦化为乌有矣。究不识书生为何许人也。

阅者曰：吾今而知学术之无穷境也。黎挟术自矜，视人世皆非敌手。微书生，

① 辴（chǎn）然：笑貌。

其不为怪物所噬者几希。然书生究属何人，意者其大侠欤，其剑仙欤？“深山大泽，实生龙蛇[①]。”莫谓世无奇士也。惟蛰居不出，愈晦而术愈失传。以吾邦之国粹，成古调之绝弹。卒致社鼠城狐[②]，为民间祟，迄未闻有起而刬除[③]者。是正不能无嘅[④]也夫！

① 深山大泽，实生龙蛇：语出《左传·襄公二十一年》。原本是说非常之地生非常之物，后用以比喻广大的乡间草莽之处，能孕育隐藏英雄豪杰。

② 社鼠城狐：比喻倚仗权势为非作歹而又不易清除的坏人。

③ 刬（chǎn）除：铲除；废除。

④ 嘅（kǎi）：古同“慨”，叹息。

麻城狱

前清雍正十三年，麻城有大冤狱，得昭雪，人民咸称快不置。雪此冤者为县令陈鼎。“陈青天”之名，留传不朽，迄今犹艳称之。

麻城民人涂如松，娶杨氏为妇。杨本王祖儿家童养媳也，小家碧玉，楚楚可人。祖儿死，家贫甚，衣食无所出，乃转嫁如松。如松粗蠢，不合杨氏意。与拙夫居，难为巧妇。由是不安于室，屡与如松反目。如松又常挞楚之，杨遇挞即奔。祖儿侄冯大，涎其色，伺杨氏避殴返，即邀入己家，甘言劝慰，待以酒食，夜辄留宿。杨氏以怨女而遇旷夫，欲不堕其术中，难矣。私心感洽，竟以身报。

如松衔杨甚，任其去而不之迓。杨遂与冯大双宿双飞，居然鸳耦矣。亡何，如松母病。杨闻之，为瞒人耳目计，不得已归如松家，托词省姑。如松见其至，即詈之曰：“汝在外作狗彘行，余闻之久矣，来此何为？”杨恼羞成怒，答词亦不少逊。如松入厨下觅菜刀，将斫杨。杨知之，急奔出户外。如松犹持刀出追。赖邻人排解，乃免杨。杨径去，月余不返。杨弟五荣，过如松家，省其姊。如松悻悻曰：“汝姊早随人去矣，汝有何颜来问我耶？”五荣曰：“汝鬻吾姊乎，曷不令吾知？反说吾无面目。堂堂男子汉，甘鬻床头人，羞乎不羞？”如松大愤曰：“吾宁屑鬻妇者？淫贱如汝姊，不足齿于人类，吾恨不手刃之也。”五荣曰：“然则吾姊何在？”如松曰：“当问汝。”五荣瞋目曰：“汝杀吾姊耶？”如松不答。五荣又曰：“速偿吾姊命，否则即鸣诸官。”如松曰：“不惧，不惧！任汝鸣官可耳。”五荣怒而出。

麻城县署，距如松家不远，讼庭花落，皂役清闲。方午日曈曈时，突有一人趋入，击堂上鼓，大声呼冤者，即杨五荣也。县令汤应求，夙以廉能著，闻鼓声，即出堂讯问。五荣跪递呈文，并口陈如松杀姊事。汤阅呈文毕，诘之曰："汝控如松杀姊，证据安在？"五荣不能答，汤叱之出。五荣愤无所泄，惘惘出署门。过九口塘，突遇故交赵当儿，问其所适。五荣以姊被夫戕，禀官不理对。当儿素狡狯，随语五荣曰："予固闻之。胡涂官，奚知恤民命也？"五荣曰："官向吾索证，吾不能答，故被斥。"当儿笑曰："有我出证，官便准汝矣。"五荣喜，恳当儿立与偕往，当儿又不允。五荣拉当儿手，或推或挽，竟重入县署。

汤令复升堂，先诘五荣，次诘当儿。当儿谓得诸传闻，汤诘以何人所传，当儿又无以答。汤拍案曰："目见始真，耳闻未确。尔与如松有何嫌隙，乃诬其杀妇，妄来作证乎？"当儿惧，指五荣言曰："小人固不愿来署，为渠所胁耳。"汤讯五荣曰："汝何喜讼若此？"五荣连称不敢。汤又曰："汝既不敢喜讼，想其间必有人播弄。汝前日所控之呈文，谁为之乎？"五荣不答。汤曰："汝敢不实供耶？"目侍役，令取杖。五荣大恐，亟供称杨同范所为。汤曰："同范何人？"五荣以生员告。汤命吏速传同范，并暂羁两人于待质所。同范至，诿过于五荣。汤命五荣对质，同范犹振振有词。汤叱曰："尔为诸生，敢作讼棍，有愧黉序[①]多矣。吾将申文褫尔衿[②]。"适当儿父亦至署，首其儿故无赖，有罪无连坐。汤允之，令其父还家，并叱退同范。羁五荣、当儿各一月，乃释之。

杨氏遁后，所匿之处，不必问而知为冯大家矣。大有母，闻两家讦讼，惧及祸，乘五荣出狱，走告之。五荣亦惧，急往同范家与商。同范与五荣同宗，夙耳杨氏美，遂语五荣曰："汝盍送姊来，居我家。我生员也，藏之，谁敢篡取者？"五荣欣诺，以昏为期，是夕，送杨氏至同范家。同范目之，果一尤物也，殷勤款待，劝诱百端。杨氏如无定之游絮，随风逐浪，到处可依。于是昼匿复壁，夜宿蓝桥。较之在冯大家，益饶乐趣矣。

---

① 黉（hóng）序：古代的学校。

② 褫尔衿（chǐ jīn）：剥去你的衣冠。旧时生员等犯罪，必先由学官褫夺衣冠，革除功名之后，才能动刑拷问。

逾年，有乡民黄某，见河滩浅水中有腐尸，被犬爬噉，疑之。急告地保，请汤令勘验。汤闻报，乘舆径往。不期雷电交作，风雨骤至，舆役不能前，乃自中道折回。同范闻其事，大喜曰："此天相我也，一衿可保矣。"亟召五荣至，使伪认为杨氏尸；并招仵作李荣，啖以金，令报称妇人尸首。李荣却金不受，曰："是男报男，是女报女，予固不敢诬男为女也。"越二日，汤往验，尸已朽腐不可辨，殓而置揭焉。五荣入尸场，固言为被杀之姊尸，求汤速拘凶手。汤不允。杨同范率党羽数十人，围官座，大呼曰："杀人抵命，律有明条。若为地方长官，乃草菅人命，胡涂了事若此，得毋受如松贿耶？"汤忿然正色曰："子欲我妄坐人罪乎？毋多言，姑申详上司，委别员覆验，一分皂白也。"言已，乘舆去。同范等犹鼓噪不已，经衙役呵逐，乃退。

汤以验尸事详上宪。总督迈柱[①]，阅申文，委署广济令高仁杰重验。高固试用县令也，觊汤缺，欲藉是倾汤。仵作薛某，又受同范赂，覆验时，竟报女尸，肋下有重伤。高窃喜，传五荣讯问。五荣供言涂如松杀妇，汤县令受贿，刑书李献宗舞文，仵作李荣妄报，如簧如鼓，一若果有其事者。高立拘涂如松、李献宗、李荣，置诸狱；并申报汤应求纳贿罪。总督信之，劾应求，先饬离任待质；一切审鞫事宜，俱委高手。高遂南面坐，传皂役数十，侍立两旁，刑具遍堂上。命案中一班人犯，跪供罪状，一声呼冤。棰楚交下，不服，加以棍。又不服，继以夹板。又不服，则使跪火炼。血肉横飞，焦烟四灼，人非木石，谁能禁此？不得已自诬罪名，虽应求亦与焉。李荣抵死不认，竟宛转毙杖下。河滩发现之尸身，固男也，无发，无脚指骨，又无血裙袴，不能成信谳。高逼如松取呈，如松昏瞀，第就无主之冢，谎言乱指。初掘一墓，得朽木数十片。再掘，并朽木亦无之。又发他冢，有长髯巨靴之男尸，不知为何许人。最后得尸足弓鞋，高大喜，再视髑

① 迈柱：喜塔拉氏，镶蓝旗人，清朝大臣，官至湖广总督、武英殿大学士兼吏部尚书，卒谥文恭。

骸，则鬖鬖[1]白发，犹存数茎，显然非青年女尸也，复惊异之。发冢数十，卒不得。又炙如松。如松母许氏，哀其子之求死无方也，乃翦己发为团，又以脚指骨与血裙袴，无由取证也，商诸李献宗妇。李妇有亡儿新埋，斧其棺，取脚指骨，再忍痛剜臂血，染一裙一袴，自瘗河滩，导役往掘，发得之即以呈官。明明赝鼎，宝之如确证。暗无天日，欲诉无门。麻城人民，夹道称冤。而悍然不顾之高大令，且诩诩然自称折狱才，锻炼成文，申陈大府矣。

署黄州府蒋嘉平，贤吏也，察是案非确谳，不肯转详。召他县仵作再验，俱云男尸。黄即据仵作言，批驳详文。高惧甚，复诡详原尸被换，求再讯。忽山水暴发，河流泛滥，尸随波漂荡，不知所在。高遂运动督署，令饬解罪犯。蒋怵制军威，未敢阻也。总督迈柱，竟以如松杀妻、官吏受赃奏闻。拟定罪名，斩绞有差。舆论哗然，终以不得杨氏，无由代雪。而如松等负屈莫伸，只延颈以待秋决矣。

杨同范为是案教唆犯，以鬼蜮之谋，脱身事外，青衿无恙，红粉勾留，以敖以游[2]，喜可知也。孰意天网恢恢，疏而不漏。同范妇忽遭难产，而海底沉埋之冤案，竟藉是以伸。此可为后之狡诈者鉴矣。同范比邻有老妪，素擅接生术，产儿者多信用之。一日，妪早起，晨光熹微，开门汲水。遥见有一人被发而来，大为惊异。凝神细视，则盈身血污，面目愁惨，彷彿故仵作李荣状也。阴风飒飒然，直侵妪裾。妪骇极，趋而返，比入户，回首探望，被发者至同范门前，杳然灭矣。仓皇阖户，心犹忐忑未定。忽听叩门声甚急，不觉毛发森竖，缩作一团。既闻呼唤频频，乃战齿问曰："尔为谁？鬼耶，人耶？"户外有声答曰："我杨家婢也，有急事招妪，速开门。"妪自门隙窥之，验得实，乃启户放入。

婢入门，笑语妪曰："天已大明矣，妪胡为犹作呓语？我家娘子，未至期遽产，势颇殆，请妪速往。"妪默然久之，始答曰："诺。"婢先行，妪随其后，

---

① 鬖鬖（sān sān）：毛发散乱。

② 以敖以游：语出《诗经·邶风·柏舟》。意为姑且散心去遨游。

抵杨妇寝，妇方呻楚床褥间。妪施以手术，旋语婢曰："此儿颈拗折也，必需多人掐腰，胞乃可下。"婢曰："急切何从觅人？"妪曰："我与汝只两人，不敷急用，奈何？"杨妇闻言，不及细思，遽呼："三姑救我！"三姑亟从壁间出，助婢摩杨妇腰。妪耽耽注视三姑。胞既下，始连称怪事。婢问故，妪目三姑曰："彼非涂家嫂耶，胡来此？"三姑突跪妪前，恳勿泄。同范适自外入，见是状，立携十金纳妪袖，对妪摇手。妪笑而颔之。

逮妪归，出十金授子，语以故，并指天示之曰："三光在上，犹有鬼神，吾不可不雪此冤也。"即属子持金愬[1]县。时县令早易人，代汤任者为海宁孝廉陈鼎，久闻此狱冤，苦无从察觉。至是奖妪子明义，令还家，勿露风声。当夜晋省，面禀巡抚吴应棻。吴命转禀总督，总督即迈柱也，闻其言，忿然曰："是案已早有成谳矣，天语将下，尚欲翻案耶？"陈曰："人命攸关，非同儿戏。明明杨氏尚在，乌得诬为被杀？高令颟顸[2]，将假作真，于大人固无与也。"迈柱不能诘，红涨满面，曰："然则盍拘杨氏乎？"陈曰："诺。"禀辞督辕，星夜回县署。翌晨，即率役隶往同范家，托言同范窝娼，入内搜索。毁其复壁，果得杨氏。并拘同范、五荣，带回署中。陈盖恐搜查少缓，或致漏泄，杨氏改匿，则案无自破，而己且坐罪。出其不意，篡而取之，庶沉冤可以昭雪，而上峰莫由谴责。陈之谋固善矣，然亦安知非同范之恶贯满盈，天特假手于贤有司以显伏其辜也！

麻城人闻得杨氏，群随县令至署，欢呼之声达堂上。陈升堂，即传如松出狱，令认妻。如松双足焦烂，自胯及踵无完肤，由两役掖之出，一步一跌，蹒跚而前。至公堂，见杨氏旁跪，涕泣而言曰："天乎，吾不意今日犹见汝面也！"凄然一声，晕仆于地。杨氏至此，天良偶现，不觉膝行至如松侧，抱其颈，大恸曰："吾害汝，吾害汝！"堂下欢声，忽皆易而为泣声。陈急命役隶救醒如松，一面诘同

---

① 愬：同"诉"。

② 颟顸（mān hān）：糊涂而马虎。

范、五荣曰："汝两人朋比为奸，今尚有何言耶？"二人磕头如捣蒜，连呼骇死，余无一言。堂下民又哄声曰："今始见天日矣！"陈详讯杨氏，得其实。同范、五荣，尽供无异词。乃退堂。时清雍正十三年七月二十四日也。

案既雪，陈令详巡抚，吴抚即以状奏。越十日，而撤回原奏。严斥迈柱之旨下。迈柱惧，召干役辇金赴京，贿嘱当道，并覆奏案有他故，请缓决。杨同范闻之，揣迈柱护前短，复诱杨氏具状，称身本为娼，非如松妻，且自伏窝娼罪。迈柱又据以上闻。世宗召迈、吴两人俱内用[①]，特简户部尚书史贻直，总督两湖。史有介鲠风，到任后，委两省官会讯。同范等不能讳，卒如陈鼎议，均伏法。并罪杨氏及冯大，释涂如松、李献宗于狱，复汤应求官。

阅者曰：甚矣，折狱之难也。以一淫妇兴大狱，以一劣衿致沉冤。贪官污吏，滥刑以逞。直为曲，曲为直。幸而平反，无辜者足已焦、身已废。廉直如李荣，且死杖下矣。天下之类是者正多，天下之类是而不得平反者，安知其无有也？虽然，李荣不死，鬼不现，杨氏无由得，冤亦胡由雪耶？冥冥中又似有主宰者。后之折狱吏，毋轻视民命，致干阴谴也。同范等何足责焉！

① 内用：指任命为京官。

奇 女

杜女名宪英，河南人。父某，好读书，名噪庠序间；又从少林游，习拳术，技击绝精。晚年生女宪英，幼甚慧，教之即成诵；及垂髫，姿态丰妍，兼具膂力。父爱之若掌上珠，举藏书及拳技，尽以授女。女闲览古今兵书，裒辑成帙，积若干卷，储为枕秘。将及笄，父欲为之择婿，苦无相当佳耦，久之父病。女衣不解带，日夕侍奉。会父病剧，戒女曰："吾生平无大遗憾，但未为汝得佳壻，不无介介。汝母年亦老，汝须自具卓识，择贤而嫁。终身事大，勿效人间小儿女，闻姻议徒自羞涩，致贻误百年也。"女泣诺。越宿而父殁。

女遭父丧，哭泣尽哀。越年小祥[①]，有外戚周、郑二生，俱至女家设奠。二生长于才，品貌又不相上下。母欲择一为壻，密商诸女。女自屏隙窥之，曰："两生皆璧人也，文武兼备。吾见亦罕矣。"母曰："一女不能嫁二夫，汝宜择其可壻者。"女腼然，继而禀母曰："女生长闺中，本不当自择配偶。但先父遗言，母应闻之，女亦不宜忘遗命也。郑生当以文学进，惜福薄无大成就；周福较厚，特他日以武功显耳。"母曰："河决年荒，盗贼四起，习武亦善。予当以汝字周矣。"女不答，惟红晕两颊而已。母乃凂冰人[②]议姻周家。周闻女具文武才，喜得良匹，立允之。女服阕[③]，即与周结婚。温生下玉镜台[④]，张郎擅画眉笔[⑤]。闺帏之乐，

① 小祥：古时父母丧后周年的祭名。祭后可稍改善生活及解除丧服的一部分。

② 凂（měi）：古同"浼"，恳托。冰人：旧时称媒人。

③ 服阕（què）：守丧期满除服。

④ 玉镜台：指晋温峤之玉镜台。温峤北征刘聪，获玉镜台一枚。从姑有女，嘱代觅婿，温有自婚意，因下玉镜台为定。事见《世说新语·假谲》。

⑤ 画眉笔：张敞，汉时平阳人，宣帝时为京兆尹。张敞替妻子画眉毛。后以"张敞画眉"比喻夫妻感情好。

无逾于此。不特周生快慰，即女亦自幸得所矣。

是年，洪杨[①]据南京，遣兵北犯，直趋开封。攻城用大队，四出劫掠用游骑。开、归一带，骚然不宁。女语周曰："今日正我两人效力时也。读书一二十年，所学何事。乘此戎马倥偬，为吾侪作一经验，亦大佳事。"周抚掌称善。遂出招村落壮丁，得二百人。用守望相助之法，严行部勒[②]，教以坐作进退之节。甫就绪，而敌骑已至。周与女议拒敌策，女曰："彼众我寡，不宜力敌，须用计破之。"周曰："计将安出？"女曰："分二百人为两队，吾与君分领之，各率百人。再分为二，二正二奇，敌不难破也。"周曰："卿言正合吾意。村北有一丛林，甚茂密。距丛林四里许，又有破庙，皆可设伏。惟须先往诱敌，引其至而截之，方可获胜。"女曰："诱敌之责，妾当之；破庙设伏，亦妾遣之。若丛林间之调率，悉以属君，毋少误也。"周应诺，女投袂[③]起，略加结束，执长枪径行。

敌酋有左山虎者，以勇悍闻，率骑而至，视二三村落，蔑如也。甫近村，铳声暴发，突出数十人当其冲。左笑曰："螳臂乃欲当车耶？"言未已，忽见一红妆美女，拍马挺枪，前来扑阵。左急拔刀御之，战数合。女枪法不乱，飘飘如梨花舞。左失声曰："好女子，好女子！不意乡村间遇此劲敌也。"遂抖擞精神，与女酣战。往来又数十回，女似渐渐力怯，虚幌一枪而走。左大声呼追，党羽掩而上。女退至村北，入丛林间。左追蹑而前。一声炮发，周突出林东，大呼："悍贼，速来受缚！"左始错愕曰："吾中伏矣。"然见伏兵亦寥寥数十人，气转奋，与周交战久之。女转身助周，双战左山虎。约历一小时，左犹余勇可贾，不少却。

战云如墨，日色骤昏。林西铳炮又作，尘土飞扬。敌众回顾，见山坳木杪，旗帜如栉，不可数计，遽大惊曰："妖至矣，不走何待？"霎时间，贼众大溃。

---

① 洪杨：洪秀全、杨秀清的合称。

② 部勒：部署；约束。

③ 投袂（mèi）：挥袖，甩袖表示立即行动。

左亦勇无可施，驱马疾奔。周与女分头追杀，毙贼百余。此役也，周盖用疑兵以拒敌，虚悬旌旗，空发炮铳。而敌众误为得官兵援，顿时哗溃。其呼为“妖至”者，粤寇曾称官兵为妖也。

左既奔，惧西南有官兵，向东而走。适过破庙旁，庙中伏兵，又鼓噪而出。敌不料其处处皆伏也，抱头鼠窜，毫无斗志。乡勇乘势杀贼，如宰鸡骛。左怒，策马而回，拟与死战。正欲决斗，红妆女又纵骑而来。左曰：“汝真不畏死哉？须知困兽之犹斗也。”女曰：“予善缚虎耳，何畏之有？”挺枪复战，约数合，未分胜负。左见女粉黛浸淫，益增娇艳，遽以刀架女枪，顾而笑曰：“个妮子何苦逼人，致增娇汗？”女亦嫣然一笑。此一笑间，而枪已刺入左胁，中伤坠马。乡勇亟前出缚之。左愤而大吼曰：“左山虎三十年骁勇，岂意死于女子手，为兄弟笑哉？”女见日已近暮，敌众去亦远，乃收队，牵左入村。检阅乡勇，得百九十六人，尚缺其四，且并不见周生。

女惶急异常，亟命侦骑探视，回报周穷追不舍，马陷沉淖中，蹶而被虏矣。女跃然起座，率二十劲骑，飞马驰救。约行十余里，杳无形迹。据鞍叹曰：“吾一不检，致夫君堕堕敌营，悔何及哉！”踌躇一回，命劲骑急返，驰入村。召山虎发堂，释其缚，亲视胁伤，不甚剧，急取创药敷之，又馈以酒食，劝餐者再。且曰：“君英雄也。阵上不能相让，故屈君至此，君合谅我。谚有之：‘惺惺惜惺惺。’予岂敢刃君哉？请回营调养数日，再决雌雄。”左曰：“夫人高义可感。予在此，决不再犯贵村，以报大德。”女亦谢之，并令乡勇扶左上马，饬送归，距敌营里许而始返。

左归营，颇德女，见周生在营，亦释其缚。禀诸主酋，使掌书牍，且与周言杜女高义，故以此报之。越日，而左竟死。侦者还报杜女，女曰：“予早知山虎之必毙也。”侦者问其故。女曰：“予于酒食中曾置毒矣。”侦者曰：“既纵之而又毒之，何也？”女曰：“予为良人计，故纵之使还，俾全我夫。然彼固盗耳，一时感激，安知后不念怨？今日释吾夫，他日或转戕吾夫。予置毒于中，缓其死而又使之不得不死。他贼未明玄妙，第传吾惠而未记吾雠，则吾夫庶得生全矣。”众人闻言，皆曰：“夫人妙算，非人所及也。”女曰：“虽然，吾夫未归，吾遑安枕乎？”言毕，泪下如雨。

贼忆左言，不再扰女村。女候生三年不还，杜母又殁，乃出百缗买一婢，面阔身长，饶有力。女教以武技，令其相随。会粤寇稍平，道途鲜荆棘，乃挈婢游阜城、连镇间，密访周生下落，卒不得。又由皖北间道至江南，巡回侦访，仍无周踪。一日，泊舟江岸。舟旁有巨艇，坐商贩八九人，其间有纨袴少年，与商畅饮。女侦之，大约一懋迁有无[1]之商舶也。俄闻岸上有木鱼声，响激水波。遥望真为一僧，面目狰狞，盘膝趺坐，口中宣佛号，而目则眈眈视商舟。女佯咳令僧闻，僧又转瞩女，作涎羡态。久之乃起，以短杖肩衣钵，叹息而去。僧去后，隐约闻觱栗[2]数声，随风而至。岸侧芦苇，亦萧飒有音。思女伤秋，有悲不自禁者矣。

少顷，岸上又有二三士人，徐步而来。邻舟商人，拱手邀之。士人咸下舟，与商人通姓氏籍贯，商瀹茗[3]相待，片席坐谈。士人畅论古今，间涉谐谑，商仅唯唯而已。既而闻一士人曰：“我辈将赴试，君等宁亦同志耶？”一商曰：“仆等实非赴试者，第欲往浙作一卖买[4]，苦途远，前途多关卡。若得公等余荫，邀免税金，则抵浙后，必图厚报。”士人曰：“萍水相逢，宁非天缘，遑论报乎？”拱手告辞。及登岸，咸注目女舟。群商送客归，亦目女，杂以谐亵语。女愤，抗声曰：“何物狂奴，敢觑闺眷？恐转瞬间将身财俱丧矣，不自防患，尚思纵乐耶？”商惊愕，各附耳密谈。继有数商登女舟，长跽女前，既谢过，并请救。

---

① 懋（mào）迁有无：懋，通“贸”，贸易。买卖货物，互通有无。

② 觱栗（bì lì）：即觱篥。古代的一种管乐器，形似喇叭，以芦苇做嘴，以竹做管，吹出的声音悲凄，羌人所吹，用以惊战马。

③ 瀹（yuè）茗：煮茶。

④ 卖买：售出购进，交易。

女见数商崩角[1]状，微哂曰："君等疑予为盗船耶？予非盗，适与君等叙寒暄，及趺坐岸上击木鱼者，乃真盗也。君等不识皂白，死在目前，尚目灼灼窃视人家闺眷耶？"商顿首乞赦罪。女又曰："世路险巇[2]，兵戈未靖。君等须具有才识，方可挟资远行；否则宁坐家中弄妇稚，毋以财产生命饵虎狼也。"商曰："敬受教矣。但事已至此，奈何？"女曰："诸君欲予救命耶？无已，姑为诸君试之。"呼婢出见，指婢曰："此吾前锋燕支将军也。吾与若当出力助君。君等胆怯，宁先避岸上，否则静卧舱中，毋声张也。"商复叩头称谢。女曰："起起，成败难预料。功尚未成，何谢为？但视诸君命运何如耳。"数商乃告别，揖而返。

日落天昏，繁星耿耿，时适下弦，残月犹未出也。一更之后，万籁无声。群商疑信参半，犹散坐船头，接耳悄语。已而夜色渐阑，残月一钩，自山间徐上。秋风瑟瑟，吹动人衣。群商正思下舱，觱栗声骤震耳鼓，相率惊诧。忽见女跃登商船，浑身衣黑，装束谨严；其婢随踪而至，服饰亦如之。女手持利剑一，指群商曰："盗至矣，速闭舱静卧。"商大惊，急下舱闭门，灭火屏息，瑟缩聚榻上。女语婢曰："昏夜不辨尔我，髻上有明珠，正映月光，可为记号。"婢曰："诺。"两人悄伏以待。未几，三贼果登商舟，前二人不可识，第三者居然僧也。拔刀前向，欲劈商船门。不意女突然下，骤以利剑刺其首，僧立仆。其二人竞前奔女，女挥剑力敌二人，白光绕身，化成一片。二人奋生平之力，不能胜。突有双铁椎自女后出，电光闪闪，二人目为之眩。其一不及避，中铁椎，堕落水中。其一方转身欲脱，女亟以剑挥之，扑刺一声，亦与河伯俱逝矣。执双铁椎者为谁，即女所称为燕支将军是也。

战方酣，商船后舱，又惊呼盗至。婢翻身登篷顶，左臂忽中一枪，愤甚。弃

---

① 崩角：《孟子·尽心下》："王曰：'无畏，宁尔也，非敌百姓也。'若崩厥角稽首。"焦循正义："厥角是以角蹶地。若崩者，状其厥之多而迅也。"后因以"崩角"指叩头。

② 险巇（xī）：亦作"险戏"。崎岖险恶。

手中椎，拔背上双刀，冲入盗中，左斩右剁，连毙数盗。盗犹不肯舍，围攻婢，婢血流至腕，仍忍痛鏖斗。时前舱之盗，多遶[1]入船后，余一二人俱被女击毙。女急飞身至后舱，剑光所至，当者俱靡。盗知不可敌，负痛分窜。船上无盗踪，乃呼群商出，举火四照。前后舱及篷顶，血迹成斑。商人皆咋舌，面如土。女见婢臂血犹淋，亟出帨亲为裹创，令返舟卧息。复告群商宜注意，防盗再至。商称谢。女叱之去，从容而还，坐以待旦。

翌日，女拟他适，将解缆，逆风大作，乃少待。及午，上游来十数楼船，乘风鼓棹，径达江岸。群商大骇，恐盗之倾巢复雠也。楼船有巨帜，中书一"王"字。急侦之，始知为总兵王姓，率水师巡弋长江，稽查盗贼来者。旋有军士登商舟，问其所向。商以赴试对。军士瞰舟中载货，曰："是物胡为者？赴试耶，为盗耶？"群商急辩曰："吾侪小人，焉能为盗？昨夜遇盗获援，方幸免耳。"军士又诘之曰："谁援汝？"群商各以手指女舟。军士过舟查验，见舟中只两女子，无一男丁，大疑之，絮絮盘诘。女不欲与辩，第厉声曰："毋多问，我即中州杜宪英，乃手杀左山虎者也。"语未毕，忽有一方面伟躯者，自楼船跃过女舟，大呼曰："英娘何在？"女目之，似曾相识，适从何来，霎时间疑感纷乘，相对不一语。其人又曰："英娘不识我乎？"女又不答。其人不禁大笑曰："卿忘河南周生耶？"女仍不答。

周生为杜女夫，伉俪之好綦深。宁有相别数年，遂若不相识者？是何故？周生此时，躯干之壮伟，逾于昔日，而颐下复鬑鬑[2]有须，与前迥异。女固谨慎，不敢猝应，此其所由姑默也。周见女将信将疑，乃曰："卿不忆嵩山射虎时耶？"女始曰："了衣金弹何在？"周曰："已置之洛水犀腹中。"盖当时闺中有此隐语，人未之知，故周复述之以释女疑耳。问答既合，女复诘周何适。曰："我率

---

① 遶：同"绕"。

② 鬑鬑（lián lián）：须发稀疏貌；须发长貌。

兵来此缉盗，不意遇卿。”女曰：“然则何不周而王乎？”周告以被虏后，说贼投降。主帅王公，爱其才，令从己姓。初授守备，积功至总兵，且以提督记名矣。女至此泫然曰：“妾为君，智力垂尽。幸上天鉴佑，于此相逢，不知君曾忆念故剑[①]否也？”周曰：“卿之情未尝或忘，卿之德尤未敢少负。天日在上，实鉴我心。但未识卿于何时渡江，相随何人？”女起，让周坐，与道今昔事。未及半，而船头叩首声，相续不绝，群呼愿谒见军门，且谓：“受夫人活命恩，无以为报，愿献五百金为寿。”女笑曰：“予岂悦黄金哉？此后愿君等小心将事，免罹不测，莫谓人世间皆我若也。”群商皆感泣，后奉上黄白物。女坚辞，且曰：“休亵我，万金我亦不屑也。”群商乃拜谢而去。

周与女补述别后事，叙谈粗竟，请女过楼船。女曰：“人贵知足，不可自溺。君被掳时，岂尚期有今日耶？今若是，是亦足矣。宦途最险，勿乐此不知返也。”周唯唯。女曰：“妾请先择偕隐地，辟园数亩，静待君归。君且去，毕乃公事，即解组还田，免妾远望。”周欣然允之，握女手，与订后会期。女即与周别，解缆径去。越数月，嵩山之麓，有庐舍三椽，桑竹掩映，蔬圃参差。一对有情人，读书种菜以为乐。识者咸啧啧称羡曰：“此周家贤夫妇也。”盖其时周已引疾辞官，与妇偕隐矣。其婢由周生介绍，归某千总，勇过其夫。所称郑生者，第以诸生终。周隐嵩山时，郑亦常过从也。

阅者曰：予读史至梁夫人、秦良玉事，常称慕不置。讵意清季中之尚有杜氏女也！世谓女子无才便是德，焉知有德之女，非才不彰；才德兼备，斯为奇女子。后有若是奇女者，虽为之执鞭，所忻慕焉。

---

① 故剑：汉宣帝即位前，曾娶许广汉之女君平，及即位。时公卿议立霍光之女为皇后，宣帝乃“诏求微时故剑”。群臣知其意，乃议立许氏为皇后。见《汉书・外戚传上・孝宣许皇后》。后因以“故剑”指原配之妻。

智妇（一）

洪杨之乱，红巾猖獗，东南一带，类被蹂躏。妇女之陷入寇中，幸免淫污者，寡矣。不期于小家碧玉中，得二三明哲保身之智妇，翘然特异，亦清史中之一大佳话也。吾请先述“半截美人”事。

半截美人，家姓宋，生有殊色。不施脂粉，不作时样妆，而肌质晶莹，天然娇冶，大士化身不啻也。惟裙下双趺，肤圆六寸。当时风气未开，人皆以纤足为美，而宋氏独留此缺憾，故皆称之为半截美人。宋氏籍隶甘泉[①]，年及笄，归某甲。甲蠢蠢如鹿豕，家有老母，不能养，糟糠之资无论已。宋不得已，出为豪家佣，博微利以奉甘旨。会宋产一男，家居数月。盐商某慕其容，雇为乳媪，佣值倍于常人。宋固慧，善伺主人意，其乳子又肥白，商嬖[②]之殊甚。主妇觑其状，隐含醋意。值家人外出，下令逐宋氏。宋氏去，儿辄啼。速追宋氏返，儿乃欣然喜也。主妇无可如何，曲为容忍。宋夫某甲，时来索赀，宋亦尝倾囊与之，无怨言。有尼之者，宋曰：“遇人不淑，命也，何怨为？”居盐商家数年，而洪天王踞金陵，烽火达甘泉，刁斗[③]之声以起。

甘泉旧为扬州府治，与金陵仅隔一江。兵仅盈千，老弱居其半。守吏议御议降，无定策。宋氏闻之，私说主人曰：“事急矣，扬俗以繁华闻，寇不是取，将焉取之？为主人计，盍亟徙，毋罹灾。”盐商犹彷徨不知所措。宋怂恿再三，卒

① 甘泉：旧县名。清雍正九年（1731）分江都县置。因县西北有甘泉山得名。与江都同治扬州府（今江苏省扬州市）城内，辖府治西北偏。1912 年并入江都县。

② 嬖（bì）：宠幸。

③ 刁斗：古代行军用具。斗形有柄，铜质；白天用作炊具，晚上击以巡更。

不应。宋乃以省姑为词，乘夜径出，回家略摒挡[1]行装，拟翌晨奉姑远徙。而寇锋已至城下，楚歌四面，无计逃生。会闻城陷，宋尚思趋避，忽一黄衣贼目，率数骑突至其家，踞堂上坐，厉声索“花边”。“花边”云者，墨洋之隐语也。宋夫某甲，愕眙[2]不能答。贼以刃架甲颈，甲连呼“无有”，贼刃之。其母见子死，号陶大哭，贼又刃之。搜索至灶下，宋不能隐，坦然径出。贼目视之，曰：“是妇美甚，可充下陈，毋虐待也。”哗然一声，牵宋氏上马，扬长而去。

贼目既据得宋氏，入巨室中，扃之。既而贼目复入室，拥宋氏并坐，狞笑曰：“美人从我，一生吃着不尽也。”宋嫣然一笑。贼欲益炽，欲褫其衣以快肉欲。宋曰：“汝欲我从，将为夫妇乎？抑徒纵一时之欲乎？”贼目曰：“汝愿为予妇，予自愿为汝夫。”宋曰：“然则汝系我郎君也。郎在天朝何官？”贼伸右手，屈拇指以示之曰：“官封占天侯。”宋曰：“位居侯爵，乃尚未经人道耶？长夜漫漫，杯酒言欢，方得伉俪之乐趣。若白昼宣淫，如活秘戏，郎虽快意，得毋为将士笑乎？”贼目曰：“卿言甚是，吾从卿。”

新月初上，暮色沉沉。有黄衣大汉，与美人对坐飞觞。肴馔杂陈，履舄[3]交错，丝竹之声，靡靡盈耳，正宋氏艳妆侑酒时也。酒半阑，宋起作曼歌，珠喉宛转，声娇而脆，令人荡魄销魂。贼目击节称赏。歌甫罢，宋忽战栗不止。贼目醉睨曰：“卿何怖？”曰：“户外甲仗罗列，杀气侵人，甚可惧也。”贼目曰：“卿亦太胆怯矣。”宋曰：“妾，小家女也，见兵革，能不惊心？郎爱我，望设法使离，免寒妾胆。”贼目曰：“是易易耳。”立命堂下撤退甲仗。宋又甘言媚语，劝贼目连尽数爵，复附贼目耳语曰：“麾下将士，耽耽虎视。若我两人赴阳台[4]，渠

---

① 摒挡（bìng dàng）：收拾料理；筹措。

② 愕眙：亦作“愕怡”。惊视。出自汉班固《西都赋》。

③ 履舄（lǚ xì）：古代单底鞋称履，复底鞋称舄，故以“履舄”泛称鞋。

④ 赴阳台：阳台，在重庆巫山县城西的高都山上，相传为楚襄王与巫山神女幽会处。神女说她“旦为朝云，暮为行雨，朝朝暮暮阳台之下”，因而后人用“阳台”或“赴阳台”比喻男女幽会，有时也比喻梦。

等穴壁相窥，宁不扫兴？”贼目颔之，即传令部下：“各归伍退三舍，未奉呼唤，不得擅入，违者斩。”贼众俱出，乃撤筵。一对假夫妇，相携入寝室。

时贼目已酩酊大醉，宋为之代弛亵衣，裸而仰卧。贼目昵声促宋寝。宋曰：“葑菲[①]之体，谬承俯采，不敢不澡身以副尊意。”遂自注水于浴器，卸妆褫衣，赤身入浴，徐徐濯下体，水渍渍有声。贼初时犹赞其皎洁，继则言语模糊，又继则鼾声大作矣。宋浴毕，微剔银釭[②]，携至帐前，柔声曰：“郎君好睡，鹊桥忘渡矣。”三语不应。宋置烛案上。窗外月明如镜，刁斗声隐约可闻。私忖户外无人，应乘此下手。于是柳眉倒竖，粉黛间骤生杀气，就案柑索得翦刀一，略有锈痕。虑其钝，取鞋底磨之，往回数十次，刀口生光，曰：“可矣。”一跃登榻，跨贼目身上，觑定咽喉，持剪猛下。

剪锋入喉，血喷宋面。宋不顾，搇[③]翦益力。贼目忽大张，嗔视宋，奋然欲起，被压不得动。翦锋几穿透其颈，溢血满裀褥。作福作威之占天侯，魂离躯壳，竟向鬼门关去矣。宋下床，拔帐上佩剑，先割其势，曰：“恶贼，汝淫人多矣，今亦有此耶？”又刺其腹，曰：“狼心狗肺，应有此报。”忽听更鼓三跃，亟展衾覆尸，垂帐以蔽之。复取水盥身，去血令净，浣手着衣。趋出户，返身阖门，从容而遁。

翌日，贼众入室，户以内寂然无声，犹疑贼目为云雨所迷，倦而忘晓，不敢惊动。比晌午而寂静如故，乃从户隙觇之，锦帐四垂，毫无朕兆。旋微闻有血腥气，乃觉其异，启户悬帐，揭其衾，见奄然床上者，乃一肠破血流之尸首也。贼

---

① 葑菲（fēng fēi）：《诗·邶风·谷风》：“采葑采菲，无以下体。”郑玄笺 “此二菜者，蔓菁与葍之类也，皆上下可食，然而其根有美时有恶时，采之者不可以其根恶时并弃其叶。”蔓菁，即芜菁。芜菁与葍皆属普通蔬菜，叶与根皆可食，但其根有时略带苦味，人们有时因其苦而弃之。后因以“葑菲”用为鄙陋之人或有一德可取之谦辞。

② 银釭：银白色的灯盏、烛台。

③ 搇（qìn）：同“撳”。用手按。

怒，大索半截美人，竟杳如黄鹤，不知所往。

阅者曰：吾读《元史》至正年濮州薛花娘杀贼一事，尝奇其才，佩其胆。半截美人，何不侔而合耶？贼目死而美人遁，大索不得。又如误击副车之张子房，子房以智入《无双谱》[①]。半截美人，智不在子房下，其入《无双谱》也亦宜。薛花娘犹其亚也。

① 《无双谱》：又名《南陵无双谱》，清初浙派版画，刊刻于清康熙三十三年（1694），绘者从汉代至宋1400多年间，挑选了40位广为称道的名人，如张良、项羽、苏武、李白、司马迁等，绘成绣像并题诗文。由于这些人物事迹举世无双，故此图册称为《无双谱》。

智妇（二）

真州陈姓女阿脆，堕迹平康[①]，性荡甚，冶游者多趋之，留髡[②]无虚日，艳声播于远近。会寇氛甚恶，长江上下多匪踪。阿脆曰："真州不免矣，吾属宜他徙也。"有昵之者曰："汝一倡耳，人尽可夫，何分良暴？寇至则从可耳。如汝丽质，谁不爱之？"阿脆正色曰："恶[③]，是何言？吾从人，不从贼也。"闻者犹以为奲言[④]。无何，而真州果陷。

城陷时，阿脆已先几而作，缒城出走矣。回顾城内，烽火惊心，亟向西前奔，直走西山。孑身以外，无长物也。抵西山后，质簪珥为生计。闻寇锋又至，拟奔大仪，踽踽独行，夜出昼伏。至秦栏镇，川资已尽，犹幸距大仪不远，若处有姊妹行，或可恃为生活也。过镇投宿，镇上无贼踪，市肆无恙，行旅安然。阿脆自思，此后可脱离虎口矣。

越宿复前行，芳心少适，放胆而趋。约三五里许，忽思遗，遂循大溪，入芦苇中，私且憩。突见一红巾贼目，负枪佩刀，贸贸然从溪右来。阿脆惊起，欲避之，四望平芜，两面皆水，无藏身地。方惶急间，贼已大呼曰："若个好女郎，毋他去，乃翁愿为汝藁砧[⑤]也。"阿脆知不可避，反坐以待贼。贼至，拉阿脆手，欲与苟合，曰："从我则生，否则死。"阿脆正苦无川资，见贼目腰金累累，佯

---

① 平康：唐长安丹凤街有平康坊，为妓女聚居之地。亦称平康里。后因以为妓女所居的泛称。

② 留髡（kūn）：《史记·滑稽列传》"日暮酒阑……主人留髡而送客。罗襦襟解，微闻芗泽，当此之时，髡心最欢，能饮一石。"后因称留客为"留髡"。旧时亦特指青楼留客。

③ 恶（wū）：文言叹词，表示惊讶。

④ 奲（wèi）言：虚妄不足信的话。

⑤ 藁砧（gǎo zhēn）：古代处死刑，罪人席藁伏于砧上，用鈇斩之。"鈇""夫"谐音，后因以"藁砧"为妇女称丈夫的隐语。

笑曰："妾只身避难，恨无所托，得君援救，不啻起死人而肉白骨也。愿以此身属君。"贼目大喜，为之宽衣解带。阿脆亦不拒，第曰："此处多芦苇，不便作合欢床。无已，姑行数武，至溪岸平旷处，与君合欢可乎？"贼目遂拥阿脆至溪旁，就平芜处推仆阿脆，去其上下衣，一丝不挂，赤条条仰天而卧。

贼目急捋穷袴，欲俯就之。阿脆又粲然曰："急色儿可笑。男女欢合，全赖裸抱，肌肤磨擦，方得乐趣。今若此，直无异隔靴搔痒耳。"贼笑从之，甫近身，阿脆以两手搂贼，出其不意，滚入溪水中。贼入水，四肢浮泛，不能自主。阿脆反跨贼目身上，用力捺贼，令其下沉。贼三纵三捺，力已尽，水汩汩入口中，腹膨胀如鼓大。阿脆复紧握其鼻，不片刻而贼毙。阿脆则拖贼近岸，一跃出水，复取贼所解佩刀，入水割其首，取贼臂上金跳脱[1]，及囊中黄白物，还登岸上，抹身着衣。别觅贼衣一袭，作一小包裹，负诸背，余则抛诸溪水以掩其迹，然后从容而行。临行时，犹顾水际痛詈曰："狗贼狗贼，快乐否耶？"言已径去。

阿脆固江边产，其父若兄，向恃鱼虾为生活。水滨本其常居，泅水系其惯技。阿脆幼时，亦熟习之，故入水时，如有恃无恐。而贼目未谙水性，遂授首于一女子之手，是一淫恶之报也。阿脆寻入安宜，弃旧业，嫁一少年郎，出其负镪，居积致小康，旋产一男，移家秦邮。乱平后，子亦渐长，阿脆为子纳粟，居然称太母。当昼长夜静时，回溯前踪，犹津津乐道，不少讳云。

阅者曰：阿脆，伎而侠者也，从人不从贼，志趣已不苟矣。遇贼后情急智生，推贼入水中，令淫贼毙诸腕下，一快。既已毙贼，复取其所劫之金，从容而去，二快。幡然改业，跳脱火坑，即其所得之黄白物，相夫贻子，三快。莫谓倡妓中无人也，然今则罕见矣。

---

① 跳脱：腕钏，手镯。

智妇（三）

吴县东鄙，有周姓妇，佚其名，饶有风致。而足大如船，日能行百里，村人号为“大脚仙”。周妇怡然语人曰：“人以足大为恨，吾以足大为幸。彼矫揉造作，令双足弯曲，效弓月样者，是自戕其生耳。平居无事，行动已感不便。一旦变起，吾恐其不受淫暴，即毙锋刃，未有能幸免者也。”村人不之理，但嗤其文过而已。

会金陵为洪氏子所踞，警报达苏城，妇女多战栗哀号。周妇曰：“余言验矣，今而知天足之可恃也。”寇将至，妇嘱良人挈子女先遁，自恃足大善走，独检藏家中所有物，徐徐吾行。甫出城，郊外马已四出，烽燧连天。妇身怀利翦，背负小包，将觅径至亲串家，暂避贼锋。忽背后隐隐有蹴踏声，妇不遑回顾，大踏步而奔。俄有一矢从后飞至，妇急闪，矢自耳旁过，被擦觉痛。继闻厉声曰“止止，不止洞若胸”，妇乃返顾，见一贼目跨骏马，扬鞭而来，相去仅数武也。妇亦不惧，反含笑相迎，宛如旧识者然。

贼目下马，乘势搂妇，仆之于地，将淫之。妇佯解裙带，而瓠犀[①]半露，嗤形于鼻。贼目曰：“汝笑我何为？”妇曰：“我惜子愚耳。”贼曰：“我奚愚？”妇曰：“子等跳梁，全恃骥足。今与我苟合，马必逸去。为我失马，宁非愚夫？”贼思其言颇有理，四顾荒郊，又无一树一石，可以系辔，不禁惶急曰：“此处无系马地，奈何？”妇曰：“我谓子愚，子真愚矣。”贼曰：“汝非愚，盍为筹一策？”妇曰：“我自有计，恐子不吾从耳。”贼曰：“汝有计，盍速言？吾必从汝。”妇大声曰：“急色儿，胡不以缰系诸尔足耶？”贼曰：“好计好计，吾输

---

① 瓠犀（hù xī）：瓠瓜的子。《诗·卫风·硕人》：“齿如瓠犀。”朱熹集传：“瓠犀，瓠中之子，方正洁白，而比次整齐也。”后因以喻美女的牙齿。

尔智。”

贼从妇言，亟取马缰，系诸右足，牢缚不少松。妇暗出利翦，突刺马股。马负痛狂奔，曳贼去。翦在马股中，愈走愈摇，愈摇愈痛。痛则马奔愈急，如蹑电，如追风，不数里间，贼已血肉模糊，体无完肤，骨折而气竭矣。妇徐起，遥望马足奔腾，尘飞影远。知贼必不免，乃从容理鬓，整裳拂衣，拾贼所遗之包裹，觅路而行。

既而觅得良人所在地，子女无恙，骨肉重圆。相与翦灯夜话，叙前日惩贼事，吃吃笑不休。其良人曰："智哉，吾妇！不意巾帼之间，乃有此奇策也。吾辈须眉，抱愧多矣。"妇曰："此亦一时幸事耳。"良人曰："微卿智，乌能徼此幸？吾将为卿传诸世。"乱已靖，乃播其事于乡，乡人艳称不少衰。

阅者曰：此其识不在阿脆下，阿脆犹以力胜，而此则专以智胜。彼人世间之妇女，不知天壤有急难事，小小遇变，面色如土，至有"自经沟渎而莫之知[1]"者。烈则烈矣，然先圣尝有言之者，曰："此匹妇之为谅也。"智如周妇，乃不愧为女丈夫。

---

① 自经沟渎而莫之知：语出《论语·宪问》："微管仲，吾其被发左衽矣。岂若匹夫匹妇之为谅也，自经于沟渎而莫之知也。"大意是，如果没有管仲，我们恐怕已经沦为披头散发、衣襟在左边开的落后民族了。难道像一般的平庸男女那样，拘泥于小的信义、小的节操，在小山沟里上吊自杀，而不被人所知道吗？

骗术（一）

骗术之离奇，不可思议，各省人民，尝有堕其术中，而无从查缉者。然尤以北京为最甚。北京关方杂处，九流三教，杂厕其间，骗子亦因此而售其技。尝有友人自京中归，为余述某衣肆遇骗事，诚骗术中之至奇者也，笔述如下。

某衣肆开设京师，历有年所，赀本充斥，营业甚发达。仕商之入肆交易者，踵相接也。某日，有显者乘舆来，操异乡语，衣服丽都，随仆亦俊秀。购衣约百金，交价而去。越二日又至，所购货仍不下百金，举止阔绰，毫不与店伙计较。付价时，囊中银钱票，甚裕如也。该肆经纪，视为巨公，殷勤款待，来则欢迎，去则欢送。隔数日复来，经纪延入客座，亲就献茗，并问所需。显者出一购衣单，开列貂裘、绫缎诸属，多半为女衣，统计得数十袭。经纪照单取付，每衣必择上等选料，检阅至数时，始择定，价约千余金。显者语经纪曰："此衣多为女服。妇女性情，与男子异，非亲视之不能决。可否由敝价[①]携归敝寓，一决可否？余当在此相待，以便付价也。"经纪以显者固在，且系一老主顾，料亦无妨，遂连声许诺，即以衣包付显者仆。显者并嘱之曰："归示夫人，合则留，不合则还，速去速来，休令余悬待也。"仆应声即去。显者踞客座，静以俟之。

少顷，显者起坐，谓经纪曰："适欲出恭，乞给草纸一页。"经纪奉纸以进，并云后室有厕所。显者曰："予见对门设有一厕，颇洁净，不如形往该厕便。"随语随行，趋出门外，径赴厕所。经纪亦颇小心，令学徒候诸门外。忽闻厕中有诟谇声、龃龉[②]声，刺刺不休。未几，有一蓬头垢面之丐出，且行且詈曰："厕

① 价：仆役的旧称。

② 龃龉（jǔ yǔ）：上下牙齿对不齐。比喻意见不合，互相抵触。

非汝所设，何分贵贱？汝大人可以出恭，我小人独不可出恭耶？”喃喃而去，厕所即寂然。久之，显者仍不出。学徒观望久之，心有所疑，入觇动静，则厕中无一人，显者不知何处去矣。

学徒大愕，即返报经纪。经纪令学徒再出探望，并遣肆中人分途追寻，毫无踪迹。惟学徒拾得衣服还，视之，即显者所服之衣也。问学徒，系自厕旁拾得。乃悟显者即丐，丐即显者，蜕化而逃，乱人心目。不特学徒不之察，即邻肆曾见之者，亦末由逆诈[①]也。经纪顿足曰：“吾过矣，吾过矣。吾遇骗矣！”估其所遗之衣服，仅值数十金，所失达千金左右。鸣诸官，官曰：“骗子在逃，无照片，何由侦缉也？”经纪哀请，官姑饬役访查，数月未获，竟以此悬案。肆中转耗去报官费数十金。经纪又跌足曰：“吾不意遇大骗后，又遇一小骗也。”

① 逆诈：谓事先即猜疑别人存心欺诈。

骗术（二）

相传浙杭某紬[1]肆，曾遇巨骗，其术较京骗为尤奇，肆中耗赀亦如之。其并得一孩尸，报官存案，始得无虞。幻哉骗术，险哉骗术！

某紬肆为杭人所设，亦一巨肆也，开张有年，名著远近。一日，有数舆至，停肆门外。下舆后，当先者为一中年妇人，衣甚华美，所戴金珠，光耀夺目，望而知为豪家妇也。一婢可十六七龄，扶之入肆门。后随一女佣，若乳媪状，抱一婴孩，以帛蔽面，若惟恐其冒风者。孩帽显露，缀一明珠，如豆大，值赀似甚巨。先后入肆。肆中伙以为大主顾也，即延之入内厅，择上等丝织品，陈列其前，冀博青睐。该贵妇手眼甚高，多方挑剔，历二时许，乃购定数十疋[2]，并另翦若干丈尺，统计不下千金。妇语典伙曰："今日适为小儿还愿，由某寺归，道经贵肆，素闻货真价实，是以购定若干疋。因随身未带现银，拟遣婢先携物归，呈诸主人翁索取银两，徼清货价，何如？"肆中问其住址，答以现寓某巷口，距此不远，片刻可往还也。肆中许诺，其婢唤舆夫入，携紬缎入舆，舆适满载，不足容人。乃以乳媪所乘之舆载婢，与载紬之舆偕去。

日光易驶，倏忽经时，妇语乳媪曰："待久未返，婢子太胡涂矣，奈何？"乳媪曰："太太盍先归，少爷可随余在此。"妇作皱眉状，抚其儿，若不忍须臾离者，俄而曰："儿熟寐，汝须小心保抱，毋致触风寒。前月中偶有不慎，祷神延医，幸而得痊，然耗费亦不少矣。今不宜蹈故辙也。"随呼舆夫至前，一面与肆中语曰："婢子无知，劳余久待，此时犹未至，不识何由。余先归，当促之便

① 紬（chóu）：古同"绸"。

② 疋（pǐ）：同"匹"。

来，交付价银可也。”肆中无以应，转思稚儿乳媪，明明在前，当无他患。因不加阻止，任其出门。妇临行时，犹回抚儿首，并嘱乳媪数语，然后登舆而往。

妇已去，乳媪絮絮有怨言。伙问之，媪曰：“余抱儿，已将竟日矣，两手颇酸痛。儿且睡久未醒，太太又再三叮嘱，恐冒风寒，此肩固未易担也。”伙曰：“此厅后有客床，汝既无力抱儿，盍暂令一卧，如何？”媪曰：“甚善。”随抱儿入厅后，置诸床上，旋即返身出外，与肆中伙闲谈数语。历数刻，付价者仍未至。媪曰：“太太曾怨婢濡缓，不意自己亦复如此，令人急闷。”乃出至门前探望，倏而入，倏而又出，往返数周。至最后出视，竟不返。肆中伙与人交易，不暇专顾，迨媪去一小时，姑试从门外觇之，四望无媪踪。犹以为稚儿在床，有恃无恐。媪或回寓促之，亦未可知。因循复因循，而天已将暮矣。

肆中伙守候已久，杳无消息，乃大疑之，且互语曰：“床上之婴儿，何睡久无哭声耶？”入室视儿，展被验之，毫无声息。揭其面上帕，抚之如冰，于是肆中伙相顾愕眙。忆妇言曾廛某巷，遣人至巷，逐家探问，并无其人。孩帽之珠，亦一赝鼎[1]。乃悟骗术之险诈，一至于此。远虑者且曰：“货已杳矣，儿尸尚在。倘彼伴来付价，索还婴孩，见儿尸，不惟揩价不缴，且将陷害肆中。事关人命，非同儿戏，不如报官以免后患。”肆中从其言，禀官勘验，越日无索儿者，乃为之代瘗焉。各肆闻其事，咸相引以为戒云。

① 赝鼎：伪造的鼎，泛指赝品。

骗术（三）

自京杭间屡堕骗术，各省之业商贩者，咸惴惴有戒心。于是倡“人不离货，货不离人”之议。每有交易，客未付价，必遣学徒亲送，当面取回价银。行之久而无弊，商家方以为可安枕也，不图愈出愈奇之骗术，又乘之以起。

羊城为通商巨埠，商旅往来，不绝于市。有某金肆豪于赀，每岁进出，不下数十百万，购金饰品者多趋之。以此为歹人所垂涎，欲盗取者屡矣。但该肆防备甚严，苦无下手之方。穷极计生，假交易为名，冒为估客，先向该肆预定金饰品若干，付以预约银数两，限日取货。届期客裘马而至，索取定物。肆中一一取出，俾其过目，核计价值，需银千余两。客曰：“敝寓不远，请贵肆遣人随去，面交现银。”肆中应诺，命学徒、佣工各一人，携货偕行。出门时，经理且密嘱之曰：“此物贵重，尔二人须格外小心，免堕诡计。若银两无着，宁取原物归也。”两人唯唯，从客去。

客在前，二人携货随于后，约数里，已至客寓，寓颇雅洁。客入门，二人从入，客入室，二人亦如之。客升梯上楼，令二人同上。楼上略具桌椅之属，并有箱笼数件。客延二人坐，向之取货，检点无讹。随出匙开箱笼，作取银状。忽一仆登楼报告，谓：“某大人有要事来谒，请即出见。”客语仆曰：“予适付价银，尚需片刻，请某大人少待。”仆应诺，返身欲下。而他仆又登楼，促主人见客，并云：“某大人须赴督辕，不便少憩，略叙数语，即拟告辞。”客蹙眉曰：“某大人亦太作恶，宁片刻不能勾留耶？”随取金饰品纳于箱，拨暗锁扃之，婉语肆中二人曰：“二君盍少坐。余有贵客踵门，须下楼立谈数语，客去即来付价也。”二人信以为真，且见金饰品贮在箱内，箱在金亦在，不致有意外虞，遂同声曰：

"尊客请便，余二人少待不妨也。" 客遂踉跄下楼。

客下楼后，闻楼下笑谈之声，相续不绝。未几，又闻客告别主人送客，履声橐橐[1]，出户外，既而寂然。二人守候半晌，未见客返。一人下楼觇之，则室虚无人。再上楼返视，箱箧固无恙也，欲启视，则已下锁矣，惊疑参半。佣工趋而前，以两手掇箱，用力过猛，箱提高数尺，而其身转向后欲蹶。幸学徒扶之，得不仆。佣工睁目曰："怪哉，此箱何其轻也？" 顾视楼板，则置箱之处，有一穴通楼下。倒箱而视，则箱亦无底。彼此相顾，不知所为。亟下楼奔回肆中，报告经理。经理与二人同造客寓，见空箱仍在，外只桌椅数张，人迹固杳如也。问诸邻，则云客入宅无多日，举止颇阔绰，不知其为何许人。再诘其房主之所在，则云"在某街"。趋而问之，房主茫然，但曰："客主余屋仅半月，押租若干圆，不料其为骗子也。" 问有保人与否，答曰："有押租，何须保人？此租屋通例，不足为余咎。" 经理不能责，但就室中桌椅等类搬回肆中，不值金饰品百分之一。大呼"晦气"，不怿者数日。

阅者曰：人心之坏，莫如晚近。读左列骗术三则，使商人防不胜防，何其叵测若此也？虽然，天下事无在非骗局耳。上骗下，下亦骗上；大骗小，小亦骗大。道德堕落，忠信不行，世变之亟，亦甚矣哉！于骗子乎何诛？

---

① 橐橐（tuó tuó）：象声词。多状硬物连续碰击声。

情 耦

佛山为粤东大镇，居民殷实，商肆繁华，洵所谓沃饶地也。粤俗好奢，佛山距省会不远，亦不免习染成风。红男绿女，络绎于途，盖已成为习惯矣。其间有弊端最甚者，莫如佞佛一事。

距镇十里许有某村，面山近水，天然秀雅。巾帼佳人，禀钟毓之灵，多半美丽。有许氏女者，名秀蓉，一倾城选也。幼失怙，依寡母而居。母无他出，仅此掌珠，爱护之情，不问可知。女甫垂髫，已亭亭玉立，貌若天人。逮年华二八，犹在待字。一则因相依为命，不忍生离；二则因择婿太苛，罕当物色。彼天真烂漫之女郎，静守闺中，虽无丫角终老[1]之理，而其心尚未尝作宜家想者。流光虽速，逝水无波，固不防有意外虑矣。

母平居好佛，自念早丧所天[2]，遍尝荼蘖[3]。今生之苦，或种前生。惟佛家有忏悔之说，可以倒果为因，化祸为福。于是朝宣佛号，暮诵佛经，暇则入庵焚香，与比邱尼辈，作方外友。秀蓉虽慧，顾以蚤年丧父，伶仃孤苦，无诗书以泽其气，无保姆以破其迷。故母之所好者，女亦好之；母之所恶者，女亦恶之。有时且随母至庵，对佛膜拜。群尼惊其艳，咸称为大士化身，相率欢迎，久之益相

① 丫角终老：丫角，女孩儿梳在头顶、两边像犄角的短发辫。“丫角终老”就是梳丫角一直到老，即一辈子不嫁人的意思。

② 所天：旧称所依靠的人。指丈夫。

③ 荼蘖（niè）：苦难。荼，古书上说的一种苦菜；蘖，植物的芽。

亲昵，女竟呼老尼为义母。为磨蝎[①]而出家，作果蠃[②]而入世。是何佛法，匪夷所思。而秀蓉数年之魔障，遂因是缠身，几堕入黑暗地狱中，历劫不返焉。

某日为女父忌辰，女母假庵荐父，延僧诵经。铙钹之声，自旦彻暮。更既阑，僧众始散，母女欲归，老尼苦留之。母以家内乏人，姑留女住庵而自返，约以隔宿迓女。女受教，老尼亦颔之。翌晨，女甫起，即有舆夫二人来，传其母命，促女使归。女急梳洗，草草装束，乘舆而去。不意阅二时许，复有奉女母命来迓女者。老尼始大骇，亟亲至母家，白早晨事。一粒掌珍，竟归乌有。母大恸几绝，亟遣人四觅，而踪迹渺然。求神，神无言；问卜，卜难决。何去何归，疑生疑死。非龙图再世，福尔摩斯复生，殆有莫明其故者矣。

先是邻家有姜生斌，弱冠娶妻，越二年而丧耦。见女美，遣冰上人[③]至女家，求为继室。姜固旧家子，席产颇丰，操行亦纯正。母嘉其贤，而以续娶之嫌，不之允。姜无如何也，顾情之所钟，未忍恝置[④]，尝有“不得彼美，决不再娶”之誓。至是闻女失踪，遂挺身前来，登堂谒母。母垂泪相告，姜忿然曰：“冤有头，债有主。非控诉尼庵，无珠还合浦[⑤]理。母老矣，斌当为母効力也。”母犹欲为尼辨白，姜曰：“世之为女冠子者多矣，谁果六根皆净、一尘不染者？母忠实，以我不负人，人亦必不负我。焉知天下事往往有出人意料者？丛林古刹之间，半为藏垢纳污之薮，请母勿过迷，亦毋过悲。斌愿尽心力以访之，得返掌珠，斌心亦庶几代慰欤！”言毕，即趋出，以失女事代禀诸官。

---

① 磨蝎：星宿名。“磨蝎宫”的省称。旧时迷信星象者，谓生平行事常遭挫折者为遭逢磨蝎。

② 果蠃（luǒ）：细腰蜂。又名蒲卢。《礼记·中庸》：“夫政也者，蒲卢也。”郑玄注：“蒲卢，蜾蠃，谓土蜂也。《诗》曰：‘螟蛉有子，蜾蠃负之。’螟蛉，桑虫也，蒲卢取桑虫之子去而变化之，以成为己子，政之于百姓，若蒲卢之于桑虫然。”后因以“蒲卢”比喻对百姓的教化。

③ 冰上人：冰人。旧时称媒人。

④ 恝（jiá）置：犹言淡然置之，置之不理。

⑤ 珠还合浦：《后汉书·循吏传·孟尝》载：合浦郡海出珠宝。原宰守并多贪秽，采求无度，珠遂徙于邻境交阯郡界。及孟尝赴任，革易前弊，未逾岁，去珠复还。后遂用“珠还合浦”比喻失而复得或去而复还。

官得禀，即发票传尼。尼至署，陈其实。官饬役至庵搜查，果无女踪，复问尼有淫行否。尼力白其无。时姜在旁对簿，禀官曰："该尼即无淫行，难保无僧众往来。况当日女父忌辰，曾代延僧众讽经。质尼拘僧，水落石出不难也。"官从其言，即讯尼以僧众之所居，尼一一详答。官飞签拘僧众，僧众至，俱自称为局外人，毫无干涉。斌察形辨色，众僧皆坦然自若，乏惊惶状。惟一僧面目狰狞，隐含杀气，颇有可疑。但事无确证，不便妄指，第请官饬役往搜而已。迨役夫返报，查无实据。官欲释僧众归，斌曰："往搜虽不得实迹，然未始非嫌疑犯，请暂羁僧众三日。俟斌去澈查，果无左证，释放亦未晚也。"官方在沉吟，一僧攘臂而前曰："小僧等无罪无辜，何为被押？且妨人生业，损人名誉，亦非青天老爷之所忍为。许相公素无嫌隙，胡必令小僧辈受屈耶？"姜被诘，几不能辨，视发言之僧，即面目可憎者也，不觉正色曰："如果蒙冤，偿尔损失，何如？"官乃羁僧众待质，而令姜出署。

姜出署后，已知僧寺所在地，信步前行，约数里，但见茂林阴翳，修竹参差。有清流环绕左右，中驾一桥，桥南露一兰若，额曰"福缘寺"。姜即踰桥入寺门，殿宇已古，两庑间满贮尘灰。殿中塑佛像三，旁列罗汉十八，香火已烬，钟鼓虚悬。四视无人，即行入殿后，拟窥僧房。适有小沙弥趋出，与姜相遇，略加问讯。姜语之曰："予来访尔师父，请去通报。"沙弥以未曾回寺对。姜曰："尔师有讼事干涉，赴署对簿，岂至今尚未回寺耶？"沙弥曰："然。"姜又曰："闻县官已饬役搜查，寺中可曾来过否？"沙弥曰："已来过矣，相公何知之甚悉乎？"姜曰："余与尔师父友善，彼此言形忘无不道，故皆知之。"沙弥曰："我与相公，胡未相识。"姜笑曰："余家距此颇远，故乏过从，然与尔师固交好有年也。尔年稚，未曾详悉。如见尔师叔、师兄诸人，则即相识矣。"沙弥曰："师叔已他适，师兄与师同赴县署，仅留我一人在寺。相公若有事访师，请俟他日。"姜曰："余闻尔师有讼事相累，不惮远道而来。既已相左，自当告别。但身疲口渴，少憩何如？”沙弥哑然曰：“适忘献茗，幸相公毋怒，请至客堂小坐饮茶。”随导姜至客堂。姜坐定，立出一金给之，沙弥辞。姜曰：“给尔购食物，幸毋却。余不与尔师言也。”沙弥乃受，欢跃而去。

少顷，沙弥捧茶至。姜呷茶毕，密语之曰：“尔师近日得几位娇娃？”沙弥不答。姜曰：“尔师且与我详言，尔胡为欺隐？”沙弥曰：“余师固嘱我秘密也。若不从师训，祸将不测。”言至此，以手指头曰：“此物且不保矣。”姜曰：“有我在，不妨。尔试与我言之。”沙弥仍自摇首。姜佯嗔曰：“尔不与我言，我且讦尔不肖，看尔得逃师刑否？况尔师前日得一佳人，因尔管察不慎，以至未能偿愿，尔师固欲加罪于尔也。”沙弥惊曰：“相公何由知之？”姜曰：“闻诸尔师。”沙弥曰：“此非我之过。我师欲强逼佳人，乃置诸死地耳。”姜曰：“彼非许氏女耶？”沙弥曰：“此则不知。惟前晨以舆舁至，女貌甚美。师迫令受污，女不从，痛哭竟日，夜竟投缳而逝。”姜曰：“尸首现在何处？”曰：“埋诸后山。”姜复问：“舆夫何人？”沙弥曰：“是本寺中厨役，今适他去，故敢告相公，愿相公毋泄也。”姜曰：“尔师与师兄赴署，厨役又他适，今只剩尔一人，尔须静守，毋出门一步，明日当再来探访也。”遂起身告辞，出寺返署。

既返署，密报邑令。邑令饬拘沙弥至署，沙弥战栗不敢言。姜在旁诱导，始据实以告。官升堂立讯该僧，僧犹抵赖不肯承。经沙弥对质，尚叱沙弥妄供，加刑至再，仍呼冤枉。乃饬役曳僧下，传其长徒上堂，其徒亦狡赖。官曰：“尔固无罪，何必代师隐讳耶？”呼役加刑。其徒惧，乃供称其师见女，蓄淫设谋，余如沙弥言。官复讯其师，两徒相对，百口莫辨。方供服，即带该僧师徒，至该寺后山，勘验女尸。不意入山遍觅，无掩掘痕。丰林无恙，茸草如茵，锹锸随施，茫无影响。而寺中所雇之厨役，即向之舁尸掩埋者，又杳如黄鹤，无从究问。至此又添一层疑案矣。官带案犯归，置诸狱，与姜生商，令挈沙弥四访，饬干役二名从行。姜首肯，挈沙弥与役偕去。

大海捞针，何时得获？姜以偏面之情网，牢缚心头，遂出其全力以为将伯[①]。越山川，冒雨雪，奔驰月余，毫无所遇。县役已疲于奔命，啧有烦言；且谓姜事不干己，仆仆奚为？姜曰："见义不为，是谓无勇。予已仗义助人，安忍始勤终怠？不得罪人不返也。"县役曰："罪人已早得矣，君尚欲觅罪人耶？"姜曰："罪有首从，首犯虽获，从犯未得，女尸又无着落，终难了案。且安保凶僧之不翻案也？"县役曰："月余跋涉，彼此罢劳[②]，奈何？"姜曰："一月不得，则二月；二月不得，则三月。诸位既嫌劳顿，请暂返县署。予愿挈沙弥再往侦访。'天下无难事，总教有心人。'古谚岂我欺哉？"于是县役辞姜回署。而姜与沙弥踰南岭，泛长江，竟翩然而达姑苏矣。

姜以姑苏为繁华地，疑女之未必遽死，而为厨役所赚卖，误入他乡，或致堕溷[③]也。积痴念而生妄想，人情大抵相同，不足为姜怪。姜抵姑苏登岸后，闻金阊系金粉薮，日必往返数次，借茗酒以销块垒，听笙歌以遣愁肠，如是者半月。光阴易过，消息寂然，殆将绝望矣。一日，在寓所晚餐毕，闷坐无聊，拟赴茶楼瀹茗。挈沙弥出门，行未数武，突有一舆冲道而来。姜甫侧身让舆，忽闻沙弥大呼曰："某在斯，某在斯！"姜急诘之，沙弥曰："是即福缘寺内之厨役也。"姜闻言，大踏步追之。舆在前，姜在后，相持不舍，约数里。抵一勾栏，见始停舆，下舆者为一美人，姿态袅娜，彷彿如许氏女状。嘻！翳何人，翳何人？岂甘心死节之烈女，乃一变而为倚门卖笑之倡妓耶？但舆夫既为当日之厨子，则事出有因，不必问为谁氏役，而从犯已明明露迹矣。女入门，姜亦随而进。

门者问曰："先生来此何为？"姜曰："来访姑娘耳。"门者欲再问，而女已回望。姜凝睇之，益似许氏女，亟曰："汝非许家姑娘耶？"女不答，转身径

---

① 将伯：《诗·小雅·正月》："将伯助予。"毛传："将，请也；伯，长也。"孔颖达疏："请长者助我。"后因以"将伯"称别人对自己的帮助或向人求助。

② 罢劳：疲劳；疲惫。

③ 堕溷（hùn）："飘茵堕溷"比喻由于偶然的机缘而有富贵贫贱的不同命运。此处指女子堕落风尘。

入。姜私忖曰："误矣。不然，胡不见答耶？"方犹豫间，一婢已自内出，延姜入。姜甫上阶，而女已在阶上竚[①]候，愀然问曰："君非粤人耶？"姜曰："然。"女曰："似曾相识，久别转忘。幸赐玉趾[②]，请即进谈。"姜唯唯，趋入客厅。女又曰："此处非叙谈地，盍入妆楼可乎？"嘱婢前导，女后随，由内室登梯，连步而上。姜登楼，回视佳人，愁容半敛，瘦态增娇，不觉失声曰："可叹可惜！"女佯若勿闻也者，肃姜坐，先叩姓氏。姜答之。女命婢下楼取茗，婢去。女未言先泣，泪如绠縻[③]而下。

海棠带雨，我见犹怜。姜本多情，至此亦陪泪曰："我为卿故，奔波已数月矣。今幸相遇，乞即详告，毋徒涕泣也。"女曰："妾以不慎，误入庵中，为恶僧所赚，已以死殉矣。"姜曰："然则曷为重生？"女曰："妾矢节投缳，决投鬼箓。恶僧见妾已死，令厨役掩埋，不意苦债未盈，再返阳世。薄命如妾，尚复何言？"姜曰："然则胡为来姑苏乎？"女曰："妾欲告君，恐君之疑为虚诬，未肯深信也。"姜曰："试言之。"女曰："妾投缳后，魂离躯壳，不知所往。忽见妾先父，命妾速归，语妾以不必轻生。受苦二阅月，当遇故人相援。"妾不应，致触先父怒，推妾入淖，一蹶而醒，方知犹在人世。厨役见妾重生，始则相骇，继则相商，甘言诱妾，愿送妾返。中途买棹，竟夕不至。妾疑难塞胸，而厨役竟欲犯妾，以死拒之乃止。妾知若辈不良，无可挽回，志在求死，任其所之。旬余抵此，为若辈鬻入勾栏，欲觅死者屡矣。乃屡欲觅死，而屡梦父嗔。七十鸟[④]防检又严，无从措手。不得已与之订约，仅侑酒不失身，如是者已一月有奇。今日邂逅相逢，岂先考有灵，梦果可践耶？"言次，婢捧茶至。女献茶后，复令婢呼厨备酒肴，

---

① 竚：同"伫"。

② 玉趾：对人脚步的敬称。

③ 绠縻（gěng mí）：绳索。喻雨水泻注貌。

④ 七十鸟：鸨的异名。

婢又下楼。

女见婢去，复问老母起居，及姜至此颠末。姜备告之。女敛衽再拜曰："妾见君，如见二天。起死人而肉白骨，惟君是赖。衔环结草，愿矢来生。"姜曰："卿毋然。斌与卿比邻，畴昔曾有志好逑，卿其闻之否？"女起立，红晕两颊，良久乃曰："妾稍闻之。母也天只[1]，不敢怨，亦不忍怨也。"既而婢奉酒及肴，由二人分坐对酌。饮半酣，姜曰："得鱼忘筌，余太昧昧矣。"女问何谓，姜曰："顷所见之舆夫，非即寺中厨役耶？"女曰："然。渠鬻妾后，得赀数百金，数日而尽。一则他去，一则在此舁舆。狼心狗肺，何足挂齿？"姜曰："此要犯也，当鸣官拘解回籍，以便销案。"忙语婢曰："尔去嘱舆夫，明晨有事劳彼，毋得他适。尔为姑娘臂助，不吝重赏。"婢领命去讫。姜复顾女曰："踏破铁鞋无觅处，得来全不费工夫。我为卿贺，卿亦当为我贺。"女起斟敬姜数觥，姜随斟随尽，执杯于手曰："斌亦须回敬卿卿，但尚有疑团未释，容斌尽言否？"女曰："君为妾恩人，何妨尽言？"姜时已半醉，不禁喟然曰："随风之絮，最易沾泥；堕地之圭，或致抱缺。石虽衔而莫补，水以覆而难收。卿其有以语我来？"女闻言，玉容忽变，探诸怀，取出利翦曰："妾藏此翦久矣，耿耿此心，惟翦可表。君疑妾，妾亦何敢慊君？所难恝者老母耳。本期见母一面，虽死无恨。今既晤君，愿君转禀老母，秀蓉无面目见江东，已效死君前，以报大德，请老母勿念。君之恩，死且不忘，他日为犬马以报。"言至此，以翦刺喉。姜亟夺翦，刃已入喉数分，血沾襟矣。女还坐，气息仅属。姜亟谢过曰："醉后失言，乞勿介意。"女珠泪莹莹。姜长跽求宥，女乃强起答礼，既而曰："此身已许君矣，是否全璧，总有相验之日。"姜自咎曰："姜斌姜斌，以迹论人，失之许卿，乌用此一双眸子为？"女曰："君已释疑，幸毋再提。否则妾心愈戚矣。"姜乃取巾包女颈，

---

① 母也天只：语出《诗经·国风·鄘风·柏舟》："母也天只，不谅人只。"意为我的妈呀，我的天哪！不体谅人家的心哪！原指少女因爱情得不到支持而发出的慨叹。后泛指得不到尊长的体谅。只，助词。

并以己所饮之杯，酌酒奉女曰："此即合卺之破题儿也，卿其饮此。"女含羞饮毕，婢已至，回报舆夫已久出不归矣。姜曰："稍纵即逝，我当去，缉此要犯。"女曰："夜将阑矣，何从追缉？且君一文士，安能缉彼凶人？"姜曰："非禀地方官不可，今夜须急缮禀也。"女曰："此间宁无笔墨，何妨借此染翰？"姜曰："尚有沙弥不来，未知安适。卿毋留我，待事了，将与卿作长夜欢，那时莫斥我喧扰也。"女随口啐之。姜拂袖而起，并附女耳语数言，乃别去。

姜返寓，问寓主人，知沙弥早返，已熟睡矣，心少慰。急握管缮禀，竟书秀蓉为未婚妻，详叙流离情状。以拐卖罪控舆夫，以买良为娼罪控鸨母，语语愤恨，字字悲惨。缮写竟，已逾夜半，乃倚枕假寐。闻鸡声即起，唤沙弥醒，令静候寓中。袖禀趋出，入城至县署，天色方明，县堂寂无人。姜登堂击鼓，惊破县尊晓梦。待至二小时，始见县尊升堂，阅禀后，略问姜，即饬役随姜同往。姜导役至勾栏，鸨母方起，尚未梳沐，不意县役猝至，立即被拘。并传许女一同到案，时许女已遵昨夕附耳之言，早预备妥当晨妆已竟矣。出厅呼舆夫，缺其一，别雇工人舁女赴署。县役牵鸨母先行，姜从之。哄动金阊居民，多随之听审。

行行复行行，将入城闉[①]矣。忽道旁有一人急驰，面带惊惶色。姜眼捷手快，追而曳之，该人转身奋击，姜急闪而额已被伤。连呼捉凶，及县役走助，方得拏获。役问此为何人，姜扬言曰："此即拐卖许女之要犯。前为凶僧之厨役，今为遁匿之舆夫也。"未几至署，由县令一一讯问，笞舆夫至千，拘诸狱。并欲责鸨母，鸨母以无知乞宥。官问姜，姜请官公判。官曰："卖良为娼，罪有攸归。姑念该鸨无知，原犯已获，暂从宽免，即以身价金作罚。原犯当递解回籍，交该管衙门并案惩办可也。"姜感谢。鸨母再欲请求，而官已退堂。

姜挈女出署，鸨母涕泣随归，既抵勾栏，即蒲伏姜前，求给身价金。姜曰：

① 城闉（yīn）：城内重门。亦泛指城郭。

“事经官判，何由翻悔？且许氏女被尔胁迫，侑客月余，缠头赀当亦不少，想尔应足偿失矣，哓哓何为？”鸨母指女示姜曰：“彼固卖口不卖身者，所得能有几耶？且予以未识原委，误买彼姝，及闻其苦状，予亦怜之，故一切任其自由。月余所入，安足偿失？还请相公怜而赐之。”姜顾女，含泪无言，乃语鸨曰：“既如是，给汝五十金可乎？”鸨不足。加至百金，鸨犹不足。姜愤曰：“此已破格给予，尔尚无餍。予当返鸣诸官，百金亦不汝畀也。”言已欲出，鸨惧，以身阻其前，并央女缓颊。姜乃止，与女入妆楼。女见姜额块坟起，肿而兼青，询之乃悉。遂举柔荑之手，代为抚摩，并垂泪曰：“君为妾受累极矣，妾不知何以报德也。”姜不答，第谛视女颜，目不转瞬。女言至再，姜乃曰：“此即所以报我也，惜额上止中一拳；若两额俱伤，劳卿双手，尤当快意。”女乃以两手交换抚摩，此时之姜，魂随女化，早不知有痛楚矣。相倚终昼，仍分床而眠。

翌晨，姜雇舟迓女，如约付鸨百金，其婢亦欲随之。女从旁怂恿，更代为赎身，价倍于女。摒挡行李毕，复自寓所挈沙弥归，相偕下船。鼓棹后，姜告女曰：“予来此，拚一千金市骨之想。今所耕仅三百金，连途费尚不盈千，乃得大小二乔[1]，何幸如之？”女曰：“既得陇，又望蜀耶？”相顾而笑。婢颇秀慧，故姜言及此。舟中无事，历月余始返籍，送女归母家。母女相逢如隔世。女述姜事，母感泣，欲拜姜。姜曰：“斌不自谅，已为自荐之毛遂，作东床壻矣。天下有岳母拜壻者耶？”遂执子壻礼见母。母笑受之，择日成礼。姜出赴署，递解案犯之文书已到。当由官判首犯死刑，从犯监禁三年，期满充边。惟一厨役，犹漏网未获焉。

亲迎之夕，鼓乐盈门，笙箫聒耳。一对璧人，行交拜礼，相将入洞房。转瞬间同入锦帐，衾谐翡翠，枕并鸳鸯，合欢时果处子也。女曰：“何如？”姜曰：

① 二乔：三国时乔公的两个女儿，容貌美丽。称为大乔（嫁孙策）和小乔（嫁周瑜）。

“验矣。卿昔不愿予再提，予今亦不愿卿重语也。”嗣是和好无间，相眷月余，女以陇蜀之约进。姜戏曰：“宁不倒醋罐耶？”女笑曰：“罐中只水乳耳，非醋也。且当日曾有重赏之言，丈夫子言必顾行，安可失信？”姜曰：“以此为赏，毋乃不经？”女曰：“婢学夫人，宁曰非赏？君意在彼，妾意在此，休啰唣也。”姜乃无言。翌日，为婢上鬟，置为篷室[①]。女终身无妒意，婢亦敬女不衰，非奉命，不敢当夕[②]云。沙弥随姜返后，无所归，姜令为家僮。逮长，得乡女配之，俾成家焉。

阅者曰：读此则可与言情矣。姜生一情种，许女亦情种也。或曰：姜固多情，许女何情之有？曰：是不然。情之一字，非可滥用。男子滥用其情，则必荡；女子滥用其情，则必淫。许女死而复苏，流为娼妓者月余，岂无一二狎客，足当一盼者？乃毫不之动，直至与姜相遇，始钟情及之。且惠逮其下，劝纳小星[③]，是殆所谓得情之正者，报德犹其次也。目曰“情耦”，信然！

---

① 篷（zào）室：旧时称妾。

② 当夕：指侍寝。

③ 小星：《诗经·召南》篇名。《诗经·召南·小星序》：“小星，惠及下也。夫人无妒忌之行，惠及贱妾。”后因以“小星”为妾的代称。

孽 缘

"女子无才即是德"，斯语也，顽固老人之口头禅，不足当文明世界之一噱也。然女子即有才，亦必以礼义自闲，方不致有失足之玷，否则鲜有不履错者。举止偶愆，身名两败，转无以杜顽固者之口，而足贻女界羞，危乎微哉！请述朱女士事，以为当世告。

朱女士佩珍，颍上人，七龄丧母。父某曾业商，向在外贩易，丧偶后，因中馈[①]乏人，更娶继室冯氏。冯入室，操持家政，井井有条，待女颇有恩，乡里间以贤妇称之。第性稍迂拘，未染文化，尝以鲛绡[②]一束，缠女足。女辄终夜啼，冯呵之。女曰："儿无罪，胡为遭此苦？"冯曰："汝以为吾加虐耶？世间女子多为是，非吾特创此例。汝今日以为苦，他日莲船盈尺，致婿家憎，必谓汝无生母，不善教养。汝无面目不必论，转使我亦无颜，可乎？"女曰："儿愿随父母终老，不愿受此痛苦也。"冯嗤之以鼻。自是每遇缠足，辄避匿。一日女倚门晚眺，见有邻儿三五人，自校中归。中有邻家女，亦挟书包相随。女呼与语，邻女展包出书，口讲指画，效其师教授状。女未识之无，第觉其娓娓动听而已，且羡且悔。邻女去，女掩门而入。

晚餐后，请于母，愿随邻女至校读书。冯曰："子妮何痴哉？汝父出外营生，恃蝇头微利，给汝衣食且不足，尚有何资畀汝读耶？"女闻言欲泣，冯姑慰之曰："今已冬月，转瞬岁阑，汝父必回家度岁，那时与商未晚也。"女乃破涕为笑，嗣是每日盼父归。既而父果返，面目黧黑，形神懊丧。冯问之，则曰："营业折本矣。

① 中馈：家中供膳诸事；指妻室。

② 鲛绡（jiāo xiāo）：传说中鲛人所织的绡，亦借指薄绢、轻纱。

累岁辛勤，丧于一旦，能不灰心？”女闻父言，不便启齿，然终未绝望。年向暮，祀神祭祖，未能免俗。散馂[①]时，作团圞[②]饮。女见父略有喜色，乃以向之请于母者，转请诸父。父闻之怒曰：“汝年幼，不知汝父苦，纺绩缝纫不勤学，顾漫欲读书耶？予不望汝为汝学士，但望汝习女工，听母教，他日出阁，无非无议，无父母贻罹[③]，予愿足矣。汝再作种种妄想，毋谓乃父责汝也。”女色骤变，抽身至暗隅，呜呜而泣。父愈怒，欲挞之，冯婉劝乃止。越宿而女病。

爆竹一声，已更新岁，家家皆置酒相贺。惟女父转愠为忧，以女之抱病未起也。越日，女之舅父张某，来贺年，得悉甥女病，及致病之由。张曰：“读书不读书，予亦不便代主。但亡姊所遗，仅此一女，君宜格外怜恤，毋使摧残。现正新岁，不如迓至予家，藉作消遣，或者甥疾可瘳[④]也。”女父颔之，问诸女，女亦首肯，强起随舅归。舅家固小康，其先人尝有业儒者，堆书盈箧。女住舅家数日，病小愈，即发箧取书，向舅请教。舅教以音义，女固慧，每日识字数十枚。舅有子二，曾在校肄业，朝出暮归，女又私叩之。不数月，居然能联字造句矣。舅嘉其颖悟也，留之久居，暇辄指导。忽忽终年，而女之学问，竟出二表弟上。其舅曰：“此女有夙慧，予将商之姊丈，明岁当令之入校也。”女闻之喜甚。

越年，张过朱家，循贺年故例，与女父相叙，欲令女入校。女父曰：“内弟误矣。女子小有才，必致辱门户。崔莺酬简，卓女私奔，皆古人丑事。内弟独未之闻耶？”张曰：“是亦未尽然。曹大家[⑤]、谢道韫辈，未闻有失德也。”女父曰：“即不失德，亦必寡福。予不愿予女求学。君若生女，可令之读书。予女固由予

① 散馂（jùn）：旧时祭祀以后，分发祭肉。又作“散胙”。

② 团圞（luán）：团聚；团圆。

③ 贻罹：谓带来忧愁。语本《诗经·小雅·斯干》：“无非无仪，唯酒食是议，无父母诒罹。”毛传：“罹，忧也。”郑玄笺：“无遗父母之忧。”

④ 瘳（chōu）：病愈。

⑤ 曹大家：即汉班昭。班彪之女，班固、班超之妹。嫁曹世叔，早寡，屡受召入宫，为皇后及诸贵人教师，号曰“大家”。

作主也。”张叹惜而返，与女谈其父不允状。张妻在旁，亦嗤之曰：“汝亦多事，莫怪姑丈愠也。”张不顾而睡，是夕竟与妻反目。其妻扬声曰：“汝有亲生儿，不知督教，乃欲培植外家女，舍己芸人，宁非至愚？况彼住我家，已一载矣，饮食之赀，尽我家给之。曾见有半薪粒米，携入我门乎？亲生女且外向，遑论甥女？尔甘心，予决不甘心。”女闻言，芳心几碎，惟泪簌簌如雨下而已。翌日，禀诸舅父，愿归家。舅父不能留，乃送之便归。

女归后，复经父训饬，以静居闺中为约。女勉强承诺。其父复出外经商，女有余闲，仍对书吟哦[1]。盖辞别渭阳[2]时，固借书数部来者。温故知新，由熟生巧，渐解音韵，能成五七言绝句，书法亦秀媚生姿。更阅一二年，而学大进，咳唾[3]珠玑，无诗不韵。貌亦随而益秀，娟娟此豸[4]，固不知谁家郎，享此艳福矣。虽然，文字为忧患之媒，才名乃造物所忌。女之学问日益深，女之魔障，亦日益滋矣。

女父以时运偶蹇，百计经营，苦无所得，反致折耗。不得已备于故友钱某家，代操会计。钱本大腹贾，以刻薄致富者，邑中名流咸不齿。钱耻之，使其子通华，入校攻书，为联络士绅地。通华颇聪敏，惟习成纨袴，不甚好学，又喜作狎邪游。钱以其年逾成童，拟聘一才德兼全之淑女，为子内助，藉挽野心。闻朱女贤且慧，即浼人作介绍，示意于朱。朱以钱家多财，并身为钱佣也，不便固却，竟许之，委禽[5]有日矣。女不悦，亟投书舅父，恳其代阻。张因面朱陈利害，语中略述女意。朱曰：“吾固谓女子不宜阅书也。十余龄即思自由，妨父命，预婚事，厚颜至此，

---

① 吟哦：有节奏地诵读。

② 渭阳：舅父的代称。《诗经·秦风·渭阳》：“我送舅氏，曰至渭阳。”朱熹集传：“舅氏，秦康公之舅，晋公子重耳也。出亡在外，穆公召而纳之。时康公为太子，送之渭阳而作此诗。”后因以“渭阳”为表示甥舅情谊之典。

③ 咳唾：《庄子·渔父》：“窃待于下风，幸闻咳唾之音以卒相丘也。”后以“咳唾”称美他人的言语、诗文等。

④ 娟娟此豸（zhì）：形容美女姿态妩媚妖娆。

⑤ 委禽：下聘礼。古代婚礼，纳采用雁，故称。

成何体统？予已许婚，安能翻悔乎？”张无词可答，即以朱言覆女。女大恚，嗣闻钱子亦投身学界，稍稍自慰。然大错已成，势难更变，女固无如父命何也。

福不易逢，祸偏突至。女父方以女字朱，得为终身之倚。谁知天下事不由人算，女未受聘，而父先遘疾，延医寡效，服药无灵，呻吟床褥有日矣。迨聘期已届，嘉币初陈，钱宅虽号素封[①]，礼节多从吝啬，以寥寥数十百金之聘礼，移作医药赀。不一月间，已去其半。乃金将罄而病反加剧，奄奄一息，如乏油之灯，油尽而灯熄矣。弥留之夕，女呼父连声，而父不能答，仅作点首状，阅时而逝。天何不吊，降此鞠凶？呜呼哀哉！

女哀毁成病，卧床复匝月，稍愈而女母又疾。室如悬磬，妙手空空，仅此支离惨淡之母女，相对床榻间。谁复为之怜恤者？张虽至戚，顾迫于河东之狮吼，亦不便时时接济。间或踵门探视，唏嘘之外，无可设法。冯浼张向钱家乞贷。张曰：“彼守财虏也，讵肯慷慨解囊，恤尔母女？无已，其商之通华乎？”乃竟趋某校与通华商。通华首鼠两端，未遽允，亦未尝不允，唯以徐图为约。张即以此覆冯家，女闻之，喜惧交并，翘望不已。忽有尺素传来，亟展阅之，乃其未婚夫与女之书也。书云：

前承令先尊谬爱，许结丝萝。两姓相联，三生有幸。方期奠雁亲迎，得谐永好；何意传来噩耗，遽陨泰山。叨在半子，拟登堂叩奠，聊申区区敬意。乃家君以卿未来嫔，漫焉执子婿礼，匍匐往唁，殊非所宜。尼之不得行，严命难违，莫由自主。然寸心无日不感卿父，尤未尝无日不念卿也。令母舅来，述卿病状，并叙及卿家苦况，恨不立造卿门，一探究竟。顾虑为家君所闻，致遭严责。家君固执拗有素者，子为父隐，欲言不忍，卿其为我谅之也。现拟于某日星期，雇舟至某河干，卿家距河不远，幸临玉趾，登舟会叙。闻卿

① 素封：无官爵封邑而富比封君的人。

明达，幸勿固辞。通华上言。

女阅书竟，踌躇未决，乃来使敦促覆书，鹿撞心头，茫无定向。欲践约，则有犯嫌之恐；欲不践约，又有将母之忧。继而自决曰："为母故，何惜一身？况彼固未来之伉俪也，拚羞相见，似亦无伤。"遂握管作短简以复之，略云：

惠书诵悉。妾命不辰，屡遭颠沛。辱蒙齿及，深感厚情。涸辙之鱼，待援已久。妾欲守礼，转恐妨命。谨于某日遵约以待。妾佩珍谨上。

"聪明一世，朦懂一时。"此谚语也，朱女佩珍适蹈之。如来书既云"恐遭父责，不便登门"，则舟中会叙，更非所宜。招招舟子，岂无耳目？宁有不为多鱼之泄[1]者？女因迫于家贫，兼及母病，不遑三思，遂冒昧致复，专待期至。届期亦不令母知，贸然径往。出门数武，即达河干，果有扁舟停泊。舟中有一少年静候，见女至，即迓之登舟。女第认为未婚夫，含羞觌面，红上梨涡。少年备极殷勤，情词兼挚，俟女下舟后，即呼舟子鼓棹离岸。一篙一桨，已达河心。忽又有一艇飞划前来，艇中发有怪声。女心虚，微启篷视之，未曾细睹，而腕忽中弹，接连数响，篷穿而少年亦倒。女大惊，忍痛抚少年身，大哭曰："我可怜之未婚夫乎！甫谋面，陡遭横祸。妾命苦，反害及未婚夫。夫死，妾何生为？"语至此，忽舟中有声呼女曰："汝误矣，彼岂汝未婚夫哉？速开篷，为汝详告也。"女既遭枪创，又闻此意外语，骇极而陨。

离奇变幻，不可思议，是正旁观者所急欲详究也。先是女舅张与通华商，语为其友费某所闻。费某，一浮荡子也，素耳女艳名，私心羡慕；至是以有隙可乘，设为张冠李戴之计，冒作女之未婚夫。投书索覆，皆费所为，通华概未之知。星期前一日，通华预约费往游某地，费含糊以对。翌晨，通华早起，出视费，而费已他适。地上遗书函一，展阅之，即许女遵约之复书也。大愤，趋回家，取家中

---

① 多鱼之泄：《左传·僖公二年》："齐寺人貂始漏师于多鱼。"杜预注："多鱼，地名……《传》言貂于此始擅贵宠，漏泄桓公军事，为齐乱张本。"后以"多鱼之泄"或"多鱼之漏"指泄漏军事机密。

防盗之手枪，藏诸怀中，买棹追驶。将近河干，遥望之，果见费某讶女下舟，乘其离岸，出枪连击。一击中女腕，再击、三击洞费胁。及闻女哭声，乃知女系被绐，急停船过女舟，而女已踣矣。通华见花容委地，情不自禁，亦泫然泪下。

少顷，女渐苏，启目视通华。通华曰："卿胡孟浪，致受奸人欺？"女曰："彼果奸人耶？"通华探囊出名片，掷而与之。女谛视，知果不谬，乃蹶然起曰："天乎，冤哉！予固自知礼义之不可踰也，万不得已而出此，乃适中奸人计。天其惩予之自由，而为女同胞儆耶？"言次，对费作切齿状，复凄声语通华曰："失足之愆，百口难辨。身虽未裂，名已受污。呜呼已矣！予无颜见君，亦无颜返见吾母，予惟有随曹孝女游耳。君若有心，乞转禀吾母，予愿待吾母于地下也。"言未已，一跃赴水。通华亟持之，已无及矣，呼舟子捞救。凫水一小时，始得女尸，面色犹如生也。通华悲悼久之，始篼船停岸。造女家，以事告冯，冯一恸亦绝。

通华亟报女舅张，张飞驰而至，为母女发丧。通华出十金赙[①]之，复令张为证人，赴县署投案。经官饬役至费家，费某病创未死，盖彼固佯为已死者。女之赴水，舟子之捞救，彼皆闻之。俟钱舟傍岸，彼即扬去，至是被官役察出，无可隐讳，只得赴县对质，据实供陈。始则被禁狱中，旋经浼人纳贿，仅判以欺诈未遂罪，因病创暂释。费返，甫入门，忽战栗不已，哀呼饶命，继复太息曰："予死晚矣，悔不该设狡谋也。"言已，仆于地，七窍流血而死。识者知为朱女索命云。

阅者曰：朱女之死，人谓其死于知书。夫知书岂致死之由？误由于不自慎耳。仓猝得书，冒昧赴约，已非闺女所应为。迨晤面时，复不详诘其姓氏，即误认为未婚夫，其取死也亦宜哉。然为母轻出，遘变捐生，其志可悯，其遇尤可悲矣。狡哉费某，置人于死，徒能贿官，不能贿鬼。乃知女子之所宜闲者道，而男子之所宜戒者色。著此篇者，不可谓非有心人也。

① 赙（fù）：拿钱财帮助别人办理丧事。

卫 生

“自古青楼红粉女，看来能有几情人？”这二语，本足为狎邪游者下一针砭。无如纨袴子弟，席祖若父之居积，不知阿堵物之从何而至，贸然取之，惘然掷之。声色场中，无非贵公子富少年足迹。彼固非望倡女之为苏小小、关盼盼，第借此以餍一时之肉欲耳。卒之床头金尽，壮士无颜。“一失足成千古恨，再回头已百年身。”作狎邪游者可知返矣。

苏州系著名金粉之区，柳巷花乡，触目皆是；风鬟雾鬓，罗列街头。非老成经炼之人，鲜有不为所迷者。有某宦子卫生，翩翩其貌，楚楚其容。问年尚属韶龄，爱花已成性癖。鸨儿爱钞，姊儿爱俏，见卫生至，无不倒屣欢迎。幸卫生眼界颇高，鉴衡知慎，择瘦评肥，鲜有当意。以故涉迹平康，往往一酒一盘以外，无甚留恋。虽稍费缠头赀，而以卫生之家积巨万，若九牛之亡一毛，固不足介意也。

一日，卫生方兀坐家中，有故人不速而至，视之，乃施生也。寒暄之下，对坐谈心。施生问曰：“君胡为郁郁家居？春色撩人，韶华不再，盍从吾一游，藉遣雅兴。”卫生曰：“吾年虽稺[①]，阅人多矣。无盐[②]加粉，东施效颦，徒污人目，不值一盼。”施生曰：“子何所见之小也？十步以内，非无芳草。人病不自求耳，安能以一隅之闻见，掩尽嫱施[③]？”卫生曰：“果有嫱施，自当倾倒。但我生也晚，去古已远，何由唤起芳魂，一亲芗泽[④]？”施生曰：“子从吾游，自睹嫱施。

① 稺：幼。后作“稚”。

② 无盐：亦称“无盐女”。即战国时齐宣王后钟离春。因是无盐人，故名。为人有德而貌丑。后常用为丑女的代称。

③ 嫱施：古代美女毛嫱、西施的并称。

④ 芗泽：香泽；香气。芗，通“香”。

喋喋胡益者？”卫生曰：“子之嬲[1]我，亦太甚矣。无已，姑从君一行。如无嫱施，当偿予足力也。”言毕，随施而出。

出门后，卫生无一定之目的，但随施生前行。施似早有成见，疾趋数里，已到平康。卫生笑曰：“子又引我入盐嫫[2]场矣。我固谓子无特识也。”施生不答，径引卫生前趋，转湾抹角，走入一巷，巷门署“停云”二字。初进巷，便闻弦管之音，悠扬不绝。又行数武，施乃站住曰：“至矣。”卫生曰：“此处非天台，宁得遂误阮郎[3]？”施生手向右指曰：“子试瞧之。”卫生一望，双扉闭月，悄无人声，惟门上悬一招牌，大书“津门赛昭君寓”六字，不禁嗤然曰：“俗眼俗眼。顾其名，已知其为粉饰也。”施生不与辨，但随手叩门。兽镮[4]甫响，莺声已达户外，启扉者乃一十四五岁小鬟，眉目间颇含秀媚态，速客入门，转身而去。

施导卫入客厅，厅中铺设，颇见精雅，所悬联对，大半为名手笔墨。卫生随览一周，经打杂献茶，才小坐。俄见启门之小鬟，含笑而出，邀施、卫二人入内堂。二人从之，甫随入，尚未坐定，觉屏后有一阵环佩声，送入耳中。未几，有丽人姗步前来，濯濯如春杨柳，滟滟如出水芙蕖。一种神采，注入卫生眼帘，目不昏而自眩，心不醉而自迷。至丽人启口问名，亦不知所自答。迨经施生代报姓氏，而丽人以“卫大少爷”四字呼之。方觉一道魂灵，还归躯壳，乃与丽人周旋。“幸睹芳姿，非常瞻仰”等套语，信口杂陈，有不自觉其颠倒复沓者然。

丽人固花界翘楚，笼络青年之好身手也。此次自津来苏甫月余，得缠头金已不止千百。彼却挥霍无度，到手辄尽。既见卫生，由施代述家世，已知为一大出息。于是极情迎合，曲意殷勤。卫生本血气未定之少年，睹此天生尤物，安得不堕入

---

① 嬲（niǎo）：戏弄；纠缠。

② 盐嫫：丑女无盐和嫫母的并称。

③ 阮郎：汉明帝永平五年，会稽郡剡县刘晨、阮肇共入天台山采药，遇两仙女，被邀至家中，并招为婿。事见《太平御览》卷四一引南朝宋刘义庆《幽明录》。阮郎本指阮肇，后亦借指与丽人结缘之男子。

④ 兽镮：同“兽环”。旧式大门上的金属门环，衔在兽头形装饰的口中。

毂中。由堂而室，步步引入。金缸[①]初灿，绮席已陈。西子展颦，送春山之黛色；南人妍眼，翦秋水之波光。脉脉含情，绵绵软语。若非施生在旁，几已镕成一片。逮夫酒阑夜静，玉山半颓[②]。丽人复鼓琵琶一阕，作为侑酒尾声。“嘈嘈切切错杂弹，大珠小珠落玉盘。”司马青衫，代泪以酒；爱花之念，转而惜花。叩丽姝之姓名，则固与昭君同宗，而小字慕嫱者也。

玉漏沉沉，鼍更[③]二下，其时酒筵已尽彻矣。施生抽身欲别，而卫生则无意偕行，勉强起座。慕嫱笑而留之。施语卫曰：“君且止。今日阮郎，想不能遽脱天台。温柔乡中，凭君好好领略，毋谓天壤无嫱施，亦毋谓鄙人固无目也。”卫生婉言谢过，并云愿与施生同行。施生曰：“红丝已系，何假惺惺为？第勿忘月老足矣。”言已径去。此时璧人相对，郎贪女爱，人面田田，脂香满满。倒鸾颠凤，通宵无限绸缪；盟海誓山，是生愿谐鹣鲽[④]。越是聪明越是昏，可为卫郎写照矣。

卫生自赏识慕嫱后，言无不从，语无不听，视黄金如粪土。不特慕嫱一身，由卫供给；即阖院鸨母龟奴，亦俱得藉此分润。有所需索，慨然立予。无如有限之金银，卒难填无穷之欲壑。慕嫱忽喜忽嗔，又直玩卫生于掌上。卫生家虽殷实，而所入现金，不敷买笑。卒之情见势绌，囊底告空。不得已，与施生商，将田产质鬻。施以媒合之功，已暗中沾润若干，得此质鬻之介绍，又有回头折扣。施日富而卫且日贫。有与卫为执友[⑤]者，闻其事，咸来劝勉。卫则听之藐藐，除慕嫱外，固无言不逆耳也。

---

① 金缸：亦作“金釭”。金质的灯盏、烛台。

② 玉山半颓：南朝宋刘义庆《世说新语·容止》：“嵇叔夜之为人也，岩岩若孤松之独立；其醉也，傀俄若玉山之将崩。”后因以“玉山倒”或“玉山颓”形容人酒醉欲倒之态。

③ 鼍更（tuó gēng）：指更鼓声。因鼍夜鸣与更鼓相应，故名。亦指战鼓声。

④ 鹣鲽（jiān dié）：比翼鸟和比目鱼。比喻交往密切的朋友或相亲相爱的男女。

⑤ 执友：十分亲密的朋友；知心好友。现在一般作“挚友”。执，真挚、真诚。

时卫父羁宦滇南，初拟携子赴滇，寻因滇多瘴气，恐非所胜。又以妻室早殁，家中乏人照顾，乃留子守家。惟卫父素性固执，事必衷古，不愿其子早婚，违“三十而娶[①]”之礼训。以故卫生年当二九，尚未聘娶。江滇路遥，凡卫生种种举止，父未获闻。至是始稍得消息，愤恨异常，急修书致故乡亲友，令代为训禁，毋使浪掷虚牝[②]。一面又严词戒子，有“汝再狎妓，务加斥逐”等语。卫生过目即忘，毫不介意。亲朋等虽期不负托，时来规劝，然屡戒不悛，则亦从而置之。“各人自扫门前雪，不管他人瓦上霜。”吾国风俗大抵如斯，何足怪者？

卫有姑表亲陈翁者，年已望六，生子女各一。子已壮，随卫父至滇，司书牍。女则年甫及笄，尚待字也。陈翁本属意卫生，拟作东床选；迨因卫好冶游，姑不提议。卫父贻书重托，并属其子亦驰禀堂上，力请挽回。陈与卫家相距百里，屡劝不答，乃思得一策，买棹至卫生家。卫迓入，款待如仪，然料其为规谏来者，应对之间，不甚欢洽。晚餐后，坐立不宁。陈觑其状，语卫曰：“贤表阮[③]如有要事，不妨从便。予老朽，早起亦早卧，此时已昏昏欲睡矣，幸导我寝也。”卫喜甚，亟引入寝处，不待陈卧，悠然而逝。

翌日，陈早起，待卫不至。晌午始归，面陈时，神情犹恍惚也。陈犹虚与周旋，不加诘问。午膳已进，酌酒言欢。陈、卫皆善饮，彼此连尽数巨觥。陈乃掀髯言曰：“予闻贤表阮得意中人，信乎？”卫默然，良久乃曰：“无之。”陈曰：“是何庸讳言？韩蕲王[④]功名，半出梁夫人手。梁固倡家女也，假令韩不纳梁，

---

① 三十而娶：古代礼制规定男三十而娶，女二十而嫁。语出《周礼·地官·媒氏》：“媒氏掌万民之判，凡男女自成名以上，皆书年月日名焉。令男三十而娶，女二十而嫁。”

② 虚牝（pìn）：谓白白地浪费。

③ 阮：中国晋代阮籍和他的侄子阮咸并有盛名，同为“竹林七贤”，世称“大小阮”。后“小阮”用作侄的代称，如“贤阮”。

④ 韩蕲王：韩世忠（1090—1151），字良臣，自号清凉居士，延安府绥德军（今陕西省榆林市绥德县）人，南宋名将、词人。宋孝宗时追封蕲王。夫人梁氏（明清戏曲小说中作梁红玉），原为京口妓，随韩世忠从军有功，累封安国夫人、护国夫人、杨国夫人，后追赠邠国夫人。

恐未必为宋史光。纳妓何伤，在善择耳。”卫闻言，不禁眉飞色舞曰：“姻丈知侄，侄固不必讳也。”陈曰：“盍娶之？”卫曰：“家严素性，谅姻丈亦熟闻之，岂肯容侄娶倡家女乎？”陈曰：“有我在，不妨迎娶，但恐若不嫁汝耳。”卫曰：“渠已矢志嫁侄矣。一则恐拂家君意，不能遽娶；一则七十鸟索价太昂，不能即娶。是以迟迟至今，尚无定议。”陈曰：“令尊处有我担任，脱籍银亦可代为筹措。请速为订约，即日完娶。余在此，亦得叨数樽喜酒也。”卫大喜，离席拜谢。陈曰：“不必，不必。余特成人之美耳，何谢为？”乃问妓姓名住址，卫一一告之，不少隐焉。

午餐毕，陈促卫，往慕嫱家，闭户假寐以待其归。天将晚，卫排闼入，陈即问其谐否。卫曰：“事或可谐，但彼索三千金，奈何？”陈曰：“三千金似太昂矣，虽然，容我图之。余有故人在此营业，可以挪移巨款，今晚当为汝一行也。汝姑在家守候。”卫欣然领诺。是夕陈孑然往，径造慕嫱院中。鸨母出迎，立予钞券十金，以一见慕嫱为快。鸨母惟利是视，速慕嫱出。晤面之下，果然妖艳。复给鸨母五十金，为设席赀，令慕嫱侍席。席间语慕嫱曰：“予老矣，然阅人已多，未有如汝之娇好者。予家蓄五妾，有瘦有肥，颇亦不陋。迨睹汝，不啻盐施之相较。可惜予年半百，大福不再耳，否则重金不吝也。”慕嫱虽亦嫌陈之年老，然欲藉此以博厚金，不得不出其媚人手段，格外恭维。而鸨母在旁，尤极逢迎，俱以“陈翁未老，后福无量”为词。陈翁复曰：“闻是处有卫公子，愿为汝脱籍。若方青年，可称嘉耦。”鸨母不待言毕，亟曰：“是儿鄙吝，欲以千金购予女。予女岂止值千金哉？且予亦不愿予女嫁彼也。”陈翁曰：“如汝女姿色，足值万金，易万以千，固太少矣。但卫公子近方支绌，千金恐亦难致耳。汝果有意嫁女，余可为汝物色豪门也。”鸨母称谢，慕嫱亦称谢。陈翁再欲有言，忽闻外面有哗扰声，顾鸨母曰：“何为？”鸨母闻之，趋而出。

鸨母去后，陈翁又私问慕嫱，是否愿嫁卫郎。慕嫱答以不愿。陈问其故，曰：

“彼金垂尽矣。我安能嫁彼为贫妇乎？”陈又多方劝激，慕嫱则指天画日，誓不嫁卫生。适鸨母复入，状有愠色。陈询之曰：“可恨小卫，无端啰唣，必欲予女出侍。予已面斥令去矣。”陈曰：“汝亦太薄情哉！彼往来有日，耗费想亦不少，胡忍白眼相加？”鸨母曰：“予女并未为彼妇，安能禁止自由？”陈曰：“他日将如何见彼？”鸨母曰：“予女宁专恃彼耶？彼若再来，将出而撵之。”陈翁顾慕嫱，仍谈笑自若，私忖曰：“若辈无良，一至于此。何卫生之不察也？”既而席终，陈略与委蛇即别去。

抵卫家，入门问仆，欲见卫生。仆曰：“已睡矣。”问卫曾出门否，曰：“一出即归。”陈颔之，仆去乃寝。明日起床，卫已入见。陈曰：“款项已有着落，不过稍缓数日。”卫曰：“姻丈不必费心，侄已决绝彼豸矣。”陈故讶之，问其所以。卫约略相告。陈曰：“秦楼楚馆，固乏情人。但安知非鸨儿作怪，毋遽怨彼姝也。”卫曰：“若已许我不再接客，胡为前日订约，而昨即翻悔？宰情负义之人，何足为予耦？”陈曰：“今日试再一往，何如？”卫不答。越宿，陈恐卫复有悔心，力促再往。卫以日入为期。傍晚，陈托词访友，仍赴慕嫱家，给赀较前尤丰。鸨母以下，趋承益谨，唯恐失贵客欢。而卫生适于是时踵门，喧扰之声，彻于户内。陈语慕嫱曰：“外间哗噪，想又是卫公子至矣。汝愿嫁彼，当迓之；否则盍亲出决绝？每夕如是，殊碍雅观。余固不惯聆此恶声也。”慕嫱乃出。陈侧耳听之，隐约闻两造争执声、怒骂声、诃逐声，不禁鼓掌自笑。迨慕嫱返席，复相与劝酬一番。彻席[①]后，乃话别而归。

逮至卫家，夜尚未深，见卫生卧于陈榻，频频嗟叹。陈佯问之曰：“今夕胡不探望情人，乃在此作楚囚[②]耶？”卫生蹶然起曰：“休再提起，予知过矣。”陈曰：“莫非又遭闭门羹乎？”卫曰：“不宁惟是，且遭此豸诃斥。悔不该以家君撙节

① 彻席：彻，通“撤”。撤席。亦作人死的婉辞。

② 楚囚：本指春秋时被俘到晋国的楚国人钟仪，后用来借指被囚禁的人，也比喻处境窘迫、无计可施的人。

之赀，浪掷虚牝也。”言已，自批其颊。陈曰：“毋然。人非圣人，谁能无过？贤阮特一时之误耳，若能悔过自新，则失之东隅，收之桑榆，何悔愤为？”卫乃对陈宣誓，决不再入花丛。陈乃进以巽言[①]，继以庄语，坐谈一二小时，而卫生之心，已豁然大悟。

卫生固聪明绝顶者，寻花问柳之襟期[②]，一易而为枕经葄史[③]。进步之速，几难拟议。越年，小试即入庠[④]，乡试复中式；又越年，成贡士。陈翁乃以其女字之。是年，卫父解组归林，即为其子授室，伉俪甚笃。卫生尝语其妇曰：“予之得有今日，皆卿父之赐也。予若忘卿，是有负卿父矣。”妇亦婉而顺。越年，孪生二男。累官至御史而终。

阅者曰：陈翁其得操纵之术乎！以卫生之迷于色，父戒之勿悛，亲友规之亦不悟。若非陈翁，则家产必无孑遗。陈翁用欲擒故纵之方，令卫生入其计中，不假烦言而自令悔过，洵可谓善于讽谏矣。虽然，卫生亦夙秉聪明，一经挫折，即解回头。当今青年，未必皆能若是也。吾服陈翁，吾亦善卫生。

---

① 巽（xùn）言：语出《论语·子罕》：“巽与之言，能无说乎？绎之为贵。”后因以“巽言”谓恭顺委婉的言词。

② 襟期：襟怀、志趣。

③ 枕经葄史：葄（zuò），垫（动词）。枕着经典，垫着史书。形容专心一意地读书。

④ 入庠：明清时，儒生经考试取入府、州、县学为生员，谓之“入庠”。

缎子大王

清乾隆季年，有以缎肆起家者，王其姓，人因呼为“缎子王”，后且称为“缎子大王”。富埒王侯，名盛京邸，迄今犹艳称之。

王本京师旧家子，幼颇慧，习书算无不晓。童年丧父母，孤苦伶仃，无援之者，遂流为丐。年弱冠，犹托钵街头也，昼行乞，夜宿鸡毛房。鸡毛房者，京师寓丐之所也，慈善家设此以寓流民，中储鸡毛盈数尺，孤苦者赖以御寒，每宿仅取钱三文。会年暮，雪花如掌，都中人皆围炉守岁，集父母妻孥，燕饮为乐。王寓栖丐所，敝衣短褐，瑟缩一隅。旁有一人同宿，年与王相若，褴褛之状，不亚于王。王素相识，知为旗人某。夜静时，忧而忘寐，尝互谈苦况。至是雨雪盈途，行人稀少，未及暮而两人偕归，亟蜷卧鸡毛中，相对唏嘘。王忽跃而起曰：“我辈亦须眉男子，负昂藏[1]七尺躯，乃以此为寄生地。微特负祖宗，抑且负己矣。”旗人某答曰：“人不我援，天不我悯，将奈何？”王曰：“吾闻有丐而毙者，未闻有丐而生者也。我辈若不惮勤劳，宁必束手待毙？盍改图，别寻生计，得借一枝以为庇，宁不胜此万万乎？”旗人某亦起立曰：“君言良韪。予虽不才，亦略通文字，粗具知识，志固不愿以丐终也。今则岁云暮矣，天寒雪冱，靡适而可。请以改岁为期，各寻生路。”王曰：“隔宿即元旦，君以为尚需多日耶？”旗人某哑然失笑，既而曰：“然则即以明日为期可。”王曰：“甚善。吾橐中尚有数钱，翌晨，当购香一束，誓诸神前，君肯从我行乎？”旗人某鼓掌赞成。王曰：“余与君虽分满汉，境遇相同，作伴亦多日矣。如承不弃，愿为异姓兄弟。”旗

① 昂藏：仪表雄伟、器宇轩昂的样子。

人某欣然，请如约，意适睡酣，俄而天晓。

王见天色已明，唤旗人某曰："起起，晨鸡已三唱矣。"旗人某闻声即起，与王偕出，行里许，达城隍庙，门已辟矣。两人集赀二十文，向庙祝购香，爇诸神前，虔诚拜祷。继与旗人某行伯仲礼。某年稍长，呼王为弟。后相约曰："苟富贵，无相忘也。"出庙门，拱手分途。王踯躅[1]而前，遇一典肆主人，即前祝新禧，执礼甚恭。肆主睨之，若相识者，旋曰："我与尔似面善。但姓氏则已忘之矣。"王曰："小人，固一丐也。承公怜念，屡给以钱，自愧无相当之报酬，徒需人豢养，恐犬马且不如。自今日始，已对神设誓，不愿再操旧业矣。"肆主曰："将何之？"王曰："无已，其为人佣乎？"肆主曰："已得主否？"王曰："尚未。"肆主见其措词雅饬，不类佻达子，遂语之曰："子果愿为佣耶，盍从我行？"王唯唯。肆主固亦往礼神者，王随去，亦随返。

自是遂为典肆佣，炊爨洒扫，至勤至慎，昼夜不少懈，肆主颇倚赖之。居经年，无少忤主人意。忽忽间又除夕矣，主人核计簿册，屡算屡讹，致形愤急状。王在旁微笑，主人怒曰："汝敢笑我耶？"王曰："仆何敢笑主翁，但欲言未便启齿耳。"主人曰："直言何妨？"王曰："此簿用某法乘除，较为便捷。"主人曰："子试核之。"王即为代核，不一时而毕，数适符。主人大喜曰："吾不能早识子，屈子久矣。明岁盍为我主庙市？"王感谢。庙市云者，京都各寺观中多设市，两旁列摊，百货云集。典肆中未赎之物，亦陈市兜售，职此者月可博薪数金。王骤得此役，固所谓踌躇满志者也。

王职庙市后，待人和蔼，购物者多喜与贸易，售货速而获利厚，人莫之及也。会有太监某者，来购货，与谈甚欢洽，遂时相过从。一日语王曰："如子才，为大商不难，何小贾为？"王曰："即此已过望矣。况大商非资本不办，仆故贫，

---

① 踯躅（zhí zhú）：以足击地，顿足；徘徊不进貌。

何来赀本？”太监曰：“有我在，集资易耳。汝明日辞居停[1]，与我合为贾。我居南池子某门，汝来，当相候也。”王以三日为期。是夕反典肆，向主人乞假，交代经理事，一无私讹。届期往太监处，太监设席以待，立出万金付之，令设缎肆于东华门。王谦和之度，不易其常，未尝以得意自矜。往来商贩，相属不绝，咸啧啧道王翁贤。而肆中复每岁得利。谚所云“和气生财”者，信然！

宾至如归，时来福辏。丐而仆，仆而伙，伙而主人翁之王某，竟以和气迎人之故，上达天听。九重凤诏，忽降肆中。微特王某梦想不到，即旁人亦以为得未曾有者也。时清室全盛，海外各国，辄遣使贡方物。使臣有暇，则至王肆游。王甚欢迎之，有所交易，坦然赊与，且馈以食用各物，殷勤款待，甚惬来者意。乾隆帝觐见各使，使臣稽首称贺。陈奏时，并道及华商信义，首举王某姓名对。帝大悦，以国体攸关，特旨召见王某。王奉诏入朝，奏对称旨，天语温奖有加。翌日，命内务府拨银五十万两，委王董之。一介商人荷蒙天宠，此非清史中仅见事耶？王辞故主人，仍业缎肆。

王肆系奉旨特开者，交游多冠盖。王极意交欢，靡不如意。有郎中某，屡向王贷银，尝有久假不归事。王以其无信也，稍薄之。未几又乞贷于王，王未之允。某郎中即以是衔恨矣。越二载，御库中颁发陈缎数箱，令王变价输库。王领归，启视之，则满箱皆朽缎，色如漆，质似灰，一钱不值者也。王惊愕，继思是必有中伤之者，浼人侦察，乃知司缎库者非他，即乞贷未遂之某郎中也。王嗟叹久之，默计须折阅数十万金，累年营积，将因是尽丧，恚且悔。继而叹曰：“自我得之，自我失之，此命数使然耳，夫何尤？”转念所贮之缎，不下数千匹，或非尽腐，乃倾箱检阅，甫展数疋，有一物似黄叶者坠地下，灿烂夺目，拾而视之，乃金叶也。王奇之，细检缎中，每疋各卷金叶若干。统估其值，较缎价不啻数倍。塞翁失马，

① 居停：即居停主人。寄居之处的主人，指东家。

安知非福？此诚千古奇逢也，除缴还缎价外，所赢且不可胜计，遂以此益富。

时内务府诸公，多与王交游，闻御库颁发旧缎事，料王之或致折耗也，造而问焉。王曰："缎虽旧，幸非尽霉烂，折耗尚有限也。"客曰："是系前明籍没魏珰[①]物，迄今将二百年，尚不致尽腐耶？君福人，得徼天幸，否则殆矣。"王谦词以谢，送客出。始知明大吏之藉以媚魏者，魏未之察，而其后亦无人发觉也。然窃念徼幸之遭，可一不可再，他日保无堕人计中，不如见几为佳。遂托病引退，仍以五十万两金归内务府，挈余资回籍。旋至长芦业盐，得引地[②]四十八处，鹾务中推为巨擘。长袖善舞，多财蕃贾，陶朱公[③]后，莫王若矣。

又越数年，王以查引地至河南，问豫抚姓氏，惊喜交集。豫抚何人？即向在鸡毛房中之同侣，与王约为昆仲之旗人某也。王富后，亦尝系念及之。顾以彼此飘蓬，无从探询。以是一别数年，不通闻问。迨得此确音，亟具柬往拜。豫抚开正门迓入，寒暄数语。王起，握豫抚手曰："犹记在鸡毛房中语乎？"豫抚曰："唯不敢忘。"两人皆大笑，张筵叙别，各道所历事。王骤富，旗下某则骤贵。某别王后，得本挡援引，充钞胥役，未几补笔帖式[④]。历转员外郎，外升府道，洊任两司，俄握抚篆。其所遇亦如王相侔。欢燕数日，王欲别，豫抚强留之。饬运司详查引地以报王。王复小住数日，决计告辞。临别时，王语豫抚曰："兄冠冕中州，贵显已极。大丈夫得志，为人民造福，快何如之！虽然，弟有一言为兄告者，范蠡泛湖，张良辟谷，急流勇退，智者所为。愿兄毋乐此不返也。"豫抚曰："敬受教。"王去，豫抚任满引归，暇辄与之叙旧。问其年，犹仅强仕[⑤]云。

---

① 魏珰：明末宦官魏忠贤，本名魏珰。

② 引地：旧时指定给盐商的专卖区。又称引岸。

③ 陶朱公：春秋时越国大夫范蠡的别称。蠡既佐越王勾践灭吴，以越王不可共安乐，弃官远去，居于陶，称朱公。以经商致巨富。

④ 笔帖式：官名。清代于各衙署设置的低级文官。掌理翻译满汉章奏文书。

⑤ 强仕：四十岁的代称。语出《礼记·曲礼上》："四十曰强，而仕。"

阅者曰：王翁亦一人杰哉！身穷志不屈，志得气不骄，卒能以赤手致巨富，天使之耶？人为之耶？彼旗下某公，且自拔穷途，置身通显。意者其志其材，洵足与王翁相伯仲欤！彼世之偶遭逆境，即怨天尤人，自暴自弃者，志一萎而气即衰，遇且益困，无怪其以沟壑终也。闻王翁事，应蹶然兴矣。

客中消遣录

卷二

韦十一娘

皖人程德瑜，字符玉，操商贾业，性简重，有长者风。尝贩货川陕间，颇得赢。将归，过文、阶两州[①]间，就肆小饮。忽有一妇跨驴而来，年可三十许，貌颇不俗，而眉宇间露英武气，不少存儿女态者。肆中人皆目之，程独端坐不转瞬焉。妇入肆，亦择座沽饮。饮毕，抽身欲出。肆主求其值，妇怃然曰："适忘所携，拟缓日照偿。"肆主不允，坚索之，妇作窘状。一时哗扰之声，起于肆间，或讪或侮，不堪入耳。会程已饮罢，离座语肆主曰："此良家妇耳，窘之何为？一饮之需，我与代偿可耳。"即并偿其值。妇敛衽拜谢，且请程白姓名。程答曰："是固区区者，不足言德，姓名亦不必言也。"妇曰："瞻君颜色，恐有小虞。妾将有以报君，故敢明问，幸毋隐。"程漫言姓氏。妇曰："君欲知妾姓氏乎？妾姓韦，号十一娘，现欲向城西探亲，少顷亦当东耳，与君会不远也。"言已，策驴径去。程亦出肆东行。

程闻妇言后，且行且疑，转思："彼一妇人耳，小饮之资，尚不能措，安能为我防患？"遂匆匆就途，赁仆马而前。甫三四里，遇一行人，荷笠负笈，与之并道，若有远役者。程姑问之曰："君何往？"曰："将抵杨松镇投宿耳。"程曰："杨松镇在何处？"曰："距此约六十里，镇有旅店可栖，舍此则不可得也。"程曰："日暮可达否？"其人顾日影曰："我可耳，君不可达也。"程曰："我骑尔步，何反不相及？"其人笑曰："此去西南有小径，可二十余里，达河水湾；又二十余里，即至镇。君未悉行程，或致迂回大道，宜不相及。"程曰："我亦

① 文、阶两州：文州，今甘肃文县；阶州，今甘肃陇南市武都区。

欲抵该镇耳。果有支径，幸即引示，抵镇后，以酒食奉劳，可乎？”其人欣然领诺，遂导程前行。约里许，即得一径，初入稍平坦，寻渐险仄。旁峙一山，危崖陡绝，行者须逶冈而前。峰愈回，路愈峻，四周皆丛林密布，仰不见天。程至此颇惊惶，欲责引者，语稍稍侵之。其人曰：“过此即平坦矣。”又越一邱，益觉崎岖。程悔，欲回马，而暴客已突出其前，一声呼啸，竟欲甘心于程。程知不可免，转下马与揖曰：“囊中银尽可持赠，惟鞍马衣装，留作归途资耳，请赐还。”暴客果仅携其囊而去。程正怅望间，忽仆马亦不知去向，所遗者孑然一身而已。关山难越，失路谁悲？有不觉临风泫涕者矣。

俄闻树梢林杪，簌簌有声。程益骇，亟视之，见一女子瞥然而至，貌甚丽而体特轻。方欲致诘，女遽前相告曰：“儿名青霞，韦十一娘弟子也。知公遇盗，特来奉慰。师在前冈相候，幸枉驾过从。”程回忆前言，心始少安，随女子行半里许，即见韦欢颜相迎，并谢失护之罪。程不知所谓，惟随声唯唯已尔。韦曰：“君毋虑。财物仆马，已令璧还。敝居不远，请过宿一宵，外此殊无可憩足也。”程不得已从之。过二冈，程已喘息不已。复见一峻岭，孤悬天表，险不可攀。韦举手指其上曰：“此敝居也。”爰引程扳藤附葛而上，至峻绝处，程不能登，韦与青霞共扶掖之。数步一憩，犹不胜疲；而韦与青霞，则毫不费力。如此行数里许，方得石磴。磴百级，连步而上，若将入云霄中。级尽，乃见平地，有茅堂在焉。韦速程入，引坐榻上。堂窄而雅，绝尽尘嚣气。韦更命一妙年女郎，具茶果献客，继以松醪山蔌①，皆甘芳可爱。女郎执役甚恭，而婉娈绰约，与青霞相似。程不便问其名，第闻韦呼曰“缥云”。云耶霞耶，知非世间凡女子所得匹矣。

酒罢命饭，款待殷勤。程乃请曰：“曩不自慎，堕入狡谋。微夫人相援，几将为沟中瘠矣。但若辈伏莽有年，悍恶无比，不识夫人制以何术？”韦微哂曰：

---

① 松醪（láo）：用松肪或松花酿制的酒。山蔌（sù）：山蔬。

“吾剑侠也，适于肆间见君端谨，心甚敬之。惟观君面色，即有近忧，故为乏钱以相试耳。”程颇谙古今史事，即与之谈昔人剑术，如荆卿、聂政、昆仑摩勒[1]辈，一一指数。韦皆少之。程曰：“然则夫人之意，当以何者为最？”韦曰：“果为剑侠，当为公不为私，为国不为家。彼荆、聂诸人，血气雄耳，徒感一时之意气，遂不惜拚死杀人。此而为侠，何往而非侠也？侠者所重惟正人，所雠惟奸佞。”程曰：“‘奸佞’二字，以何者为准？”韦曰：“世之为守令而虐民，贪其贿又戕其命者；世之为监司而张威福，喜谄谀而恶正直者；将帅黩货，不勤戎务，致贻误国是者；宰相植私党，排异己，而使贤不肖倒置者。此皆吾术所必诛也。”程曰：“今有忤逆之子、负心之徒、武断之豪、舞文之吏，皆为人世害，胡为剑侠者未之除耶？”韦曰：“国有刑章，天有冥谴，除此乃为剑侠所雠。如君所言，不遭法网，必伏冥诛，非余所欲与闻也。”程曰：“为剑侠所雠者，必手刃之而后快，胡为予未前闻？”韦哑然曰：“此岂得令君知乎？凡此之徒，其罪大恶极者，或径取其首领；次则绝其咽，断其喉，或伤其心胸，使其家第视为暴毙，而不得其由；或以术摄其魂，使之侘傺[2]失志而殁；或以术迷其家，使之丑秽迭出，愤郁而死。若其情尚有可恕者，但假之神异梦寐，以惊觉之而已。”程曰：“夫人所言，敬闻命矣，但剑果可试否？”韦曰：“可。惟术之大者不宜轻试。”程请一观其异。韦乃语二女曰：“程公欲观剑，可小试之。”二女应诺，趋而出。

时肴具已早彻矣。韦起，导程出堂，令坐而观之。旋即取袖中二小丸，向空上掷，高数丈欲坠。二女跃登林梢，承之以手，不差分毫。接而拂之，皆霜刃也，闪闪有光芒。初作彼此击刺状，隐约可辨。久之则但见白光飞绕，融成一片。光未散而二女下，气不喘，色不变。程不禁赞赏曰：“神乎技矣。”未几，天色欲

---

① 荆卿：即荆轲。聂政：战国时期的侠客，韩国轵（今河南济源东南）人。昆仑摩勒：亦作“昆仑磨勒”。《剑侠传》中的人物，因其为昆仑奴（黑人），名磨勒，故名。为崔家老奴，为了成全崔生与红绡的爱情，月夜盗出红绡，但崔家人忘恩负义，出卖了他。

② 侘傺（chà chì）：形容失意的样子。

暝，因返升榻上，衾具已陈，引程就寝，又覆以鹿裘，韦始告别，率二女而退。程拥衾覆裘，犹觉其寒，自思不知何因。展转忖度，乃知所处高旷，因之寒冽耳。天黎明，程方起。韦已入室，互相慰劳。逮早膳毕，韦命青霞挟弓矢，下山求野味，历一时而返，无所得。复命缥云，去约二小时，携雉、兔各一而归。韦喜甚，命宰治佐肴。程问曰："山中固乏雉、兔乎？"韦曰："否。特潜匿难求耳。"程曰："如夫人之神术，何求而不得，遑论雉、兔？"韦曰："君误矣。吾术岂用以制雉兔哉？为佳客故，聊命徒采鲜供酌。尽人力以取之，乃不失为正道。否则暴殄天物，宁非不仁之尤者乎？"程闻言，始憬然叹服。

殽既具，韦陪程小酌。约数巡，程问韦家世。韦叹息久之，乃曰："言之可愧，然君固长者也，不妨实告。妾本长安人，家故贫，随父母流寓平凉，卖艺为生。父殁，侍母二年，适同里郑氏子。郑佻达无行，喜狎游，屡谏不悛，辄至反目，旋弃余他往，竟无音耗。伯氏不良，目挑言诱者数矣，妾拒之。某夕竟欲用强，被妾用剑刺其股，负伤而逸。妾自伤薄命，无颜在家，乃潜出访赵道姑。道姑固自幼爱妾者，尝欲教妾以剑术，父母不从，因致濡滞。自妾遭变潜投，得蒙接纳，引登一峰，较此尤峻，峰顶筑有小庵。昼则教妾以术，夜则留妾独宿，以饮酒及外淫为戒。妾意深山之间，何来此二事？安然栖宿，无他虑也。至更静，有男子踰垣入，貌极美，遽前近床。妾惊起，问之不答，势至逼人。妾窥其来意不良，抽剑击之，乃彼亦出剑相敌，技极精，非吾逮也。不得已哀之曰：'君丈夫，休凌薄命女。'其人不听，曰：'从我则生，逆我则死。'妾曰：'死则死耳。师训不敢忘，妾志亦不可夺也。'遂引颈受刃。其人掷剑而叹曰：'孺子可教也，心如金石矣。'妾亟审视之，其人非他，固明明赵师也。由是尽以剑授我，术成师去，妾乃择居此山耳。"言至此，时已毕饮，日正亭午矣。程乃辞韦行。韦以一小囊赠程，曰："囊中有药，每岁饵一丸，可却疾延年。"程申谢。韦送程下山，至官道，语之曰："财物仆马，尽在前途，此去可无恐，恕妾不远送也。"

乃相揖而别。

程行数里，见众人在途中相候，仆马无恙，财物亦具在也。程欲分半与之，众不受；程给以一金，亦却还。佥曰："韦十一娘命吾侪送还，分毫不应取，违则有性命忧。吾侪不敢以头颅易君货。"程乃与之别，束装而归。又越十余年，程复赴蜀，行栈道中，遇一少妇从士人行，数目程；程亦若曾相识者，第一时不能忆其名。忽闻少妇呼之曰："程公何日到此，曾忆青霞否耶？"程悟，亟与之相见，共道寒暄。青霞顾士人曰："此即吾师所重程公也。"士人亦与程行礼，共憩树下。程问韦，霞答言其师如故。别程公后数年，奉师命嫁此士人；缥云亦已他嫁矣。程曰："然则韦师不嫌岑寂耶？"曰："师固别招弟子也。吾侪亦尝省视之耳。"程问所之，曰："适有公事，不敢久谈。"遂告别。逾数日，传闻蜀中某官暴卒，程疑青霞所为。嗣后遂不复见云。

阅者曰：吾读竟，而知红线、聂隐娘[1]之所为，尚未足与言剑侠也。若韦十一娘者，其庶几乎！韦之待程，姑不必论。但观其叙述宗旨，纯从大者远者入手，已可想见其不凡矣。丈夫子能如此立志，已足为大豪杰、大英雄，况巾帼耶？世有是奇男子，吾重之；世有是奇妇人，吾尤敬之。

---

① 红线、聂隐娘：均为传说中的唐代女侠名。

于青天

前清循吏，以于清端公成龙为最著。由州牧洊升至督抚，始终不改操。吏胥闻公至，皆震慑。公状貌魁梧，美须髯。督两江时，年垂暮矣，髯似雪，而精神矍铄。犹好微行，察民间疾苦。属僚相率有戒心，遇白须伟貌者，辄帖伏不敢动，相惊以为公至也。公所管辖地，道不拾遗，门不夜闭，骎骎[1]乎有郅治风。而其尤脍炙人口者，莫如治盗。公知黄州时，未抵任，闻该地多逋亡客，犯案累累，无能弋获者。公愀然曰："民苦矣。安有为亲民之官，乃任群盗横行，害吾赤子耶？吾不为该州牧则已，既为之，必有以惩盗。"是时黄州盗魁为张某，与捕役相沟通。州署有事，张辄先知之，以捕役之闻风密报也。公素有廉察名，车未下，其语先达张某耳。张邀各捕役至，盛筵相待，席间以心腹语托之曰："于知州来此瓜代，闻将抵任矣。此老性情，与他官异，不可不防。仗诸君力，助我一臂，幸毋中若料也。"捕役佥曰："请毋虑。彼文吏耳，有所侦缉，必属吾侪。吾侪与兄交久矣，宁有卖反理？彼此不举发，一于老如张兄何？"张闻言大笑曰："谢诸君，吾想于公亦无能为也。"宴饮尽欢，乃散去。

张虽广结捕役，自以为无他患，而其意未始不防之。捕役为张计，即为自己计，心亦尝惴惴也。朝旨简公为州牧，已有日矣。阖署待公，久不至，捕役等更代张探问。或云公自半途折回，或云公在道遇疾。人言不一，未识真相，为署中固不见有公迹也。一日，张出游，遇一蒙袂辑屦[2]之贫人，踯躅前来，与通问讯。

---

① 骎骎（qīn qīn）：迅疾。

② 蒙袂辑屦（méng mèi jí jù）：袂，袖子；辑，拖着而不使脱落；屦，鞋。用袖子蒙着脸，脚上拖着鞋。形容十分困乏的样子。

自言潦倒前途，无从求活，闻此处有张侠士，慷慨仗义，能济人急，愿投拜门墙，乞为导引。张诘其姓氏，答曰："杨姓，行二，人多呼我为杨二，我即以阿二为名，外此无别字也。"张曰："欲问张某，即我便是。"杨二俯身下拜曰："肉眼不识英雄，幸得相逢，是天未绝我也。如蒙不弃，愿司执鞭役。"张诺之。即随张返，充张家佣焉。

张自得杨后，左右趋伺，悉委杨为之。杨趋承维谨，深得张某意。张出入，非杨相随，不欢也。张家多群盗往来，与张密商，张尽以告杨。杨佯为参议，料事多中，不特令张亲信，即群盗亦惊服如神。以此张之待杨，逾于群盗。寻使为群盗首，凡盗之绰号及伴侣，与历年劫夺等事，皆为所悉。未几亡去，张追觅无着，不知其为何许人也。忽捕役走相告曰："于知州到署矣。"张亦不之怪，第视为寻常报告已耳。惟失杨如失左右手，为之不怿者累日。

于抵任，概循故例，鸣钲[1]赴署，接印视事。甫二日，召全班吏役，及随身亲卒，排衙于庭。自整衣冠出，问曰："仪仗齐备乎？"佥曰："已备。"又问曰："兵械齐备乎？"吏役愕然。公叱曰："吾为州牧，出署时，途中遇盗贼，立须擒拿，安可不备兵械耶？"吏役唯唯，乃向藏械所取出各械，拥公出署。公乘舆而行，众不知所往。转东向西，俱唯公是命。行至张住所，公命停舆，排闼竟入。吏役随公进。张宅甚巨，厅室多曲折，非家人莫能详悉。公视同熟路，穿廊入帷，直造密室，大呼曰："张某何在？"张不意公至，忙出迎拜谒。公曰："毋须。尔令群盗出，可矣。"张言无盗。公笑曰："别人可瞒，瞒我何为？尔勿承，盍仰面视我，我何人，尚未知尔事耶？"张抬头望之，不觉魂驰魄丧，盖于公非他，即昔日为佣之杨阿二也，急匍匐请罪。公从袖中出一长单，掷与之曰："若辈作恶多端，尔为我办此，即足赎罪，吾不汝诛也。"张唯唯。公留亲卒数人助张，

---

① 鸣钲（zhēng）：敲击钲、铙或锣。古代常用作起程的信号。

不数日，群盗尽被絷入署，拟罪有差。其杀人越货者活埋之，匪类一清。而张亦悛过，与张为友之捕役，皆免去。

张破案，远近已传诵不衰。公调任武昌，适有盗犯数人，自营中交来。公阅原案，首犯系营弁之弟；余为从犯，乃劫饷服罪者也。公令禁狱中，数日不一讯。一夕，召群犯至，问首犯曰："尔为某营弁弟乎？"答曰："然。"又问曰："饷果由尔劫乎？"营弁弟极口呼冤。公曰："余亦知尔冤也。尔平素无行，不知自检，故骨肉之亲，亦诬尔为盗，尔知改行否？"营弁弟叩首有声，且曰："小人不胜毒刑，以致诬服。得公鉴释，此后余生皆出恩赐。今奉命改行，小人苟尚不祗遵[1]，犬彘不若矣。誓悔过，不再蹈前愆。"公曰："子能悔过，他复何求？"命脱械纵之。所有从犯，亦一一训诫，各纵去。纵囚毕，即谒抚军，禀白纵囚事。抚军惊问其故，公曰："是非真盗，故纵之。"抚军曰："渠由其兄讦发。渠本无赖，适自远方来，是夕饷即被劫，形迹可疑，且已服罪矣。彼非盗，真盗安在？"公曰："近在目前。"遂指堂下一校曰："是真盗也，速抚治，毋令逸去。"抚军即令人缚之。校失色，犹强词抵赖曰："无罪。"公曰："汝勾通群盗，尚得云无罪耶？汝党羽进香木兰山，今晚获矣。"即请抚军饬役搜校家，真赃果在，书识宛然。余盗果于晚间尽获。盖公已访查确实，密令健役伏要道，乘其不意而掩捕之也。校及群盗皆伏法。抚军嘉奖之曰："子可谓摘伏[2]如神矣。"由是人皆呼公为"于青天"。

既尔清廷闻公名，迭加拔擢，命握江督篆，驰檄于某日莅任。属吏皆远出迎公，日旰不至，佥曰："此公言必信，行必果，奈何今日爽约耶？"方惊疑探刺，而逻者来报，谓公已从间道驰至，单车入辕矣。众大惊，亟返谒督辕，俱被拒不

---

① 祗（zhī）遵：敬遵。旧时公文用语。

② 摘伏：犹折服。

见。前日所饰之厨传[①]，及所奉之饩牵[②]，概却下。阖属不知所为。时按察使司某，公年家子[③]也，众推为代表，入谒公。公始传入，行礼毕，公略问江宁现状。某据事直陈，并乘间进言曰："公之廉正，众所知也；但过于清严，亦未免隔阂，上下之情不通矣。某不敢以虚文干公，愿公念某居子侄行，略迹言情。当谨陈一卮，聊为公寿。"公掀髯笑曰："以他物寿我，何如以鱼壳寿我？"某喻其意，辞而出。

"鱼壳"者，江宁大盗之绰号也，蹻[④]健有艺力，人莫能捕之。驻防都统，且阴为袒护。地方有司，承上峰意旨，非特不能捕，亦不敢捕也。以此鱼壳得横行无忌，人民受其毒，无从控诉；即控诉亦无效。按察某既奉公命，乃召集府县各官，密议署中。府县闻鱼壳名，皆瞠目结舌。按察曰："堂赏之下，必有勇夫。姑悬千金为赏格，或可得人往捕也。"府县皆唯唯。赏格既定，历月余无敢领赏者。忽有一老捕雷翠亭，赴署受金，愿捕鱼壳。府县问曰："汝果能生致之乎？"曰："能。"又问曰："汝毋欺我。"曰："愿以妻子为质。不得鱼壳，甘受罪。"府县大喜，握雷手，殷勤嘱之曰："我等颜面寄汝矣，行矣勉之。"雷许诺，即受命而往。

鱼壳闻悬赏之令久矣，顾有恃无恐，纵恣如故；且明目张胆，会群盗于秦淮。秦淮称江宁胜地，妓舸如织，灯舫如星，冶游者趋之如鹜。而鱼壳亦张筵会饮，毫无顾忌。雷捕侦知之，率役赴秦淮。先以孑身试鱼壳，伪为乞者跪席西，嗷嗷求食。鱼壳见而疑之，顾雷曰："子敢至我处匄[⑤]食乎。"拔刃刺肉，冲其口曰："嗟！来食。"雷神色不变，仰而吞之，肉入口而刃尖已折。鱼愕曰："子非匄，

---

① 厨传：古代供应过客食宿、车马的处所。

② 饩（xì）牵：指猪牛羊等牲畜。泛指粮、肉等食品。

③ 年家子：科举时代称有年谊者的晚辈。

④ 蹻（jiǎo）：同"矫"。勇健，矫健。

⑤ 匄：同"丐"。

必有事来此。”继又沉吟半晌曰：“是矣，子为于青天来捕我耳。一身作事，一身当之，宁肯为汝累乎？”雷再拜，曰：“好壮士，愿请同行。”鱼壳挺身出，曰：“子率同伴来否？”雷曰：“有之。”即呼群役持练入，曰：“敢屈壮士。”鱼壳曰：“此国法也，任汝等为之。”群役跪鱼壳前，以练加其颈，拥之赴狱。司府县皆相贺，立报督辕。

是夕，于公秉烛坐，阅案上书牍。更鼓沉沉，夜将半矣，忽怪声发于梁上。仰瞩之，见一男子持匕首下。即叱之曰：“汝为谁？”其人答曰：“鱼壳也。”公坦然自若，脱冠置几上，指其头曰：“取。”鱼长跪公前，莞尔笑曰：“欲取公头，尚待公命乎？某下梁时，如有物击我乎，不得动，方知公神人。某恶贯满矣，自反接其手，衔匕首以献。”公曰：“国法有市曹在，岂劳我手刃乎？”呼左右，给以酒。鱼豪饮，尽数大觥，乃缚至射棚[1]下，许贷其妻子。黎明，狱吏报失盗。司府县皆惶骇，竞趋辕谢过。闻西市有炮声，未识其由。比至辕，而中军将已回署复命，谓剧盗已正法矣。众益错愕，逮见公，始知昨宵事，各面面相觑云。

阅者曰：地方多盗，官吏之过也。然治盗亦有法，宽固足以养奸，猛亦足以丛怨。世之为官刻覈[2]，而身毙于盗者，亦比比矣。于公贷张，寓宽于猛，最足为后世法。至鱼壳潜入，不敢戕公者，乃正直之德，足召神助，是又非徒恃治术也。然则治盗亦谈何容易哉？曰：首以德，次以术。二者兼备，盗乃可治。

---

① 射棚：亦作“射堋”。箭靶。

② 覈（hé）：苛刻；严厉。

华十五

清有皖孝廉华十五者，佚其名，耽精古学，好发奇论。性倨傲，尝有不可一世之概。古时如马班韩柳[①]诸大文，流传不朽，华犹曲诋之。至当世之以文见重者，几不值彼一盼也。或叩之经义，华傲然曰：“汝辈如蝼蚁然，第具足耳，镇日不出户庭，乃欲与鸿鹄谈云汉事，胡不自量若此？”嗣是华门寂然，无复敢问字者。

会邻邑有某生，富于文，尝慕孝廉名。意以为世无知己，必如华，或足以谈所学也。乃自检杰作，挟诸怀而造焉。登华室，日已晌午矣，华卧方起，蓬跣而出。仆以客至告，华曰：“客何来？又欲以筳撞钟耶？”仆未答，而某生已置稾于案，趋前揖之。华瞠目四顾，若未之睹。少顷，仆进杯茗，亦不及客。华从容盥洗，旁若无人。盥毕，案前稍湿，即以生稾揩之。生至此忿不可耐，勃然曰：“仆不嫌道远，来此就正，即君不屑污目，亦不当以之抹桌。文虽陋，字不应惜[②]耶？”华遽掷稾于案曰：“正嫌其有字耳。若无字，纸可出售，不宜视作废物也。”生不与之较，取稿出，幸幸而去。

华之初登贤书[③]也，闱墨出，语语如戛玉[④]声。英爽之气，见于行间，道途争传诵之。华自此得盛名。其恃才傲物之态，亦因之益甚。旋赴试春闱，三场著作，洋洋洒洒，似韩潮，似苏海[⑤]，见者竞誉为元著。华亦不作第二人想。乃揭晓竟无华名。阅三年，华再与试，亦如之。两次被黜，不觉懊丧异常。归途遇相

---

① 马班韩柳：指的是司马迁、班固、韩愈、柳宗元。

② 惜：敬惜文字。旧时谓文字为圣人所创，对有文字之纸，不可随意丢弃或污损。

③ 登贤书：科举时代称乡试中式为登贤书。

④ 戛玉：戛（jiá），同“戞”。敲击玉片。形容声音清脆悦耳。

⑤ 韩潮苏海：谓唐代韩愈和宋代苏轼的文章如潮如海，气势磅礴，波澜壮阔。

士，令观气色。相士曰："君气宇非凡，必为文士选。然棱角太露，恐非福相。"华再诘之，相士摇首不答。华愤然曰："予将冻死耶，抑馁死耶？"相士哂曰："言之太过，然冻馁忧恐不免耳。"华欲斥其妄，转思若辈下流，不足与道，乃忍气而归。归后，傲岸如故。众恶其不近人情，避之若浼，亲友亦不相过问。空斋岑寂，兀坐萧条，孔方兄又时致绝迹，厨断炊烟者数矣。华始怃然，恐应相士言。

时有某戚官越，华拟投之，典质衣物，为行道资。匆匆起程，沿途食用，辄需阿堵物[1]。程未半，资已垂罄。复解衣赴质，略得数金，不几日而又罄。天适严寒，朔风猎猎，华枵腹行古道间，肤肌欲裂。忽又雨雪下降，沾湿征衣。路中复泥泞难前，不得已择路而行。无如路为雪迷，猝不及辨，竟陷于淖。良久，始匍匐入一古庙，僵卧神龛下。寻有数丐提筐入，瞥见华，诃之曰："此吾侪托足地也，汝一垂毙徒耳，卧此何为？"华不能答，被曳而出，委弃道旁。华身既苦冷，腹又苦饥，自分将为沟中殍。彼苍者天，又使封姨滕六[2]，厄之以威。一介书生，何堪当此？虽有灵魂，已将离躯壳而去矣。

幸而有某翁至，见道旁有垂毙者，怜而拯之，嘱仆从舁归。饮以温汤，半日方苏，一日夜始能言。翁询之，华唏嘘以告。翁乃知为孝廉，语之曰："困心衡虑，圣贤不免。君遭此困阨，意者天将降大任乎？姑少安，请毋虑。"华曰："向与翁无一面交，乃拯我于涸辙中，感何如之？但囊赀已尽，距越犹遥，残生又抱病不得行，长此叨扰，情何以安？"翁曰："不妨。吾家食指颇多，增一君，每月不过数斗米耳。仓粟犹饶，尽堪敷君食也。"华姑留翁家。时思就道，不意遍体赤肿。阅数日，肿处悉溃，竟化为疮。翁代为延医。医言冻血凝结，非历久不能瘳。自是奄奄床褥间，一疮未愈，一疮又溃。败脓毒血，臭不可忍。赖翁日督仆役，为之敷药，为之浣裳；且不时至病榻前，婉言劝慰。华感激无地，一病三

---

① 阿堵物：钱。

② 封姨滕六：风雪。封姨，神话传说中的风神；滕六：神话传说中的雪神。

年，乃告痊。嗣是饮食大进，每餐能尽饭一盂、肉一器。又半年，躯体顿伟，与曩时之瘠弱，若出两人焉。

华既强健逾恒，因拜翁而谢之曰："仆受深恩，无以为报，闻翁有丈夫子数人。如不嫌谫陋，愿假馆授业。"翁曰："豚儿不肖，得蒙训诲，幸不胜言。"华自此馆翁家，力改前辙，一秉和平。某日，有农工入室，拍华肩曰："先生今饱暖矣，曾忆庙中时事否？"华肃然起对曰："不敢忘。"有时出行陇畔，道遇村童，笑而指之曰："彼固庙中丐也，今俨然为某家师矣。"华闻之，亦无愠色焉。如是者凡五年。学徒敬之，仆婢钦之，即乡人亦共誉之。以是翁益仰其贤，益加优待。宾主之间，始终无闲言云。

某岁又开礼闱，华无意应试，翁趣之。华曰："仆于数年前，固以为人莫余若也。今始知穷运有命，不可以人力求。回忆前非，辄加愧悚。此后无志功名，已愿以泥涂老矣。"翁曰："唯唯，否否。不经雷雨，何以成圣帝；不遭版筑，何以成贤相；不羁堂阜，何以成霸佐？天之所以挫折之者，正天之所以玉成之也。先生如从此灰心，负己犹可，如负天何？春闱已届，盍亟赴诸，谅此行不致拂意也。"华曰："翁有命，敢不敬从？"乃计日束装，就公车北上。临行时，翁贶以多金。迨入闱应试，相题行文，语多蕴藉，不似前此之露芒角矣。及榜发，华中会魁，选为知县。

自华离家后，乡里绝音耗者将十年，佥疑其登冥箓矣。至礼闱揭晓，众复见华名，相率诧异。未几，会墨盛行，同学读其文，私相惊讶曰："此岂华十五作耶，何索索无生气也？"或谓华揣摩迎合，故为是作，实则言为心声。前因性情乖僻，发而为文，致多奇奡[①]气；后则已归坦易，文亦如之，非强为是以干世也。无何，华官某县，历任十余年，所至有政声。洎解组归里，官囊亦稍裕矣。亲旧

① 奡（ào）：同"傲"，傲慢。

过问，华竭诚款接，谦而有礼。里人曰："华先生今贵显矣，不意其反折节也。"华退居二十年而卒，阖村犹惋惜不置云。

阅者曰：古诗有之："学问深时意气平。"如华孝廉者，可明证矣。前之矜才使气，实由于阅历之未深。迨历试诸艰，举曩时英鸷之气，挫折殆尽，然后得成名进士，然后得成贤县令。乃知阅历之万不可少也。然因其始之目空一切，以致亲故不前，几为饿莩，是尤可为世之倨傲者鉴。

燕尾轻

满清之季，浙中有著名巨窃，自秘姓氏，不与人言。惟遭窃之户，往往于窗隅或壁上，见绘一飞燕形，自署曰“燕尾轻”。于是人人以“燕尾轻”呼之。然亦鲜有识其面目者。即失户报告县署，亦从无破案。盖彼于飞檐走壁之技，无一不精，崇墉高垣，视若平地。自名曰“燕”，喻其捷也；自状曰“轻”，喻其巧也。是何男儿好身手，流为匪类，亦可惜矣。

某日，燕尾轻偕其党闲游，瞥见一巨宅门首，立一女郎，年可二九，丰姿绰约，体态轻盈。腕中臂一玉钏，与柔荑之手相映，愈形白润。其党顾燕尾轻曰：“是女可称佳丽否？”燕尾轻曰：“美固美矣。虽然，吾辈不当以佳丽动心。窃可为，奸淫不可为也。”其党曰：“汝可为吾侪翘楚，能窃彼臂上玉镯乎？”燕尾轻曰：“是何异探囊取物也？”其党曰：“今夕可窃取否？”燕尾轻曰：“可。”其党曰：“汝毋戏言。”燕尾轻曰：“诸君试于夜半相待，若不取至，愿受重罚。”其党许诺。是夕，诸党羽置酒高会，推燕尾轻上座，饮尽数爵，更鱼已三跃矣。燕尾轻起座曰：“时哉勿可失。余愿遵约取镯，为诸君作筵宴费也。”言甫毕，身已离门，不见形迹。列座皆大惊。约一小时，燕尾轻已翻然入座，置一物于案，曰：“幸不辱命。”其党环视之，果女郎所系之玉钏也。群赞其能。燕尾轻曰：“此易事耳，何足道？”其党曰：“君既以此为易事，则较难于此者，君亦优为之矣。如能窃得女郎所服之亵衣，则大足敬佩。”燕尾轻曰：“唯唯。试为之。”立饮二大觥复去。

先是女郎夜寐，镯不离臂，梦入黑甜，已沉沉睡去矣。时值新秋，暑尚未退，燕尾轻纵身而入，寻至女郎寝室，洞檐而下。案上残灯，若明若灭，燕尾轻吹熄之，舒其灼灼之贼目，揭帐探望。但见星眸双合，香辅斜支，料其已入睡乡，瞢无知觉。惟欲骤脱其钏，必致惊醒。左思右想，计上心来，于腰间取出药粉一小包，只用少许敷于女臂上，急垂帐而隐伏其旁。半晌间，闻有搔痒声，接连有卸镯声，既而声已寂然，微有鼻息而已。燕尾轻知女复熟寐，即探手取枕畔玉镯，怀之而出。盖药粉为燕尾轻所秘制，侵人肌肤，即觉奇痒。女郎于睡梦之间，未暇思索，只疑为饥蚊饿蚤等所祟，搔抑不便，遂脱玉钏置于枕旁。至药力一减，痒释魂迷，又复沉睡。谁知适中奸人之暗算，臂钏已不翼而飞耶。

逮燕尾轻二次入闺，拟窃女郎亵衣，盖较诸窃镯时，为尤难矣。彼又穷思极想，得一奇策。取冷水从床顶灌下，而口中则效作鼠闹声，惊醒女郎好梦。女郎觉凉气袭肤，抚衣已湿，疑为鼠溺，忙起身燃灯，申申詈鼠。照视上下，不见鼠踪，只得自认晦气，别换亵衣而卧。燕尾轻乘此窃取，挟之而归。两次入闺，身轻手快，天色尚未明也。于是同党皆称为绝技，而燕尾轻亦踌躇满志矣。

越日，女家禀告县署，只以失镯报。贼党闻之，走告燕尾轻。燕尾轻笑曰："吾固料其止报玉镯，未及亵衣也。"众问其故，燕尾轻曰："是易知耳。玉镯价贵，亵衣价轻，固无论已。且玉镯本系于臂上，为人所窃，已足滋疑。然犹可以臂上遇痒，脱置枕畔为词。至于亵衣则紧服于身，倘实言被窃，人不将疑窦百出耶？"众曰："得此好女郎，胡不一亲芗泽，乃徒窃其衣饰耶？君岂真鲁男子之俦，吾恐裴航玉杵[①]，未必不试新砌也。"燕尾轻曰："恶，是何言？天下岂有奸人妇女之燕尾轻哉？微特吾不愿出此，即同侪中有犯此戒者，吾亦将手刃之，毋谓吾不先白也。"众闻言相顾失色。燕尾轻则昂然出门，扬长径去。

统计燕尾轻生平，所犯窃案，不下数百起，赃款约在十万贯以上。官厅屡捕

① 裴航玉杵：唐·裴铏《传奇·裴航》载，唐长庆中，秀才裴航应试下第，游于鄂渚，舟中遇仙人樊夫人。夫人赠诗曰："一饮琼浆百感生，玄霜捣尽见云英。蓝桥便是神仙窟，何必崎岖上玉清？"航莫解其意。后经蓝桥驿，航求浆解渴，果遇云英，艳丽惊人。航求婚，云英的祖母却提出须寻得玉杵臼捣仙药玄霜方许婚的要求。航多方奔走，求得玉杵臼，终于成婚，双双升仙。

不之获。迨其后罪恶已稔，假手同伙，蒙以醉药，缚至县署。观者途为之塞，争欲一睹以为快。实则燕尾轻之体格，且弱于常人，不过短小精悍而已。既到署，燕尾轻始醒。讯之，则侃侃直陈不少讳，且谓平日所窃，多系为不义之财，从无欺贫胁弱害良者。官不之顾，判以死刑。燕尾轻谈笑自若。众问之，曰：“窃钩者诛，窃国者侯。吾罪固当死，不足惜也。”越数日，刑之于市。而燕尾轻乃绝迹于浙中。

阅者曰：燕尾轻一窃贼耳，何足污作者之笔？但生平无奸污情事，亦有足多者。且据其庭供，所取者本为非义财，是其心迹更有可原。善善从长，未可概为抹煞也。呜呼！若燕尾轻者，亦可风矣。

万人迷

万人迷，一京城著名妓也，名不传，都下只以“万人迷”称之。相传万人迷貌亦寻常，第善于装饰，且工酧应。当狎客群集时，冠舄[①]杂沓，裙履翩跹，万人迷周旋其间，能以一身悦众目，彻夜忘倦。见者眼热，昵者心醉，不知其所以然也。曾记京师有谐联云：“六部三司官，大荣小那端老四；九城五名妓，双凤二姐万人迷。”荣指荣禄，那指那桐，端即端方也。双凤系大金凤、小金凤，二姐未详。万人迷姿色，不及大、小金凤，而能与之齐名，殆亦一天生尤物云。

万人迷初为某副都统婢，慧而黠，善伺主人意，某副都统甚爱之。一日，某夜归，呼万人迷不见应，乃缓步至其室，微闻室内有喁喁声。从门隙窥之，但见银釭尚灿，春意方酣，万人迷与一俊仆，并肩而坐，互相调笑，兼以狎媟。种种丑态，不堪寓目。某副都统不便猝发，故作咳声以惊之。忽觉灯影骤灭，衣履窸窣有声，少顷寂然。某副都统徐行而返，越日即唤仆婢入内室，叱之曰：“汝两人情事，余已尽悉。速去，免余送法庭也。”万人迷犹欲跪求，某副都统怒曰：“贱婢，汝作此无耻行，尚欲恋此耶？”即令他仆媪撵逐二人，迫之使去。

万人迷既偕仆出门，语仆曰：“尔我不慎竟被撵逐，腰间无隔宿粮，不图生路，立为饿莩矣。”仆曰：“然则将奈何？”万人迷曰：“尔徒恋我，无益，不如各寻生计。”仆曰：“尔一女子耳，何处谋生？”万人迷哂曰：“吾恐汝无以自存耳。若我则自有计在，毋劳汝忧也。”仆固问之，万人迷曰：“南城勾栏有百顺班，营业颇发达。吾与彼掌班某，曾有一面缘。某素良善，决往依也。”仆

---

① 舄（xì）：重木底鞋（古时等级最高的鞋，多为帝王或大臣穿）。泛指鞋。

乃随之往。未几至其处，万人迷入室，晤掌班，自请鬻身。掌班给以四百金，万人迷持百金与仆曰："尔将去营生，此后尔不必再来，余与尔从此诀别也。"仆受金而去。万人迷乃饰妆阁，购衾枕，以三百金为铺设资，颇形华丽。游客入其室，靡不尽欢。以此往来如栉，视之如迷香窟，而艳名遂独噪都中。

有内务府郎中海某者，耳艳名，驱车往访，一见定情。万人迷亦曲尽媚态以笼络之。海任情挥霍，毫不吝惜，每掷必千金。阅岁余，竟倾其家。会当年暮，海债台百级，无术偿逋，不得已遁之百顺班。万人迷询之，海蹙然曰："实不相欺，来避债耳。"万人迷曰："君负逋若干？"海曰："约一二千金。"万人迷曰："区区之数，咄嗟[①]可办，何必作周赧王[②]耶？"海曰："谈何容易？"万人迷曰："君果爱余否？"海曰："不爱卿，今日亦不致如此窘也。"万人迷曰："吾嫁汝何如？"海曰："卿意固美矣。然落拓青衫，何处得赎身资？卿毋调侃我也。"万人迷正色曰："我何尝戏君？君若爱我，愿与君为白首盟，今日即至君宅。匪特赎身费不劳君办，即君之逋负，亦当代为了之。"海闻言喜甚，长跽[③]以谢。万人迷曰："毋作此态，丈夫子不当轻屈此膝也。"遂取装箧出。启钥视之，累累皆黄白物，几不下万金焉。

万人迷先出千金，置诸案，复分贮金之半给海，令其密藏，余半则自藏之。乃呼掌班至，语之曰："余鬻此已数年矣，红颜易老，转瞬皤皤[④]。今日余拟从良，有海君在，投契已久，余已为订盟，即拟从去，幸毋余阻也。"掌班曰："尔从良，甚善。虽然，赎身费亦应给我。"万人迷曰："是何待言？案上千金，即此费也。妆阁内之陈说，亦非数百金不办，今悉以相赠，何如？"掌班意犹少之。

---

① 咄嗟（duō jiē）：霎时。

② 周赧王：姓姬，名延（一作诞），亦称王赧。公元前314至前256年在位。慎靓王之子。相传他因欠民债，逃避于台上，周人名其台曰"逃债台"。赧王之名即由此而得。

③ 长跽（jì）：长跪。

④ 皤皤（pó pó）：白发貌。形容年老。

万人迷曰："无论余到此后，所入缠头金，不胜计也；即海君所费，亦已将数千金矣。海君非无势力者，一旦被控，利未获而害已至，还请三思。"掌班乃许诺。万人迷即偕海下楼雇车径去。

既抵海宅，索负者已麕集[①]于门，见海载艳归，哗然曰："海公亦太风流矣。欠人未还，乃复学范大夫故事耶？"海曰："君等毋躁，所负者立可清偿，何责我为？"遂探怀取金，一一清偿。索负者皆去。海偕万人迷入室，曰："今日之事，皆卿德也，未识何以报卿？"万人迷嫣然曰："巫云峡雨，即报德时耳。"于是洗玉壶，煮清醪，相对小饮。玉山既颓，携手入帏。此情此景，其乐陶陶矣。越年，更出余金购田宅。万人迷佐夫成家，勤而且俭，与当日在平康里时，不啻两人。更数载，富倍曩昔云。

阅者曰：以一寡廉尠耻之万人迷，忽变而为相夫持家之良妇，是非阅历有得者，曷克臻此？嗟彼倡家堕身火坑中，不知自拔，逮年华老大，颜色凋零，门前冷落车马稀，其不至贻悔后来者鲜矣。是故君子重改过。

---

① 麕（qún）集：聚集；群集。麕，同"麇"。

舟缘

福州守吴某，江右人，挈眷赴任。有女未笄，甚敏慧，姿容纤丽，体态温柔，父母甚钟爱之。一日，其父卸职还朝，拟买舟北上。闽中多山，舟从溪行，非遇顺风，不便上驶。吴偕眷属登舟，历月余乃达淮安。抵淮后，风又未顺，乃守候于版闸旁。适邻舟有太原江商，亦寄泊于此。携有一子，名情，生十六年矣。风流蕴藉，不减潘安。其读书处，正与女窗相对。女偶露半面，为情所窥，娇艳之容，几摄生魄，嗣是无时不想望颜色。次日，舟泊如故，情晨起伺之，巧值女开窗泼水，云鬟初整，粉脸新匀，一种柔媚态度，较初见为尤妍，不觉心神俱醉。女亦流波一盼，若有意，若无意。儿女娇羞，大率类此。而情则已喜出望外矣。

情欲通謦款，苦一时无可措词，而女则已阖窗而隐。情痴望久之，不获复见。正懊丧间，适有雏鬟自舟中出，至舟后濯锦。情亟趋问其来踪，雏鬟举大略以告。情掷查饵赠之，复问小娘子："曾字人否？"雏鬟以未字对。情复问以知书否？雏鬟曰："知之。"情曰："余有难字一纸，愧未相识，可能为我求教否？"雏鬟曰可。情返船，草草书就一条，出以予之。雏鬟持以告女，女阅之，微哂曰："安有读书人不识字者？"乃一一注其下，令雏鬟持还。情知其可动也，乃为诗以达之。其诗云：

空复清吟托袅烟，樊姬春思满江船。

相逢何必蓝桥路，休负沧波好月天。

女得诗，嗔婢曰："尔胡为甘为彼役，屡作传书邮？彼少年乃一狂生耳，暂尔萍水，如何即以情语撩人？"语毕，起身欲白其父。雏鬟亟跪阻之。女曰："汝不欲受笞耶？"雏鬟泣曰："婢虽贱，宁有愿受笞者？请小姐谅婢无知，姑为曲宥。”女乃转嗔为笑曰：“吾当覆诗以詈之。汝宜慎重将事，毋令老父知，嫩皮肤不堪荆棘抽也。”雏鬟唯唯。女即搦管书笺，密缄为酬，令雏鬟送交。情启阅之，大喜，即令雏鬟复命，约以今夕启窗虔候。雏鬟曰：“小姐固尝嗔我矣。君所言，得毋尤唐突乎？”情曰：“诗中之意，言之甚明，试为汝吟之。”吟曰：

自是芳情不恋春，春光何事撩闺人。

淮流清浸天边月，比似郎心向我亲。

吟罢，雏鬟曰：“予不解诗，安识个中意？”情曰：“如就予言复命，必不致逢怒也。”雏鬟乃去，未几又来告曰：“小姐谓闺帏幼怯，不应轻出。”情曰：“此外尚有何言？”雏鬟不应，频以目视其足。情讶之，穷诘其故，雏鬟笑曰：“君之足固无恙也。小姐疑君无足，不亦可哂？”情憬然曰：“敬受教。”即遣雏鬟还，仰顾日影，曈曈在目，惟恐其不速坠也。既而暝烟四起，新月如钩，情注目邻船，灯光荧荧，人声未寂。心虽焦灼，犹不敢冒昧过从。又阅一时许，更阑人静，方拟蹑足登邻舟，见女已悄立船头，凭舷以待。此时此景，虽鼎镬在前，亦所不顾，跃然以赴。携女手入舟，喜极不能言。翡翠衾开，鸳鸯睡稳，又惊又爱之情，殆不知魂销几许矣。

是夜，轻风徐拂，流水萦纡[①]。两舟各乘便解缆，顷刻殊途。天明，情披衣起，欲返已舟，忽失所在，惶急不知所出。女急匿诸榻下，旦则分羹以饷之，暮则共枕以侍之。如此三日夜，情耽于色，不遑将父。而不知江翁已返舟求子，疑其误溺，饬榜人捞救无着，已号恸而返矣。情留女船久，破绽渐露。女有嫂，见小姑神情顿异，终日依卧榻间，每食必兼两人餐，心甚奇之。入夜窥伺，闻隐隐有情昵声，亟白女母。母未信，身潜往视，则其女与一少年，正相偎相拥时也。愤甚，以告吴，吴诃而入，搜其床，惟留一女。但觉其战栗无人色，料知被匿，四顾无

① 萦纡（yíng yū）：盘旋弯曲；回旋曲折；萦回，盘曲环绕。

人迹，俯视榻下，则有一人蜷伏其间。不觉大怒，立捽之以出。

情既被执，忙俯伏乞哀。吴觅刃拟其颈，欲下者数矣。情仰首曰：“公欲杀某耶？某固不敢逃命，但猖狂实令爱所招，愿与俱死。”吴怒视久之，忽停刃叱曰：“尔何人，胆敢至此？”情具述姓名，且曰：“家本晋人，门第亦不薄。某粗读诗书，略通文翰。”吴不待辞毕，掀髯笑曰：“若为书生，乃不顾礼义，玷人闺阃耶？”情曰：“好德如好色，至圣犹云未免。某亦犹人耳，佳丽在前，能不动心？红拂[①]夜奔，药师未闻授首；韩寿私女[②]，乃父且为完婚。公仁人也，敢求特赦。”吴见其态度雍容，应对敏捷，颇生怜才之意，遂曰：“吾女已为尔污，不能他适。尔能豢吾女，吾当认尔为婿。”情闻言喜甚，五体投地曰：“丈果以令嫒见赐，则恩德如天，永图衔结。”吴曰：“尔幸不为榜人[③]所窥，吾当为尔设法，免滋吾羞。”乃附耳与数语。情一再颔首，即出。

是时江天寂寂，月朗星稀，夜色已将阑矣。吴至船尾，呼榜人起，语之曰：“舟下有人呼援，盍亟救之？”榜人奉命泅水，至舵下，即见情抱舵求救。榜人掖而上，至吴前。吴佯作审视曰：“此吾故人子也，何为被溺耶？”情捏词以告，且作拜谢状。吴命易衣冠，留入舱内，抚之如子。抵济南，登陆赁华庐，召傧相[④]，为女行合婚礼。舟人皆与宴，不甚悉其所由也。旋自京师返旆，延名士训之，学业大进。又遣人往太原访江翁，翁即赍珍聘至楚，欢宴数日。吴亦未与明言，但云拯溺招赘而已。翁别去，情旋领乡荐，联登进士。始挈妻归谒翁姑，会亲族，携家之官。

---

① 红拂：相传为隋唐时的女侠，姓张，名出尘，本是隋末权相杨素的侍妓。时天下方乱，李靖（本名药师）以布衣谒素献策骋辩。杨素姬妾中有一执红拂者，貌美而瞩目靖。其夜靖归旅舍，出尘奔之，乃与俱适太原。前蜀·杜光庭《虬髯客传》、明·张凤翼《红拂记》均载其事。后即以红拂为妇女中能识英雄的典型人物。

② 韩寿私女：《晋书·贾谧传》、南朝·宋·刘义庆《世说新语·惑弱》载：晋韩寿美姿容，贾充辟为司空掾。充少女午见而悦之，使侍婢潜修音问，及期往宿，家中莫知，并盗西域异香赠寿。充僚属闻寿有奇香，告于充。充乃考问女之左右，具以状对。充秘其事，遂以女妻寿。

③ 榜人：船夫，舟子。

④ 傧相（bīn xiàng）：婚礼中负责陪伴新郎、新娘者。

后任至某郡太守。

阅者曰：吴公亦有情人哉！不忍死其女，即不忍死江生。两美与合，俾成嘉耦，是止仁止慈之所为，不得以舐犊少之也。江生越礼犯义，未始非过；然卒能邃深学问，一举成名，上可以对仁丈，下可以对贤妻。后之闻江生事者，毋徒羡其踰墙之为，当并学其潜修之力也。

刘 姬

刘姬畹容，襄阳倡家女也。母故名妓，侍某贵客寝，梦湘娥[①]投怀而生。堕地时，比邻亦隐闻有环佩声，佥谓非仙女下谪不致此。年稍长，艳丽过人，性独端凝，不苟言笑。尝闭户焚香，弄笔墨自遣。久之，博通群籍。母教以度曲[②]，曰："儿不愿为此媚人术也。"教以奕，曰："此所谓手谈尔，高人亦优为之，儿姑学焉。"久之，名益噪，奕益高。楚中人士争趋之，相见时，或酬以一诗，或应以一枰而已。遇有大腹贾，及纨袴少年，辄加以白眼，不屑与语。母或强迫之，则引绳刃以自矢。因此堕溷数年，终洁身自保，无敢染指者。

安陆有名士刘长钦，具倚马[③]才，擅雕龙[④]技。每有所作，与班马相伯仲，见者皆器重之。独生平有女癖，且有棋癖，恒语人曰："世有具国色而兼国手者，吾不妨以身殉也。"家颇富，后房列姬侍数人，燕瘦环肥[⑤]，群饶姿色。刘以不善奕为憾，虽日夕导诱，终未能尽其长。尝于斋中置一枰，招人对奕。所遇皆庸碌品，无抗衡者。奕罢，辄掷枰于地曰："人以屡负为不怿，吾以屡胜为不快。譬如鼎胾[⑥]列前，遇噎食人[⑦]相对，何喜之有？"走入房，诸姬盛饰相迎，即笑曰：

---

① 湘娥：指湘妃。帝舜之二妃娥皇、女英。相传二妃没于湘水，遂为湘水之神。

② 度曲：作词曲；唱曲。

③ 倚马：靠在马身上。南朝·宋·刘义庆《世说新语·文学》："桓宣武北征，袁虎时从，被责免官。会须露布文，唤袁倚马前令作。手不辍笔，俄得七纸，殊可观。"后以"倚马"形容才思敏捷。

④ 雕龙：雕镂龙文。喻文辞博大恢宏，不同凡响。

⑤ 燕瘦环肥：汉成帝皇后赵飞燕体态轻盈，唐玄宗贵妃杨玉环体态丰满，肥瘦不同，均以貌美著称。因以"燕瘦环肥"比喻体态不同而各擅其美，风格不同而各有所长。

⑥ 胾（zì）：切成大块的肉。

⑦ 噎食人：指患有食不下咽的病的人。

“秀外有余，慧中不足，奈何？”晨出，读长卿诸赋，自叹曰：“予生也晚，恨不与文园令[①]同时。假使同握三寸管，与争衡于文墨场，未知鹿死谁手？即操绿绮琴[②]，谱求凤曲，亦未知远山眉[③]，果倾谁氏也？”其自命不群也恒如此。

会有客绳[④]畹容美，且称其具奕秋[⑤]术，刘未信。客誉之不绝口，刘曰：“世果有是名姝，吾愿铸金事之。”既而客赴安陆，访畹容，与之语曰：“如卿才貌，乃日溷风尘中，不自脱，他日不将赓浔阳调乎？”畹容曰：“予愿脱火坑久矣，恨无相当之偶也。”客乃为述长钦才，并出其所咏之诗以示之。畹容阅竟，不禁太息曰：“此阳春白雪词也，如许清才[⑥]，得与唱和，愿亦足矣。”客曰：“刘非惟工诗，抑且工奕。”畹容跃然曰：“果若是，愿委身事之。即黄面老子，吾且视之如顾影少年。此机不可失，当图面证也。”客出，畹容即怂母移居安陆，且使人告长钦。长钦闻之，立造其室，一见如故，两心相倾。长钦且倒身下拜曰：“是固刘某所渴想而不可得者，今幸相遇，快何如之？夫世有某，亦不可无卿。莽莽宇宙，所遇非才，独管成子[⑦]称知己耳。天不欲使某绝侣，得卿惠然而来，不我遐弃，安得不令人钦感？今而后，愿拜倒石榴裙下矣。”畹容亦谦恭答礼，并道相慕意。由是朝夕过从，弹棋饮酒，无顷刻舍。一双比翼，志在同栖，洵所谓无独有偶者欤！未几，刘即纳畹容为次室。

---

① 文园令：指汉代司马相如。因司马相如曾任文园令。

② 绿绮琴：古琴名。传说汉司马相如作《玉如意赋》，梁王悦之，赐以绿绮琴。后即用以指琴。

③ 远山眉：此处指卓文君。典出《西京杂记》卷二：“文君姣好，眉色如望远山，脸际常若芙蓉。”形容女子秀丽之眉。亦指美女。

④ 绳：赞誉。

⑤ 奕秋：春秋时期鲁国人，棋艺高超，是当时诸侯列国都知晓的国手，《弈旦评》推崇他为国棋“鼻祖”。

⑥ 清才：卓越的才能。

⑦ 管成子：即“管城子”。唐代韩愈曾写《毛颖传》，说毛笔被封在管城，叫“管城子”。后因为毛笔的代称。亦称“管城君”等。

刘妻某，性亦犹人，非真解樛木之仁[①]者。第以长钦刚暴，每怒则阚如虓虎，莫敢与撄。因此格外包容，任刘纳宠，未闻有闲言。且对于诸姬，亦尝引与钧礼，待之若姊妹然。自畹容入室，擅专房宠，刘终日不离其室，琤琮[②]枰韵，无夕不欢。诸姬相形见绌，各有怨言，于是日媒蘖[③]于正室前，力谋有以倾之。畹容又睥睨一切，微特视诸姬如粪土，即对于正室，亦不屑趋承。正室方引以为恨，加以谗言纷入，怨愤益深。所姑为隐忍者，第有所慑而不敢动耳。长钦素慷慨，挥金无吝色。畹容至后，教之节啬，约饬诸仆婢，不令干没。诸仆婢亦相率憾畹容，内外交攻，而祸机遂作。

会长钦有事他出，诸仆婢乘间进谗，请于正室曰："主母柔不食人，人将食子。"正室颔之，犹不欲遽发也。诸姬闻之，怂恿益力。乃密为布置，佯设酒筵款畹容，召之入正室房。饮半酣，正室起数其罪，揪其发，令诸姬拔之，并毁其面，搒掠无完肤，血流满地。逮长钦归，玉容已狼藉矣。长钦问知其故，愤甚，怒发冲冠曰："孰谓乃公勇，令一孱妇，毁我知己，不亦羞当世士耶？"长钦素有力，至是提正室出，拳其腹与干，约数十下。诸姬为缓颊，跪请息怒。长钦益愤，并乱击之曰："若辈皆助桀为虐者，非大加惩创，不足以谢我畹卿也。"遂与正室绝，逼令就食子舍中，且誓不入诸姬房。乃挈畹容返寝室。

长钦固负气不下者，居平颇有北宫黝[④]气象。悍妻不谅，辱及爱姬，引为有生以来，第一憾事。怒气所积，最足伤人，至是遂患咯血疾。历二旬，哽咽不能下药食。畹容泣而言曰："妾薄命，累及夫君，罪益大矣。君若不讳，妾何恃以生？

---

① 樛（jiū）木之仁：比喻女子仁爱之德。樛木，枝向下弯曲的树。《诗经·周南·樛木》："南有樛木，葛藟累之。"

② 琤琮（chēng cóng）：象声词，形容玉石撞击或水流等声音。

③ 媒蘖：亦作"媒糵"。酝酿，比喻构陷诬害，酿成其罪。

④ 北宫黝：人名。战国时齐国勇士。《孟子·公孙丑上》："北宫黝之养勇也，不肤挠，不目逃；思以一豪挫于人，若挞之于市朝。"

不如先赴幽冥，为君前驱耳。”长钦亦流涕曰：“吾负卿，吾负卿！吾死，卿毋念我，宜自图善后计。”畹容曰：“君以妾为何如人耶？金谷友人[1]，尚约白首同归，况衾裯间知己乎？君为妾死，妾敢不死君？绿珠燕燕[2]，是妾之前事师也。妾虽陋，宁必不古人若。”遂绝食七日而逝。长钦抱尸大恸，病益加剧，不旬日亦殁。长钦所居马市街，每日暮，途人辄见其挈姬偕行，间或闻有吟咏声。故友有好事者，为设祠祀之，配以姬，夜即梦长钦率姬来谢云。

阅者曰：佳人果多薄命耶？何畹容之丰于才而啬于遇也？虽然，畹容亦非不足致死者。长钦固有妇，何甘心妾之？知己之感，宁必枕席？既甘心作妾，则嫡庶之分自在，应恪恭将事，博正室欢，免致受祸。况刘生固多簉室，彼皆为大妇所容，何独于畹容而妒之？恃才傲物，适以召殃，畹容固不得辞咎也。刘具文武才，不为国家死，而死一妇人。死且损名，尤不足取。况得新忘故，宠妾夺嫡，准诸情理，无一合宜。故吾谓畹容之死，可惜也，而不能无咎；长钦之死，与鸿毛何异？世之人，其毋轻以身殉哉！

---

① 金谷友人：指富有才华之挚友，即“二十四友”。指晋惠帝时以文才而屈节出入于秘书监贾谧之门的石崇、欧阳建、陆机、陆云、刘琨、左思、潘岳等二十四人。因常在征虏将军石崇河南金谷涧别庐中集结，故亦称“金谷友”。唐·李玖《四丈夫同赋》诗：“珍重昔年金谷友，共来泉际话幽魂。”

② 绿珠：人名。晋石崇爱妾，相传本白州梁氏女，美而艳，善吹笛，后为孙秀所逼，坠楼而死。后诗文中泛指美女。燕燕：陆孟珠，明苏州府人，又名燕燕，字绿珠。曾为侯门宠伎。侯以罪死，流落江海间，自号红衲道人。有诗一卷。

包义团

洪杨之变，蹂躏十数省，官兵几莫撄其锋。乃浙右偏隅，竟以数百村人，当数十万方张之寇，屡挫凶锋，毅然不屈。虽其后志决身歼，终归失败，然亦不可谓非奇杰也。迄今相距数十年，浙人犹艳称之。村曰包村，魁桀曰包立身，或称为包义士，及包义团，尝啧啧人口云。

包村四围，不过数里，向为浙江诸暨县所管辖。暨人本以强悍闻，而包立身世务农业，少时无甚奇异，第躯干壮伟已耳。及长，遇异人传授秘册，晓奇门遁甲术，能观天象，察地理，侦敌之进退虚实，而制其命。故敌甚畏之。四方之来依附者，实繁有徒，倚包如磐石泰山。包之名由是成，包之败亦由是致也。当包村势盛时，浙人吴晓飒，方以苏松兵备道代理藩篆[1]，耳包名，拟招致幕中，藉为臂助，苦无人供使令。旋访得冯氏仰山，与包有姑表谊，乃延之入幕，密令蓄发三月。乃备文牒付冯，改装而往。

时浙中已遍地红巾，包村亦被围久矣。冯至浙，昼伏夜行，幸免于害。至包村附近，四周皆敌营。前路寇目某，性又甚暴，每日非杀人不快意。沿途密布党羽，讥察[2]綦严，虽插翅亦不能飞越。冯不敢冒险，只逐细访查隙处。嗣闻包村有勇目某，尝与敌人勾通消息，时适居村东，为敌营所遮隔，必绕道二百余里，乃可曲达。冯不惮辛苦，微行三昼夜，始抵某所。既相见，即述来意，并出文书示之。某目曰："此间离包村只数十里，然到处皆贼，冒昧径往，适成擒耳。无已，吾将设法令子往也。"遂藏冯密室，不使外出。越数日，乃语冯曰："今日

① 藩篆：藩司的官印。藩司，明清时布政使的别称，主管一省民政与财务的官员。
② 讥察：稽查、盘查。

可往矣。然文书当留此，不应随带，否则必致漏泄，贻害非浅耳。”随取出路凭一纸，与冯曰：“此纸得来不易，毋遗失。有贼卒二，吾已贿通之，令其护送。今速行，过此则愈难矣。”冯唯唯，辞某出，随二卒前行。

启程以后，屡经要隘，皆为敌所扼守。壁垒森严，刀枪林立，未遇搜诘，心胆已糜。赖导卒所至，辄为先容，得以无恙。嗣至村，垣高不过数丈，守障者亦一望无多，第悬一“包”字旗帜而已。二卒语冯曰：“此间已是包村，恕不再送也。”冯乃与之申谢而别，二卒去。冯孑身入村，遇巡勇，执而械之，搜其身，无片纸只字，即持刀拟之曰：“汝非贼中细作耶？”冯曰：“否否。余与包君为至戚，此来特谒包君耳。”巡勇曰：“休欺我。”冯曰：“烦君等导见包亲，真伪可立辨也。”巡勇乃去其械，引之入见。包起坐迎之，寒暄毕，各道艰苦。包曰：“兄之眷属，亦在村中，今幸尚无恙也。”冯喜甚，即述吴观察招致意。包叹曰：“吴公厚意可感。但斗大一隅，被围已久，寇众我寡，恐一时不能突围耳。”冯问：“粮糈足否？”包曰：“军中仅二月之粮耳。此二月之粮，尚系勾通贼营，私相接济，否则已久竭矣。”冯曰：“援孤饷乏，如何持久？不如鼓众突围为是。”包沉吟未决。忽闻村外炮声隆隆，有勇目来报，贼已逼攻，不可不防。包起座，携冯手偕出曰：“试与君同去瞭贼，何如？”冯不能却，乃随之上瞭望台。台筑土阜上，高逾垣丈许，盖为全村之耳目，藉以指挥村众者也。

既登台，遥见村外四五里，有巨炮架山麓，守者甚众，弹子四射。包语冯曰：“此炮在艮方，月神适犯我村，非去之不可。”冯私忖如何可去，方欲问包。包忽以手推冯，与之偕伏，但听霆震一声，炮弹从头上飞过，其音簌簌然。冯毛骨俱悚。包起立，并语冯曰：“过此无妨，君可起望也。”冯乃起。包免冠散发，跣足仗剑，自台而下。冯欲随之下台，包曰：“毋须。君试观我夺炮归也。”冯见台上尚有数人，不得已如冯言，姑小憩以待。包下台，选勇目数十名，各衣皂衣，随包出寨。包喃喃如诵咒语，其行甚疾，倏忽间驰登前山。包用剑一指，一寇忽扑地而倒，余皆惊溃。勇目乘势取炮，以三人舁之而归。冯方惊异间，见包已改装登台，挈冯同下。所取之炮，不下四五百斤。益为之咋舌，私叩包曰：“此炮重甚。仅三人之力，胡能胜任若此？”包曰：“此六丁缩地法也，三人足抵数十人，故搬运易易尔。”冯疑信参半，姑随包返室中。

翌日，包又下令曰：“今日贼当自某处来，将攻我某方。当撤他防，合力御之。”勇目各俯首听令。鼓号一鸣，练勇四集，约得三千余人，分为五队，旗分五色，先后不紊。包率队而出。寇众正摇旗呐喊，飞行前来。两阵相遇，寇视村勇约数倍。包当先入敌阵，各队随之。寇围而东，则包已突出至西；寇围而西，则包已突出至东。约历数时，敌已纷乱，而包则往来自若，井井有条。寇知其不易与也，披靡四散。包亦不力追，收勇入村。自是寇不进攻者约旬余。包亦按兵不动，坚壁相持，无胜负焉。

时方初冬，天晴已久，包尝登台望云气。某夕，包自瞭望台归，语冯曰：“明日又拟杀贼矣。”冯问其故，包曰：“相持数日，未出与贼战，贼必谓我怯敌矣。明日某时，当有大雨，贼守必怠。乘雨出师，击其西营，贼必瓦解。虽不能却敌，然亦足挫其凶锋，未始非权宜之善策也。”冯无以应。包即登堂宣令：何时出队，何时攻营，何时收队。翌日，果大雨，破敌奏绩，一一如包言。冯益奇之，问包曰：“余与君幼同学，长同游，近始奔波宦海，远离乡井。闻君足迹不出田庐，城市中罕见君面，胡由得此异传，而神妙至此？”包曰：“余于十年前，曾遇异人，授我秘书。虽非全豹，然天文地理，易象算数，以及缩地驱山之术，已略见一斑，故能聊施小技。神妙之说，余何敢当？”冯曰：“君既具此神术，胡犹困守孤村？蛟龙非池中物，亟宜改图为佳。”包曰：“余亦非不作是想，但余之所学，仅得皮相，不能尽其底蕴。否则幺么小丑[1]，指日可平，何至久困于此耶？”

---

① 幺么小丑：指微不足道的坏人。

冯曰："贼势坐大，何日得平？"包曰："吾观星象，兼占易数，江浙之贼，不久自灭矣。"冯曰："是村若何？"包曰："孤村无援，恐难久守。余之所以不去者，因村民麕聚，患难相依，不忍舍此他适，以弃我父老子弟也。"冯仍劝之出围，包曰："吾姑与幕中议之，何如？"

时在包村掌文案者，素为包所亲信。包与商突围事，掌案者曰："冯君虽系亲戚，第远出已久，又无文书，似难深信。目下贼势猖獗，媚贼者众，一或中计，如阖村民命何？"包曰："冯某未必通贼也。"掌案者曰："余亦不敢谓冯有异心，但事关重大，断不宜卤莽出之。为君计，盍使人随冯出村，取文书示众，俾孚众志。众志已坚，然后约日突围，并请吴公如期接应，方保万全。"包颔之，再与冯商，冯迟疑久之，乃曰："此计亦善。"正在密议，忽报有敌使求见，包令入，使者呈上一函，包启视毕，即以示冯。冯见书中大意，系愿以绍兴府城与包，请其不助官军。遂语包曰："君意如何？"包曰："不宜从之。"冯曰："以孤村较府城，似彼易防而此难守。枉尺直寻[①]，宜若可为。"包笑曰："彼诱我耳。江浙俱陷，遑论一绍城耶？余入城，如入囹圄，粮草更易断绝。砧上之肉，瓮中之鳖，安可逃也？"言毕，喝斩来使。冯曰："两国相争，不斩来使。君毋为已甚[②]。"包曰："与贼争，遑言古法？不斩使，不足以示威也。"未几，勇目已呈验来使首，包即命悬竿以示之。

冯因包斩使故，料必激动敌怒，恐遭殃及，不如告归。乃请于包前，愿示归期。包曰："君既欲去，余不便久留。归语吴公，幸毋爽约。"冯再请以眷属从，包曰："试卜之。"卜得吉兆，乃遣令同返。值夜雨，包命冯挈眷偕行，令护勇六人，冒为敌装，送之出村。时大雨倾盆而下，天昏黑不辨南北，第见沿途有无

---

① 枉尺直寻：《孟子·滕文公下》："枉尺而直寻，宜若可为也。"朱熹集注："枉，屈也；直，伸也。八尺曰寻，所屈者小，所伸者大也。"后因以"枉尺直寻"比喻小有所损，而大有所获。

② 毋为已甚：不做得太过分。多指对人的责备或责罚适可而止。

数士卒，皂衣红帽，站立两旁。冯怯甚，密问送者此何兵，送者不之答，但对冯作摇手状，戒勿言。冯乃冒雨疾趋，仍绕小径行。隔宿至旧处，索文书交与送者，且嘱代达包君，速定行期。使者去，冯亦自归。

冯返江南后，日望包村音信，杳无消息。旋得谍报，谓包村被破，包已殉难云。冯惊叹不已，复遣人探查实信，始得详悉。先是包得文书，聚众密议，俱愿从包出围。包大喜，布卦占之，又大惊，语众曰："细玩卦象，惟今夕二鼓可出。一交子正，即不得出矣。"众曰："今夕未佳，姑俟他日。"包曰："大祸已临，朝不保暮，遑问他日耶？"众皆愕然，佥曰："既难脱围，不如效死。况浙省遍地皆贼，即突围而出，亦无援应之人，去此将安适也？"包犹豫未决。掌案某曰："距此百二十里，有坌河口，地颇险僻，可以屯兵，河阔可通海道，闻无贼守。若去此就彼，暂时驻扎，即由海道通信吴公，请其鼓轮接应，或可出险履夷。外此恐无良策。"包曰："卦象所示，凶多吉少。某君之言，似非万全。但此地，亦不堪久困，姑如其言行之。死生，命也。诸位可速整行装，今晚即起程，毋得延误。"众乃退。晚餐已毕，村勇各结束停当，专待号令始行。

天雨方霁，暝烟四合。遥听敌营寂静，刁斗无声。包召集村勇四千人，按旗列队，每队各八百名。选精锐者充红旗队，作冲锋；选白旗继之；青、黄两队为中权，保护众家族；皂旗殿后。各带衣粮锅被，向西北方进攻敌营，冲围而出，不得自乱。布置既毕，正值戌初。红旗队先发，鼓声震天地，枪炮声陆续不息。村众惊骇，蚁聚包门，哀号且泣，竟阻包出。佥曰："吾侪倚包君为生命。包君去，阖村何自生？愿包君生我，毋轻往。"包欲设词劝慰，奈人声鼎沸，不能遍喻，不禁长叹曰："天乎，命耶！时机一失，祸莫逃也。"因令后队缓进，欲前反却，号令不一，而军心遂以是散乱矣。

时寇患包甚，方檄调各路精锐，蜂拥而至，誓歼此村。是夜闻村中人声嘈杂，鼓号齐鸣，疑其乘夜探营，先为部署，以防冲突。排队未齐，而红旗队已自东南冲入，如龙跳虎舞一般，莫之敢撄，任其驰逸而去。此时设继以白旗，则鱼贯而上，尚非难事。乃白旗队拟继进，而传令者忽宣言中止，群情疑沮，不知所措。敌见旗势猝乱，遂乘间捣入。包欲转攻为守，而前后不相顾，出入不相应。兼以村众抢攘，事出仓皇不觉，意乱神迷，茫无定向。敌入村，见屋即焚，逢人便刃。霎时间火光烛天，杀声动地，枪丸炮弹，迸裂如雨，尸骸累累如山积，而全村骤破。

村破后，惟红旗队早出获全；白旗队已出者生，未出者死；青、黄、皂三队尽没村中，鲜有得脱者。村民则悉为屠戮，尽化沙虫。盖寇恨包而并恨居民，一经得手，任情杀掠。无论老幼男女，一律付诸锋刃之下。魂魄结兮天沉沉，鬼神聚兮云幂幂[①]。伤心惨目，无逾于此。包与同事诸人，亦俱死于敌。或谓包脱身而去，隐名变姓，埋迹山谷中，迄今尚存云。

阅者曰：谶纬术数之学，可恃也，而卒不可恃；张角、孙恩之徒，以术鸣，终以术败。前史俱在，可覆按也。包亦犹是耳。临小敌若有效，临大敌即无能。巢一被覆，宁尚有完卵存耶？然吾闻当时父老言，洪杨余众，四处纠合，围攻包村，至有"宁亡金陵，毋失包村"之说。至包村破而金陵亦墟矣。舍大图小，顾末忘本，何其愚欤！故谓洪氏之存亡，与包村有绝大之关系者，良非虚语。咄咄包生，以一农家子，使十万红巾，受其牵掣，亦有足多者。稽古者，固不可以成败论人也。

① 幂幂（mì mì）：覆盖笼罩貌。

印月僧

少林寺僧名印月者，幼丧父母，无祖业，因祝发为僧，随师习拳术。不数年而学大进，师所能者，印月亦能之。逮师将圆寂，诫之曰："吾观汝诚实，故尽所学以授汝。汝此后毋犯戒，毋轻授徒可也。"印月涕泣受命，师入定，执弟子礼甚哀。厥后敬佩师训，不敢妄为。生平粥粥[1]若无能，而同学皆推为巨擘。少林正宗，惟印月独得真传云。

邻村某甲有武力，闻印月名，愿从之游。印月见其骁勇过人，颇爱之。某甲亦貌为端谨，倾心向学。如是者数载。印月之所得于师者，又悉举以传某甲，师弟甚相契也。一日，某甲谓印月曰："少林绝技，如是已乎？"印月曰："子从我数年，所学已十得八九，虽未造顶极，而执以问世，已绰然有余，可以无憾。惟忆吾师遗言，勖我以不轻授徒。良以习技之目的，在卫己不在侮人。子欲卫己，则是亦足矣。若挟强暴弱，恃勇凌怯，则天下安知有不强于我，勇于我者？我承师诫不敢忘，愿子亦谨识之也。"某甲阳虽允诺，阴实忮求[2]。亲师之心，转为忌师，而害师之谋以起。

某日午后，昼静庭闲，印月倚枕而卧，已沉沉入黑甜乡矣。某甲入寝室，见印月熟寐，微露鼾声，不觉杀心顿起，转身遽出，持佩刀复入，闻鼾声如故，私心窃幸，以为可作逄蒙[3]也。猛然举刀，倒锋下向，将及项，印月将身一缩，刃入床数寸，而某甲已坠于户旁，盖已被印月所踢仆矣。

---

① 粥粥：柔弱无能貌。

② 忮（zhì）求：嫉害贪求。语出《诗经·邶风·雄雉》："不忮不求。"

③ 逄蒙（páng méng）：古之善射者。相传学射于后羿，尽羿之道。思天下唯羿胜己，于是杀羿。参阅《孟子·离娄下》。

印月起床，忿然曰："吾向以子为端人，今若此，大出意外。子以吾在睡梦中，可乘此下手。不知刀锋所至，风亦随之，锋未及项，风已惊睡。宁有练技已久，反中子毒手耶？子休矣，此后不改，必不得其死。吾悔授子以学，吾尤悔负吾师言。寺中衣钵，有愧薪传。吾将从此逝矣，不愿再见子面也。"某甲闻言遁去。印月即负囊担钵，徒步他往。

某甲虽不得害印月，而以印月之去，可免掣肘也。于是壹意横行，肆无忌惮。人有财，则劫夺之；人有妻女，则强暴之。乡民畏之如虎，莫敢谁何。鸣诸官，官循例查勘，饬役缉捕，卒以某甲凶悍，势不可当，相率束手作壁上观而已。乡民既遭某甲之淫暴，复苦污吏之需求，一举两失，计无复之。自此吞声饮恨，以雠某甲者雠印月。佥谓某甲之恶者，皆印月酿成之。既所授之非人，复纵容而他适，推原祸始，责有攸归。而大名鼎鼎之印月，遂以此不理众口矣。

里有嫠妇某氏，半老徐娘，犹存风韵。某甲睨之美，挑以言，不之动；饵以利，亦不之受。盖某妇固矢志柏舟[1]，不欲昭昭堕行者也。会当盛夏，暑气熏蒸，至夜未退。某妇开窗纳凉，更阑体倦，始卧于床。临卧时，窗犹未阖，欲藉凉气以驱暑魔。不意某甲即乘之而入，迨某妇惊觉，而其身已受制于某甲，不能自由。欲号则口为所扪，欲起则力不能胜。仓皇失措，惟有任其所为而已。嗣是某甲日夕往来，据以为室。某妇亦以身既受污，勉强相从。一对野鸳鸯，几已自夏徂冬，成为常耦矣。

妇有子曰振鹏，年仅十二，性颇聪慧。恨其母之被污于某甲也，日思手刃之以为快。顾三尺童子，安足除奸，冒昧求逞，徒自丧躯，非惟无益，抑且致祸。爰踌躇再四，设一枉尺直寻之计，虚与委蛇，认为假父。日向某甲乞饼饵资、笔墨费，甲囊本皆傥来[2]之物，视之不甚惜，日给数十钱或百钱。半年以后，积少成多，

① 柏舟：指妇女丧夫后守节不嫁。

② 傥来：意外得来，偶然得到。

居然得青蚨数十贯，兑为银饼，密储囊中，远扬而去。妇以其子失踪，令某甲寻访，甲佯诺之。实则其子远飏，彼方引为快意。既免碍目，又足省钱，固未尝有意招寻也。谁知复雠雪恨之举，竟出自一介童子耶？

振鹏在家时，曾闻某甲之师，即印月僧。意以为除某甲，非访印月不可。出门后沿途遇僧众，必叩问印月所在。僧众虽多知印月名，奈未悉其行踪，无由报告。振鹏私念印月所居，必在名山大寺间，于是探幽岩，搜穷谷。豺虎出没之区，视为平地。犹幸天心默佑，履险如夷，跋涉月余，尚未遇艰。某日至某山麓，探问土人，知山上有丛林，僧侣寥寥。惟有赤足僧，膂力过人，善除毒虫猛兽。自该僧到此，不过数月，而危峻之地，辟为坦途。游人多有过访者，惜其性氏未传，莫由举其名也。振鹏自慰曰："此必印月僧无疑。"遂拾级而登，山势屈曲如回环，间有险峻处，非扳援不能上。振鹏牵葛为梯，倚藤作杖。行未数里，两腕被芒刺所触，血涔涔下矣。痛楚之余，不胜困惫，乃择地而坐，为小憩计。

虬松夹道，老樟参天，涧中水滴沥不绝，仿佛别有一天。振鹏四顾神怡，久而忘倦，腕上痛亦渐可支持，遂起身欲行。忽闻腥风触鼻，草木皆簌簌有声，不觉心神俱悚，毛发为竖。凝睇观之，见岭上有一斑斓大虫，张牙而来。初未识为何物，但觉其形状可怖，料非仁兽。铤而走险，急不暇择，忙就森林葱郁间，趋而避之。不料已为大虫所窥，蹑踪而至，相隔不及数武，呼吸间有性命之忧。此时求生无策，不得已攀登树上，借木为巢，聊保残喘。乃大虫似怒其猱升，舞爪攫树，树枝摇摇欲坠。赖树本坚厚，不能骤拔。而大虫愈觉咆哮，突然返走，疾行丈许，又回身怒视，猛扑而来。振鹏不觉失声曰："天乎！何窘我至此？"言未已，大虫已至树下，一跃而起，距振鹏仅数尺。复陡然下坠，静伏片刻，眈眈上视，鼓尾扬发，势将再腾。忽树后有人大呼曰："何物鸷兽，又来作祟耶？"厉声甫至，急足已临，跃登大虫背。左手搤其吭，右手揕其胸。大虫极力摆脱，而要害已受重创，失其威焰，相持数刻，大虫已颓然仆地，奄奄无气息矣。

时振鹏已惊魂飞逸，几失知觉，惟两手尚紧握树条，未尝稍放。呼之不应，迨上树救之，劈其手，目始微张。见抚持者为一僧徒，乃任其横掖而下，既下树，身犹颤动不已。僧曰："可怜哉，此孺子也！汝有何事，乃孑身而来，轻蹈虎口耶？"振鹏闻言，欲起立拜谢。奈遍身疼痛，苦不能支。僧知其意，诫以勿动。振鹏乃曰："敬谢恩人，救我蚁命。但高僧法号，敢乞指示。"僧曰："余喜跣足，人呼余为'赤脚僧'，余即以之为名，余无他字也。"振鹏曰："高僧知印月禅师否？"僧注视振鹏，良久言曰："尔胡为知印月僧？"振鹏曰："小子即为寻彼而来。"僧曰："汝寻彼何为？"振鹏曰："此处非密谈之地，但问高僧曾识印月僧师否？"僧曰："余识之，有事不妨告我。"振鹏曰："宝刹何处？"僧曰："距此不远。"振鹏曰："如蒙垂怜，当至宝刹相告。"僧曰："试随我来。"振鹏忍痛而起，一步一呻吟。僧见其狼狈难行，复挟之臂下，疾行里许，乃抵寺。

寺甚敝陋，颓垣废榭，年久失修。僧挟振鹏入寺。寺中无几案，第以巨石代之。既入，僧置振鹏于石上，导之使坐。振鹏匍匐叩谢。僧曰："救人是吾侪义务，何足言谢？"振鹏曰："印月禅师，如在寺中，乞即导见。"僧曰："汝先告我以来意，方可代达。"振鹏即略言某甲凶恶状。僧曰："余知之久矣。里人之受其荼毒者良多，胡独遣汝童子来告耶？"振鹏垂泪无言。僧诘其姓氏，并问及父母家属。振鹏大哭曰："余失怙久矣，令先父在，小子亦不轻冒险也。"僧曰："然则汝只有母耶？"振鹏曰："为母故，是以寻印月师，愿除淫贼。"僧叹曰："义哉童子！实告汝，余即印月也。"振鹏闻僧即印月，复叩首求救。印月曰："汝虽不详言，余已明了矣。翌日，当为汝除奸也。"乃令振鹏脱衣示创，取药敷之；并亲为炊黍作羹，以饷振鹏。

越宿，印月早起略备行李。寻唤振鹏出，饲以干粮，即导之出门。途中历数昼夜，乃达振鹏家。振鹏欲入室，印月止之曰："汝宜暂避，乘其不意，乃可制彼也。"于是振鹏潜匿于外。印月诡效丐装，卧于振鹏之家门首。适某甲自家内出，见有丐当路，叱之不动。某甲拟腾跃而过，甫跨丐身，不意丐突出右手，握其睾丸，丸立碎。某甲猛叫一声，即毙。时人闻声齐集，印月起语村众曰："余授此不肖徒，累及贵乡，负疚甚矣。今已锄彼凶暴，免再为殃。是聊以泄众人之愤，而减贫僧之愆也。此后幸为曲恕，毋唾贫僧。"言讫，向众合掌作谢，即飘然而逝。振鹏知某甲已毙，亟返视之。第见某甲尸，而印月已不知去向矣。乃归家见母，母羞愤欲自尽，经振鹏泣劝，乃止。

阅者曰：吾读此则，不奇印月而独奇振鹏。印月授徒非人，已为无识；及持刀相戕，枭獍[①]毕露，胡犹不手刃之，以戢后患耶？假令无振鹏之访请出山，毙彼巨慝，是徒纵猛虎于平原，令其横噬也。虽然，某甲早死，则振鹏之名，不闻于后。天欲玉成奇童，故使之困心衡虑，亦未可知。

---

① 枭獍：枭，一种与鸱鸺相似的鸟；獍，古书上说的一种像虎豹的兽，也叫"破镜"。比喻狠戾忘恩之人。

鲁驷

江水淙淙，波痕迭迭，有一扁舟随流而来。舟中坐一男子，形色仓皇，若有急事。时探首舱外，察路之远近，眉峰眼角，俱含愁思。繄何人，繄何人，盖吴江著名文士鲁驷也。

鲁驷少失怙，家中只一老母，年已半百余矣。驷弱冠擅文名，择偶颇苛，兼乏积储，故尚无妻室。适有忘年交旅鄂中，闻其赋闲，招为教读。驷以距家太远，不忍别母，颇怀踌躇。母闻之，谓驷曰："儿长矣，当具四方志。若长此家居，何堪坐食？儿为我故而不远行，恐此后将同为饿莩矣。孝道岂在此乎？"驷曰："儿亦知此，奈母迈何？"母曰："我年虽迈，然精力未疲。区区炊爨，尚足胜之。儿且行，不必虑我也。"驷以母命难违，乃摒挡行李，别母赴鄂。

鄂友钟姓，字宜杰，有子女各二人。子名政、名理；长女名浣花，次名纫花。浣花韶秀能文，年已二七矣。乃弟二人，颖慧尚未逮也。驷既抵鄂，即至钟宅。相见后，即呼子女出谒。待以筵宴，指日上课。驷虽英年，品甚端谨，教授管理，靡不合宜，且从无轻假言笑者。以此弟敬师，主亦敬宾，相得甚欢，久而弥笃也。驷岁一省母，居家数日，即往鄂。钟尝语之曰："先生在馆时多，回里时少。业已言归，不妨宽假时日，何必急急来此？"驷曰："食人禄，当为人竭忠。旷课过多，毋乃负歉乎？"钟曰："闻府中只有萱帏，何不奉之来鄂？寒门虽陋，非不堪容膝也。"驷曰："某亦尝以此意禀母，母不谓尔，故未向请命。"钟曰："然则先生之年，亦当有室矣，胡不留心择配乎？"驷叹曰："仰事且未遑，遑言俯畜？"钟曰："先生即尚无此心，余当代为注意也。"驷俯首无言，姑以不答答之。

居无何，浣花年已二八，慧中秀外，有不栉进士[①]之目。钟之亲友，竞来执柯[②]，钟皆却之。众问其故，钟曰："吾女年稺，尚在塾读书，非及笄不嫁也。"众疑其属意于駉，退有后言。传入駉耳，駉以迹涉嫌疑，即欲辞馆。钟惊问其故，駉以实告。钟曰："悠悠之口，何关毁誉？既有此嫌，弱息不妨罢读。豚儿无知，还乞先生善诱。幸毋辞。"駉乃安之。又越年，钟乃以浣花字同村许家。许固巨族，其长子曾业儒。两姓之好定，纳币之礼成。佥谓一对璧人，才貌相若，天作之缘，无疑义矣。

标梅[③]迨吉，转瞬桃夭[④]。亲迎来夫壻之车，授绥[⑤]速闺媛之驾。鲁駉亦登堂陪宴，化宾为主，一堂喜气，翔集太和。虽坤宅不逮男家，而淑女窈窕，得偶君子，亦未始不协燕誉之章。逮彩舆出门，酒阑人散，駉始返斋而寝。一枕黄粱，栩栩入梦。及醒，而红日已三竿矣。忽见钟踉跄入室，揭駉帐而语之曰："咄咄怪事，咄咄怪事。"駉骤起，急问何为。钟曰："昨来之新娇客，忽闻暴毙。亲家不谅，欲罪及小女，将诉讼也。"駉曰："事出意外，匪夷所思。敢问其暴毙之由？"钟曰："成礼时俱云无恙，逮入洞房后，方呼腹痛。小女羞涩，不便相问。孰意展转片刻，即致仆地。俟小女启户呼援，始有人入视，抚之而体已僵。延医诊治，俱云中毒，无可施救。此非一大怪事耶？"駉曰："既据医言中毒，则与令嫒何涉？"钟曰："彼言不死于入房之先，而死于入房之后，情迹显有可疑。小女即嫌疑犯也。"駉曰："以玉洁冰清之闺秀，忽罹此不测之祸，情殊可怜。君拟去探视否？"钟曰："已嘱仆媪二人往视矣，余则不便亲诣也。"駉曰："事无确

---

① 不栉进士：栉（zhì），梳头。不绾髻插簪的进士。旧指有文采的女子。

② 执柯：《诗经·豳风·伐柯》："伐柯如何？匪斧不克；取妻如何？匪媒不得。"后以"执柯"指做媒。

③ 标梅：指女子已到结婚年龄。

④ 桃夭：《诗经·周南》有《桃夭》篇，赞美男女婚姻以时，室家之好。后因以指婚嫁。

⑤ 授绥：驾车相迎。古婚礼的一部分。绥，用以挽之上车的索。语本《仪礼·士昏礼》："婿御妇车授绥，姆辞不受。"

证，如何诉讼？”钟曰：“天下之捏词朦诉者多矣，宁必其有确证？吾不知此事之如何了也。”駉曰：“君毋急，姑缓图之。”遂起床盥洗。而钟亦蹙頞[1]自去。

晨餐毕，駉徘徊斋内，默忖浣花举止，素系端淑，必无暧昧情事，将来自有水落石出之日。惟昨方出阁，今即成嫠，如许红颜，薄命至此，又不胜扼腕，咨嗟久之。时学徒因家有喜事，已告假数日。钟去后，亦未见再来。駉以寂居无聊，姑出门散步。行里许，遇一似曾相识者，呼之曰：“鲁先生何往？”駉谛视之，乃昨日之座上宾，陶唐氏之后裔也。即答以斋居无事，出门写忧[2]。唐曰：“贵居停之坦腹郎[3]，有不测事。先生曾闻之否？”駉曰：“已闻之矣。”唐又曰：“此事闻将涉讼。楚楚女郎，不免对簿，宁不可叹！”駉曰：“然。”唐曰：“敝庐不远，先生肯枉驾否？”駉曰：“愿遵君命，第恐有扰耳。”唐曰：“先生何过谦也？”于是相偕至唐宅。唐延駉入，坐既定，唐曰：“适自某友处来，据言许家诉词，波及先生，幸先生防之。”駉骇曰：“是何言欤？”唐曰：“明知为‘莫须有’三字，但讼棍伎俩，往往架词陷人，不可不虑。”駉曰：“耿耿此心，惟天可表。鄙人岂屑为禽兽行哉？”唐曰：“是或某友传闻之误，亦未可知。予不过姑述所闻耳。”駉大懊丧，起身欲辞。唐曰：“适有佳酿，请先生小饮数杯，何如？”駉允诺。盖唐素爱友，而駉则善饮，昨宵已戏与约之，故一留一允如此。饮既酣，时已日昃，駉乃辞唐归。

駉返斋，钟已在斋门相待，语駉曰：“先生今日何往，归何宴也？”駉以与唐相遇，留家小饮告；并述许家诉词，有波及自己之言。钟曰：“讼棍放刁，唐突先生，余固料有此举也。顷余亦风闻之矣。”駉不答。钟复叹曰：“予向者固欲以小女属君，实以君素端谨，偶有谣诼，即拟弃我而去，故不敢启齿，转以小

---

① 蹙頞（cù è）：皱缩鼻翼。愁苦貌。

② 写忧：发抒排除忧闷。语出《诗经·邶风·泉水》：“驾言出游，以写我忧。”

③ 坦腹郎：指女婿。南朝·宋·刘义庆《世说新语·雅量》：“郗太傅在京品，遣门生与王丞相书，求女婿……门生归白郗曰：‘王家诸郎，亦皆可嘉，闻来觅婿，咸自矜持，唯有一郎在床上坦腹卧，如不闻。’”

女字人。不然，亦不至有如是剧变也。”駉曰：“一介寒儒，荷蒙假馆，感已深矣，何敢再作妄想？不料青蝇营营，淆乱黑白，早知如此，恨不先辞。”钟曰：“署中幸有故人，予已托彼周旋矣，当不至有他虑也。”駉口虽鸣谢，心甚不安。兼以酒力未醒，竟倚床而卧。钟见其有倦容也，亦不别而出。

夜进馆餐，駉却之。是夕即寒热交作，一病三日。方勉强起床，而县中传讯单已至。首为钟某，次即鲁駉。駉对隶役曰：“邑尊即不传我，余亦当为浣花辨诬，况传我乎？届期即至。”隶役去。钟即来斋曰：“先生病未愈，胡可到庭对簿？”駉曰：“去，去。令嫒冤白，某病自愈矣。”越二日，审期已届，駉与钟相偕入署。许宅家长，及浣花俱到堂。问官先传许家长，许以浣花谋夫对。官曰：“汝何以知其谋夫？”许曰：“安有女年已长，犹从师课读者？师为老成人，犹可说也。彼鲁生一翩翩少年，朝为师弟，暮成夫妇，皆意中事。某以调查未慎，陷子于死，幸垂明鉴，为亡儿伸冤。”官曰：“此乃臆度之词，未足为据。”许犹刺刺有词。官命退，传浣花对质。浣花泣陈无谋夫事。官复传钟某，钟曰：“小女在家，素无失德，安能谋夫？”复传鲁，鲁毅然曰：“钟女虽为某弟子，然出塾已二三年矣。此二三年间素未谋面，何从涉私？顾犹曰此一面之词，未足以折服许氏也。试思某若有私于钟女，则必预为阻挠，不令其字许家。即或不能，某家在吴江，距鄂甚远，何不可诱之私奔乎？况该女于归之夕，未曾同寝，即遭夫殁，是该女犹为完璞无疑，否则早成瓦碎矣。盍遣官媒一验，以明真伪？”官颔之，即令浣花下堂出验。浣花含羞未肯，钟曰：“儿欲雪诬，在此一举，何赧赧为也？”浣花乃随官媒下堂。少顷官媒回报，果系处子。官乃传许家长曰：“是可以证汝媳之非谋夫矣。汝儿中毒，系命运使然，不应牵累无辜。”许曰：“然则人不中毒，吾儿何独中毒耶？”官曰：“他人命不当死，故未中毒。汝死一儿亦已足矣，宁尚欲请益耶？”许不能答。官复问浣花曰：“汝虽出闺，尚为完璞。汝夫陡殁，后将若何？”浣花泣曰：“既为许氏妇，应作许氏鬼。守孀，命也，夫何尤？”官温词奖之，复以目视许曰：“彼果谋夫，尚肯为许家守节乎？汝今可释前嫌矣。”许曰：“彼即不谋害吾儿，然亦一不祥人物。甫入门，儿即死。此后应大归钟家，守节与否，悉听钟便，毋再滋毒也。惟所有妆奁，已为许家物，不宜索还。”官笑曰：“人不祥，物即成祥乎？尔何贪也？”回顾钟曰：“尔愿率女归否？”钟曰：“以理言，应归许氏。但彼既不愿有此妇，某亦可忍恝[1]此儿？”官曰：“妆奁不应索还，尔曾愿否？”钟曰：“区区妆奁，不足齿及。许氏不愿给还，何妨听之？”官又问许曰：“汝儿未葬，钟女应至许宅送丧否？”许曰：“不必不必。”官乃令许签字，复命钟领浣花归，即退堂。

案既了，駉返钟宅。瓜李之嫌，虽已冰释，而寸衷终未免惆怅，每当课罢更阑之夕，兀坐孤斋，百忧论集。唯手握班管，潦草成诗，以写牢骚，间或借酒浇愁，销磨岁月。蹉跎蹉跎，而岁又将暮矣。正拟解馆归省，忽接慈母来书，展阅之，知已卧病月余，服药无效，不禁涕泗横流，中心如捣，亟向钟乞假告归。钟曰：“尊萱抱恙，理宜早回。但药炉茶灶，在在需人，第恃一先生，恐不足侍奉。鄙意欲遣媪随行，何如？”駉固却之，钟乃止。駉即日束装，匆匆就道。篇首所述之归棹，正鲁駉由鄂返吴，计程省母时也。

登岸后，趋入家门，忙探母疾，殷勤问视。始谂母患半身不遂之症，已多日矣。駉为母抚摩，日不少辍，母劝止之，駉曰：“儿受母养育恩，无可报答。区区侍疾，宁酬万一耶？”阅半月，母病如故，駉侍奉亦如故。一日，駉正送医出门，门外来一老仆，面甚相识，诘之曰：“汝非钟家仆耶，胡为来此？”仆曰：“仆奉主人命，送小姐来吴，省视太夫人，幸遇先生，得省一番采问。”駉曰：“小姐安在？”曰：“在舟中。”駉即随往，见江滨果泊有小艇，艇中一年少女郎，识是浣花。见駉至，已起立相迎。更有一媪随于旁，知系伴浣花来者。駉曰：

---

① 恝（jiá）：无动于衷；淡然。

“小姐远来，殊太辛苦，转令余意不安。既已到此，姑至寒舍相叙可也。”浣花允诺，乃令老仆担行装，自率媪登陆至駉家。

駉无倚门仆，亦无司爨婢，不意远客猝临，颇形窘状。浣花知其意，一入门，即令媪代为执炊，仆代为购物。自请师前，愿谒太师母，駉乃为之先容，随即导入。母起坐于床，浣花拜见尽礼，母命駉答之，浣花辞。母曰：“吾儿在小姐家，则为师弟。今至寒舍，则为主宾，主人礼不可失也。”及駉答揖，浣花却退。母见其姿容端雅，举止安详，不禁太息曰：“贤哉，女郎！偏遭磨蝎。今又远道来此，跋涉多劳，教老身何以克当？”浣花曰：“师恩高厚，铭感五中。家君闻太师母玉体违和，特遣浣花踵谒，不过修弟子之职耳，何敢言劳乎？”言已，探怀取父书，呈诸駉前。駉启读其文曰：

自违道范，弹指经旬，日夕驰思，靡时或释。只以东西道阻，不遑驰问，抱歉何如。令堂太夫人之贵恙，近获痊否？谚有之：“吉人天相。”端悫如君，可云吉矣。天道有知，应亦默佑，当不至有意外虑也。小女浣花，蒙先生惠，教之成人。乃以命宫磨劫，陡遭奇变，不女不妇，贻恨终身，且无端累及先生。雌黄之口，不足污人，而自问私衷，已不能无疚矣。浣花粗明大义，愤不欲生，奈以父师之恩，自言未报，因暂寄此身于尘世间。某愧为女相攸不慎于始，累女衔恨，何足言德？所未酬者只师恩耳。先生中馈尚虚，兼以萱帏衰病，又需侍奉，忧勤之状，可想而知。浣花虽弱，或尚能为师分劳，故特遣侍左右。俟令堂康健，遣归与否，俱惟尊裁。某之初意，前已为先生告，先生如不以为嫌，采及葑菲，亦某之所深愿也。附呈楮币[①]百页，谨充甘旨之需，幸勿峻却。某白。

駉读毕，顾浣花，已转身而出。正拟以书中意白母，母曰：“嘉客戾止[②]，

① 楮（chǔ）币：指宋、金、元时发行的“会子”“宝券”等纸币。因其多用楮皮纸制成，故名。后亦泛指一般的纸币。

② 戾止：到来。语出《诗经·周颂·有瞽》：“我客戾止，永观厥成。”

何以待之？”駉曰：“彼有仆媪随来，仆市物，媪执炊，已布置井井矣。”母曰：“此女甚佳，但可惜耳。”駉问故，母曰：“惜不得若女为儿妇。”駉曰：“彼父来书非无此意，但儿则以为不可。”母曰：“儿非以有适人之嫌乎？儿曩谓彼与许氏，情断义绝，且尚为完贞之璞，何不可之有？”駉曰：“彼虽与许氏断绝关系，然许氏绝彼，彼固不应绝许也。况儿为彼故，已涉微嫌。今若竟以为室，则向之疑儿者，不将援为确证乎？弄假成真，如人言何？”母曰：“汝言亦韪，但佳人难再得，交臂失之，殊耿耿也。”駉曰：“母爱此女，不如与彼熟商，令认为义母，何如？”母颔之。时浣花已检出楮币，入呈于駉。駉即问之曰：“令尊之意，拟屈小姐暂留寒舍，此资即为汝用费。予以为小姐在此，恐蹈前嫌；若即令遄返，又出不情。现已禀明老母，欲小姐认母为女，予与小姐以兄妹相称，则似为权宜之策。”浣花曰：“认师为兄，认太师母为母，似属未当。”駉曰：“师友一律，非有尊卑也。如承不弃，请从予议。”浣花曰：“师命不可违，拜母为义母，可也。若称师，则仍如前日可耳。”駉允诺。浣花遂于床前认母，母大喜。駉以楮币给浣花，浣花曰：“此所以代甘旨也，幸先生惠纳。”駉乃受。自是浣花朝夕侍母，一如駉例。駉遣老仆归，留媪服役。

修短有数，人力难回。至春气发动，而母病转剧。駉祷诸天，求增母寿，浣花且愿以身代。卒之冥漠无知，毫无应响。未几，母饮食不进，竟致弥留。易箦[①]时，嘱駉曰：“死生，命也。余年已五十余，死何足惜？但儿未成家，不无失望。余死，毋过哀。须知鲁氏一脉，所遗惟儿，承先事大，幸好为之。”又语浣花曰：“吴楚远离，钟鲁异姓。乃以师弟之情，来侍余疾，认为母女，不啻骨肉。自恨薄福，未获久亲。本有一言相告，奈儿性拘执，碍难启齿。他日回里，幸为令尊道谢。予虽死，亦衔感九泉也。”言讫而逝。駉哭踊无算，浣花亦哀号欲绝，赖老媪相

① 易箦（zé）：更换床席，指人将死。

劝，强起治丧。駉治外，浣花治内，始终无废礼。丧葬毕，守制匝月，春已暮矣。駉语浣花曰："妹离家已数月矣。鱼雁往来，非无消息。然久违膝下，谅亦未安。吾当送妹归省也。"浣花诺之。駉乃以旧庐托其戚，率浣花辞墓。即日乘舟起行，既抵鄂，先令媪送女归，托词督押行李，随后即至。浣花既返家，见其父。父以女服缟素，正欲详问，而担行李者亦至。担既卸，即呈递一函，钟展阅之，略云：

前承宠召，虚糜馆谷者数年，至感且愧。去岁以母病乞假，仓卒回里。乃抵家未久，而浣妹忽至，媵以厚贶，锡以鼎言，恩何渥也！駉不德，不自殒灭，累及先母，早拟讣达台端，恐又劳盛赐，是以迟迟不敢报闻。浣妹冰清玉洁，人即未知，神应共鉴。駉之所以不遵教者，一则有碍前嫌，一则自惭寡福也。今假舸送归，幸为抚养终身。他日于列女传中，应占一席。駉自知謭陋，生无益于时，即死亦无闻于后。已决拟披缁入山，不愿闻尘俗事矣。谨书代面，聊述鄙忱。欲报盛情，期诸来世。駉稽颡上言。

钟阅毕，始知駉母已殁，复经浣花一一详述，乃叹曰："鲁生高士，不当以俗眼视之也。"厥后复遣仆抵吴，探其家，守以兽镮。问里人，则云駉尚未返。仆乃归，还报钟。钟又四处探访，杳无踪迹。而浣花竟以是守节终身焉。

阅者曰：若鲁駉者，岂鲁男子之支裔耶？见色不乱，始终以礼自闲。微特晚近无是人，即求之往古，亦寥寥焉。或谓浣花之父，既属意于駉；駉之母，又属意于浣花，两情相洽，駉何妨从权而妻之？不知权之一字，甚足误人。駉娶浣花，则导人失节；駉不娶浣花，又导人负情。吾知駉之意，必有万不得已，始迫而为离人独立之行者，正不得以拘执讥之也。

义犬

人家常畜，莫如鸡犬。鸡能司晨，犬能守夜，人人知之，无待言也。顾犬知恋主，主出必随，貌若摇尾乞怜，不足为重。谁知保护之诚，因有出人意料者。相传周氏有义犬，犬以义称，其异可知矣。

周氏籍隶皖江，主人名肇南，以负贩起家。初甚寒微，出为人佣，嗣以贩货得利，设肆鬻糖。适糖价甚廉，周倾囊购之，趸积肆中，年余不得罄，颇有悔心。会闽粤大水，蔗被漂没，糖料骤缺，糖市遽昂。周存糖尚多，居为奇货，需求者实繁有徒。月余销罄，获利三倍。周益加扩充，营业大盛。不四五年，竟致巨万。于是营大厦，置良田，用臧获[①]十人，充家中服役。面团团作富家翁矣。昔也屡空，今也厚积，此其中固隐有天幸焉。

周以骤富故，颇怀慈善念。自忖前时拮据，向人乞贷，屡不得遂，十叩柴扉九不开，苦况犹如昨也。业已积产丰饶，不妨好行其德。乡里中有匮乏者，必贷助之；有孤寡者，必赒恤之。求无不应，因此博仁人名；惟饶于财而窘于嗣。娶室吴氏已十余年，尝苦不育，育亦辄殇，周之意固犹未慊[②]也。会邻村有小家女奚氏者，碧玉年华，绿珠丰韵，标梅待字，迨吉[③]有年。周以三百金置为簉室，悦其色，颇得殊宠。正室素贤，辄优容之。极思一索得男，乃事不由人，依然寂寂，周亦徒唤奈何已矣。

周有旧戚子封郎，幼丧父母，茕独无依。周收抚之，给以衣食，未尝稍使冻

---

① 臧获：古代对奴婢的贱称。

② 慊（qiè）：满足，满意。

③ 迨吉：嫁娶及时，婚姻美满。

馁也。既长，令为肆中徒，便佞儇巧，善承周意。周亦颇爱之。逮奚氏入室，与封郎年相若。封郎以其事周者事奚氏，遇有使令，趋承维谨。奚氏喜其慧黠，未免假以词色。而封郎情窦渐开，遂思借端引诱。爱河欲海，易溷人心。奚氏本一无价值之女郎，对此狡童，年貌相合，有不觉情为之障、神为之迷者。以大妇在堂，不便苟合。而灵犀一点，暗地相通。假令填鹊有桥，已早为牛女之渡矣。

天下事惟犯奸最易，一彼一我，只有两人，我之所欲，已居其半；彼一相从，即可成功。故奸非之案，迭有所闻。而封郎、奚氏，既阴为同心之结，则相须甚殷，宁有不克偿所愿者？果也周氏夫妇，轻授以隙，因外戚之成婚，促双舆之作客。仆媪辈亦间有随去者。封郎以为时不可失，竟仗其如天之色胆，潜入奚氏房。奚氏初尚未觉，逮黄昏入帏，卸妆欲寝，不意狂且突出，骤抱其腰。奚氏骇而视之，则固所谓心上人也。半推半就，亦嗔亦喜，一宵恩爱，较之真夫妇，殆尤过之。

自是厥后，奚氏与封郎，已不啻胶之与漆、磁之与铁，融合无间矣。奈周夫妇作客未久，遽尔言归。两人恋爱之忱，为所阻碍，虽相对咫尺，不殊万重蓬山，其雠视周夫妇可知矣。一日，封郎自市中购物归，遇奚氏于灶下，四顾无人，遽以手探奚氏颈曰："柔滑如脂，令人心醉。"奚氏曰："尔太不自检，举手未足，且复启口，莫谓属垣无耳也。"言未已，周趋入，见灶下惟两人密语，不觉生疑，目眈眈视封郎曰："尔年已长矣，帷阈之嫌，亦宜审顾。此后令尔购物，可嘱老媪转交，不得擅入。"封郎乃出。闻周更训斥奚氏，亦哗然有厉声。由悔生愧，由愧生愤，举从前豢养之恩，尽付流水，而恶心遂自此生矣。

周有犬，畜之已数载，毛黑而润，驯扰如人意。周尝饲以肉，故犬尤恋之。周出门，不论昼夜，犬必随于后，虽远不惮也。某夕，周正会客归，月黑无光，藉引火之具以照行。距家门仅数武，忽有暴客突出，骤击周腕。周负痛，抛去引火物，目不辨南北，遑识为谁。此时暴徒正欲持刀行凶，不图狺狺之声，发于其旁，且奔噬暴徒衣，势甚剧烈。暴徒举刀乱刺，犬痛甚，急而上腾，出暴徒不意，遽龁其面。盖天色皆暗之时，人之目力不及犬。及暴徒觉痛，而面血已淋漓矣。周又大声呼援，家中人启门出视，各执械捕暴徒。暴徒情急思遁，而犬复力龁其足，不使之行。遂被执，牵入周家，执火视之，暴徒非他，乃里中一恶少也。

周问恶少曰："吾与汝无雠，汝何故夤夜[①]刺我？"恶少无言。周又曰："尔或听人嗾使，遣尔行凶，亦未可知。果如余料，尔可直言，余当究诘主使者，不令汝受苦也。"周家仆亦随声和之。恶少曰："本不应泄，但不能杀人，反致自杀，亦属不值。且主使者反逍遥法外，于心亦有未甘。实告君，使我行凶者封郎也。"周曰："封郎何欲害我？尔不应妄为攀诬。"恶少曰："封郎与汝妾有私，被汝斥责，衔恨至今，故贿我行凶。"周乃令仆召封郎，封郎正检装欲遁，见仆至，色大沮，迫使对质，犹图抵赖。恶少曰："周君慈善，谁不知之？予一时贪利，谬从汝言。今见犬竭力护主，龁我致伤。犬犹如此，人何以堪？予已知悔矣。尔受恩已久，反不犬若。是尔之罪，较我尤深，我不能为尔讳恶也。"封郎不能答。周并送诸官，而逐奚氏回母家。

犬受创已巨，气息仅属，越日而毙。周盛之以棺，附之以椁，若葬人然。或曰以人道待犬，毋乃过甚。周曰："吾微犬，已死暴徒手。待以人道，犹谓未足。试以封郎较之何如？"营椁既毕，且树碑以志之，其文曰"周家义犬之墓"，碑高计七尺云。

阅者曰：淫恶如封郎，人而畜者也；义愤如周家犬，畜而人者也。周改人道葬之，宜哉！人不如犬，腼颜多矣。然亦可为世之纳妾者鉴。

---

① 夤（yín）夜：深夜。

义丐

昆山有义丐阿四者，不详其里居，亦不知其姓氏，惟自名曰“阿四”，人亦以“阿四”呼之。阿四宿破庙中，每日早起，必持破钵敝帚，洒扫内外。既毕，乃出门为乞。得土饭尘羹，视之若宝贝然，即或不堪下口，亦强自啜食。可涤者，则洗净而重炊之。尝曰：“余今生为丐，必前生造恶耳。一粥一饭，来处不易。若更暴殄天物，来世将罚作蝼蚁，恐丐且不得为也。”说虽近于迷信，然以一行乞之徒，能明此义，固非常丐所能及者矣。

一日，夕阳西坠，暮色仓皇。阿四踯躅归，道旁见一纸包。拾而视之，中裹者为番饼[①]二十枚。喟然叹曰：“谁遗此阿堵物？幸遇我，否则早挟而去矣。有财者尚不惜此，若终窭[②]之子，视同性命，一旦偶失，命且随之。无已，姑坐此少待，作一时之守财虏可也。”乃蹲踞于地，约一小时，人迹稀少，孑影凄清。仰视天空，新月已皎然上矣。自觉腹饥，遂取残羹冷炙，和以脱粟，进之于口，聊以果腹。复太息曰：“失主不来，吾将谁归乎？”爰将番饼纳之怀中，欠伸而起，持钵欲行。

忽闻有一老妪声，呜咽而来，就丐所在处，停足四望。见地上毫无痕迹，不觉涕泪交并。丐问曰：“汝何为者？”老妪曰：“余为某绅佣，今日奉主人命，向某戚家索偿。归经此地，脱衣散热。衣袋中贮有番饼，不意失落。余因天晚急返，未及检点。及归家，取之无着，惶急万状，因枵腹[③]来此，沿途留意，杳无所见，

① 番饼：旧时对流入我国的外国银币的俗称。

② 终窭（jù）：《诗经·邶风·北门》：“出自北门，忧心殷殷。终窭且贫，莫知我艰。”后以“终窭”谓境遇艰难。

③ 枵（xiāo）腹：空腹。谓饥饿。

想已为行人拾去矣。余将何以对主人？”阿四又问番饼若干，答曰：“二十圆。”阿四曰：“汝亦太不经意。番饼坠地，必有声响，汝岂病聋耶？何茫然无闻也？”妪曰：“余非重听者，脱衣时曾置衣地上，想因袋浅，以致倒落。余偶失察，仅携衣归，疎忽之咎，自知难免。余老矣，死期已近。或者大限即在今日，余将为此毕命也。”阿四笑曰：“汝毋急急，番饼固在吾手也。”遂探怀与之，妪大喜，敛袵拜谢。

阿四曰：“谢我何为者？番饼固非我有，我不过为汝代管耳。”妪曰：“非汝，则早已不翼而飞矣。受此大德，何以图报？”阿四曰：“我岂望报哉？我若求报，不如不还。天已暮矣，请速归，毋絮絮也。”妪乃去，阿四亦归宿破庙中。翌日，老妪复至，谓阿四曰：“主人召汝，请随我往。”阿四曰：“尔主人召我何为？”妪曰：“感汝高义，欲给汝以钱耳。”阿四曰：“余乞人，何敢邀赏？幸谢尔主，毋召阿四。”妪曰：“汝不往，主人将疑我矣。”阿四问其故，妪曰：“召汝而汝不至，不将疑我未传命乎？”阿四沉吟久之，乃曰：“为尔故，姑随尔一往。”

阿四偕妪至绅家，妪导见主人。主人见其衣服褴褛，顾妪曰：“尔盍检旧衣与之？”妪去，乃问阿四曰：“尔即道不拾遗之义丐耶？”阿四曰：“吾固丐耳，何足言义？”主人曰：“一介不取，非义而何？吾当给汝衣食，毋再为丐也。”阿四曰：“吾未尝为君出力，奚敢受赐？”主人曰：“予嘉汝知义，故以衣食给汝。”阿四曰：“无功食禄，义乎何取？”主人曰：“然则尔胡为丐人？”阿四曰：“吾为丐，每日每家，不过乞一钱，或一饭一粥耳。彼未大损，我得受益，尚不致负若干罪戾也。今若衣我食我，豢我终身，则君受极端之累，我无分毫之酬。他生虽为犬马，亦不足报恩万一。阿四何人，敢贪重赐耶？”主人曰：“然则汝佣我家可乎？”言至此，妪已取衣出，令阿四易之。阿四曰：“为佣犹可。但今日尚未为佣，不当骤受此衣也。”主人曰：“汝且易衣，衣价若干，可计工算还耳。”阿四乃允诺，乃易服为绅家佣。

自阿四作佣后，一切服役，较他仆尤勤谨。主人亦深信之。他仆有惎[1]之者，或毁阿四于主人前。主人曰："毋多言，汝能拾道旁之遗金，仍还失主否乎？拾遗且不贪，遑论其他？"阿四闻之，感主人知遇，益自恭慎。统计服佣二十余年，乃殁。主人为之厚葬焉。

阅者曰：阿四其释家者流耶？拘拘于因果之报应，不敢作一非义事。说者或以迷信少之。试问天下之破除迷信者，果能见利思义乎？自拜金主义，灌入世人之心目中，于是彼争此竞，不知有国，只知有己。子舆氏所谓"上下交征利""不夺不餍"者，此也，以视阿四，应愧死矣。

① 惎（jì）：忌恨，憎恶。

补恨

蠡城谢祖安，少知名，王太史[1]见其文，每嘉叹之。托相善者邀至其家，与之语，吐属风流，温文尔雅。王曰："是子非凡品也，他日必不为人下。"因浼邻好致之曰："王谢，固世戚也。谢生若奋志青云，当以弱息奉箕帚。"生闻言，颇自喜，转思王女才貌，是否佳丽，托人密访。类道其美且慧，谢犹未信。既而王女自探亲归，适遇谢，睨之，果绝代名姝也。乃尽释疑团，刻意求学，孜孜不勸者殆一载。亡何，太史女忽患病。谢闻之，为之嗒然若丧，忘寝废餐。既而女病亟，谢不遑顾嫌，竟至太史家探之。太史曰："曩时之约，本不敢忘。无如弱女福薄，竟为二竖所缠，病入膏肓，不可救药。恐合璧之缘，将待来世。"谢唏嘘曰："承公不弃，许附茑萝[2]。何期天厄佳人，苦之以病。幸而瘳，仆之福也；万一不幸，宁终身鳏居，为淑媛守义。"太史曰："是言误矣。女无再适，男可重聘。况弱息尚未出阁，夫妇之礼未成，安可顾小节而昧大义乎？"谢欲入闺一诀，太史不可，曰："非不许从权相见，但小女病已委顿，晤面之下多增惆怅。大丈夫何患无妻，宁必沾沾弱息也？"谢犹拟再请，忽有青衣婢出报曰："小姐已危迫矣。"太史失色，辞客竟入。谢甚懊丧，趋而出。

翌日，谢闻太史女病逝，悲怛欲绝。旋素服临女丧，亲撰祭文，语语呜咽。奠毕读之，闻者俱为泪下，不特太史然也。嗣返家，举案头书籍，欲付诸火。时谢尚有母，见其状，亟责之曰："儿痴矣，胡欲火其书也？"谢曰："读书非他，

---

① 太史：明清时期对翰林的别称。

② 茑萝（niǎo luó）：茑萝与女萝。两种蔓生植物的合称。比喻关系亲密，寓依附攀缘之意。语出《诗经·小雅·頍弁》："茑与女萝，施于松柏。"

为欲践婚约耳。今已矣，儿不愿长此占毕[1]也。”母怒曰：“三年怀抱，毕世辛勤，岂尚不及一未婚女耶？尔为女忘母，如何为子，如何为人？”谢乃俯首谢过，然其心终耿耿未释也。

会有友人张生来，谢涕泣以情告。张曰：“天下多美女子，何必是？”谢曰：“得一知己，可以不恨。予不患无尤物，予特患负知己耳。”张曰：“王太史以女字君，固谓君之能致身云路也。今彼女不禄，太史尚在。君若辍学，是负太史望矣。负女尚可，负太史则不可。”谢怃然，既而曰：“君言亦是，但悼亡之痛，未能遽释何？”张曰：“此所谓情魔，非徒感知己也。予为君物色佳丽，何如？”谢曰：“予既许以守义矣，不劳物色也。”张笑曰：“迂哉，谢生！天下未有为未婚妻守义者。况尊慈垂暮，岂堪令常操井臼耶？”谢不答。张曰：“君心未畅，盍从我一游乎？”谢犹未应，张强之使行，乃偕往。时则春风和煦，佳景宜人，鸟语轻盈，花光明媚。远山添螺黛之容，近水带鸭头之色。两人徐步而前，左顾右盼，乐而忘疲，未几已达数里。忽见士女纷纷，往来不绝。张异之，询诸途人，谓此去东南，有妙香庵。其徒于今日祝发，广结香火缘，故趋之者众。张语谢曰：“君愿往观否？”时谢已愁怀渐释，即答曰：“既已到此，何惜一行？”遂联袂而往。又数里，始觉庵门在望，“妙香”二字，印入眼帘。两人相偕入。女冠子颇欢迎之，引入客堂，献以佳茗。饮茗毕，至佛殿中随喜。红男绿女，挤满一堂。谢留神细瞩，除老年妇媪外，虽多韶秀女郎，然皆搽脂抹粉，俗不胜耐，无一可寓目者。转思王家女秀色可餐，竟致短命，相形之下，未免有情，盖又不胜凄楚矣。顾张曰：“此间多俗障，盍避之。”张乃与之偕返客堂。

未几，钟鼓声、铙钹声，殿中并作，杂以诸梵音佛号，喧震耳鼓。张不知为何，出观之，返语谢曰：“此该徒祝发时也。”曳之出，再入殿中。见一老尼，

---

① 占毕：亦作“占哔”。谓经师不解经义，但视简上文字诵读以教人。后亦泛称诵读。

引一妙年女郎，跪诸佛前，稽首受戒。随即解脱云鬟，发长委地，光可鉴人。老尼持刀欲剪，谢不禁太息曰："可惜，可惜！"言未已，张突至女道士前，摇手曰："此吾家表妹也，胡逼之出家？"老尼哂曰："姑娘自愿耳，安敢逼之？"张曰："吾访妹久矣，不意为汝所诱匿。有我在，决不令之祝发也。"老尼曰："涓吉[1]祝发，人所共闻。相公胡不早告，乃临时阻挠耶？现在众目睽睽，不便中止，望相公原谅。"言至此，又持刀作欲剪状。张夺去其刀，忿然曰："汝再欲胁迫，我定不恕汝。"随强持老尼袂曰："速去。"老尼亦作色曰："何来强徒，牵人衣袂？"此时一班善男信女，俱集张前，问其何故相争。张厉声曰："清白世界，强逼吾表妹作尼，应得何罪？"吾愿偕彼至官署，一明曲直。众人从旁相劝。老尼曰："今日蒙诸位宠临，为徒祝发。乃横来此客，定欲相阻。无论今日之事，曾费多金，且试思佛门收徒，观瞻所系。彼既不声明于前，何能掣肘于后？请诸位评其曲直可耳。"张曰："余今日始知此事，乃来劝阻。发尚未薙，安得云迟？彼借收徒之名，敛钱惑众，何从而费多金耶？"旁有一人曰："试问此女郎，果愿祝发否？"众鼓掌赞成。问女，女不答，泪珠已满面矣。张曰："彼愿祝发，胡为下泪？"是不问而知为强逼也。众亦不能代辨，但曰："既如此，则发可不祝。庵中所费之金，须请代偿。"张曰："彼未耗资，何需偿给？既由诸位劝解，姑给十金。妹当由吾领回。"众犹迟疑，张顾女郎曰："妹乎，请即随吾归。如有屈抑，吾可代伸，何甘心作女冠子耶？"女乃起，草草挽发，欲行又止。张曰："妹不必多思。如来在上，吾不欺汝也。"随探怀出番饼十枚，给老尼，慨然促女行。

女随张出庵，谢亦从之。老尼亦不便相阻，惟垂首叹息而已。既首途，张见女步履多艰，料其屈膝已久，不便跬步。正欲为之设法，适两舆夫肩舆而前，舆中空无人。张与一舆夫似曾相识，呼之曰："舆何往？"曰："适送女眷耳。"

---

[1] 涓吉：选择吉祥的日子。

张曰："吾欲汝别雇一舆。"舆夫问何用，张曰："烦肩吾妹返家耳。"舆夫曰："吾辈亦不妨代劳也。"张喜甚，许以倍价，令女乘舆先行，张、谢二人从其后，急趋而返。至张家，张导女下舆，给舆夫佣金，遂引女入，并延谢登堂。张固世家，仆媪颇繁，见主人返，各伺候阶前。张令其瀹茗备肴，不必侍侧，乃皆去。

张见仆媪俱入室，乃问女以姓氏里居，女泣告其详。女戴姓，名映雪，本宦家女。父曾为邑宰，殁于任；生母又早见背。家中仅一庶母，及一庶兄。庶母甚悍，庶兄又甚顽，视女如眼中钉。有豪家求为箧室，母欲允之，女不可，宁舍身为尼。母怒，竟遣女至妙香庵，嘱老尼速与祝发。女之初心，固未尝甘心出家者，但为愤激之词以阻母耳，乃弄假成真，出于无奈。老尼又受女母嘱，极力劝逼。女尝言有表戚某，曾置身仕籍，欲其相援，苦道远，一时不能通消息。请诸老尼，愿缓时日，老尼不从，强女为徒，迫令度薙。微张，万缕青丝，已尽脱矣。张闻女言，不禁大笑曰："是乃所谓天缘也。吾因谢君惋惜，卤莽出此，不意摇造之词，竟尔针锋相对，无怪老尼之有所顾忌也。"随语女曰："吾与妹实无戚谊，天令我认作葭莩，称为兄妹，亦属意外奇缘。自今日始，我妹汝，妹亦兄我。我当为妹选一如意郎君，不患终身无托也。"女以张先诘姓氏，已为惊异，及张表明真迹，感激不胜。正拟拜谢，继闻终身有托之言，不禁红绯两颊。欲谢不可，不谢又不可。适一媪奉茗出，张语媪曰："引小姐见母，彼乃吾新订之义妹也。"女乘机起座，随媪入内室。

张见女既入，遂语谢曰："若此女，君可合意否？"谢笑而不答。张曰："吾为君，故冒为此举。君在旁绝不相助，何故？"谢曰："吾以为该女与君，固中表亲也。吾口才不如君捷，老尼气又渐馁，故暂作壁上观耳。"张曰："吾愿为君作撮合山[①]，君何以谢我？"谢曰："有媒灼言，无父母命，奈何？"张曰："成

① 撮合山：旧指媒人。

始成终，我之责也。”谢曰：“诚若是，当泥首图报。”张曰：“吾固谓子乃情魔也，今验矣。”谢曰：“非某好色，实因此女面目，与王家女相肖。见此女，如见王家女耳。”谢曰：“子亦太狡狯矣。明羡彼妹，强为牵合，欲盖适弥彰也。”谢犹欲辨其非欺，张曰：“子休矣。一死一生，何从对勘？不如预备佳酿，令冰上人可畅饮耳。”会仆已捧陈酒肴，谢欲辞，张挽之，乃留餐，餐毕始行。

时女已谒张母，并见张妻，笑语寒暄，颇形亲昵。张入内，母语之曰：“此女固可儿[①]也。尔仗义相援，甚善。”张曰：“母已备知底细耶？”母曰：“彼已与我殚述矣。予无女，且认彼为螟蛉[②]也。”张语女曰：“吾为妹相攸谢生，妹晤觌多时，谅已知其品概。此君固文雅士也，妹请勿疑。”女含羞无言。张曰：“此妹终身大事，何羞怯为？”女始俯首曰：“是在兄命。惟庶母庶兄，倘或闻知，又将掀风作浪，不可不防。”张颔之。翌日，张询明女家住址，及女家表戚姓名，乃乘舆而去。既抵女家，女母出见，张曰：“吾与岭南某，为莫逆交。闻岭南与贵府有中表谊，浼予为令嫒作伐，故敢来告。”女母曰：“有母兄在，何劳彼代为费心？”张勃然曰：“汝女苦况，予已尽知。非予由岭南通讯，则渠已为优昙中人。渠父曾名宦，岂堪令其溷落比邱耶？实告汝，予张姓，汝女已在予家，汝已与女相绝，此后许嫁，与汝家无涉。”言已径出，转投邑署，邑令与张素相识。张一一告达，并极诚恳托，邑令允之，张乃退。

越二日，邑令传戴氏母兄至，责其逼女为尼，严加诃斥。两人犹欲抵赖，由张到堂作证，并饬役至妙香庵，传老尼到案。老尼谓戴女出家，全出母意，与己无与。官乃令戴氏母兄出结，断绝关系，即退堂。张归，以语戴女，女拜谢。张曰：“萍水有缘，义同手足，何足言谢？”女曰：“出水火而登衽席，所赖惟兄。此恩此

---

① 可儿：可爱的人，能人。

② 螟蛉（míng líng）：《诗经·小雅·小宛》：“螟蛉有子，蜾蠃负之。”螟蛉是一种绿色小虫，蜾蠃是一种寄生蜂。蜾蠃常捕捉螟蛉存放在窝里，产卵在它们身体里，卵孵化后就拿螟蛉作食物。古人误认为蜾蠃不产子，喂养螟蛉为子，因此用“螟蛉”比喻义子。

德，永矢勿谖[1]。”张哂曰：“他日海燕双栖，情好倍笃，恐即忘执柯之月老矣。”女感愧欲泣，张妻曰：“君惯作调侃语。姑娘情弱，不堪为君作谐人也。”女闻此，明知张妻为己解嘲，然感激之下，益致涕零。眼眶中所含之珠泪，已盈盈下矣。张踽踏不安。张妻忙取襟上巾，为之拭泪，并谓张曰：“汝且退。笑容可掬之玉人儿，被汝一两语，变作一枝带雨梨花。我见犹怜，汝毋为已甚也。”张出，即赴谢家告谢生。生以禀母，母允之。遂择吉向张家纳币。未几，又行亲迎礼。

六礼告成，双美璧合。张既为媒证，又作主婚，能者固多劳矣。王太史闻之，亦踵贺。戴女以子礼相见，太史不觉惊异，曰：“此女面庞酷肖吾儿，若非子细端详，几疑亡儿再世也。”谢语张曰：“得丈言，前语非明验耶？”张笑曰：“是益所以证情魔耳。”太史问故，谢备述前事。太史曰：“张君可谓古押衙[2]矣。愿天下有情人都成眷属，是正一大好事也。然微张君，乌能致此？盍泥首以报。”言已，即为设座于上，力挽张坐，令两新人罄折张前。张亟起答之。自是月老功成，名花蒂并。举曩时华鬘忉利之情天，复成圆满之结果云。

阅者曰：“情”之一字，非专从夫妇上言。张生殆真能用情者，拔映雪于优昙中，而使之为友人耦。内无怨女，外无旷夫。推是情以御世，天下不足平也。吴刚有知，亦当退避三舍。

---

① 永矢勿谖（xuān）：决心永远牢记着。语出《诗经·卫风·考盘》：“独寐寤言，永矢弗谖。”

② 古押衙：唐代小说中的一个人物。肯舍身救人，成人之美。见唐薛调《无双传》。后来多用作“侠义之士”的代称。

丐 仇

粤东地滨海洋，居民多航海为生，往来外埠者，不乏其人。有费某者，香山人，出洋有年，精驾驶术。嗣为船主，获利甚厚，遂致富。厥后病怔忡[①]症，歇业回里。里人闻其归，过访之。费精神大不如前，唏嘘语人曰："海外风涛，殊不可测。余操航海业久矣，自谓颇有经验，不意最后一次，险恶异常。非凫水逃生，则早与波臣[②]为伍矣。迄今思之，犹心悸也。"越二载，费竟以心疾卒。

费有子曰朴人，颇循谨。父命留学外洋，非奉召不得回国。迨父病已剧，始电召之归。父殁，在家守制，不便外游。三年服阕，娶妇成家，琐务杂沓，更不遑作远游想。且袭先人产业，衣食有余，固将以家居老矣。某日午后，在屋前草地散步，突遇一衣服褴褛，状似乞丐者，年可半百余，须发斑白，肌肤作绉纹，惘惘然来前请曰："余本水夫，年衰失业，拟往海滨谋事。奈日暮途远，枵腹难支，愿丐余馂充饥。"朴人注视良久，乃曰："汝年已迈，不堪任操舟业。或者其入贫民院，庶可以终天年也。"丐闻言，张目似作嗔状。朴人不再诘，探诸怀取一小银圆与之。丐受而谢，曰："祝君永保余生。"言已径去，口中犹喃喃不绝焉。

朴人以丐者状可怖，语又不伦不类，疑为匪人，欲隐身以觇其异。适草地旁有短篱，篱门未阖，即疾行而入，拨篱上荆棘，由隙窥之。见丐者，步履蹒跚，缓行至家门前，戟指向内，申申作詈，语隐约不可详辨。但微闻有："此身不死，必报宿忿。彼船主之子若孙，虽至三世四世。"语至此，怒目奋拳，作猛击状，

① 怔忡（zhēng chōng）：中医病名。患者心脏跳动剧烈的一种症状。

② 波臣：指水族。古人设想江海的水族也有君臣，其被统治的臣隶称为"波臣"。后亦称被水淹死者为"波臣"。

旋始踯躅而去。朴人大异之，待丐去已远，始复从篱门出，踉跄返家。

费家有老仆，名维忠，随船主充役多年。船主殁后，遗言大小家政，当任彼司理。朴人谨识之不敢忘，待之如老友。维忠则谦恭如故，初未尝恃故主遗命，慢及朴人也。朴人既返，时未晚餐，姑煮酒小饮，聊以解愁。维忠捧卮进，朴人语以丐者事。维忠悚惶万分。至述及戟指奋拳诸状，所执之卮，竟至坠地，错愕良久，始曰："可异哉，此丐！可畏者，此丐。"朴人不解其故，问之曰："汝亦饮酒耶？"维忠答以未饮。朴人曰："然则胡为病狂耶？"维忠曰："仆非病狂，此丐固可怖耳。"朴人问何故可怖，维忠曰："主人所见，究为何许人？"朴人以丐者容状语之，维忠益加战栗。朴人曰："一丐徒耳，即与有雠，度彼亦无能为也。"维忠又张目外视，似恐有人窃听者。既而附朴人耳，微语曰："此地不可居，盍避之。"朴人嗤其迂怯，斟酒一觥，与之曰："汝何胆小乃尔？姑尽此一杯，稍壮汝胆，方可徐议也。"维忠以主人命，不敢违，接杯于手，一饮而尽。

朴人待维忠饮毕，又语之曰："汝既知此丐来历，试明以告我，否则必目汝为病狂。世有遇丐于门外，即仓皇他避者乎？"维忠忙摇手，悄语曰："主人毋厉声，此丐不可轻视也。欲究此丐来历，匪特仆所不当言，抑亦仆所不敢言。惟愿主人暂离此地，不尔，将有性命虞。主人亦知老主人前事乎？老主人逝世之前，虽曾有悸疾，然晨起精神尚佳。午后有水夫来谒，与主人谈二三语，主人即返卧于床，当晚遂逝。岂主人忘之耶？"朴人曰："是讆[1]言也。予父之殁，实由航海出险，迫成心疾。不第医言如是，即予父亦尝为余述之。临殁之日，虽有水夫入室，然亦不如今日所见者之困惫。即令相隔数年，彼以穷饿故，益致顦顇[2]，顾亦何能为余害者？汝休矣，毋轻吓余也。"维忠曰："主人即不欲离此，亦宜善自为防。"朴人曰："明日增役为卫，何如？"维忠犹呶呶不休，朴人不顾，自斟自饮。维

① 讆（wèi）：谬误而不真实的。

② 顦顇（qiáo cuì）：形容一个人枯槁瘦弱。

忠见朴人不信，乃趋出。

朴人饮毕，入室晚餐，未几即就寝。夜闻家犬有吠声，起而视之，室中无恙；启户出观，见外烛光荧荧，不觉大惊。忽有一人语曰："主人毋畏。老仆已巡视一周矣，无他患也。"朴人始少安，顾户外设有茵褥，问维忠曰："此物何为？"曰："仆固席地而卧也。"朴人乃返入室中，细思维忠素具肝胆，非有剧变，断不作此惊人状；顾又嗫嚅不肯详述，殊费猜疑。转辗筹思，竟不成寐。迨鸡声四起，始悟得一策。盖朴人出洋就学时，曾有一莫逆交，学侦探术者。至此索解无从，惟有招之使来，访明真迹而已。策既定，张目待旦。未几天明，即书成西文数字，嘱维忠交电报局，速达外洋。并令其唤工人数名，日夕防卫，以备不虞。如是者约旬日，幸无恙。

某日辰刻，有一西装者踵门投刺。朴人倒屣相迎，鞠躬迓入。是人非他，即电招之好友也，本姓魏，亦粤人。因其父出洋营业，权投西籍，故子亦随之。魏既至，尚能操华语。寒暄毕，即问以电召何事，朴人详述颠末。魏乃问曰："君能尽知令尊行迹否？"朴人曰："余在外游学，侍侧时少，非奉父召不回国。故先父生平行迹，不敢谓一无所知，亦不敢谓俱能详悉也。"魏又曰："尊纪[①]维忠，久随令尊，当船行被险时，渠曾在否？"朴人曰："彼固与先父同归也。"魏曰："船即遇险，溺人必多。君可知溺者姓氏否？"朴人曰："余亦尝问先父矣，先父闻及此事，不愿详告，故未能知之。"魏曰："维忠亦未曾提及乎？"朴人曰："然。"魏曰："君试召维忠来，余当力探其隐。"言未已，维忠适入。魏即问维忠曰："汝随老主人在船中，可有同伴否？"曰："有水手数人。"魏曰："闻汝随老主人，出险同归，彼时果作何状？"维忠曰："船过险时，仆与老主人亟放舢板，仓猝逃生，惊心怵目之状，不胜述矣。"魏曰："船中同伴有被溺否？"

---

① 纪：仆人。

维忠曰："被溺者约有数人。"魏曰："有生还否？"维忠曰："亦有数人。"魏曰："生还者，今犹存否？"维忠曰："现不过一二人而已。"魏颔之，维忠退。朴人曰："君已得要领乎？"魏曰："略具端倪，未敢谓已获也。翌日当出访之。"是夕，宾朋对饮，谈至更阑，第言中外情状事，无复及恶丐事者。

越宿，魏起，早餐毕，约朴人出游。朴人有戒心。魏曰："不妨。有我在，当卫君也。"朴人乃与之偕出。自辰至午，环行十数里，乃归。午后，魏语朴人曰："此后须任予自由出入，不劳君作伴。俟有消息，当令君知，君无须问我也。"朴人许诺。自是魏朝出暮返，一瞬经旬，殊无朕兆。某日归，魏思得一法，径至维忠寝所，见维忠背向门，立面案，案上枪弹累累。维忠执旧式手枪，上下抚摩。魏呼之曰："汝在此摩擦手枪，非藉以防丐耶？"维忠回首，答曰："然。"魏曰："予已与丐相遇，询明来历矣。"维忠曰："先生曾语敝主人否？"魏答以尚未。维忠曰："先生请入户少坐。"魏诺而入。维忠掩户，问曰："先生已知之详乎？"魏曰："丐之言亦未足尽信。但丐为水夫，固与汝等同时出险者。今雠汝主人，并雠汝。余为保护汝主人而来，即汝亦当由余轸恤[①]。丐谓汝实陷彼，果属确否？"维忠曰："天乎，冤哉！仆何曾陷彼也？仆奉老主人遗嘱，令隐勿宣泄者。今先生已有所闻，敢不详告？彼固向时同伴之水手也。彼有弟，亦在船中执役。当遇险时，老主人见无可施救，不得不舍船逃命。舢板上只容三人，老主人与仆居其二，彼亦随之。彼弟亦欲跳入舢板，老主人不从，令仆驶开。彼弟纵身入空，遽沉于水。彼以老主人见死不救，因此怀恨。实则舢板中多容一人，即不能任重，彼亦必葬身鱼腹矣。"魏曰："船中仅有此舢板否？"维忠曰："舢板尚有二具，所容较宽，因乘客齐下，仓猝中俱遭沉没。仆与老主人所乘者，乃最小之舢板也。"魏曰："然则彼水夫之弟，亦劫数难逃耳，不能专咎汝主人也。"

---

① 轸恤：深切顾念和怜悯。

维忠曰："彼曾向老主人索命矣。老主人不胜愤懑，遂谢世。弥留时，恐小主人闻而不安，故只嘱仆留心拥卫，不令转达也。"魏曰："汝何不与水夫辨明曲直？"维忠曰："仆与彼未得晤叙，何由代辨？且据先生言，彼且怨我，又恶从而辨之？"魏曰："彼第一孑身耳，孤掌难鸣，何足惧？"魏曰："彼颇有膂力，非一二人所可敌。况饮恨数年，安知不阴结羽党，为泄愤计？"仆死不足惜，所虑者主人耳。魏曰："忠哉汝！名足副实矣。"语已，起身欲出。维忠犹以勿语主人告，魏曰："唯唯。"

自是厥后，魏亦常作丐装，日夕出门逻察。越数日，天色已暝，行人绝迹，惟魏犹徜徉门外。遥见一敝衣者手牵一巨蛇，彳亍[①]而来。魏亟避入墙偶，幸其未见。敝衣者至门首，目眈眈视门，门已扃矣。门旁本有井，敝衣者转趋井旁，掷蛇于中，方欲回身而去，不意魏竟突出，悄声问之曰："君非欲入费家耶？"敝衣者愕然曰："汝何为？"魏曰："实告君，予丐也。昨至该家，被该仆痛詈。予拟暗伏墙隅，俟其出以掩击之。适闻有足步声，疑该仆出门汲水，不图遇君至此，幸不误击，否则自相戕贼矣。"敝衣者曰："汝计何左也？彼戒备甚严，安肯黉夜出门？予日思雪忿，苦难下手。今幸同侪设法，为我得毒蛇，投之于井。彼若汲水误饮，必致中毒而毙。予愿不终遂耶？"魏曰："如是则幸甚。"遂佯作探井状。甫俯首，亟语之曰："毒虫将出井矣。"敝衣者不信，亦垂首望之。魏出其不意，猛扼其颈，复以一手持其足，砉然一响，敝衣者已颠入井中。

魏得手，即驰入费家，呼众仆出。投石入井，加之以泥，俄顷而井塞矣。乃返告朴人，朴人喜甚。次日，复令工人移大石盖之，四围砌平，如一大石穴然。里人问其故，则曰："此井不祥，故封之耳。"魏以雠人既死，可免后虑，遂告归。朴人馈以赆仪[②]，约千金焉。

---

① 彳亍（chì chù）：慢步行走；徘徊。

② 赆（jìn）仪：临别时赠给人的路费或礼物。

阅者曰：航海遇险，恒事耳。船主负全船之责，顾己不顾人，挈仆逃难，不以身殉，亦未始无咎。但贪生之心，人人有之。该水夫以乃弟被溺，必欲置船主于死地，是其残忍尤甚于船主也。船主殁，可以已矣。乃复思害其子孙，并及全家，抑何无人道耶？投诸井中，与蛇俱毙，宜哉！

狸 媒

有一丰姿绰约之女郎，斜倚茜纱窗下，以手支颐，若有所思。忽见一狸奴[①]入，女郎娇声语之曰："阿奴解事，想取好音归也。"狸奴似知女意，蜷伏女郎侧。项下果系有红色花笺，取而视之，面有喜色。笺中有四言八句云：

三生有幸，得睹红颜。侬幸未婚，即尚待字。

已禀椿萱[②]，拟遣月老。美满有期，卿其待之。

此笺所云，不过普通情话耳。所奇者，蹇修[③]之役，不始于亲友，而出自一无知无识之狸奴，是不可谓非一段奇缘也。武林有宣云郎者，幼而歧嶷，五岁识诗书。其父尝教之读《关雎》，云郎问父曰："何谓淑女？何谓君子？"其父曰："淑女者，有德之女子也；君子者，有德之男子也。"云郎曰："如何可谓有德？"其父曰："女子之德贵贞静，男子之德贵仁厚。《诗》言文王之德，宜配后妃，故作是诗以兴起之云。"云郎曰："文王何如人？"其父曰："古时有周朝，文王系周之贤王也。"云郎曰："有贤王即有贤妃，是固天生佳耦也。"其父异之，谓其母曰："他日儿长成，必好色。但愿如《关雎》之乐而不淫耳。"既而令之入校。时中国学校方兴，武林为东南巨省，大小学校，不下十数。云郎七龄入小学，阅五年入中学，将卒业，而其年已十七矣。

比邻王姓有女郎，年可十六七，秋水为神，芙蓉为面，里中曾称为再世嫦娥。尝肄业于女学校，每试必居优等。貌固超群，才亦迈众也。一日，云郎自校中归，

---

① 狸奴：猫的别名。

② 椿萱：比喻父母。

③ 蹇修：传说中伏羲氏之臣，古贤者。专理婚姻、媒妁。后用为媒人的代称。

遇诸途，遽语之曰："邻家妹亦归来耶？校中功课，宽严何如？"女不答，第嫣然一笑。此一笑间，不啻将云郎之魂，勾摄而去。云郎既别女返家，即无心晚餐，昏昏若有所失，无何而恹恹病矣。延医诊之，亦莫测其病源，但言其用心过度，以致于此。其母第生此儿，忧之甚。日在床侧，抚摩备至。有时闻云郎呓语曰："邂逅相逢，适我愿兮。"母不解，待其醒而问之。云郎不敢以情告，仅设词支吾，渐复沉沉睡去。又自语曰："相见争如不见，有情还似无情。"母强识其言，以告父，父曰："是儿情窦已开矣。予固料是儿之有是举也，盍婉词探之。"其母复殷勤询云郎曰："儿之病，不特予知之，尔父亦知之矣。曷速告，当可为力。予膝下无他人，所望惟尔。尔毋隐忍，以苦尔父母也。"云郎欲据实直陈，而终不敢启口，嗫嚅而已。久之，病益甚。

云郎之母，因儿病加剧，终不肯道其底蕴，辗转筹思，无可为计。乃晨至某寺祷佛，暗祈默佑。此时惟云郎独寝，强起开窗，呼吸空气。蓦见一黑猫自比邻来，向云郎发声，作咪呜音。云郎呼之，猫竟从窗入，伏云郎足畔。云郎以手弄猫，猫俯首帖耳，若甚驯扰者。少顷，有一女仆送茶至，见云郎开窗兀坐，遽曰："窗外有风，何可启也？"云郎曰："累日病卧，郁闷不堪。今启窗，方见天日，胸为之畅。乃知卫生家言，洵不我欺。汝辈女流，乌足知此？"言毕，弄猫如故。女仆曰："王家之猫，何时来此？"云郎闻言，急询曰："非比邻王家耶？"女仆曰："然。此猫恒处彼小姐香闺中，闻为小姐所钟爱，名以'阿奴'，彷佛一知心婢也。"云郎喜，俟女仆出，语猫曰："狸奴狸奴，尔能作红娘否乎？"猫闻之，一跃而去。

母既归，见云郎坐窗侧，面色较有精神，语之曰："儿今日可稍痊否？"云郎曰："开窗遥望，爽适异常，故精神顿长耳。阿母连日顾复，儿心深抱不安。此后请母节劳，幸勿常视儿也。"母出室而去。猫又至，口中衔手帕一方，置于案前。云郎心知有异，取视之，扑鼻有兰麝气，料为闺阁习用物。遂磨墨濡毫，题诗二绝于帕上云：

病到恹恹只自知，隔窗谁与语相思？

关心幸有狸奴在，衔到丝巾慰我痴。

欲写离愁恨未工，怀人曾否两心同？

云英[①]再世缘如昨，为问蓝桥路可通。

题毕，仍将手帕系诸猫项，私语之曰：“烦汝覆汝主，汝能无误，感且不朽。”猫似深知其意，即趋出。明日复来，系项之手帕犹在也。云郎奇之，解其帕，字迹宛然。惟原诗后又添二行，簪花细楷，工而且妍。谛视之，乃和诗二首也。其诗曰：

新相识似旧相知，咫尺天涯费汝思。

我怪阿奴太多事，撩人无故惹情痴。

到底狸奴技未工，无言谁与证心同。

吴刚月斧分明在，芳讯何妨仗若通。

云郎吟诵再三，藏帕于囊，视为奇珍。阅数日，其病若失，欣然赴校矣。某日为休沐期，云郎与意中人重会于公园。彼此倾心，喁喁私语。云郎叩女芳名，知为“黛贞”二字。与云郎同年，云郎以人日[②]生，黛贞以花朝[③]生，相隔只一月耳。于是黛贞呼云郎为兄，云郎呼黛贞为妹。兄兄妹妹，我我卿卿，一对有情人，已成为无形之眷属矣。

鸦声噪处，幕色已阑，云郎与黛贞作别，匆匆返家。其母已倚闾而望曰：“儿乎，今为星期日，归何宴也？”云郎随母入，陡然下跪，匐伏不起。母惊问其故，云郎曰：“母肯俯从儿意，则儿方起立，否则顾终身长跪也。”母问何事，云郎乃

① 云英：唐代神话故事中的仙女名。传说裴航过蓝桥驿，以玉杵臼为聘礼，娶云英为妻。后夫妇俱入玉峰成仙。事见唐·裴铏《传奇·裴航》。诗文中常用此典，借指佳偶。

② 人日：旧俗以农历正月初七为人日。

③ 花朝：旧时农历二月十二日是花朝节，是百花生日。

以实告。母曰:“吾闻王家女颇贤慧,此亦大好事,向何格格不肯吐?吾当语尔父,为尔成之。”云郎方起,其父已自外入,母即为云郎述其意。其父曰:“窈窕淑女,君子好逑。尔五龄时,已问我,数矣。今姑为尔成此姻缘,但刑于之化[①],亦宜知之。勖哉吾儿,毋负乃父望。”云郎闻父已允其婚,不禁大喜,连声对父曰:“愿从阿父教,愿遵阿父命。”是夕,狸奴适至,云郎即以书倩寄黛贞。

越宿,其父即浼冰上人,至王家说合。王家亦允诺,涓吉成礼。狸奴嫁随而来。礼成,两人同鞠躬于狸奴前,谢蹇修功。狸奴亦距跃三百,若深幸其好事之有成焉。

阅者曰:余尝观西人之演马技矣,导之步则步,导之趋则趋,一一能如人意。且能用足拨算珠,曰一则一,曰二则二。人咸奇之,予谓不足奇,教者之力也。王家之狸奴,亦犹是尔。独是以作合之缘,归诸狸奴,似为一大奇事。意者其亦由爱情所钟,诚能感物欤!读此则,应为有情人作贺。

① 刑于之化:谓以礼法对待。指夫妇和睦。语出《诗经·大雅·思齐》:“刑于寡妻,至于兄弟,以御于家邦。”郑玄笺:“文王以礼法接待其妻。”

客中消遣录

卷三

徐天官（一）

清吏部尚书徐潮[①]，籍隶武林，乡人咸以“徐天官”呼之。相传徐生时，为八月十八日，省中大吏，例有祭潮之举。徐家距江干不远，是日风雨骤至，驺从[②]经徐家门，不能前，乃停舆檐下，暂避风雨。忽见祥光满室，紫气盈庭。众人方惊异间，闻楼上有呱呱声，问之，男也。大吏曰：“是儿家来必大贵。”僚属询其所以，大吏曰：“彼生时，吾侪且为之守门。他日贵显，不当驾吾侪而上之乎？”饬役呼其家人出，嘱善抚养，代为命名曰“潮”。俄焉雨止，乃俱去。浙水有灵，笃生俊杰，是固非庸流所可同日语也。

徐家故贫，其父母辛苦经营，博微赀以为鞠育。既生长，天资甚敏，过目即成诵。未几成童，小试即冠曹，旋入黉序，有声矣。是时省城有数书院，朔望课文，由官师评定甲乙，前列者予奖金，并给膏火资。徐居则课蒙，出则与试，每岁得二三百金，以供衣食。寒畯之士，赖此谋生，虽未能席丰履厚，而冻馁之忧，吾知免夫！

某月朔，正遇官课期。徐携笔砚各一，入城赴试。比晚试毕，踉跄出城。暮霭暝烟，缭绕郊外，沿江一带，灯火齐明。徐以天色已晚，不遑顾景，踯躅前行。正疾趋间，前面有妇人哭泣声，随风悠扬，送入耳鼓。初以为村妇常态，不足惊异。再行数武，哭声愈近。忽觉阴风拂拂，侵入肌肤。亟注目，见一妇人，飘忽而来，面带愁惨色，衣着淡红紧身，距徐约丈许，即停步，止于舍旁。徐怪之，

① 徐潮（1647—1715）：字青来，浙江钱塘（今杭州）人。清康熙十二年（1673）进士，官至户部尚书、吏部尚书。雍正八年（1730），入祀贤良祠。乾隆初年，追谥文敬。

② 驺（zōu）从：古代贵族、官员出行时的骑马侍从。

欲觇其举动，而妇已从舍门入。过视其门，则虚掩如故，未闻开阖也。私念是必为鬼祟，而哭泣之声，又适在是舍楼上，料必有异，遂亦排闼而进。

入门后，虚无人迹，惟案上置一灯，其光如豆，若明若灭。徐剔去灯焰，四面烛照,亦不见动静。俄闻有弓鞋细碎音,自楼而下。亟置灯于案,从腰壁之隙窥之。但见门外所见之妇,已下楼至灶前,向灶神虔拜,起置一物于灶觚[1],又拜跪如前,拜竟，复上楼。徐趋入内，取灶觚之物，出向灯前，视之乃一黑圈也，灼于灯，微有臭气。未尽爇而妇人又下，乃亟夹残圈于书内。再从壁隙窥望，妇已向灶觚觅物，作慌张状。徘徊数次，向外而来。徐知妇必来索圈也，还坐案旁，正容以待之。

妇趋出，见徐危坐，欲前又却，继乃敛衽而前曰："贵人在上，容小妇人拜谒。"徐闻言，胆益壮，色益庄，向之婉诘曰："汝来此何为？"妇人曰："灶觚上曾置一物，贵人曾见之否？"徐问何物，妇人曰："一催生圈耳。"徐取残圈示之，妇泣曰："贵人误我矣，圈被爇，不适用。"徐曰："此圈何用？"妇人曰："实告公，小妇人实一缢鬼也。"徐闻"缢鬼"二字，心颇悚。但以该鬼称为贵人，来势不恶，谅无意外虞，遂凝神诘之曰："汝为缢鬼，莫非来此索命乎？"曰："然。"徐又问曰："汝与此家有何冤隙？"妇曰："无甚冤隙。不过此家妇亦不欲生，特来此求替代耳。愿时残圈见还。"徐曰："圈已破矣，还汝何为？况汝既与是人无冤，无端置之死地，汝心何忍？"妇曰："彼不死，则小妇人不得超生。"徐曰："恶，是何言？汝死向彼求替，彼死又向人求替，辗转相寻，恐天下多缢死人矣。冥王即容汝，我却不愿容汝也。"妇哀鸣，徐曰："莫絮絮作儿女子态，汝盍去，余不汝怜也。"妇曰："贵人不见怜，小妇人无超生日矣。"徐曰："既如此，汝情亦可悯。汝试道姓氏来，他日我若贵显，当

[1] 灶觚（gū）：即灶突。灶上烟囱。

为汝请旌。”妇展容曰：“感公恩，愿公勿负约。”徐曰：“大丈夫一言既出，驷马难追，宁有负约之理？”妇曰：“公勿负约，尚复何言？况他日褒扬之权，固操诸公手耶。”即拜谢而去。

徐见缢鬼去，亟出而呼邻，邻人咸集。徐略谈缢鬼状，遽令上楼视之，见此家之妇，已悬梁矣。彼此骇愕，忙救妇下，气息仅相属也。用姜汤灌之，始醒。醒后问其状，妇曰：“予为夫妇反目故，气溢于胸。其初第自悲命苦，无轻生意也。忽耳边有人指示，导予以横受欺凌，生不如死。因起一死念，犹未决，而劝予者复谓冥途之快乐，胜于生前。并教予以速死之法，给我以带，承我以肩，使我悬带于梁，套入颈中。我即脑筋麻木，无所闻知。今始觉我之投缳，项中犹隐隐痛也。”邻人曰：“非徐先生，尔早入鬼门关矣。反目乃夫妻常事，尔胡为作此短见也？”妇乃下楼，欲谢徐，徐已出户，但回顾邻人曰：“烦高邻代为劝解，人能退一步想，则条条是生路，切勿为小故而捐躯。缢鬼曾与吾言，重泉之下，冤苦弥甚。彼为恶死而求替，奈何反欲蹈之耶？”邻人再欲详问，徐曰：“予腹馁矣，明日可再叙也。”拱手辞归。

妇经此创，不敢再萌短见。其夫归，由邻人相告，惧妇之觅死也，亦不复再与妇争。自是伉俪之间，和好如初，怨耦竟成嘉耦矣。徐秘缢鬼言，不之泄。迨登仕籍，跻崇阶，褒封之典，由徐办理，乃请旌某妇。同僚问之，始稍稍吐其实。请旌之夕，梦寐时犹见缢妇申谢也。

徐天官（二）

杭城故老，好谈徐天官轶事。前事固藉藉人口，尚有遗闻一则，亦相率称奇，连类及之，更足供尚论者之谈助也。

徐童年时，曾迫于饥寒，常寄食戚家。其姨母固官家妇也，怜其贫，辄赒恤之，徐亦时相过从。第豪奴富婢，势利居心，谄富欺穷，殆成习惯，蔑视徐者数矣，徐未尝与较也。一夕，其姨母失金挖耳一，遍觅无着，展为仆婢所窃，一一搜查，卒不之得。仆婢皆曰："吾侪受主人豢养，有年矣，安敢作穿窬想？此外亦无可疑之人。所不敢深信者，惟徐家子耳。"姨曰："吾甥虽贫，岂作窃者？若果作窃，撵逐之且不暇，暇与之衣食耶？"遂召徐问之，徐愕然不知所谓，既而曰："予生平不解窃也。"姨曰："吾固谓吾甥非行窃者，今何如？"仆婢仍退有后言。徐闻之，意颇不平，龂龂[①]与辩。婢仆曰："敢质诸神前否？"徐曰："此心可质天地，质诸神前亦何伤？"仆婢曰："然则明日偕往，对神设誓乎？"徐曰："唯唯。"

杭垣有温元帅庙者，香火甚盛，阖城称其灵。婢仆即指定之。徐任其所择，靡不愿往也。翌晨，徐与婢仆偕，赴元帅庙。以诬窃之嫌，动私衷之忿，当先奔趋，不遑择路。既至庙门，闯然径入，不意为门坎所绊，立足未稳，竟尔颠蹶。急起立，而婢仆等俱已入庙。其黠者曰："此干召神怒之兆也。"一倡于前，众和于后。徐欲与之争，无奈彼众我寡，莫可置喙。惟与申设誓之约。众谓神已示罚，何容再誓。徐心甚不甘，转思犯而不校，贤者所为。况与婢仆等争论，匪惟

---

① 龂龂（yín yín）：争辩貌。

无谓，亦不屑也。遂掉头趋出，扬长而去。

众口铄金，积毁销骨。天下事往往有无辜受诬者。徐经此谗谤，不过姨门。即其姨亦疑为真窃，鄙贱其行，置之不齿而已。然志士终不居人下，臧获亦乌有真衡。一介寒儒，十年伏案，卒以劬学之劳，膺头科之擢。青云得路，朱衣点头。始则登贤书，继则入词苑，又继则列卿僚，又继则司政柄。官居极品，位拜天官。皇天不负苦心人，至是而徐始扬眉吐气矣。

清制，褒功崇德之典，俱操诸吏部，敕封神祇亦如之。徐既握此大权，遂檄杭州温元帅，责其冥顽不灵，将加严谴。颁檄之夕，恍惚见神投刺进谒。徐下阶迎入，视之，衣冠皆古，须眉如生。静穆之中，含有肃杀气象。居然一聪明正直之天神也。坐既定，神曰："今日接到尊檄，方知公青年受诬事。现已饬役调查，访得金挖耳尚在天花板中。此系当年令姨母食糕，用挖耳代箸，留有食余，未曾洗净，为鼠衔去，置于板间，迄今固尚在也。"徐曰："既若是，则前此来庙宣誓，胡尊神不察，俾某倾跌？"神曰："是日适有事公出。侍役见公猝临，仰公天威，趋避不及，转至相迫，侵及尊躯，今已惩而责之矣。幸公见恕。"徐曰："积年冤诬，幸得昭雪，尚复何言？"神起座鸣谢，别徐去。徐忽惊寤，回忆梦境，犹历历在目也。

翌日，即修书致其姨母家。姨得书，觅金挖耳，果如书中言，乃知其甥确非为窃者。尝以此诫其子孙曰："家遇失物，切勿诬人。予甥幸贵显，方得神明相示，一雪谗诬。否则终身莫白，何自邀昭雪也？"当时所用之婢仆，亦尚有存者，至是始交口赞徐，盛称不绝云。

阅者曰：徐公政绩不甚著，而轶闻则颇多。如上所述之二则，尤脍炙人口，迄今杭人犹盛道之。贵征耶，德征耶？吾谓徐公之德，亦必有过人者。不以冥冥负约，信也；不以昭昭堕行，直也。古之人修其天爵，而人爵从之。徐公亦犹是耳。若徒羡其贵，不羡其德，仍不脱一流俗之见，奚足尚论古人哉？

琴 娜

清雍正初，年大将军羹尧，与世宗为潜邸交，往来甚密。及世宗即位，宠遇逾常人。热中禄位者，相率望尘趋拜，博其欢心。一时势焰熏灼，几于炙手可热。位不期骄，禄不期侈。羹尧犹是人情，固未能免俗也。识者已早知其不久也。

当羹尧之征藏也，席清室全盛之势，驱军以出，直压藏境。夺其隘，毁其垒，直捣拉萨。藏僧番众，若崩厥角，稽首谢罪，并括金帛以犒军士。清军满载而归，奏凯还蜀。羹尧饬行饮至礼，大飨三日，杀牛宰豕，备极丰腆。大将军南面坐，颐指气使，烜赫过人。提督以下，列坐两旁。堂上飞觞，堂下鼓乐，欢颂之声，洋洋盈耳，乐何如也！既而提督起立，屈膝禀大将军，委婉陈词。大将军笑而颔之。提督还座，饬随役传呼，以女乐二八进。飘轻裾，曳长袖，品竹调丝，曼声度曲。其音娇而脆，其韵清而长。人非木石，谁独忘情？大将军左顾右盼，暗自平章，若太瘦，若太肥，若过长，若过短，鲜有当意者。惟其间有一丫角芳姝，轻盈娇小，眉秀如春山，眼澄如秋波。亭亭然如芙蕖出水，袅袅然如杨柳迎风。鹤立鸡群，愈形美艳。不禁拍案语曰："可人可人，此天生尤物也。"迨玉山半颓，酒阑兴尽，大将军立出巨金，分赐歌妓。独唤丫角者至前，别给以黄白物若干，乃彻筵送客。

美人虽去，芗泽犹存，大将军之心，固未恝也。军辕以内，非无随从之金钗。"曾经沧海难为水，除却巫山不是云。"后房罗列，视之蔑如矣。是夕天空如镜，月白风清，羹尧傍灯兀坐，岑寂无聊。忽有名帖投入，视之，系提督某也。自忖曰："宵深矣，军门有何密事，岂别有警报耶？"遂传提督入见。提督趋跄而进，羹尧下阶迎，延入客厅，相见礼毕。提督曰："大人垂青歌女，用敢赍献，乞俯赐收录。”羹尧笑曰：“子送红拂来耶？多情可感，但此女安在？”提督曰：“卑职已挈之来辕，因未奉大人命，不敢擅入。”羹尧曰：“速之来。”一语甫宣，丽姝即至。轻移莲步，风动香生；半折柳腰，花低云亚。羹尧大加怜爱，忙呼免礼。女拜谢而起，站立左侧。细瞩之，女已上鬟，较胜于丫角时。桃颞微晕，杏靥含春。微提督在旁，已早加诸大将军之膝矣。提督起立告辞，羹尧送至门外，再三称谢而别。

佳人已归沙吒利[①]，巫云新属楚襄王。此情此景，其乐何亟！叩女小字，曰琴娜。问其曾否知书，则以略识之无对。随取书面试之，识者半，不识者亦半。羹尧曰：“汝貌美甚，惜才未足，不能夸全璧也。余幕下杨生，才德兼优，拟令授汝书，汝盍执贽为女弟子。”琴娜唯唯。越数日，即召杨生入内厅，命为琴娜师。杨生不能却，允之。遂呼琴娜出见，以师礼谒杨生。自是师诏弟受，朝夕过从。绿窗绣阁间，常琅琅闻讽诵声矣。

羹尧性刚暴，驭家人甚严。有触其怒者，小则加杖，大且碎首，以是合家皆畏之。杨生既为琴娜师，课读不少懈。除指示文墨外，未尝一涉戏言。琴娜有夙慧，凡诗词歌赋诸类，一遇讲授，无不了解。岁除，竟能作小诗短令。羹尧感杨生之勤谨，复嘉琴娜之敏慧，周旋内外，敬爱有加焉。

居蜀二载余，羹尧奉朝旨，令入京陛见。乃挈爱姬北上，杨生亦随之。陛见后，天语优渥，宠赉逾恒。羹尧颇自喜，骄倨之态，亦过于昔日。同僚有嫉之者，未尝不思中伤之也。第以主眷方隆，无隙可伺，不得已虚与委蛇，曲为谀颂。羹尧益恣肆，作威作福，不留余地。而宠幸无匹之侍姬琴娜，则以春风屡度，暗结珠胎。怀娠十月，而竟产一男。

日中则昃，月盈则蚀。琴娜育男之日，正羹尧失意之时。清室王公，弹章屡

---

① 沙吒利：即沙咤利。《太平广记》卷四八五引唐·许尧佐《柳氏传》载有唐代蕃将沙咤利恃势劫占韩翊美姬柳氏的故事。后人因以“沙咤利”指霸占他人妻室或强娶民妇的权贵。

上。羹尧犹冀世宗之庇护，而讵知世宗雄猜，固常视羹尧如芒刺者。白简[1]之陈，皆出自宸衷之授意。狡兔死，走狗烹，古今同慨，惜羹尧未之觉也。已而杭州将军之命下，令羹尧出就外任，羹尧始稍稍悟矣。受命后，即束装就道，率幕宾爱妾，由北而南。此时琴娜已无暇读书，而杨生之不与琴娜面者，亦已有年。

羹尧南下，清廷之弹劾羹尧者，犹不少衰。羹尧闻之，尝对琴娜太息，或抱乳儿坐膝上，抚其顶曰："此儿可惜。他日知有母，未必知有父也。"琴娜惊问其故，羹尧只摇首不答。久之，始喟然曰："汝读书，岂不知'炎炎者灭，隆隆者绝[2]'乎？虽然，予不负当今，当今实负予也。"琴娜又问曰："然则何不归隐？"羹尧曰："晚矣，予已无此福。汝有此志，当为汝玉成之。"言已，呼仆役令请幕宾杨生来。杨生随役至，见羹尧方踞坐，旁侍者为琴娜，正袒胸乳小儿，不禁大异，逡巡欲退。

羹尧见杨生欲退，遽起而呼之曰："杨君毋去，余有密谈相告。"杨生乃趋与为礼，坐定，羹尧以目视琴娜曰："夫子在，胡不拜谒？"琴娜已扣衣毕，抱儿敛衽。杨生却座致敬，羹尧止之，徐指琴娜曰："渠受先生教，叨惠良多，愧无以报。余闻才子当配佳人，余老朽，僭幸福数年矣。他日当以渠归君。"杨闻言，惊愕不知所措，羹尧笑曰："福兮祸所伏，祸兮福所倚，人生如朝露耳。君明达，宜喻此意，何惊异为？"杨嗫嚅欲白，羹尧曰："君毋然，予方欲汝二人为婴杵[3]，不徒以情好为也。"杨始瞿然有悟，视琴娜，已红生两颊，弄儿拈带矣。羹尧命琴娜取赤金十锭，置案上，令杨取之，杨力辞。羹尧曰："予与君交好多年，知君诚谨，故敢以妇子托君。君如固拒，是非余知己也。天下宁有非义而取

---

① 白简：古时弹劾官员的奏章。

② 炎炎者灭，隆隆者绝：炎炎，灼热貌，形容权势煊赫；隆隆，剧烈的响声，形容名声显赫。指权势、名声显赫的人往往要遭到灭绝的厄运。《汉书·扬雄传下》："且吾闻之：炎炎者灭，隆隆者绝。观雷观火，为盈为实。天收其声，地藏其热。高明之家，鬼瞰其室。"

③ 婴杵：春秋时程婴与公孙杵臼二人合谋保全赵氏遗孤，事见《史记·赵世家》。喻指危难时可托孤的人。

之杨先生，取之不违乎义，而反能全义，是乃所谓至交耳。老夫将与君长别矣，请在某处相候，当为君饯行。”杨乃无言，腼颜取案上金而出。

翌日，羹尧忽盛怒，召琴娜至，立斥之，并命其抱子去。琴娜涕泣不忍辞。羹尧曰：“速去，毋忤乃公意，致碎尔躯也。”琴娜呜咽而出。访杨生，已待诸旅馆，整装欲行矣。琴娜挈儿与俱，匆匆就道。越三日，而缇骑[①]至杭，褫羹尧职，令自尽。杨生闻之，遂偕琴娜隐于家，秘其事不以告人。世宗崩，乃渐有知之者。

阅者曰：年将军亦人杰哉！虽然，见机不早，至蹈祸而无以自脱，悔亦晚矣。杨生循谨过人，卒获厚报。乃知“满招损，谦受益”之言，果不虚也。琴娜有幸，得免覆巢之惨。玉石不致俱焚，琴瑟且谐永好。吾为琴姑慰，吾更为杨生庆。特未知婴杵之约，果实践否耳。吾谓匑匑[②]如杨生，料必有以报故人于地下者。事关秘密，世莫之传，故无得而闻云。

---

① 缇骑：为逮治犯人的禁卫吏役的通称。如明代锦衣卫校尉，清代步军衙门番役等。

② 匑匑（gōng gōng）：恭谨貌。《史记・鲁周公世家》：“北面就臣位，匑匑如畏然。”

红 儿

洪杨之役，骁将陈玉成，为太平天国后起英俊，封“英王”。以两目下有疤痕，号为“四眼狗”。清兵甚惮之。旋为苗沛霖所赚，执付清营，置之于法。死时，年仅二十六耳。陈妇美艳，初归胜保[①]，得专房宠。胜被逮，复为德楞额所截留。人尽可夫，论者丑之。不谓身可辱，志不可降，为英王身后吐气者，偏有其嬖妾红儿一事。

红儿，佚其姓，湖南舟人女，殊色也。陈玉成转战江上，常雇其舟，以运军需。见红儿，艳之，遂纳焉。既而陷安徽省城，分兵固守，为金陵声援。自率锐卒窥上游，往来无虚日。其家属留安庆，独挈红儿于军中。红儿敏且慧，颇知机要。当军书旁午时，玉成有所疑，得红儿剖断，疑立决。脂粉队里，突出英雌。玉成倚为左右手，名为床头人，实不啻一参议员矣。

一夕，玉成宿帐中，沉沉睡去。有刺客潜入帐下，闻鼾声，喜甚，以为可乘此下手也。刃甫出鞘，帐门忽启，有一红妆女子，自帐中出，突然语曰：“止止。何物小丑，敢来行刺耶？”刺客睨之，短裳窄袖，结束谨严，凛凛若天人之不可犯。不禁目眙心迷，仓皇失措。玉成已自梦中惊醒，一跃而起，追逐刺客。刺客不及遁，竟被获。是役也，微红儿，玉成已授首矣。以是玉成益爱宠红儿。

清祚未终，洪氏中蹶，玉成虽勇，不能敌湘楚之师。挂车河一战，玉成锐卒多死，全军奔溃。以百战经营之安庆，坐为湘军所陷没。妻孥仆媪数十口，俱累累为俘虏。警耗传来，令人心碎。玉成痛不欲生，拔佩刀欲自刎。忽后车载红儿

① 胜保：字克斋，苏完瓜尔佳氏，镶白旗人，晚清将领。曾以内阁学士会办军务，参加围攻太平天国北伐军。

至，飘然径入，见玉成情状，亟语之曰："胜负常事耳，善败者不亡，将军何轻生若此？"玉成曰："汝不闻吾家之已歼乎，偷生何为？"红儿曰："嘻，误矣！保家事小，保国事大。大王当为国死，毋徒为家殉也。"玉成闻红儿言，不觉弃刃，起抚红儿肩曰："卿在，吾何必死？吾知过矣。"

玉成经此大创，威声顿挫。散卒之复归者，十不得五。而清军屡克名城，乘势薄金陵。玉成进退维谷，不得已东走淮上，投依苗沛霖。沛霖，故安徽团总也，曾受太平天国封。至是见洪氏已衰，潜通款清军，玉成犹未觉也。身入苗营，堕沛霖计。阳示欢迎，阴设陷阱，座上之笑谈未竟，帐外之剑戟已鸣。落魄孤王，一鼓就缚。红颜薄命，亦受羁囚。玉成屡返顾红儿，红儿呼曰："王勿忧，妾必有以报王也。"沛霖以玉成献胜保营。时湘军献捷，玉成妇亦入胜保手，已占为箧室矣。沛霖涎红儿色，与胜保所见略同，留充下陈，作鸾凤交。红儿意有所属，屈身受辱。沛霖遂宠之如英王。

玉成枭首之耗来，而沛霖叛清之帜又举。沛霖既归清，胡复叛清？则以红儿之日夜劝迫，谋为洪氏兴复地也。沛霖率众渡淮，北向中原，方拟乘势捣入。而满兵遏其前，楚军又袭其后，腹背受敌，战辄不利。于是叛清之焰衰，而降清之议又起。红儿举汉高败事以为劝，沛霖曰："此非儿女子所可知也。吾若长此抗清，恐将蹈'四眼狗'覆辙矣。"红儿涕泣终日，沛霖不忍睹，姑慰之曰："容徐图之。"第其首鼠两端之状态，已入红儿心目中。红儿自悔失身，而复雠之心遂亟。

有高天海者，玉成麾下之健将也。玉成被俘，乃降沛霖。顾尝念故主恩，辄流涕不置。红儿知之，常对沛霖陈其勇。沛霖嬖红儿，遂并宠天海，有所犒赐，必优于常人。一日，沛霖出巡，红儿密召天海入室，问之曰："将军曾忆故主否？"曰："忆之。"又问之曰："既已忆之，曾亦知故主之志否？"曰："故主之志，无非忠于天国而已。"红儿垂泪，徐语曰："故主忠于天国，功未就而身歼。妾之所以屈体事雠者，非甘心背故主也，将欲藉若力以覆满清。先雪公愤，后报私雠，庶心迹可明，有以对故主于地下。今已矣，若已阴怀异心矣。公愤不能雪，私雠不得不报。妾一妇人，不足当此任。将军豪士也，复雠之责，所赖惟君。”天海沉吟久之，曰：“吾非不欲刃此獠，但尚无可乘之隙耳。”红儿曰：“今苗贼出巡，惟将军留寨，故敢以心腹之言告。将军私属尚有千人，乘此纠合，图一苗贼，何难之有？况苗贼性好疑猜，未尝不忌将军。将军之得有今日，由妾为之干旋也。现若已心变，劝之不从，履霜坚冰[1]，其象已兆，妾将不能为将军力矣。他日卖将军以博清欢，不可不防，将军不先下手，后悔何追？”天海瞿然，起立谢曰：“唯唯，谨受教。”遂趋而出。

翌日，沛霖未归，天海又入。红儿曰：“将军已有定议否？”曰：“已与旧部约，待苗贼返寨，即夕发难。”红儿又曰：“事宜秘密，不可先令苗贼知。若一漏泄，贻误匪浅。”天海曰：“然。旧部皆怀故主德，决不使风声漏泄也。”红儿曰：“事若成，九原之下，亦当衔感矣。宁特妾？”天海睨视红儿，髻云高拥，鬟凤低垂，秋水芙蓉，未足方渠清丽。不觉心为之醉，嗫嚅而言曰：“我为故主复雠，义非不当。但吾固安然无恙者也，今冒死为此。事成后，何以报我？”红儿愕然曰：“将军欲索报耶，敢问将军之意何属？”天海曰：“吾意固自有在也，但目前恰未敢明言。”语毕，作狞笑状，目耽耽注红儿面，不少瞬。此时红儿一缕柔肠，顿惹起万种根触，颦蹙者有间，竟昂然起曰：“子之意，吾知之矣。吾许君，吾许君。”

天海大喜，掉臂而去。是夕，沛霖返寨，甫至门，天海出迎，乘其不意，刺沛霖于马下，割其首以徇于众曰：“苗贼反复，倏事清，倏叛清。以吾辈性命，供其玩弄，吾是以戕之。今为诸兄弟告，苗贼已死，戏弄无人。嗣是厥后，吾侪将事清乎？抑叛清乎？”众不答。天海再申前语，方有数队长趋天海前曰：“今

---

[1] 履霜坚冰：《易经·坤卦》：“初六，履霜坚冰至。象曰：履霜坚冰，阴始凝也；驯致其道，至坚冰也。”后以“履霜坚冰”比喻事态逐渐发展，将有严重后果。

清军势锐，洪氏将灭。计吾全部，不过数千人。若欲与清军敌，是犹当车之螳斧也。识时务者为俊杰，还请将军三思。”天海曰：“然则将事清乎？吾从众，此后幸毋吾訾也。”众曰诺。于是天海函沛霖首，令人赍献清营。清帅验讫，遣使还。命天海暂统所部，俟奏闻后候旨定夺，天海益慰。

天海既奉军帅命，统领全军，料知军心已定，莫余敢侮。乃入见红儿，语红儿曰：“苗贼早授首矣，夫人谅必闻之。息壤有盟，请如约。”红儿曰：“苗贼已诛，诚善。然汝何为降清？”天海曰：“清军已直捣金陵，将灭洪氏矣。予亦安能挈孤军以与清抗哉？况众志已尽响清朝，即予不欲降清，亦势成孤立，徒自速其毙耳。请夫人恕之。”红儿不答。天海曰：“予受清命，为本部统领，将以诰封属夫人。夫人今日嫁我，明日即为命妇矣。为夫人计，未始非得志时也。”红儿曰：“予不愿受胡虏封。”天海曰：“夫人误矣。天犹不欲清之亡，而令其再振。岂夫人独能远天乎？人生行乐耳，何必拘执若是？予自问亦小有才，得貌如夫人者以为偶，是正所谓两难并耳。鹊桥待渡，幸毋我负也。”语至此，馋涎欲滴，张手而前，竟思掖红儿去。红儿竖柳眉，睁凤目，起而言曰：“咄，尔以我为何如人乎？尔欲遵前约，亦须告神明，速宾客，鼓乐张筵，以彩舆迓我，向众行大礼，我方汝从；否则宁死。”天海不意红儿之勇决也，睹此状，舌挢不能下。良久乃曰：“愿如夫人命。”

牲醴杂陈，高朋满座，管弦之音，不绝于耳。有众仪从导彩舆来，至淮上军辕，声灵赫濯者，即清降将高天海娶红儿之夕也。彩舆既入门，新娘即降舆出，珠光钗影，炫人心目。座中客皆啧啧称赏，叹为天人。忽见新娘高榻翠袖，举其柔荑之手，指天海曰：“英王死，汝受恩深，宜有以报知遇。乃必得一妇人，始复雠，何面目见天下士？况更屈膝事胡虏乎？已矣，吾为英王生，不为汝生。”言已，猛跃而起，高数尺许，喷鲜血直达天海面，遂仆地。视之，血影模糊，奄然毙矣。盖红儿上舆之前，已服鸩毒。第欲当众鸣天海罪，故即降舆以斥之，毒发乃死。红儿红儿，至此始得死所也。

一场好事，化作春梦，座客皆纷纷散。而高天海之心苦矣。天海平日，尝以材武自负，不屑居人下。迨遭红儿当面诮让，魄丧魂驰，嗒然若失。是夕，卧而起，起而又卧。忽大声曰："吾负英王，吾并负红儿，死已晚矣。"击床奋起，投缳死。

阅者曰：伟哉红儿，其亦一巾帼英雄耶！国为重，身家为轻，英王死而彼独不死。献此身以饵沛霖，知有国不知有身也。沛霖死而彼可死矣，犹不遽死，必待声天海之罪而后死。词达而迹乃明，国亡而身乃殉也。后世之第知有身，不知有国者，闻红儿轶事，亦曾为之汗颜否？

鬼 妻

黔南多山，地瘠而民贫，盗贼多出没其间。行道之人，视为畏途。故日未西下，即行旅绝迹。有陈氏子者，名彪，字剑豪，贵阳人也，孔武有力，威镇一乡。平居以猎为生涯，性嗜酒，所得之兽，悉以易酒赀。惟遇乡里不平事，必出为排解。袒直而恶曲，一语不相能，即出老拳以赠之。乡人服其豪，尤畏其横。年及壮，尚未娶，人无敢与议亲者，彪亦未尝思偶也。惟家有母，垂老病聋，彪事之维护，颇有春秋时专诸遗风云。

一日，彪在酒肆中，据座独酌，昂然自若。饮半酣，闻隔座有谈遇鬼者，大奇之，遂大声致问曰："谁遇鬼，谁遇鬼？遇盗贼则吾或闻之，未闻遇鬼也。"隔座不之应，彪怒曰："若辈胡为者，岂皆患聋耶？"言未毕，有一客应声曰："尔为谁，乃欲干预他人事？"彪曰："谁不知黔阳陈剑豪，岂尔等无耳，又无目乎？"客曰："汝既名剑豪，汝能击盗贼乎？"彪曰："能。"客复曰："能击鬼乎？"彪笑曰："盗贼且不惧，何惧鬼为？"客曰："某处有女鬼，薄暮即出，行人之为彼所窘者屡矣。汝能击之，甚善。"彪曰："果有女鬼，我当缚之来，令为我妇。但不知去此有若干路程。"客曰："离此只数十里耳。汝欲去可向南方行，有大山当路，中辟小岭，以通行人。岭上闻有女鬼，与汝或有缘，汝其取之便。"彪闻言，连饮数觥，呼酒保给以酒赀，掉臂竟去。

山深林静，一角斜阳，有赳赳武夫负剑而来，醉颜微酡，映日愈红。是非他，即彪也。彪既至岭旁，天尚未黑，四顾无人影。仰望山上，见有峭壁巉岩，环绕苔篆，杂以古藤。彪性好奇，猱升而上，择一平坦处，危坐以待。少顷，闻岩下有踯躅声，俯视之，乃数行人疾趋而过，若惟恐有不测者然。彪窃笑曰："若辈何无丈夫气，竟恇怯乃尔？”复静坐片时。女鬼未来，梦魔先至。行止粗豪之陈氏子，竟以石作床，鼾然睡去。

一枕邯郸，倏尔惊寤，启其朦胧之睡眼，以眺天空，斜月已微明矣。彪呵欠而起，俯瞩岩下，杳无声响，不禁私自失笑曰：“何物女鬼，敢在此处作祟？是必若辈绐我耳。无已，且至岩下巡视一周，然后归去。明日将以拳足饷若辈，俾知乃翁不可欺也。”于是蹑藤而下，循岭而前，行回曲折，直达南口。遥见两三灯火，若明若隐，凝神视之，有一小村落在焉。村旁有径，彷佛似有人行动。彪仗胆前追，约里许。果有两人前行，一为披发妇人，状若戏中之缢鬼；一为高帽男子，状若戏中之无常。彪大喝曰：“止止，何物鬼魅，敢出现人世？今遇陈某，决不宥汝。”声未终，而剑锋已达男子之帽，帽随剑落。男子转身忿斗，挺刃刺彪。彪以剑格刃，刃亦飞去。再以剑刺男子之腹，男子不及避，扑蹋一声，而男子仆矣。

男子仆后，妇人瑟缩道旁，盈身作娇颤状。彪呵之曰：“汝人耶鬼耶？”妇不答。彪就月光下，觑其状，目似铃，口如盆，鼻红而舌出，不觉毛发森竖。转念已战胜雄鬼，其雌何足惮。复厉声诘以是人是鬼，妇仍不应。彪怒起，举剑拟其面。妇虽急闪，而面目已脱去一层，庐山显露，状貌可人，居然一年二十许之粲者[①]也。彪不待妇言，竟舒其右腕，将妇体轻轻一挟，大踏步而返。登羊肠，越峻阪，循故道归。而娇喘之声，发于肘下，嘤嘤然闻有“救命”二字。彪曰：“汝鬼也，何命之可救？”妇泣曰：“予非鬼，乃人也。”彪曰：“何不早言？”妇曰：“前时戴假面具，故不能出声。”彪乃小住，置妇于地。妇垂泪无言。彪曰：“汝既为人，胡为作鬼？”妇呜咽曰：“实告君，予之作鬼状，乃出于予夫之逼迫，非予所愿也。余夫无恒业，但于每日黄昏，易装为鬼，迫予亦效缢鬼形，要人于路，

---

① 粲者：美女。亦指美好的事物。

截其货物而攫之。不意为君窥破，自速其殃，蚁命已在须臾，还乞格外矜宥。”彪曰：“妇人有相夫之责。夫也不良，汝宜切谏，奈何从之为匪？”妇曰：“予亦谏之屡矣，彼不惟不听，反加扑责。嫁夫随夫，无可奈何。”彪曰：“汝夫为我击踣，谅已不能再生。汝将安适？”妇不答。彪曰：“不如从我归去，我无妇，汝可为我妇。”妇迟疑未决。彪性起，握剑指妇曰：“从我则行；不从，请试吾刃。”妇不得已，唯唯听命。随以手敛发为髻，摸索袋中，取簪总之，乃随彪行。

彪行速，妇行缓，缓急不相及。彪随行随止，不免焦躁，屡催妇。妇紧随数里，苦足痛，坐于地上，喘作一团。彪笑曰：“怯弱如是，乃欲骇人劫物乎？来，我负汝。”遂插剑于腰，以肩承妇，向前疾行，如电掣，如星驰。不一时，已飞抵家园。信手敲门，寂无应者。彪憬然曰：“噫，误矣。老母病聋，安得闻之？”彪居本矮屋，墙甚卑，殆不逾丈。耸身一跃，已上短垣；复一跃，立于平地。卸肩置妇，撬室门而入。

彪与妇既入门，取火爇灯，先省母。闻母隐隐作鼾声，屏息而出，入厨搜索，尚有余脯及剩酒，喜甚。忙招妇至厨下，令司炊，随语妇曰：“予饥甚，想汝腹当亦辘轳鸣矣。汝初至家，即屈汝炊爨，毋乃不情。虽然，来日事长，予亦思有以报汝也。”既而酒菽皆熟，陈于几上，呼妇共饮。妇腼腆，不欲与俱。彪曰：“汝何迂哉？肩汝且可，与汝饮独不可乎？”妇乃旁坐，彪酌酒与之，割肉啖之，自饮巨觥，取肉大嚼，稍觉果腹。对妇笑曰：“曩者谓将取女鬼为妇，第聊以解嘲耳，不料竟成实事。然予有老母在，不告而娶，非礼也。夜深矣，想汝亦劳甚，我榻让汝寝。明日禀白高堂，成亲未晚也。”遂隐几卧。妇困顿不可支，只得借榻而寝。

晨鸡三唱，天色大明，彪醒而瞩妇，海棠春睡，尚未足也。起省母，母已睡起矣，顾彪曰：“昨夜归何晏也？”彪附母耳曰：“儿觅妇，是以迟耳。”母听不甚晰，语之再三，乃曰：“儿痴矣。妇从何来，且胡不告我？”彪反复叙述，母始了了，复曰："汝又踰垣来乎？"彪颔之。盖踰垣为彪之习惯，故母有此问。彪退，入厨为炊，奉匜[①]盥母。俟母梳洗毕，还观妇。妇方整妆，发不沐而黑，颜不粉而白，唇不脂而红。荆叙裙布，不掩芳容。彪痴视久之，徐叹曰："色不迷人，人自迷色。予向以为儿女情长者，必非英雄，今乃知此关之未易破也。但彼何以遇人不淑，至为劫夺生涯，岂佳人果多薄命耶？"继而曰："为我妇，谅不致若此。顾我亦潦倒徒耳，奈何？"妇闻之，睨视彪，似嗔非嗔，似喜非喜，若有一种跼蹐不安之态，形诸眉睫间者。

妇整妆毕，彪引妇拜母。母见此艳妇，喜甚，顾又疑之语或非真也，诘妇曰："汝曾效为鬼物乎？"妇面赪不能答。彪在旁语妇曰："我母问汝，汝应实告。然我母病聋，点头可也。"妇乃作点首状。母一一问之，妇一一点首。母回顾彪曰："汝取他人妇为妇，能免祸乎？若不能免祸，宁早送归。良家妇，不容汝掠取也。"彪摇手示以无恐，母乃无语。妇入厨，洗手作羹，持以奉母。迨早餐毕，彪持械出猎，嘱妇事母宜恭，毋少忽。至午，彪归，携兽数头，并购得香烛各物。时午炊已熟，由妇奉盘匜以进，彪与妇侍母午餐。午后，彪以兽为牲，是剥是烹。及暮，焚香爇烛，率妇祭祖谒母，草草成夫妇礼。

阳台春晓，巫峡云生，彪于此时始经人道矣。然温柔乡里，易铄雄心，彪虽豪侠，亦所不免。且有时酗酒使气，一言未合，即启争端。妇颇以为虑，俪居月余，乘间谏曰："妾之所以委身事君者，以君之非常人也。丈夫子当为国効力，立不世之名，以光天壤。讵可长此埋没，伴床头人终老乎？君盍不投身行伍，作为进阶？他日得徼天幸，建功立业，扬名显亲，则妾亦与有荣施，宁非快事？"彪曰："汝为儿女子，乃作此语耶！余非不知功名之足贵，但今之事，豺狼当道，狐鼠凭城。喔咿嚅唲[②]者爵诸朝，刚毅木讷者困诸野。黑白混淆，是非颠倒。予

① 匜（yí）：古代一种盛水用于洗手的用具。也指一种盛酒的器具。
② 喔咿嚅唲（ōu yī rǔ ér）：指厚着脸皮向人媚笑。出自《卜居》。

不愿与此龌龊徒共事也。”妇曰：“妾闻之，乱世出英雄。如君言，则世将乱矣。君特患非英雄耳，果为英雄，则时局且待君辈干旋，何虑乎乱世？”彪遭此一激，不觉愤愤曰：“世不我用，反为儿女子笑。”言已，投袂而起，取壁上佩剑，出室旋舞。

剑甫一挥，已如疾风暴雨，不可向迩[1]。既而霜锃雪锷，闪烁若飞。彪身亦为之隐，但有一片白光，回环上下而已。妇以彪拔剑而出，颇愕眙，亟移步出视，见彪正在酣舞中。少顷，彪舞剑已，顾妇曰：“剑法佳否？”妇嫣然曰：“妾不武，安知剑法？”彪曰：“以予之技，自问殊不劣。欲杀敌，如刈芥耳。”妇曰：“妾尚有一言，敢渎君听，愿毋怒。”彪曰：“请毕其说。”妇曰：“人贵勇，亦不可徒勇。徒勇无谋，多致偾事。好勇如君，谁不倾倒，宁独妾？然甚愿君之不矜徒勇也。”彪愕然久之，乃曰：“汝言颇有理，但汝曷由知此？予固孟浪，两月夫妇，如汝之家世，尚未详询。徒勇之说，信乎。今请汝述其家世。”妇曰：“君欲闻予之家世乎？”语至此，潸然泪下。

彪睹妇下泪，料有悲苦之情，遂挈妇手，返室就坐。妇黯然曰：“妾姓汪，粤西人，妾父曾为筑县令。妾幼失恃，随父之任，居筑数年。妾父性鲠直，不善逢迎，遭大吏白眼，欲上弹简者数矣。会邑中王绅遇盗，被掠不赀，来署请追缉。妾父曾严比捕役，屡索无着。绅以妾父颟顸，禀控上司。上司假公济私，饬妾父赔偿。妾父两袖清风，何来此黄白物，得偿绅家？愤急成疾，卒以不起。上司余怒未息，搜括妾父官囊，不足抵押绅家所失之半。至欲以茕茕弱息，鬻赀充之。王绅子，即妾故夫也，觇妾美，思与妾婚。乘此白上司，谓妾故邑令女，鬻之不忍，不如娶为妇。甘言动听，即日邀准。妾初心颇慰，结缡后，故夫日逐浪子游，挥金钱如粪土。翁姑又溺爱，任若所为。阅四载，翁姑相继逝。故夫益纵肆，月

① 向迩：靠近；接近。

耗数千金不少惜。又阅三年而家产荡尽，田宅归质鬻，区区衣饰，亦付长生库。流徙至南山下，赁茅舍以居。无所出，乃假鬼物以劫人。回忆妾自十八岁归王家，迄今已七年矣。此七八年间，被其詈挞者，不胜数。每思自尽，因屡梦先父劝戒，令妾少忍，当有苦尽甘来之日。妾是以忍死耳。今转嫁君，自惭失节，令人齿冷。然红拂私奔，乐昌[①]再返，古尚有之。薄命如妾，亦复何恨？今既倚君以为生，则望君不啻二天，用敢以妾之鄙见，谨陈君前。君能俯采妾议，则妾或犹得扬眉吐气，福我余生，皆君赐也。”言毕，又泪眦莹莹，含珠欲滴。彪曰：“可怜，可怜。我为丈夫，若不能庇一妇人，宁不羞死？第老母垂迈，不便常离，可奈何？”妇曰：“妾观姑貌，必能永寿。晨昏侍奉，妾之职也，否则焉用妾为？”彪曰：“贤哉，吾妇！吾志决矣，当禀明老母，为汝一行。”

既而告母，母允之，并勖彪曰：“前日妇未来，故不令汝行。今得妇，事我有人矣。汝不于此宣力国家，更待何时？我虽老，想不至遽死。若得睹汝立功而归，则我无遗恨，虽死亦含笑地下。行矣勉之，毋负母望也。”彪于是摒挡行李，别母及妇，并嘱妇曰：“予家贫，赖猎为生，现仅存兽皮数张，可以易钱，聊供菽水赀。我若少博斗升禄，当随时寄归。家中事悉仗卿支持，幸毋失老母欢，我誓不负卿也。”妇一一听命。彪先拜母，次揖妇，半肩行李，飘然而去。藁砧远适，一别半年，兽皮早罄尽无余，而消息杳然，殊出人料。巧妇不能为无米之炊，只得藉缝纫以为活，奉姑用菽麦，自餍用糟糠。汪氏女固贤矣哉！里人有无赖者，涎其色，假缝衣为亲近计，妇则凛然不可犯。无赖子讥之曰：“前则人尽可夫，作今乃故作贞洁态，何也？岂尚欲为树贞妇坊耶？”妇闻言暗泣，束身益谨。无赖子日肆蜚言，意欲绝其生计，得间以图。幸曩时之受彪惠者，犹顾念前情，常

---

① 乐昌：南朝陈将亡时，驸马徐德言与妻乐昌公主估计不能相保，故破铜镜各执其半，约于正月十五日售其破镜，俾取联系。陈亡，妻没入杨素家。及期，徐辗转依约至京，果访得售半镜者，夫妻卒得重聚。事见唐·孟棨《本事诗·情感》。

浼妇工作，给赀以赡养之。妇赖以存活。居无何，而尺鲤[①]传来，青蚨飞至，好郎君已为百夫长矣。又无何，复得捷报，谓某日于某处获剧盗，以功升千夫长矣。妇乃喜，其母亦大慰。

越二载，矮垣之旁，有高车驷马，得得而来。里人出而视之，马上郎君，揽辔从容，英采溢眉宇者，非他人，即向时以猎为生之陈氏彪也。彪见里人，即下马道故，笑容可掬，与前此之直遂径行者，几不啻若两人。迨入门，登堂谒母，彬彬有儒者风。与妇相见，握手道别后事。母与之回溯苦衷，并述妇孝思。彪向妇三揖，妇逡巡却退。彪曰："卿毋辞。今日之衣锦还乡，皆卿力也，卿其苦尽甘来欤！予自愧不足报卿德，然有一事足慰卿心者。则前日筑县之盗，予固已手刃之，取其心以祭卿父矣。卿以为何如？"妇拜谢，彪亦答礼。翌日，设筵遍谳里人，少长咸集。惟无赖子不至，询其邻，已逸去。彪问其故，其邻人备述之。彪旋询诸妇，妇曰："事诚有之，于妾无损，不必追述也。"彪曰："卿可谓不念旧恶矣。"居月余，朝命任彪为参将，令赴滇防边。彪奉母挈妇赴任，寻擢为总戎。生子二，母享寿至九十八而终。彪以丁内艰辞职，与妇归林下，偕隐以终，屡征不起。

阅者曰：此陈氏子孝思之报也。取鬼为妇，而实非鬼，且得一贤内助。天之默相孝子，果如是耶！汪氏为再醮妇，似不足以言德。然王绅子待以不义，胁其为非，人道绝矣，何瞻徇[②]为？厥后相夫事姑，竭诚尽孝，求诸晚近，不可多得。谁得谓为非贤耶？是故君子论人，不以一眚掩大德[③]。

---

① 尺鲤：书信。典出古乐府《饮马长城窟行》："呼儿烹鲤鱼，中有尺素书。"

② 瞻徇（zhān xùn）：徇顾私情。

③ 不以一眚掩大德：眚（shěng），过错。不因为一个人有个别的错误而抹杀他的大功绩。指客观看待一个人。语出《左传·僖公三十年》："且吾不以一眚掩大德。"

赛昆仑

粤江之畔，有一老人曳杖前行，形容枯槁，面目黧黑，其衣履皆破碎不完。屡摇其首，辄拊其膺，吞声饮泣，自言自语曰：“很心哉淫妇，丧心哉淫妇！”

俄而有莽男子追奔前来，状若军人，趋至老人背后，突击以拳。老人不堪痛苦，蹲踞于地。莽男子厉声曰：“汝老悖，乃欲逼杀尔媳耶？”老人曰：“恶，是何言？媳不杀我，幸甚；我安能杀媳？”莽男又问曰：“汝不欲杀媳，胡在家内敲桌摔盌，强迫尔媳耶？”老人曰：“我老矣，子远贾，家事媳主之。媳今有外遇，视我若眼中钉。饥无食，寒无衣，不堪其虐。汝不能导媳为善，乃反助媳为恶，何也？”莽男子曰：“汝媳有外遇，汝亲见之乎？汝若亲见，何不一并捉将官里去？”老人曰：“我目眊而耳聋，年衰而体弱，何能捉奸？”莽男子曰：“然则此事为莫须有矣。‘莫须有’三字，何以服人？”言已，又举足欲蹋老人。适路旁有彬彬少年，徐行而过，见莽男子状，心颇不平。随语之曰：“吾闻乡党莫如齿。子壮而彼老，当曲加体恤。今若此，毋乃不情？子休矣，勿欺彼老也。”莽男子曰：“汝路人，顾自行路可耳，龂龂胡为者？”少年张目曰：“光天化日之下，岂容汝欺侮老人？”莽男子不待言毕，遽以一拳相敬。少年从容不迫，接其拳，随手一推，曰：“去！”莽男子已颠扑至地，旋起立，怒目视少年，愤愤而去。

少年扶老人起，询其姓氏里居。老人曰：“予姓柏，三水人，居柘村，年已七十矣。家故贫，有子一，业贾，航海出洋，侨居海外已五年。媳不安于室，无日不詈予，土饭尘羹，习以为常。今且并此阙如。彼哉，彼哉，乃犹助之为虐。微君，几遭毒手。”少年曰：“令郎曾有赀寄家否？”曰：“有，有，每岁不下一二百金。”少年曰：“有赀寄归，必交老丈，胡使媳作主？”老人曰：“予老，恐有遗失，故畀媳。不料媳竟据为己有。渠华衣美食，而餍我以糠粃，衣我以敝褐。知我者希，郁将谁语？”少年曰：“彼何人斯，敢欺老丈？”老人曰：“予亦不知彼为何许人，但尝往来吾家。吾媳称之为姑表亲，真与伪未敢必也。”少年曰：“老丈谓令媳有外遇，莫非就属斯人？”老丈曰：“唯唯否否，彼充巡警，日夕无暇晷，一来即去矣。”少年微笑，徐曰：“老丈今往何处？”曰：“媳詈予，予负气出门，拟往壻乡一行。”少年曰：“老丈尚有女乎？”曰：“噫！死久矣。壻亦亡。所存者仅外孙耳。去此约三五里，有木槿蔽门者，即予外孙家也。”言毕，拱手称谢，仍曳杖行。少年隐随其后，直送老人至其外孙家，乃返。

少年何人，老人颟顸，未尝询及。少年亦不自言。但观其行状，已可知为任侠士矣。少年循故路归，自忖所见之莽男子，必为若媳之奸夫无疑，得有以验其实而手刃之。遂向途人问明柘村所在，昂头竟往。行数里，已达目的地。但见村居临水，寥落异常，乏华厦，多矮屋。男妇聚迹檐下，衣裳皆朴陋，无外户蔽者。少年作问讯状，但云：“柏家安在？”村人答曰：“此地姓柏者，不止一家，客问为谁？”少年曰：“予所问者，乃系一老丈，渠子服贾外洋，有年矣。”村人不待言毕，便摇指曰：“此家便是。”少年即往。户半扃，以手推之，豁然而辟。闻有一妇人曰：“汝来乎？”及见少年，形色作仓皇状。少年视妇，脂其面，粉其唇，一刻画无盐也。便问曰：“老丈在家否？”妇人曰：“谁为老丈？”少年曰：“是否为汝翁？”妇曰：“汝问吾翁何为？彼早曳杖逍遥矣。”言已，竟闭门谢客。

日光如驶，倏忽西沉。柘村之间，隐有厖[①]吠声。而少年已改装再至，一跃登屋。自窗隙之，灯光微径，日间所见之妇，正与一男子并肩坐，以手相偎，行亲吻礼。少年方以为不出所料，而孰意室中男子，起而挑灯，规[②]其面目，与所见之莽男子不同，顿为之大异。旋闻妇人语曰：“今老贼他适，阖室无人，予正可与汝作

① 厖（máng）：长毛狗，亦泛指犬。
② 规：通“窥”。窥察。

长夜欢矣。”男子不答，但顾妇吃吃作笑声，而少年则怒发上冲，恨不立摔之以快其刃。转思此男子为谁，彼莽男子又为谁，辨之未晰，不便率行，遂掉头不顾，微跃而下。

少年举足欲返，陡见有人影西来，翩然掠眼帘而过。方欲谛视其状，而适来之人影，已猱升而上檐矣。少年欲观其何作，遂绕出屋后，跃登屋顶，以屋脊障己身，静观其变。忽听窗外有剥啄声，响振室内，室中亦作窣窸状。启瓦视之，则妇方慌张失措，携男子出帐，令匿床下。继而开窗速客入，客入内，即启帐搜索。其人非他，即状若军人之莽男子也。少年暗自语曰：“可杀哉，淫妇！一之为甚，而乃再乎！”正思忖间，见床下男子，已被莽男子捽发而出，令其长跪。复向妇索酒，妇颤声曰：“酒已罄矣。”莽男子唾妇面，并举掌击长跪之男子，掴然者三。男子愤而起，遽言曰：“汝亦非彼夫，岂汝可寻欢，而我独不可耶？”莽男子狞笑曰：“汝亦思尝禁脔耶？”复摔男子仆地，拳足交加，任情凌辱。少年不能忍，以手折椽，跃入室中。

莽男子方横施毒焰，趾高气扬，突见一少年自天而下，似曾相识，几疑其亦为寻花来者。瞿然曰：“汝亦为采花使乎？”少年曰嘻：“我非犬彘，宁与尔侪伍？”莽男子无言，方转身欲遁，而少年之拳，已中其腰，痛极而踣。少年数其罪，莽男子犹不服，曰：“汝能杀我乎？莫谓无王法也。”少年曰：“汝凌人父，奸人妻，罪不容于死，杀之何伤？”随拔剑斫其首。回顾一对野鸳鸯，已觳觫[①]不可名状，匍伏少年前，垂涕乞怜。少年笑曰：“尔侪罪亦当诛，然不足污吾刃。明日，当声官惩办也。”言已，取床上衾，撕之若带状，缚男妇于室，一跃而去。

翌晨，少年导老人归，取男妇出室，令其鸣官。而莽男子之死，不与言，老者亦未之见也。少年偕老者至县署，由老者作原告人。县令升堂讯问，老人备陈

---

① 觳觫（hú sù）：恐惧得发抖。

颠末。续审奸夫淫妇，两人直供不少讳。县令饬役将男妇拘禁，随起座欲退堂。忽少年直入，呈上莽男子首，大声曰："此亦一奸夫也，予业已杀之矣。"县令愕然问曰："尔胡为者？"少年历述前事。县令问少年为谁，曰："予无姓名，第号'赛昆仑'。"县令叱曰："安有人而无姓氏者？且尔非老人亲属，何得凭空捉奸，况擅敢杀人乎？"呼役执少年。少年曰："止！鼠辈谁敢近我？"复指县令曰："汝为地方官，不思缉奸宄，恤孤老，化民成俗。乃反以朘削[①]为得计，何其谬欤！某事汝得赃若干，某事汝又得贿若干，汝以为秘密，谁料天知地知以外，尚有我知。汝再不悛，吾刃将斩矣。"语至此，掣剑上掷，陷屋梁尺许，不绝如缕。耸身拔剑，跳舞片刻，白光未绝，而人已杳矣。县令瞪目不敢言。至少年已去，乃给老者数金，令还家；惩奸夫淫妇如律。

读者曰:少年其一大侠乎！荆卿、聂政，未之逮也。晚近之世，民日偷，吏日污，安得一如少年者，声罪致讨，举最不肖者而手刃之耶？读此当浮一大白[②]。

---

① 朘削（juān xuē）：剥削。

② 浮一大白：原指罚饮一大杯酒。后指满饮一大杯酒。

丐捕蛇

剡溪有杜翁某，素业商，家颇小康。生子二，长子承父业，颇勤谨，娶妇亦贤淑，能得舅姑欢；其次尚未娶也。杜以家居逼窄，于故庐外添筑一椽，为子妇寝息之所，告成有日矣。居数月，忽其妇得一奇疾，不数日而死。死时，浑身青肿，虽良医亦莫识其病源。又数日，其长子复得病，一如妇状。杜翁日夕彷徨，延医以外，巫祝并用，终无效。奄奄床褥间，气息仅相属矣。杜某祷诸神，愿力行善事若干条，而病仍故。视天梦梦[1]，焦灼可知矣。

一日，有一老丐至，杜翁给以钱，不受；予以饭，乃食之。连食数大盌，几尽一箪。乃语杜翁曰："翁好行其德，胡为面有忧色？"杜翁以子病告。丐曰："吾试一觇之。"杜翁曰："汝能疗人病乎？"曰："余不能疗病，恰能视病。医生所未识者，余颇略知一二。"杜某乃导之入室，令视子病。丐揭帐视之，曰："速移寝。此病已难治，不移寝，明日殆矣。"杜翁依其言，将子舁至自己卧室，随以病源问老丐。丐曰："速离令郎寝室，明日余再来，方可与翁言也。但预食我以斗酒，饭我以斗米，饱我以一肩豚，乃可为翁除害。"杜翁曰："诺。"丐乃扬长去。

翌晨，杜翁如言筹备，专待丐至。俟至晌午，始见丐携篮而来，篮中贮蛇无数，有大者，有小者。杜翁大异之，问丐曰："子来甚善，但携蛇何用？"丐曰："余饿甚，昨所约之酒饭，曾预备否？"杜翁曰："备之久矣。"丐曰："速将来，俾予一饱，与翁言未迟。翁毋虑，有我在，令郎尚可生也。"杜翁遂延之入

---

① 梦梦：昏乱，不明。《诗经·小雅·正月》："民今方殆，视天梦梦。"朱熹《诗集传》："梦梦，不明也。"

内，举所备之酒食予之。丐大饮大嚼，顷刻而尽。遂问杜翁索锄一柄，令启其子寝室，奔而入，移其床，举锄掘之，约深三四尺，露一小穴。丐从袋中取一假面具出，戴诸面上，细视良久，不禁伸舌曰："毒物，毒物！余生平所罕见者也。"杜翁问有何物，丐曰："翁请速避，内有毒蛇，稍触其气，即危矣。"杜翁出，丐亦随出，裸其体，取解毒药遍身涂之，并挈蛇篮以进。再以锄掘土，土愈深，穴愈大。而蛰伏之毒蛇，乃稍稍见其鳞角矣。

丐置锄启篮，取一小蛇出，令其入穴。首甫进，而小蛇已毙。再如前法行之，蛇毙亦如前。如是者约十余次，蛇毙仍如前，无一生者。丐用锄拨去小蛇，易大者以进。大蛇蜿蜒入穴，进身未半，即倒退而出，甫出穴而蛇僵矣。再易其大者以进，蛇之倒出如故，僵毙亦如故。最后取两小赤蛇进，两赤蛇踊跃而入，约半小时，一赤蛇亦已负创趋出，一赤蛇犹在穴中。丐再举锄掘之，略一费力，穴已全陷，地下之毒蛇毕现。一赤蛇被啮于口，首几没。丐大喝一声，将锄掷地，以右手掐毒蛇颈。毒蛇置赤蛇，而以尾跃起，绕丐身。丐亟仆地，将身乱滚，而右手则愈掐紧，始终不放。蛇力尽而丐力亦将尽矣。

杜翁既出户外，悬念未已，第遵丐言不敢入。静候数小时，丐犹未出。忽闻室中呼喝声、跳跃声，继以诸声杂作，殆不可辨，久之则寂无声响。杜翁从门隙窥视，见丐已僵卧地上，旁有死蛇无数。惟丐旁有一蛇并卧，头有角，盈身班烂，长逾常蛇，颈犹为丐所扼，身犹微动。料此必为毒蛇，已被制于丐手。但丐之生死未卜，急自门隙呼之，三呼不应，不觉流泪曰："可怜哉，丐也！殆与蛇俱毙矣。"丐忽闻言，跃起曰："速取刀来。"杜翁转悲为喜，忙取刀至。丐召之入门，取刀割蛇腹，复令杜翁取盌。盌至，丐剖蛇腹取血，约半盌而强。语杜翁曰："速给令郎饮之。此回生汤也，宜热饮，冷即无效矣。"杜翁忙捧血而去。

迨杜翁再入室，丐已将死蛇尽贮篮内，并毒蛇亦一并纳入，乃出室。是时杜翁已令家人预备浴汤，令丐洗澡。丐澡身毕，杜翁以新衣进。丐曰："余骨贱，不堪衣新，仍着吾敝衣可也。”随取旧着之敝衣服之。杜翁再进以酒肉，丐随饮随语曰：“令郎此时，肿可渐退矣。”杜翁入寝室视之，果如丐言，大喜。趋而出，向丐叩谢。丐忙还礼，并曰：“翁太谦，转令我饮食不安。此非我之功，亦令郎之福也。”杜翁曰：“此蛇何名？”丐曰：“余亦不知其名，但知其毒必烈耳。”杜翁曰：“子我恩人也，请留姓名。”丐曰：“余无姓名，翁但呼我老丐可耳。”杜翁曰：“恩人既未肯示以姓名，敢问何由知敝庐有毒蛇？”丐曰：“余无家，向住关帝庙中。曾梦神言翁家有蛇，趣我来捕，我是以来此。”杜翁曰：“捕蛇则捕之可耳，何必用蛇若干条？”丐曰：“此即以毒解毒之法。彼蛇甚毒，非我所能堪，故令别蛇试之，以分其毒。迨毙蛇无数，毒已少减。然后用两赤蛇再攻之，此两赤蛇虽小，毒颇剧。虽不及穴中蛇远甚，然已足分其半矣。穴中蛇既去其半毒，我力乃足以制之。且尚被其紧绕我身，力滚数十百匝，彼始松懈而毙。我身遍涂解毒药，犹少觉痛苦。甚矣哉，毒蛇之可畏也！”杜翁曰：“为此毒蛇，毙蛇无数，并累及子身，令人不安。”丐曰：“我无妨。已死之蛇，我亦将埋之。惟二小赤蛇，恐难复生，颇可惜也。”语至此，酒食已罄，丐起身欲别。杜翁出百金相赠。丐曰：“我乌用此为？我若需此，我不为丐矣。况蛇之皮若胆，值钱不赀，已足赡余半生，毋劳翁重赐也。”杜翁固欲予之，丐曰：“翁以此金惠贫人，胜于给余，余心领可也。”言毕，以手取篮，拱手而别。丐去后，杜翁之长子，日觉痊可。迨愈，皮尽脱换，精力倍于前时。继娶连举四男。杜翁行善不怠，家愈富饶。翁年至九十余而终。至今其族尚未替云。

阅者曰：行善得福，古今恒有之。丐亦一善人也。以善遇善，是谓善报。神梦之说，虽近于迷信，然至诚可以感神，莫谓神必无凭也。圣人以神道设教，意深哉！

妾 命

羊城有大贾焉，翟其姓，成福其名，旧本皖籍。行贾于粤，赚赀数万，设典肆于省会，营业颇发达。娶吴氏，生一子，五岁而殇。吴氏哭儿成疾，服药百剂，始得痊，然以是不再育。成福望子情深，不得已纳一篷室。未期年而珠胎暗结，腹膨膨然。成福方预庆弄璋之喜，命婢媪奉侍维谨。临蓐时，成福叩神祷佛，默祝赐一麟儿。既而呱呱坠地，成福闻声入房，亟问曰："男乎？女乎？"婢媪无以应。成福欲再诘，见稳婆起立，嗫嚅而对曰："恭喜，恭喜！先花后果，今岁生花，明年结果，未迟也。"成福曰："然则一女耳。"稳婆应曰："然。"

生女虽非大喜，慰情聊胜于无。诞弥厥月，贺客盈门，成福亦大开汤饼筵，集宾朋燕饮。酒半酣，抱婴女见客。颂声盈堂上，竞言面貌可人，将来必为不栉进士[①]。成福颇自慰，命名曰"珠"，取掌珠之义也。光阴迅速，倏忽数年，成福方期再索得男，不意寂无朕兆。而珠姑则发已垂额，貌秀而妍，娇小玲珑，见者已倾倒不置矣。

一日，有术者自云间来，设肆于成福之典铺旁，谈人间休咎，历历不爽，粤人称为"半仙"。其门如市，朝夕不稍闲。成福乘黄昏之暇，叩术者门，以己造示之。术者依其年月日时，细为推算，旋即语成福曰："君命主富，可惜乏嗣。"成福曰："汝以我为典商，而遂谓我主富乎；汝以我目前无儿，而遂谓我乏嗣乎？想汝与我比邻，知我有稔，故言之尔尔。"术者哑然曰："君以我为来粤侦探耶？我第知按命以谈，直言莫怪而已。若必一一侦探，虽十目十手，不暇也。君于某

① 不栉（zhì）进士：栉，梳头。不绾髻插簪的进士。旧指有文采的女子。

年得财若干，某年又得财若干，某年殇儿，某年纳宠，言之验否？请君自思。”成福闻言，暗自惊诧，历溯生平事，一一脗合。非术者言，恐自道亦不能若是之详也。爰再问术者曰：“如君言，我果可于何日得子？”术者摇首不答。成福曰：“然则我终无子乎？”术者曰：“是未可知，修德或能造命，人定亦可胜天。愿君毋戚戚为也。”成福曰：“汝言亦是。我有一女，今已九龄，某月日时生，将来结果何如？”术者推算如前，沉吟半晌，忽昂头对成福曰：“咄咄此命，咄咄此命！”

成福见术者色变，不觉战栗曰：“此命莫非亦不寿乎？”术者曰：“非也。”成福曰：“然则何故？”术者曰：“据命而推，君之女，将来必为人作二三。”成福亟问：“作何物？”术者曰：“君莫怪。令爱嫁期必早，但必为人作妾。”成福闻言，怒形于色，几欲唾术者之面。旋以术者有言在前，不便发作，竟投袂起。术者曰：“姑少待，尚有言。”成福不顾，掉头径去。

一窗灯火，相对旁皇，斯正成福归来，与妻妾晤谈时也。成福怒犹未息，其妻妾不知所以，趋前问故，成福曰：“可恨术士，胡言乱道。竟以我家一颗掌中珠，谓当作妾耶！”其妻妾尚未解，成福乃述术者语，并戟指作痛詈状。妻吴氏，固贤妇也，语成福曰：“术士之言，若有凭，若无凭。以为有凭，则命数难逃，怒亦无益；以为无凭，则更不必怒。窃闻怒足伤肝，请不必以未来事，有伤卫生。”成福默然不答，既而曰：“余虽富不若陶朱，然大约可支数十年。余女嫁，最多不过十载，余斯时年犹未老，宁忍使女作妾耶？是必不足信。明晨，先拔术者舌。”旋经其妻多方劝解，且曰：“待女嫁后，再与理论不迟。”成福乃忍气吞声曰：“唯唯。”

粤东地濒南海，海外文明，灌输最早。学校以是林立，女学亦颇发达。珠姑有夙慧，见邻家姊妹花，多肄业女学，深自羡慕，请于父，愿即入校。成福瞠目曰：“吾闻之，女子无才便是德。汝入校何为者？且自女学创设以来，未见有曹大家、谢道韫其人者。徒抉破防闲，恬不知羞，今日赠芍，明日踰墙。父母国人皆贱之。不意汝年尚幼，乃亦作是想。我视汝为掌上珠，汝偏甘为灶下婢。前术者谓汝当作人妾，我初不信，及今始知汝命之果贱也。汝能深居闺阁，静好无尤，则以汝父之门阀，宁有不能得华贵之夫婿，将来自吃着不尽。何待读书为哉？”珠姑闻父语，知不能如愿，乃不复言。

一年复一年，冉冉光阴，春秋代谢。而珠姑则身随年长，艳与春来。被绣衣，御霞裳，修短得中，纤秾合度，诚绝代丽姝也。是时媒妁频来，争为撮合。或云某家富，或云某家贵，或云某郎君貌过潘安，或云某郎君才高子建。成福俱未之允，但云：“我家好女儿，非富且贵之门第，及才德兼全之郎君不嫁。且须由我亲自过目，以免错误。”于是蹉跎者又数年。葳蕤[1]自守之翟氏女，已年华二八矣。

有孙姓者，官于粤，曾掌郡篆，卸职听鼓。与翟氏同籍，以乡谊故，间或过从。孙名锵，字捷三，有子二。长子望乔，以聪慧闻。一日随父至翟家，周旋之间，彬彬有礼。成福问其年，才十五耳。成福极口赞扬，称之为千里驹，并问以曾婚也未。捷三答以年少未聘。成福欣幸过望，遂语捷三曰：“余有小女，长令郎一岁。若蒙不弃，愿附丝萝。”捷三亦闻翟女秀丽，怡然曰：“只恐犬子不才，有惭双璧耳。”成福曰：“君何自谦若此？余性素戆，未解谦冲，果承见爱，则余与君本属同乡，今若婚媾相联，情谊加密，庸非幸事？”捷三曰：“然则一言为定，择日纳聘可耳。”即命其子以壻礼见成福，成福笑而受之，并出二十金为觌仪。片席笑谈，得谐秦晋，成福之心，喜可知也。

越数日，纳采期至，礼物亘道路。锦绣彩缎，凤翘龙钗，炫耀一时。舆夫数十人，气咻咻然。夹道观者以千数。及聘抵翟门，成福极表欢迎，待以盛筵，賸以巨犒。答采之物，有过之无不及者。万头僪僪[2]，众口喁喁，羡翟之富，慕孙

---

① 葳蕤（wēi ruí）：柔弱貌。

② 僪僪（shǔ shǔ）：摇头晃脑。

之贵。佥谓如天之福，得此相攸，神仙不啻也。成福于时手舞足蹈，不胜愉快。即珠姑一片芳心，亦私自欣慰不置。

亡何，粤省大吏，命捷三就任琼崖。琼崖系海南大岛，距省会颇远。捷三以得缺为幸，不辞远道，既奉命，将挈妻孥赴任。先期与成福话别，成福设席饯行。并询两家嫁娶之期，捷三约以来年。成福颇有道远之憾。捷三曰："无伤也。吾侪宦游作客，到处为家，道远何足惮？若虑婚娶之未便，则亦何难设法？来岁令犬子来省成婚可矣，愿亲家毋恐。"于是成福转忧为喜，尽兴而别。

捷三去琼崖后，鳞书雁帛，时相往来，成福颇安之。翌年春，成福得捷三书，谓择于仲秋之月，遣子亲迎。摽梅[1]迨吉，已报婚期。成福急为女经营嫁装，日无暇晷。罗金珠，集绮縠[2]，箧笥以百计，一一陈设。唤珠姑检视，并语之曰："我膝下只汝一人，为汝辛苦半年，整备奁仪，所费不赀。即此已足养汝终身，况益以孙家之贵且富乎？小妮子福不浅哉！可笑前时术士，信口乱言，今彼尚在。我将以汝嫁日，召彼来，割其舌以泄愤。汝意以为何如？"珠姑低首不答。成福曰："女大须嫁，何必作此羞缩态？但期汝与夫壻，白头偕老，毋忘若父也。"珠姑颜益赪，两靥桃花，益增秀媚。成福复曰："汝夫壻名望乔，得汝为妇，应不让大小乔也。孙郎有福，足慰渴望矣。"

金风乍拂，玉露含凉，人月双圆之日将至矣。孙宦遣子赴省，拟以旧寓为青庐[3]。成福谓："不如权赘吾家，较为简便。"揣其意，盖不忍掌珠远别，欲藉此以作羁縻也。孙氏允之。良辰既届，喜气盎然。百两盈门，三星在户。时则宾朋毕集，仆从如云。咸以为璧玉成双，红丝共绾。乘龙初至，群疑天上之仙；鸣凤载赓，占尽人间之福。天下快意事，无逾于此。既而鼓乐喧阗，傧相杂沓。迓

---

① 摽（biāo）梅：《诗经・召南・摽有梅》："摽有梅，其实七兮；求我庶士，迨其吉兮。"有，助词。摽梅，谓梅子成熟而落下。后以"摽梅"比喻女子已到结婚年龄。

② 绮縠（qǐ hú）：绫绸绉纱之类。丝织品的总称。

③ 青庐：青布搭成的帐篷，是举行婚礼的地方。东汉至唐有此风俗。

新郎，迎新嫁娘，并立红毡，行交拜礼。一双玉人，方磬折间，忽闻内室鼎沸，呼救之声彻于户外。鼓乐为之骤停，爨下婢仓皇出报道：“火起，火起！”

一声“火起”，盈庭大骇。谁复为新郎新娘顾者？此时黑烟袅袅，从室中喷溢而来，笼罩礼堂。堂上堂下，奔走呼号，霎时间秩序大乱。幸救火队踉跄趋集，洋龙一泻，如万道银河，望空直下。喧扰两句钟，祝融氏之威，为之少杀。迨火熄人归，检视翟家，第毁去厨室两间。成福尚以为不幸中之幸事。谁知返顾礼堂一对新夫妇，已杳如黄鹤。亟奔入内室，洞房无恙，望断阿娇，而值赀千万之女儿箱，则多已不翼飞去。

咄咄，是何孽缘，遭此奇祸！成福痴立如木鸡。经旁人提议，谓新郎新娘，或偕往客邸，亦未可知。成福急命仪从探视，历二小时许，回报，新郎尚在，只少新娘一人。成福惶急异常，再召集傧相仆媪，详诘当时情状。佥曰：“火起时，曾拥新人出礼堂。甫踰阈，黑烟迷濛，几不可辨。惟见三五健儿，牵引新人而去。当时只以为保护得人，可以付托，不料其有意外事也。”成福曰：“如斯言，则我女殆已落强徒手乎？”语至此，形色惨变，忽焉晕仆。迨施救得生，见妻妾等俱泪眼相陪，不禁涕泗横流，哽咽而言曰：“可怜哉我女珠姑，可痛哉我女珠姑！”

侦者四出，遍觅无着；鸣官查缉，亦无下落。成福惟含泪度日，其妻若妾之痛心如割，更可知矣。孙氏子日来问讯，诘其状，略如仆媪言。花分连理，结断同心；美人不来，王孙将别。成福不便久留娇客，但设筵祖饯而已。骊歌一曲，黯然销魂，旁观亦为之兴嗟，况在成福？

痛定思痛，辘轳无已时。前欲拔术士之舌者，至此复回忆其言，更欲虚衷下问矣。孰意入门不见，阒其无人。成福曰：“是矣，是矣！何物术士，竟通强徒以劫吾女乎？”复禀诸官署，请一并追缉。官长以术士之为嫌疑犯也，亦饬令捕役昼夜访拏。忽忽数日，而翟氏之门，有一人踵谒成福，迨延入，成福不见则已，见之则勃然怒发，恨不掴掌击之。繄何人，繄何人？即向称半仙之术士是也。

适从何来，遽集于此？成福怒目相向曰：“尔胡为乎来哉？尔非串劫吾女之首犯耶？”术士不知所谓，良久乃言曰：“君误矣。予何尝串劫尔女？”成福曰：“然则吾女亡时，尔亦胡为出亡乎？”术士不禁失笑，遂婉言相告曰：“予自旅粤以来，已八九载矣。若与强徒相勾通，则夙已发难，何必迟迟至今？且此数年来所赚之赀，亦颇不少，赡妻育子自问有余。宁尚甘作此不法行为，以自速其毙者？君休矣，毋余疑也。”成福聆其言，亦颇有理，乃延之坐，覆诘近在何处。术士曰：“实告君，予推算星命，十不离九。向谓君女当为人作妾，致触君怒。及君女字人，居然佳耦，予颇自悔其言之失当。再三推究，君女之生造不误传，则予之言亦不误断。乃事与命违，实出意外。且知君欲辱予，以泄愤，故不敢不暂时趋避。今闻掌珠遽杳，转以予为嫌疑犯。则予反冒不测之罪，不出而自白，则终身蒙冤矣。予之所以谒君者此也，君其谅之。予当往官署投案。”言毕，起身欲行。

成福亟挽术士手，且起而谢曰：“先生少安，恕吾孟浪。官署中当代为摘释，不劳先生往也。先生既详究吾女之命，则吾女之生死祸福，当必澈始贯终，愿再有以教我。”术士曰：“令爱尚在人世，第少受磨折耳。以吾推测，珠还合浦，不出五年。”成福问：“在何处？”术士曰：“当在东北方。”成福更问：“在彼何为？”术士曰：“言之恐伤君心。令爱近日，料必落陷阱矣。”成福不觉泪下。术士曰：“君毋悲，悲亦无益。令爱应有此五年磨蝎，然人定或能胜天，未必尽如我言也。”成福曰：“以先生之精于星命，宜无不验。顾予仅一女，犹遭此劫。自问平生，尚无大过，何老天厄我如是？”术士曰：“吾固谓人定可以胜天矣。君如好行其德，则加君以祸者，未必不锡君以福。”成福曰：“予设典肆，亦为济人计耳。”术士曰：“宝典中月息几何？”成福曰：“千文以下，每月分八；千文以上，每月分六；百千以上，每月分四。取息不可谓不廉。”术士曰：“君以为廉，谁敢不谓廉？虽然，以物作质，犹必月息分八，贫者益贫矣。君亦知质物者之不及千文，必系最贫之人。遇贫者而取最厚之息，济人之道，恐不若是也。若君能反其道而行之，更益以乐善好施之惠，非特璧还有日，且将麟趾呈祥。古所谓人定胜天者，殆不外此。”成福曰：“善哉言乎，愿受教。”

片语移情，相知恨晚。成福留术士小饮，再以妻妾命示之。术士谓将有老蚌生珠之喜，成福益欢，酩酊而散。是晚成福令人至官署，为术士辨诬。又召典中经理，改订旧章，不论质钱之多寡，每月概取息一分。嗣是赒人贫，恤人困，拯人患难，慷慨仗义，无善不施。翟善人之名，遂为之大著。

以义为利，随遇而安，失女之悲，亦渐杀矣。一日，有书函自琼崖来，启而读之，系其亲家孙捷三，调任惠州，因上峰促其赴任，不必晋省，特此遥辞；并云子年渐长，是否当另为择配。成福此时，已为居易俟命之君子。即覆书裁答，先申贺悃，继言失女未归，不便延误令郎，任其别娶为是。此书一发，孙氏子之另缔良缘，不问可知矣。

光阴似箭，倏隔数年。翟妻之腹，忽觉膨胀。初疑其为阻经之患，及延名医诊视，则以为有娠也。噫嘻！玉折兰摧，已二十年矣。此二十年间，未闻有荳蔻含胎者。今若此，岂老蚌生珠之兆，果如术士言乎？成福疑信参半，惟益自为善以冀天佑。时适中秋，与妻妾共坐赏月。回忆当年，重提旧事，犹不免相对欷歔。忽有一电信由老仆递入，译阅之下，为之距跃三百。妻妾问其故，曰：“吾儿珠姑，已完璧归赵矣。”

文姬归汉，乐昌返陈，此正历史中之快意事也，矧当局乎？惟欲详其往复之由来，则电文中恰未表明，第促成福速至惠州一晤亲女。成福亦不遑思索，即于次日买舟北去，一帆风顺，直达彼郡，匆匆登陆。至府署投刺求见，捷三倒屣相迎。成福入署，不暇寒暄，但云：“小女安在？”俄闻兽环作响，重闼半开，一女郎冉冉而出，款款而前。成福亟凝眸视之，容颜虽悴，丰韵犹存，确其爱女珠姑也。父女不及细谭，惟相与抱头大哭。

五年阔别，一旦重逢，喜出望外，泪即随流。属在骨肉，大都如此，不足为翟氏父女怪也。捷三忙为劝慰，并云："此大喜事，哭胡为者？"二人乃收泪。成福详叩颠末，珠姑呜咽而陈。珠姑所未能达者，由捷三代达之。成福闻言，怜娇女，并起谢捷三。

先是惠州多盗，劫案迭出，城东北百里外有巨薮，盗窟也。粤省大吏，以孙捷三有干才，乃调任。孙莅任后，整顿捕务，广购眼线，与群盗从事。旋侦得盗窟所在，遂召集营弁，授以计，出其不意，夤夜捣入盗巢。盗不及防，渠魁[1]以下，多就擒。并窟中妇女数十人，亦一并逮归，由孙守一一讯鞫。盗魁自认不讳。迨讯及妇女，或为盗妻，或为盗妾，或为盗奴。最后蒲伏者为一盗女，伶俜弱质，楚楚可人。捷三颇怜之，霁颜下问。女郎据实禀告，乃知此女非他，即堂堂太守之故媳，赫赫富翁之爱女，姓翟名珠姑是也。

珠姑曷为入盗手，并曷为作盗女乎？是不得不述珠姑五年之历史，以释阅者之疑。翟氏多财，夙为强徒所垂涎。第以设肆省城，巡防严密，不易下手。会闻翟女嫁期，私幸有隙可乘。遂于成婚之夕，买棹而来，改装混入。灶下之火，房中女儿箱之飞去，皆盗为之。劫物不足，并掳新嫁娘。下舟鼓棹，徐徐而去，彷佛为迎亲者然。是时翟家方急于救火，不遑兼顾。防兵营弁，亦为祝融氏所羁绊，未及逻察。而志得意满之大盗，竟扬长出水城门而去。

翟女珠姑，既陷入盗窟，盗魁目其艳，将妾之。珠姑誓死不从。盗妻某，半老徐娘也，曩亦被盗所劫，迫为盗妇。至此闻盗又将妾珠姑，陡生醋意，出见盗，亦将与盗拼命。盗魁为两姝所窘，一片雄心竟难自主，不得已将珠姑付与其妻，为缓日染指之策。盗妻引珠姑入室，见其泪痕界面，愁晕侵眉，翠钿飘零，乌云缭乱，不禁由妒生怜，由怜生惜。婉问珠姑生世，珠姑泣陈大略，盗妻慨然曰：

---

① 渠魁：首领；头领。

“汝毋恐。彼若胁汝，我将以血溅之。”珠姑即敛衽再拜曰：“是不啻我再生父母也。”遂呼盗妻为母，盗魁为父。而盗魁之心犹未死，尚欲一近禁脔。盗妻则呵斥之曰：“子虽为盗，然乌有父奸其女者？”盗魁无以应。于是珠姑得以完璞，稍稍相安矣。

居数载，珠姑颇得自由。惟思亲之心未艾，时欲通一消息。乃索居无可达之邮，扪心乏能书之字，咨嗟终日，郁郁寡欢。因此积忧成病，日致瘦削。盗妻调护维持，未尝少闲。而珠姑之病终不减，常语盗妻曰：“母恩可感，然儿在此如居虎口，恐将不起，有负母德多矣。儿自悔幼年不读书。”盗妻曰：“读书何益？”珠姑曰：“读书则识字，识字则能作书。自被掳至此，行将数年，遥忆高堂，如隔尘世。若得一通音问，虽死何憾？奈胸无点墨，徒抱隐忧，儿死不瞑目矣。”盗妻曰：“妮子何痴哉！汝即能书，谁肯为汝作青鸟[①]者？无已，我当为汝图之。汝其静心调养，苦极甘来，不患无偿愿时也。”珠姑心稍慰，病乃渐瘳。日望盗妻之代为设法，而不知盗妻之言，亦不过权词慰藉，非真能见诸实行也。不意侬疾如故，逻骑遽来，而盗窟中之数十百人，俱受絷而逮诸惠郡。

弱质无辜，两遭絷缚，神魂之惊怖，不待言矣。幸而黄堂太守，本是故翁；白发老亲，居然重聚。过去之忧患以终，而未来之难题又起。孙氏子娶妇，已有日矣。缘结三生，物难两大。有以处珠姑，则无以处孙妇；有以处孙妇，则无以处珠姑。翟固踌躇莫决，孙亦智虑两穷。珠姑乃长跽而请曰：“儿以淑质，陷身犬羊之窟，虽得脱，亦无面目见夫壻。惟长斋绣佛，以终天年而已，两大人无过虑也。”捷三曰：“贤哉女！虽然，犹须三思。得女如此，不获为我媳，情亦奚堪？”成福乃喟然叹曰：“命矣夫！术士之言，其果验乎？”捷三问其故，成福历历告之。还询珠姑，珠姑曰：“翁而怜儿，顺遵父命。”捷三曰：“古有英皇[②]，今

① 青鸟：神话传说西王母有三青鸟代为取食报信。借指传递书信的使者。

② 英皇：帝舜二妃女英与娥皇的并称。

粤俗亦有平大之说，行之无妨也。”议乃定。

南归燕子，重效于飞。孙郎竟得二乔，乐何如之！捷三令两媳以姊妹相称。孙氏妇初犹未怿，幸珠姑贤淑，卑以自牧，于是闺房之内，式好无尤矣。越月，盗魁以下皆伏法，其妻孥交官媒鬻赀充公。惟盗魁之妻，以庇护珠姑故，为之筑庵赡养，以终其身焉。

成福居惠州月余，挈珠姑归宁，孙郎亦与焉。甫抵家，适其妻分娩，询之，男也。既庆珠还，复得麟产，阖宅大喜。翌日，张筵鼓乐，贺客纷纷。术士亦在座，语成福曰："此即翟翁行善之报也。"语毕，合座鼲然，成福亦大笑称谢云。

阅者曰：《易》有之："慢藏诲盗，冶容诲淫[①]。"彼翟家之被劫，及翟女之被掠，虽曰奇变，亦诲盗诲淫有以致之也，岂尽关乎命数耶？虽然，命亦非全无凭者。观翟女之命当作妾，经无数之波折，而仍作小星，是其间若固有命存焉。不过天定胜人，人定能胜天。翟女非誓死不辱，则将降而为盗妾。巢覆以后，宁有完卵？其父若非行善，则完璧亦成虚望，遑期产男耶？始祸之，终福之，是之谓能造命。

① 慢藏诲盗，冶容诲淫：语出《易经·系辞上》。指收藏财物不谨慎，引起盗贼偷窃；或妇女衣着太暴露，容易引起坏人的邪恶心思。

江　生

有情人都成眷属，此为人生最满意之际遇。然天下事类多缺陷，才子未必偶佳人，佳人亦未必偶才子。凤逐鸦飞，鸡与鹤伍，局外犹视为不平，当局无论已。就令才子佳人，果谐姻好，而天心偏为之反对，若成之，若忌之。卒令美满姻缘，变为镜花水月。人孰无情，何以堪此？著者不忍述伤心事，但以目所睹、耳所闻，往往遘此离奇之惨剧，不忍述，而又不忍不述。笔数行下，泪痕涴青衫矣。敢志其颠末，为才子佳人哭，亦为义夫烈妇哀。

前清有江生梦花者，鄂人，曾究心举子术。天资颖悟，材思横溢，十四入邑庠，十九领乡荐，声名藉甚。同里多欲妻以女，江不顾。友人强劝之，江曰："予岂愿终身无偶者？但与其草率，毋宁慎重。佳人不可多得，不得佳人，宁终鳏耳。况予幼失怙，堂上只有老母，倘娶一不贤之妇，勃溪[1]诟谇，转足伤老母心，而重不孝罪。予之所以迟回审慎者，此也。"越二载，诏停科举，朝政纷更。江喟然曰："天下将乱矣。科举之弊固深，学校亦宁遂无弊？无已，其惟习军人学乎！"乃投身汉江陆军学校中，执弟子礼焉。

入校年余，同学多徒习军事之皮毛。而江生则本末兼顾，尝语同学曰："校中诸课程，皆末务耳。虽一一熟习，亦不过一偏裨才，非专阃选也。昔狄武襄[2]读《左氏春秋》，卒建殊绩；岳忠武谓"运用之妙，存乎一心"，故战无不胜；梁夫人并未尝习军学，黄天荡一战，能亲执桴鼓以败金人。将略固在彼不在此也。"同学曰："然则子胡为来肄业乎？"江生曰："予以为学校所授不止此，故贸然而

---

① 勃溪：亦作"勃豀"。吵架，争斗。

② 狄武襄：北宋名将狄青，谥号武襄。

来，今乃知此亦无能为也。不揣其本，徒齐其末，鳃鳃[①]然欲与欧美争胜。犹子舆氏所谓‘缘木求鱼’耳。”同学又曰：“子胡不去？”江生曰：“我固将去矣。”同学犹评笑不已。江生愤而出，信步而行，竟达江皋[②]。

秋水长天，四顾一碧，日曛曛兮欲暮，云淡淡兮生烟。时有一人踽踽独行，彷佛屈大夫之行吟泽畔，绝无聊赖者，即江生是也。江生此时，既无定见，亦无定向。惟注目水乡，默数雀舫[③]之往来，以为解愁之计。少顷，夕阳将下，江转身欲返。忽见有一舟飞驶而来，舟中坐一老丈、一少女。老丈精神矍铄，年可六十许；少女则丰姿艳世，衣缟衣，曳素裳，青女素娥[④]不啻也。江生阅人多矣，未见有如斯美艳者。邂逅相逢，目为眩，心为迷矣。

江生方注视女郎，目不转瞬，忽背后有一人呼曰：“梦花君，汝在此恭迓洛妃[⑤]耶？”江生经此一呼，方觉此身尚在江皋，回眸视之，呼者非他，乃同学中之徐生也。徐与江最为莫逆，居同食，出同游，学问亚与江，而志趣颇与江相似。适见同学评笑江生，意亦为之不怿。寻见江生出室，意谓其在近处散步，拟蹑迹往劝，共写牢骚。乃遍觅校旁，毫无踪迹，遂亦信步至江皋。江生方欲与语，而徐生竟往迓来舟。但见舟已抵岸，老者挈女郎登陆。徐生先诣老者前行礼，继复与女郎周旋，恍惚闻有“素妹”二字。仙骨清芬配小名，江生之心，益倾倒不置。

徐生与老者作别，仍还就江生，见江生犹以目送女，即手抚其肩曰：“目灼灼似贼，胡为者？”江生闻言，始赧然，久之乃曰：“君与此老者家，是否亲属？”徐生曰：“此予族叔也。”江生曰：“女郎为谁？”曰：“即予族妹。”江生闻之，不禁眉飞色舞，继又作踌躇状，问徐曰：“此女已字人否？”徐生曰：“予

---

① 鳃鳃（xǐ xǐ）：恐惧貌。

② 江皋：江岸，江边地。

③ 雀舫：古代形似鸟状的游船。

④ 青女：传说中掌管霜雪的女神。素娥：白衣美女。指月宫仙女。

⑤ 洛妃：传说中的洛水女神宓妃。

与族叔别有年矣，不知其曾否字人也。日旰矣，不如归休。人家女郎，字与不字，与吾侪无与焉。”江生尚流连未舍。徐生曰：“意中人已去，留此何为？”遂揽江生手，同返校中。

返校后，江生犹絮问不休。徐生曰：“予腹枵矣，晚餐后，与君细谈未晚也。”既而晚餐已毕，徐生乃与述女郎家世。女郎名素琴，其父名畹侯，先世曾出仕，至畹侯始弃儒就商。母郑氏，故大家女，通文墨，解吟咏。仅生子女二人，子亦承父业，设肆于汉皋，家居距汉皋百里。畹侯年已老，以商肆授其子，归养于家。至是女母新丧，畹侯因家居无聊，乃挈女来汉，藉资消遣。徐生素往来该肆，明知此老择婿甚严，以致女年二九尚在未字。前对江生之言，不过以之为戏，令其焦急耳。镜台待聘，终当适人。徐生素钦服江生，亦愿作撮合山，为联二姓之好。是时倾谈半夕，靡情不吐。江生且长跽以请，浼徐速为月老，徐即慨然允之。

翌日，适遇休沐期，徐生遂往，至午后始归。时江生已望眼将穿矣，见徐生，即以成否问。徐生曰：“尚未尚未。”江生忧形于色，徐生曰：“君胡急急若是？君读圣贤书，宁不读丧礼？族妹现遭母丧，安得为君废制？”江生曰：“君责我甚当，但恐稍纵即逝。得一季诺[①]，待释服成礼可也。”徐生曰：“余固与族叔言之矣，族叔非不欲婿君，惟以女遭新丧，非来年不能开议耳。”江生曰：“日月逝矣，岁不我与，予安能郁郁长居此乎？”徐生曰：“为百年眷属计，顾欲以一旦成耶？君毋躁，有徐某在，终当为君成之。”江生始无言。自此徐生常往来族叔肆中，及后竟与江生同往。两情相投，竟谐婚议。

时光易逝，弹指两年，江、徐两生俱卒业。试毕揭晓，江冠军，徐次之。同学皆就贺。江生曰：“纸上谈兵，何足济事；空中试枪，安能怯敌？此徒欺人欺己之举耳，予所喜者固不在此也。”同学有知其与徐氏婚者，谑江生曰：“君之

---

① 季诺：完全能兑现的诺言。楚国游侠季布重义守信，季布的诺言简称“季诺”。《史记·季布栾布列传》：“得黄金百斤，不如得季布一诺。”

所喜，在一矢破的尔。舞台将筑，正鹄待悬，请君日夕试行，不负一番作合也。”江生一笑而罢。是年冬，江生归家，禀诸老母。因女家服阕，择日行纳币礼。届期，俱由冰上人为之传达。红叶谐题，良缘已缔。并双方交换摄影，以作证物焉。

纳币礼成，继以纳吉，亲迎已有日矣。忽江生之母，中寒患病，医药罔效。江生夜不解带，侍老母疾；且日夕祷天，祝母速痊。无如修短有数，非人力可以挽回。孝子之计已穷，堂上之病加剧。迨徐生奔至，登堂省亲，而江母已即弥留，第就枕上敛衽相托而已。未几逝世。江生一恸几绝，赖徐生力为劝慰，乃扶杖而起，料理丧事。有劝其乘丧纳妇者，江生曰：“此敝俗也。人子居丧，哭泣且不暇，乌有苫块之间，作交拜之礼庐者？予虽不孝，背亲违礼不为也。”并与徐生约，展缓亲迎期。徐生即达其言于族叔。徐老固以礼自闲者也，嘉江生孝，允缓爱女婚。

三载服阕，再筮婚期，决以小春之月，行成婚礼。不意中秋甫屈，鼙鼓传来。军兴汉水之滨，响应钟山之麓。警信所播，人民大震。江生叹曰：“命矣夫，命矣夫！婚期又恐难如约矣。虽然，男儿当立志报国，宁可恋恋于儿女情耶？”遂投袂而起，整装出发，将投身军界以展所学。方欲起程，而徐生已至，谓：“族叔畹侯，拟避难沪上。因恐婚期愆约，特令君至沪上成婚。”江生曰：“令叔已去沪否？”徐生曰：“今日治装，明日动身。”江生曰：“可否引予一见？”徐生曰可。两人遂买舟一棹，驶至汉皋。

畹侯自挈女赴汉后，久寓肆中，不愿言归。此时因警变猝乘，遣其子归家接眷，将同赴申江。自己则摒挡行李，静待子妇。会徐、江二生踵谒，畹侯延入。翁婿叔侄，相见一堂。徐生先启口曰：“叔父起程之期，想不远矣，侄与江妹倩特来送行。”畹侯曰：“待子妇到此，即拟下轮。”随语江生曰：“吉期伊迩，无端变起，殊可叹也。昨遣族侄代达鄙意，谅已接洽。兵祸若一发即弭，仍拟回里成婚，否则请来沪渎。汉沪不远，往来尚便。但期无嫌简率耳。”江生曰：“外舅高年，理应暂避。若子壻则丁此祸乱，似宜负殳前驱，为国效力。现拟投身军伍，藉展素襟。其济则丈之庇也，壻之幸也；不济……”畹侯不待辞毕，即阻之曰：“此意殊可不必。兵为凶器，战为危机，冒险胡为者？”江生曰：“乱世出英雄，能冒险斯能进取。若生无益于世，死无闻于后，非壻之志也。”畹侯再三劝阻，奈江生之志已决，不欲从命。畹侯独自沉吟，徐生趋畹侯前，耳语良久，见畹侯有难意，旋乃颔之，竟返身入室。

俄而畹侯复出，背后随一女郎，姗姗而来，螓首[1]低垂，蛾眉微蹙。红泛桃花之颊，泪揾秋水之眸。脉脉含情，沉沉无语。江生睨之，即其未婚妻徐素琴也。畹侯引女前，命与江生为礼。女愈含羞意，只俯首拈带而已。徐生语女曰：“妹乎，佳耦在前，胡常作此羞涩态？妹岂不知今日之世，为文明之世乎？儿女态可从省也。”此时江生已起立，女乃稍稍近前，身随磬折。江生亦亟还礼。两人相对，仍嘿[2]不一言。徐生曰：“江兄江兄，平日高谈阔论，旁若无人。今乃为一未婚妻所窘，毋乃赧颜。自怯若此，尚欲临敌耶？”江生被激，益期期不能出口。最后只言“素妹自珍”四字。徐生乃代述江意曰：“江兄欲从军，妹意何如？”女微答曰：“班侯投笔，祖生击楫，英雄所见，本自不凡。儿女子何敢参议？虽然，……”语至此，盈盈欲泪，语不成声。徐生意欲再诘，而女已翩然返矣。徐生乃语江生曰：“素妹之意，已寓于‘虽然’二字中，请兄三思。”江生权词答曰：“谨受教。”言毕，抽身欲行。适畹侯子自家来汉，复互为周旋，并为父言“家眷在乡，可以无虞，已代定趋避之所，免致跋涉”等语。畹侯曰：“然则我与若妹，亦不如返家为便。”徐生从间言曰：“叔父老而素妹弱，毋宁迁地为良。若族兄不妨在汉，此处亦有租界，势迫时可以迁往。有西人保护治安，可无虑也。”

---

① 螓（qín）首：喻指女子美丽的方广如螓的额。形容女子貌美。螓，古书上说的一种蝉，比较小，方头广额，身体绿色。

② 嘿：同“默”。

畹侯韪之。议既定，江生揖畹侯，并以一路福星为祝，告别而出。

天地皆秋，草木成愁。春申江上，有美人斜倚虚棂，手持小影，喃喃自语曰："郎乎！天涯地角，极目无垠，汝今果安在耶？"凭窗痴望者久之，继复自语曰："素琴素琴，汝何命苦乃尔？前丧母，继复丧姑，好事多磨，良缘中梗，近复为革命军所阻绝。苍苍者天，曷其有极？"时窗外秋风益剧，如鸣笳，如吹角，若助女之悲感者然。既而有卖报者至，女随取一纸阅之，颜色惨变，几欲晕仆。幸有一雏鬟为之扶掖，乃返寝于床。俄见有一老者入室，女与言，哽咽不可辨。老者取阅报纸毕，亦喟然作叹声。斯何事耶？报中作何语耶？盖汉皋战起，将士多伤。红十字会报告书，被伤之列，有江生在。报中固全载其姓氏者也。

千愁万恨，齐上心头。人非金石，奚堪长此戚戚者？素琴自见此报后，伤心之泪，无日不暗弹枕簟间。有时念及故居，有时忆及汉肆；惟每怀夫婿，则心更如割。忧易致疾，愁足损人。老父畹侯，虽视女如掌上珠，百方劝解。究之严父不及慈母，女子善怀，未便一一倾吐，且恐重伤亲心，强作欢笑容，以博父欢。伤哉素琴，心益苦，病益增矣。容颜憔顇，腰围瘦削。至此而如花如玉之美人，竟成为日尫日瘠之病女矣。"卅六鸳鸯同命鸟，一双蝴蝶可怜虫。"天实为之，谓之何哉？

一日，忽有一少年自汉皋至，趋入畹侯寓室。其人非他，即徐生也。畹侯问故乡情状，徐生答以店已他徙，家亦无恙；惟江生临敌负伤，死生难断耳。畹侯急摇手，已被素琴闻知，自床上急起，揭帐言曰："兄来乎！家乡无恙，独苦藁砧，天也何如，命也何如？"徐生忙曰："江君固无恙也，妹休虑。"素琴曰："兄所言，妹已闻其详矣。大丈夫以马革裹尸，亦复何恨？所难堪者我耳。"徐生视女状，大非畴昔，不觉怅然，复力为慰勉。素琴曰："戚兄厚意。古人云：'亲在不许友以死。'夫妇犹朋友也，宁殉夫而忘父乎？但寸心终未能恝然，明知之而故犯之，奈何？"言已，喉中作咳声，随声而唾，则痰中皆桃红色也。

畹侯见此，色骤变，徐生亦呆立如木鸡。素琴恰对父曰："此瘀血也，吐出后儿胸转快，望父亲勿忧。"徐生乘间劝畹侯，畹侯随问途中情形。徐生曰："长江上下，舟尚可通。惟人数拥挤不堪，舱价几昂三倍。迩闻安庆、九江，俱有变动，一时恐未易靖也。"畹侯曰："如汝言，则目前定不能归家。"徐生曰："然。"素琴复接口曰："父亲年迈，安可于荆天棘地中，遽作归计？儿虽病，当亦无妨。"畹侯嘿然。徐生曰："侄今日来沪，明日即拟返汉。"素琴又曰："兄亦不必遽返。沪汉消息最灵，可去则去；不可去，宁暂留。惟汉皋病院，可否一通信息？"徐生曰："江君处自当函候，妹请放心。"随裁笺作书，写毕，交素琴阅过，即付邮筒寄往。

道途中梗，鸿雁罕通。沪渎之尺书虽去，而汉皋之答复终虚。战耗复日紧一日，各省又闻风响应，沪邑亦遍树白旗。善病工愁之素姑，如上思乡台，如登望夫石。自恨身非彩凤，不能振翼而飞。恹恹床褥，饮泣吞声。逮夫小春已届，仍不见江生书，素琴益觉忧郁。一寸芳心，怎容得许多枨触[①]？盖至是而病已不可为矣。

既而南北议和，战事少定。徐生先返汉皋，贻书畹侯，谓沪汉之道已通，不妨乘轮归里。畹侯于是挈女而返。素琴本早日思归，至是始遂其愿。小住舟中，与老父叙短论长，亦颇解寂。有时倚雏鬟肩，随父登上舱，呼吸新鲜空气，精神为之略爽。屈指四日，已达汉皋。风景不殊，举目有山河之异。但见墙颓屋圮，砂砾满场，风悲日曛，黯然惨悴。蒿目及此，畴不伤心。况在素姑，能不触景生悲耶？既登岸，徐生已买车守候，迓畹侯父女上车，辚辚而去。

是时徐氏商肆，已徙入租界。三人并入肆中，与徐氏子叙别离苦况，彼此太息。惟素琴则系念江郎，悄面徐生细问。徐生语多支吾，最后出一短简示素琴。素琴展诵之，则一笺绝命词也，略云："曩觌芳容，并聆雅教，欲谋报德，用效

① 枨（chéng）触：触动；感触。

戎行。本思建勋立业，为卿光宠，乃阅历未足，枪弹无情，猝受重伤，就医无効。今生已矣，倡随之好，期诸来生。侬实误卿，卿毋再误。言尽于此，千万珍重。”素琴且读且泣，读至末句，泪点已湿透蛮笺，随问徐生曰：“渠尚在否？”徐生半晌乃言曰：“尚在，尚在。”实则江生已于前月逝世，徐生特秘之而未发也。素琴又曰：“兄可导妹至病院，一探病状。”徐生曰：“妹自远来，途中辛苦，缓日亦可往探也。”素琴知其言有诈，佯笑曰：“不必诳我。妹前阅报，已悉江生噩耗，犹望其信之非确也，今果然。自幸尚未成婚，不致终身抱撼耳。”徐生不觉失言曰：“然则妹胡必问我？”言未毕，素琴蹶然起，一恸而绝。

徐生大悔，急与众人施救。约一小时，而素琴复醒，泪如雨下，执父手言曰：“阿父，女不孝，负父深恩。愿父勿以为念。”并谢徐生曰：“兄为冰上人，不图颠沛至此。妹实命薄，累兄奔波，此情此德，愿来世图报。”最后又与胞兄长别，以侍奉老父相托。延至夜半，痰喘交作，两目上翻，第微呼“江郎江郎”四字，而目随瞑矣。呜呼痛哉！江氏尚有家族，仍由徐生介绍，以妹柩与江生合墓。墓上生有连理枝，说者谓为精魂所化云。

阅者曰：读此而不下泪者，必忍人也。虽然大丈夫当以马革裹尸，不当死于儿女子手。江亦雄矣，徐女为江而殉，大节昭然。男女各千秋，于死乎何憾？

苦鸳鸯

沂水朱生，名佩文，翩翩少年也，性倜傥，善诙谑。每当宾朋燕叙时，朱入座，辄笑谈竟夕，阖座为之尽欢。未几丧耦，有来说亲者，朱谓非亲睹闺姿，不便作合。因此媒媪尝导朱往观，往来蹀躞[1]，访艳评花，无一当意者。一夕，又往媒媪家。途中遇一妇，盘高髻，束布裙，妆束不甚合时；而一种轻盈绰约之态，自在流露。不禁目送久之。妇似觉，还以一笑，眉目嫣然，益可爱也。朱尾其后，不数武而妇已至家，入门加键，室迩而人远矣。朱乃踯躅至媒媪家。

媪延朱入，朱启口即询彼妇，并述其美丽状。媪曰："谁家娇娃，令君倾倒若此？"朱曰："距此不远，大约相去只数十家耳。"媪凝思有间，忽悟曰："是矣，是矣。娟娟此豸[2]，果可人也。"朱曰："若我求凰，必如此人，方合吾意。"媪曰："君毋妄想，罗敷自有夫，藁砧不死，曷遂君愿？"朱续问其姓氏，媪曰："渠家姓张，去岁于归，至今才六七月耳。"朱曰："渠夫何名？"媪笑曰："余不甚详悉，但只悉其经商耳。他日当为君往访也。"朱亦笑曰："托媪再访问阎罗，何日渠夫当死？"媪曰："君痴矣。余非夜无常，不能入森罗殿。若欲彼死，只有请君暗杀耳。"朱曰："我杀彼夫，媪能为我撮合否？"媪曰："彼夫果死，撮合何难？"朱以手作刃状，曰："摩厉以须，明日吾当斩若矣。"言毕，一笑而去。

更月余，张某外出责负，经数日不归。其家四出侦觅，得之于野，乃一将腐未腐之尸者也。验之确系张尸，颈上有刀痕二。亟鸣诸官，官查勘得实，察妇有艳色，

---

① 蹀躞（dié xiè）：往来徘徊。

② 此豸（zhì）：谓体态婀娜妖娆。

疑妇不贞，欲拘妇至署。张有老母，谓："此妇入门，束身颇谨。料不至有桑中[1]行，请毋疑。"官曰："汝不欲伸子冤则已，欲伸子冤，则汝妇固嫌疑犯也。匪经审讯，何由缉凶？"张母曰："然则待治丧后，再令到案，可乎？"官允之。未几，治丧毕，由署役传张妇到案。

妇既至署，官即坐堂详讯，问妇有无外遇，妇矢口不承。官又多方诱供，妇乃答言某日探亲，归途遇少年事。再诘妇以少年姓名，妇不能答。官大疑，加以搒掠。妇末由臆造，第宛转哀啼而已。官不得已，拘妇于狱，饬役访缉少年。以不知谁何之案犯，而欲令茫无学识之役隶，捕风捉影，何由破案？官之颟顸，已可见一斑矣。忽一日有少年入署，自陈遇妇是实。询之，朱其姓，佩文其名也。

朱投案，历述当日事，不少讳。并言当局无罪，不劳拘牒。官因其供涉媒媪，又传媒媪至，媪备述戏言。官怒曰："杀人犯已经确凿，何得图赖？"朱曰："余果杀人，早已匿迹他方，宁有出而自首之理？"官曰："据汝言，则汝本无罪，何必自首？"朱曰："张被杀，自有凶手在。为官长者宜设法侦探，得正当之罪犯，以雪沉冤。安能茫无端倪，第拘一嫩弱妇人，监禁狱中，使之无辜受罪耶？予之所以投案者非他，盖我一日未至，则妇一日未释。狴犴[2]之间，视性命如鸿毛，予固不忍彼妇之横遭缧绁也。"官闻言，老羞成怒，令役提妇出，叱妇与朱生有私。妇极口呼冤。官大怒，饬施鞭扑。朱在旁，见妇娇怯哀鸣，不胜苦楚，便大呼曰："三木[3]之下，何求不得？彼细嫩，不任苦刑。既加之虐，又被以不节之名，纵鬼神无知，予心何忍乎？我实供之可矣。欲杀夫而娶其妇，皆我所为，妇实未之知也。"官狞笑曰："子狡赖，宁能逃我手？我固以善折狱闻者也。"遂以奸

---

① 桑中：《诗经·墉风·桑中》："云谁之思？美孟姜矣。期我乎桑中，要我乎上宫，送我乎淇之上矣。"后因以指男女私奔幽会之处。

② 狴犴（bì'àn）：传说中的一种神兽。形似虎，好讼。古代在牢狱的大门上画着狴犴的头形。后用作牢狱的代称。

③ 三木：古代加在犯人颈、手、足上的三种刑具。

杀罪定谳，详诸上司。上司饬押解至署，再审无异词，乃拟定死罪如律。

案既定，朱惟延颈以待秋决，无再生望矣。会司刑者以事去职，另易新任，夙有干练声，于冤狱向多平反。莅任后，细阅案牍，见此案不无可疑，遂提人犯再审，朱生称冤，张妇亦称冤。新任官故笑曰："此罪犯故态耳，易一官即思翻案。岂前任皆愦愦，而后任必察察耶？"朱生犹力辩其诬，官曰："汝既自承，何必再赖？汝即无杀人罪，而罪亦未尝不巨。好色一罪也，戏言二罪也。有此二罪，死宁屈汝？"朱乃无言。官仍命系诸狱，随出示街衢，大书朱某罪状，将以某日明正典刑。彷彿有"刑人于市，与众弃之[①]"之遗意焉。

决囚之日既届，官署旁人迹不绝。有代朱叹息者，有为妇咨嗟者，聚议纷纷，莫衷一是。乃迟至晌午，而署中寂然；又迟至薄暮，而署中又寂然。闻者咸惊异之。次日，自朝至夕，仍不见决囚影响。又越日，署外有一人得得而来，问役以何日决囚。役诘之曰："汝为朱生亲属乎？"答曰否。又诘之曰："汝为张妇亲属乎？"亦曰否。役曰："然则决囚不决囚，与汝何涉？"其人曰："我疑贵人善忘耳。不然，胡既明白张示，而复再三延误耶？"役见其目动言肆，拘之入署，其人益战栗不可名状。官见之，即拍案厉声曰："杀张某者汝乎？"其人不肯承，而言词已涉支吾。搒之，始服其罪。盖其人姓龚名标，素无赖，见张索负归，意腰橐必富，遂杀之而越其货。继闻朱诬服，决囚有期，窃自喜；后以囚延不决，又窃自危。危喜交迫，遂日至署旁探问，而不意适中有司之计，竟得此罪人而反冤狱也。

不宁惟是，先期官羁朱生、张妇于一室，窃觇二人情状，但闻张妇泣，朱生亦泣。张妇叹曰："天乎，冤哉！令我至此。"朱生应之曰："我与汝毫无私情，仅一面之缘，迫我以死，想必前生造有冤孽，致遭此劫耳。汝冤我更冤，然我恰不汝怨也。"张妇曰："汝非杀人犯，胡为诬伏？"朱生曰："汝以娇嫩皮肤，

---

① 刑人于市，与众弃之：语出《礼记·王制》。在人多的集市上对犯人行刑，使百姓唾弃他。指对犯人执行死刑，是为了杀一儆百。

横遭惨毒。我非木石，能不见怜？况人生百年，终归一死，为汝诬伏，省汝多受苦楚。余虽死，亦瞑目耳。”张妇曰：“冤哉，冤哉！谁为凶手？令我死，尤令汝死。”朱生曰：“死而无知则已；死而有知，予必邀汝殛凶手。”张妇曰：“如汝言，汝固确非杀予夫者。承汝厚意，愧无以报。”朱生曰：“汝既明予心迹，尚何遗憾？”自此两人各无言，惟叹声、悲声，相属不绝而已。官知两人无私，不欲令其招摇过市，故一再延宕。及罪人斯得，而两人乃被释出狱。

出狱后，复偕至堂上。官霁颜语两人曰：“微我，汝两人早入枉死城矣。”并戒朱生曰：“汝此后毋渔色，毋好谑。如此幸事，可一不可再也。”朱生叩谢，张妇亦叩谢。官曰：“毋然，予尚有后言。”随问张妇曰：“朱生为汝投案，为汝诬伏，险遭不测，汝其知感否？”张妇低声曰：“知感。”官曰：“汝为寡鹄[①]，彼为鳏鱼[②]，以其所有，易其所无，汝可愿否？”张妇羞晕两颊，俛首不答。朱生恰跪禀曰：“以假作真，益招物议。公虽有命，小子窃未敢从也。”官微哂曰：“汝亦太狡猾哉！昔非汝所有而欲取之，今为汝所有而反辞之。有我在，作汝撮合山，可无恐也。”朱生、张妇，乃再顿首谢，携手而出。

越数日，置龚标于法。而朱生、张妇，即于此日行合卺礼。石莲耐苦，谏果回甘[③]。相携入锦帐中，疑幻疑真，为云为雨，不知东方之既白。

阅者曰：此与《聊斋》中《冤狱》一则相似。而革除迷信，劝戒世人，则此篇尤有力焉。朱生一戏，张妇一笑，几堕于陷阱中而不能脱。然卒得平反之狱官，为之洗释，且与撮合。天不负苦心人，信哉！标目曰“苦鸳鸯”，可为情天中一补缺憾云。

---

① 寡鹄（hú）：丧偶的天鹅。用以比喻寡妇或不能婚嫁的女子。

② 鳏（guān）鱼：即鲩鲲。又名鳡鱼。因鱼的眼从不闭上，所以比喻愁思不眠的人。谓郁悒不寐。喻无妻独居的成年男子。

③ 谏果回甘：谏果，橄榄的别名。橄榄之味苦酸而涩，食久味方回甘，如忠谏之言，虽逆耳，而于人终有益。此处比喻苦尽甘来、先苦后甜。

谋婚案

前清有河督栗朴园者，山西浑源州人，名毓美，以政声著。身后易名，曾谥“恭勤”，固一代良臣也。年未冠时，为同学子所诬，几以谋杀案毙狱。幸其后得雪，后以拔贡[①]登仕籍，由县令洊升至河督。生平自述冤诬事，每流涕太息。故莅民后，每审讯案件，必熟访周咨，始敢定谳。政绩之彪炳，为由来也。阅清史轶闻，始详悉其本末焉。

栗幼孤，家又甚贫。童年好学，苦乏修脯资。赖同里某明经[②]，爱其颖慧，令从游，不索修金。栗事师如父，执弟子礼弥恭，且昼夜勤读不少懈。越数年，学业大进，师甚嘉之。师有子女各一人，子愚蠢，年二十，犹不辨菽麦。女则年未及笄，容已绝世，有所指授，一学即能。以南威[③]之色，兼道韫之才，见之者尝称为不栉进士。师亦如爱掌上珍，欲择一佳婿，以补豚儿之缺陷。作合者屡有其人，师则概未之允。盖师竟之所属者，虽未明言，而在明眼人窥之，固不问而知为栗朴园也。

栗志在攻书，守董生目不窥园之旨，虽淑女当前，未尝有意好逑。而师则微露以言，栗闻之，女亦闻之，两情颇相洽也。顾栗以家本寒素，非青云得路，不敢妄觊红妆。故玉镜之台，迟久未下。师亦姑如其志，不少强焉。第师子粗陋性成，好与栗为难。栗有时宿书斋，与师子为伴，遇事必优容之。师子以栗易与亲而益狎，栗亦隐忍不校。至万无可忍时，始和颜规劝而已。会时当初夏，天气骤

① 拔贡：清代一种选拔人才的制度。由学政选拔秀才中文行兼优的人，贡入京师，称为“拔贡生”。待会试、廷试及格后，入选者依成绩优劣分成一、二、三等，以七品京官、县官、教职任用之。

② 明经：明清时对贡生的尊称。

③ 南威：亦称“南之威”。春秋时晋国的美女。

暖，栗所寝之床，与窗相对。师子以开窗可以纳凉，欲与栗易床而卧。栗初不允，师子顿足曰："是明明为我屋。尔一寄生虫，乃谋占我窗前席耶？"不待栗允与否，遽将栗之衾席移至己床；复以己之衾席，移至栗床。晚餐毕后，即开窗高卧。栗无如之何，寄人篱下，不能自主，至此惟自悲命蹇已矣。

夜静更阑，栗方阅书毕，闻师子有鼾声，恐其冒寒也，为之闭窗，息灯而卧。初就枕，心摇摇不能寐，既而微倦。恍惚闻屋上有足音，疑为猫鼠，不之察。俄自屋上坠一物，铿然有声。师子复鞹然大呼，音悲且恻。栗惊起，急敲火烛师子床，刃贯其胸，血殷床席。抚之，气已绝矣。大骇而号。师出，见子惨死，不禁大恸。毛里[①]之情，非他人所可比。况仅此一脉，忽被斲丧，能无悲痛交加耶？由悲生悔，由悔生嫌，易床之证，视为离奇。既诘栗以失顾，复疑栗以有心。栗几百喙莫辨。忽仰视屋上有穴，隐隐露光，遂指视其师曰："此明明外来贼也。学生文弱，乌能从屋上钻穴？况曾受师长厚恩，宁有手刃师兄之理乎？"师曰："天下非无负恩亡义者。子即不尔，亦不能辞为嫌疑犯也。"再断断答辨，师愤曰："毋然。子既不手刃吾儿，何辨为？"

翌日，同学闻耗，咸来探望。师与言亡儿惨状，彼此各无言。中有某甲，攘臂而前，曰："谁与师兄同伴者，责无可诿。且无故易床，更有可疑。莫怪同学无情，谋杀之罪，不宜徇隐也。"栗愤极，与之辩。某甲曰："禀官澈究，自当水落石出。"遂不俟师命，即代师缮禀，径至州署投递。栗亦自行投案。由州牧审讯数语，即亲往查勘。师请官严究凶手，某甲并指何凶手为栗朴园。官回署，即覆讯之，栗不认杀人罪。官执定易床之嫌，强迫令供。栗以易床本师兄意，官不信，斥为捏造。连讯数次，栗终呼冤。胡涂州牧，不加详察，遽以酷刑加之。三木之下，何求而不得？栗又家贫，无以贿署役。嫩皮肤横遭棰楚，求生不得，

---

① 毛里：喻父母之恩。语出《诗经・小雅・小弁》："不属于毛，不离于里。"

愿以一死谢师恩。于是含冤诬服，暂寄囹圄。可怜白面书生，羁沉狱底，几终身无生还望矣。

某甲既陷栗于狱，即遣冰人造师门为撮合山，并愿养师大妇终老。甲本纨袴子也，少年家裕，第学问不及栗远甚。师以甲为子伸冤，并终身可靠，遂违初意许之。议既定，指日成婚。六礼既备，百两盈门，攘彼婉娈，作我眷属。某甲之喜可知也。女本以栗好学，颇愿相攸，迨因杀兄之恨，亦怨栗为仇雠，置诸脑后。同牢合卺，式好无尤。由尤加意缱绻，备极燕好，温柔乡中，固不知有犴狴[1]冤也。

天道昭彰，无恶不报。某甲既成婚弥月，情钟伉俪，乐而忘情，且饮酒微醺，睠注红颜，自不转瞬。女曰："汝眈眈何为者？岂缔婚月余，犹未细阅耶？"某甲微哂曰："费尽心血，乃得娶卿。"女不解，细诘之，某甲笑而不答。女曰："一夜夫妇百夜恩。我与子结为夫妇，已匝月矣，何事不可言，而尚守秘密耶？"某甲曰："实告卿，汝兄之死，乃我杀之也。"女曰："汝非盗贼，安能杀我兄？"某甲曰："我嘱盗杀之。"女曰："汝杀我兄何为？"某甲曰："汝父之意，非欲将汝字栗某耶？我为汝故，欲杀栗某，不意误中汝兄，此亦汝兄命数使然，不能专为我咎。栗某近虽未死，然案谳已定，秋决有期，彼死已足偿汝兄之命。我与卿可安乐终身也。"女闻言大惊，佯为欢笑，劝尽数觥。某甲益醉，颓然酣卧。女彷徨终夕，不复成眠。天微曙，竟藏刃于怀，启门而出。

时州牧已他调，继任者为别一州牧。女出门赴署，上堂击鼓。官即升堂，女前跽，详告其夫戕兄事。官即饬役拘某甲，某甲方自黑甜乡归，不意其身之罹于法也，姑随役至署。上堂时，官诘以贿盗杀人，甲不肯认。唤其妻对质，甲犹抵赖，诬妻为疯。官令暂拘禁所，命干役密拏原盗，一日即获。诱盗吐实，作为确证。某甲无可讳，乃尽吐其实。谳既定，释朴园，以某甲并盗抵罪。女泣言于堂

① 犴狴（àn bì）：即狴犴。

曰："吾为兄故，出首本夫，并雪栗君冤。前生孽缘，今生偿债，夫复何尤？所难堪者吾父母耳。吾兄已遭毒手，吾身又误比匪人。吾今日死，无以侍父母；吾今日不死，复无以质神明。已矣，已矣，父母之恩，期报来生，今则无复望矣！"言至此，见朴园在旁，顾与之语曰："栗君栗君，请休怀前恨，妾愿以父母托君。"栗方欲有词，而女已手出白刃，向喉刺入，血溅堂柱间，霎时仆矣。栗既由女得释，并见女惨烈状，掩面呜咽而出。

越二年，栗即以拔贡任县令，迎师夫妇至署，事之如父母。又奉女木主[①]，置诸室，朝夕申瓣香焉。及为河督时，师夫妇相继殁，仍岁时致祭。至敬礼栗生，则终身不辍云。

阅者曰：冶容诲淫，自古有训。栗公以一女子故，几至身遭不测，冤诬莫伸。尤物之害人，大矣哉！幸女明大议，背夫鸣冤，始得脱罪。栗之敬礼终身，宜也。顾于此亦可以见栗之厚道矣。李辑《先正事略》[②]，详其惠政，未及此事，得是篇以补入之，未始非阐隐扬幽之一助云。

---

① 木主：木制的神位。上书死者姓名以供祭祀。又称神主。俗称牌位。

② 《先正事略》：即《国朝先正事略》。是清同治三年（1864 年）李元度编撰、曾国藩作序的一部清朝人物传记书，共六十卷。

儿头案

淮北多盗，抢劫之案，时有所闻，报县者不绝于途。桃源、宿迁、睢宁等县，盗尤炽。缉捕虽严，什不获一。盖彼地之为盗者，技击皆精，又居止无定所，捕役无由侦缉。即明知盗踪所在，亦不敢轻入虎穴。宁受官刑，莫撄盗锋，此为该数县捕役之不二法门。以此历任宰官，无术可施，唯得过且过而已。居民知官吏之无能为，或团结村落，互相守望，始得稍安，否则鲜有幸免者。

前清光绪年间，有邑侯某来权宿迁篆。闻盗风之素盛也，慨然以除虣[①]安良为己任。下车时，即召集全班捕役，谕以振饬精神，毋怡毋弛，违者罚无赦。捕役各唯唯听命，然亦不过视为具文而已。盗案累累，仍无一破案。某大令愤甚，严行追比，小则鞭笞，大则斥革。群役颇苦之，间或拘一二小盗以塞责。而盗党之惎大令也，遂因是日甚。

某大令仅生一儿，年幼穉，甫离襁褓，牙牙学语，大令甚爱之。一日，儿随乳媪出游，距县署约半里，地稍僻静，行人寥落。其间颇得山水乐趣，儿虽幼，流连景色，不忍言归。乳媪以天时未晚，姑顺儿童性，小作勾留。不意突来暴客，手扑儿颈。一声怪响，儿首已不翼而飞。儿颈圈及锁片，俱黄金制成，亦随儿首而逝。呜呼！稚儿何辜，遭此毒手。是盖由金饰品之足以诲盗，而又因邑令之为盗忌，借此以泄其恨也。

媪目睹惨状，始而战栗，继而哀号，日暮途穷，无以为计。欲逃则将疑其通盗，欲归则又无以见主人。忽抚尸而叹曰："逃亦死，归亦死。与其死于逃，不

① 虣（bào）：同"暴"。暴虐。

如死于归。死于逆，终身蒙不白之名；死于归，则问心无愧，尚可以答主人恩。”遂决计负尸还，白邑令，跪陈颠末，愿以身殉。邑令一恸几绝，继而眦欲裂，发欲竖，大呼“杀盗”不止。旦叱乳媪入，毋速死，待捕盗后再议。媪入，邑令升堂，飞召通班捕役，谕之曰：“盗如此横行，尔辈尚目视无睹耶？若不获此盗，匪特无以对亡儿，抑且无以对万民。尔思该盗对于本县，犹猖獗至此，况民间乎？限尔等数日，缉凶手到案。不尔，毋后悔。”捕役等各连声应诺而退。

鸿飞冥冥，弋人何篡[①]，此正各捕役惶急事也。全班会议，皆束手无策。旋思县中有捕长，充眼线有年，以干练闻。近虽因老乞退，为救急计，不得不与商。乃齐诣其门，请助臂力。故捕长初未之允，经捕役跪求，乃诺之。某捕长故盗魁也，因悔过，愿充捕头以赎愆，连破数案，即托疾引归，杜门养疴。至是从捕役请，先往遇害处勘验，继回署报告邑令，谓“此系某剧盗所为，捕之非易；如必欲逮案，尚可设法，惟到案以外，概不负责”云云。邑令诺之。某捕长乃出署，众捕役欲随之。某摇手，且微笑曰：“此盗岂诸君所缉？诸君随行，徒丧性命无益也。不如拚我老命，孑身一往，或得偕此盗到案耳。”众惧而退。某捕长乃扬长而去。

踽踽独行，直入虎口，某捕长之胆技，不问可知矣。既至盗巢，投刺求谒。俄而有一长髯丰颊、颀躯炯目者出迎，揖而入，与某捕长叙宾主谊。某捕长语之曰：“别来无恙乎？”曰：“然。”曰：“君知我来意乎？”曰：“知之。此固余弟兄所为也。”招凶手出，与之通问，并表明行凶意；且坚请款留一夕，俟明日偕行投案。捕长欣然许诺。是夕，大张筵席，延捕长上坐。捕长辞，强而后可。斟酒甫毕，即献餐，首肴即儿首也，面目模糊不可辨。而捕长一揣即得，毫不介意。主座者袖出匕首一，短而利，闪闪有光，削儿首肉，置短匕锋巅，随语捕长曰：“此物不多得，敢敬赠一脔。”言未已，即觑准捕长面，脱手掷去。

---

① 鸿飞冥冥，弋人何篡：冥冥，高远；弋人，射猎的人；篡，获取。大雁飞向远空，猎人没法得到。比喻隐者远走高飞，全身避害。出自汉·扬雄《法言·问明》：“治则见，乱则隐。鸿飞冥冥，弋人何篡焉？”

捕长从容不迫，张口接匕，匕尖入口，以齿衔之，复随口喷出。一道寒芒，掠主座而过，中于屋梁下架之横柱间，作摇曳状。盗见之皆咋舌。主座者乃改容致敬，并拱手申谢曰："与君阔别多年，曾闻君功成身退。今日有缘重会，见君技，更逾当时。既不忍违公义，复不忍害私人，高情厚谊，钦佩靡涯矣。"于是易以盛馔，佐以佳酿，觥筹交错，主客尽欢，直至更阑始散。翌日，复设筵祖饯[①]，并送至数里外。临别时，已将行凶盗加以桎梏，交捕长率之投案。捕长入署，牵正凶上堂，即向邑令告辞。邑令与之金，不受，掉头径返。

邑令见正凶已获，亟升堂讯鞠。全班役隶，侍立两旁。该盗略无惧色，不待诘问，已一一直供。录供毕，邑令命拘入暗监。忽闻一片声浪，发于屋顶，并相续以词曰："予去矣。若无虐百姓，便为好官，毋徒为子捕盗也。"言终即寂然。迨捕役登梯四望，早已不知所往。所遗于地下者，仅桎梏而已。邑令再召某捕长，某不至，第托原使传言，声明原约："到案以外，概不负责。事可一不可再也。"邑令垂头丧气，徒呼负负[②]。未数月，竟解组归田云。

阅者曰：汉龚遂有言："治乱民如治乱绳，激之则愈棼，宽之则始可解也。"人未有甘心为盗者。甘心为盗，未始非地方有司，激之使然。某邑令不谋教养，徒以缉盗为事。齐其末，未揣其本；塞其流，未清其源。安见其能弭盗耶？幼子被戕，正凶狡脱，可慨也夫！

---

① 祖饯：古代饯行的一种隆重仪式，祭路神后，在路上设宴为人送行。

② 负负：犹言惭愧、惭愧；对不起、对不起。

盗侠

天下最可恨者莫如盗，杀人越货，贻害民间，罪不容于死。故余罪可轻，而盗罪断不可轻。轻盗罪，是姑息养奸，不啻纵虎狼以噬人也。然亦有未可执一论者。草泽之间，非无豪杰；萑蒲[1]以内，亦有义人。谓予不信，请述前代之河南鲁生事。

鲁生，名彤恩，字笏斋，世居淇县。父彰，曾官太仆。母臧氏，屡生不育，至晚年乃产彤恩，不踰年而母逝。太仆抱鼓盆戚[2]，灰心仕进，辞职家居，林下优游者数岁。而彤恩已届丱角[3]年矣。彤恩具夙慧，又承庭训，往往枌榆得铣，桑树藏环[4]。琱车之年，知拟榛戟；佩觿[5]之岁，能辨杨梅。戚党目为圣童，其父亦以为家驹不啻也。

比邻有周宦者，阀阅世家，簪缨门第。其家长名世荣，曾为部员，与太仆有同寅谊，时相过从。见彤恩，尝极口揄扬，谓："家有弱息，他日当使奉箕帚。"太仆笑而颔之。周女字韵芬，亦有慧名，性耽翰墨，七岁能诗。生具圆姿，前身定是娥月；幼工织句，深闺巧毓璇星。有是淑女，合配才郎。若果符乃父言，联

---

① 萑蒲（huán pú）：因盗贼常聚集于萑蒲所生之地，故亦用以指盗贼出没之处。

② 鼓盆戚：语出《庄子·至乐》。庄子丧妻，朋友来吊，只见他正撒腿坐地，敲着瓦盆而歌。后以"鼓盆之戚"指丧妻。

③ 丱（guàn）角：头发束成两角形。旧时多为儿童或少年人的发式。借指童年或少年时期。

④ 桑树藏环：典出《晋书》卷三十四《羊祜传》。祜年五岁，时令乳母取所弄金环。乳母曰："汝先无此物。"祜即诣邻人李氏东垣桑树中探得之。主人惊曰："此吾亡儿所失物也，云何持去！"乳母具言之，李氏悲惋。时人异之，谓李氏子则祜之前身也。

⑤ 佩觿（xī）：亦作"佩觽"。佩戴牙锥。觿，象骨制成的解绳结的角锥。亦用为饰物。表示已成年，具有才干。

为鹣鲽，固所谓有花并蒂、无月不圆者矣。

里门相望，生小无猜。彤恩与韵芬，亦往来不避，罔识嫌疑。长干竹马，呼与同骑；比目游鱼，闲邀合队。玉镜之台未下，金缸之韵先谐。卿卿我我，相赏久矣。既而芳年逐长，情窦渐开，我非卿不婚，卿非我不嫁。形式上虽未联秦晋，精神上已不啻鸿光。欢带双缳，禽原共命；情丝牢缚，茧是同功。太仆爱子情深，愿践旧约，因倩冰上人至周宦家，善为关说。蹇修甫去，季诺传来。于是俪皮[①]之礼初将，而鸳牒之盟以定。

未几，周宦奉朝旨简放，赴湘司郡篆，挈眷之任。临行时，周辞鲁饯，畅饮尽欢，分手河梁，犹预作婚期之约。迨一舸辞去，两地暌违，太仆尚无所用心；而彤恩则系念韵芬，未免相思不置矣。望美人兮不见，溯秋水兮无从，已有令人难耐者。不意天也不谅，厄运相寻，饮食教诲之老太仆，竟以中寒成病。病久而剧，竟以不起。

桃夭未赋，椿荫先凋，此时彤恩之心，惄焉如捣[②]，殆不知流泪几许矣。幸家有老仆，秉性忠勤，为之理丧事，治葬具，一一就绪，得以少安。而余蓄无多，未能持久，阅一载而半罄，再阅一载而已匮矣。终窭且贫，莫知我艰。乃折简付寄书邮，令达三湘，为乞假计。久之，未获还云，鱼沉雁杳。彤恩方侘傺无聊，有老仆进而请曰："闻周丈得上峰欢，由府升道，由道权藩臬[③]篆矣。小主人系该家娇客，何惜一阶前地，不使扬眉吐气耶？盍往投以救眉急。"彤恩曰："予已寄书两次矣，未得复，奚可仓猝往？"老仆曰："彼殆未知小主人之现状耳。若详悉现状，必慨予重金，不致终靳。且亦安知寄书人之不为洪乔[④]也？"彤恩曰：

---

① 俪皮：成对的鹿皮。古代用为聘问、酬谢或定婚的礼物。

② 惄（nì）焉如捣：忧思伤痛，心中像有东西撞击。形容忧伤思念，痛苦难忍。出自《诗经·小雅·小弁》。

③ 藩臬：藩司和臬司。明清两代的布政使和按察使的并称。

④ 洪乔：南朝·宋·刘义庆《世说新语·任诞》："殷洪乔作豫章郡，临去，都下人因附百许函书。既至石头，悉掷水中，因祝曰：'沉者自沉，浮者自浮，殷洪乔不能作致书邮。'"后因称不可信托的寄信人为"洪乔"。

“途赀无着，奈何？”老仆曰：“是尚容易。先大人遗衣尚在，可暂为典质以充川资。”彤恩曰：“诺。”乃检箧中衣，付诸仆。仆携衣去，易得数十金。爰命仆守家，留数金为仆用；余则贮诸行囊，草草治装行。

餐风饱露，涉水登山，历数十昼夜而始抵湘皋。彤恩自有生以来，未尝经历险阻，至此为破题儿第一遭，憔悴风尘，饱尝世味。翩翩之佳公子，几一变而为田舍郎矣。投宿，止旅舍，问居停，知周宦适署臬篆，私心窃慰。翌日早起，即询臬署所在，趋而造焉。时值冬令，严寒凛冽。彤恩仅衣一敝絮袍，面片片若风播四飞。举步悚战，状有愧色。将至署前，视役从衣冠甚都，列坐于署门之两楹，拥卫森严，不可逼视。爰蹀躞数周，逡巡欲入。忽一役起而嗔诘曰：“若胡为者？”彤恩曰：“拟谒汝大人。”役又曰：“见大人胡为？”彤恩曰：“大人系吾戚耳。”旁有一役睨之，怒斥曰：“大人曷尝有汝戚？”中更有含笑而揶揄之曰：“渠曷尝为大人戚，毋乃为行窃计欤？速行，毋触乃公怒。”是时彤恩亦怒不可耐，拟加以呵斥。转念若辈小人，不足计较。自顾形秽，曷若暂回旅舍，再作他图，乃忍气而返。

抵旅次，与肆主人商，肆主人曰：“若辈狐假虎威，不足责。汝现与臬宪为至戚，可待臬宪公出时，拦舆投刺可耳。”彤恩曰：“臬宪公出应在何日？”肆主人曰：“此则未知。”旋又屈指而计曰：“越三日，为抚宪会议期，谅臬司必赴抚辕。君可于此日竚候。”彤恩应诺。旅居三日，如坐针毡，食不安，寝不寐。检视行囊，金又垂尽，一则以惧，一则以喜。耐心静守，始得捱过光阴。三易朝暮，届期又早起，惘惘然径造臬署。至署旁，复恐役吏相识，不敢近前，第遥立注视而已。待至巳牌，始见赫赫华舆，呵道而出。彤恩急蹑其后，追至中途，始得绕出舆前，掷刺进舆。仆役已大声吆喝，而舆中人又厉声道“拏着”二字，令出如山，骤来如虎如狼之二役，攫彤恩去。

彤恩被虎役曳至臬署，入待质所。但见蟏蛸[1]满室，尘秽盈床，欲立则足力已疲，欲坐则置臀无隙；加以饥肠辘辘，忍无可忍，不禁泫然泪下。俟至午后，始由役吏引之出，导入内厅，仰而视之，堂皇高坐者非他，固明明周丈人世荣也。亟趋前下跪，方欲仰呼泰山，忽闻警木一声，几乎心胆为碎。随即闻詈声曰："何来狂徒，敢充吾甥，岂以本宪无目耶？"叱役捽下彤恩，置盗贼狱，不令再言。呜呼！以东床之妙选，作黑狱之羁囚，世态炎凉，一至于此。虽局外，亦当为之眦裂矣！

狱中有王三者，绿林豪客也，以劫案下狱。见彤恩，问之曰："子一文弱书生耳，胡为与吾侪伍？"彤恩叹曰："人心叵测，天日无光。吾不意求荣而反辱，求生而反死也。"王三再诘之，彤恩以实告。王三曰："予为盗，犹未尝视亲若雠。乌有身为大宪，而反若是？子毋虑，天网恢恢，疎而不漏，宁常令其作威作福乎？"既而狱吏与彤恩言，有所需索，彤恩无自应，几受私刑，赖王三代为出资，始得免。然狱中之黑暗霉湿，令人一刻难堪，在强有力者，或犹足以当之；瘦怯如彤恩，宁能耐此？狠哉，周某！是固欲置之于死地，而以灭迹为快者也。

彤恩自入狱后，不寝不食，但祈速死。王三多方劝解，始稍稍寝食，惟度日如年，自分终无生理。一夕，天色昏蒙，狱中更觉黑暗。监狱者多沉沉睡去，独彤恩辗转囚床，终不成寐。忽闻屋上有蹴踏声，大异之，起而欲咳。王三急拊其背，附耳语曰："毋恐，救星至矣。"彤恩乃不语，俄见屋上有微光透入，垂一束带，王三先扭断桎梏，并代为彤恩除去刑具，复以带缠缚己身，肩彤恩于背，令其两手执带，随带而上。既登屋顶，即有彪形大汉一人，接住彤恩，负而去。王三随其后，跳跃如飞，履屋脊如平地。至城门，次第缒出。城外有扁舟停泊，三人下舟，舟中榜人已备。彼鼓棹，此划桨，瞬息间已达百里。舍舟登陆，越峻

---

[1] 蟏蛸（xiāo shāo）：一种蜘蛛。身体细长，脚很长。多在室内墙壁间结网。通称"喜蛛"或"蟏子"，民间认为是喜庆的预兆。

巅数重，始抵盗巢。时已晨鸡报晓矣。

入盗巢，赳赳者不下数十人，皆起迎王三。王三导彤恩相见，一一行宾主礼。坐定，王三代述冤情，群盗皆怒发冲冠，愿为雪耻。彤恩先拜谢王三，旋又拜谢群盗。盗之魁者姓黎，咸呼为黎大；其次姓卞，咸呼为卞二；王三即以次行。救王三者，卞二也。未几酒肴杂陈，大开欢讌，并延彤恩上坐。彤恩谦不敢当，乃坐王三下。席间问彤恩家世，并试彤恩文学，彤恩应对如响。黎喜甚，曰："吾侪只知刀矛，不知韬略。今得君，是诸葛再生，王景略复出矣。权屈君为记室[①]，幸毋辞。"彤恩以出死得生，谊不可却，姑允之。

居月余，彤恩暇甚，思乡之念綦切。而盗党则出入往来，似无宁日，彤恩亦未便详询也。盗魁知彤恩抑郁，时令喽啰二名，导之出游，寻山问水，聊以解愁。窟中事不甚注意，第就每日出纳，载之于簿已耳。一夕，王三至彤恩室，叙谈之下，愿为执柯。彤恩曰："王兄岂未知予聘周家耶？"王三曰："父不义，女亦未必贞，君何恋恋为？大哥现有弱妹，与君年貌相当，愿结丝萝，务希勿却。"彤恩固辞，王三曰："君亦太不近人情矣。予不敏，待君亦可谓至诚。今为君作介绍人，而君顾不肯俯允，何无香火情乃尔？"言已，悻悻欲出。彤恩急挽其袪，向之谢过曰："如君大德，刻骨不忘。君有命，敢不敬从？所以踟蹰莫决者，情不忍负故剑也。今从君，倘故剑尚在，奈何？"王三曰："君不负人，人将负君。假使犁牛有子[②]，我亦愿为君玉成之，何疑之有？"彤恩乃诺之。翌日，即约行合卺礼。

转眼佳期，礼从简约。交拜时，仅一愁容颦眉之鸦鬟，扶掖新娘，草草成礼。彤恩似与鸦鬟相识，而苦难记忆，不过拜云则拜，入云则入，坐云则坐而已。既合卺，揭巾视之，见新娘蓬飞两鬓，恨蹙双蛾，彷彿带雨梨花，愁惨之中，益增

① 记室：官名。东汉置，掌章表书记文檄。后世因之，或称记室督、记室参军等。秘书的代称。

② 犁牛有子：语出《论语·雍也》："子谓仲弓，曰：'犁牛之子骍且角，虽欲勿用，山川其舍诸？'"何晏集解："言父虽不善，不害於子之美。"比喻父虽不善却无损于其子的贤明。

娇媚。彤恩凝视良久，瞿然曰："汝非周……"语至此，停口不言，但闻新娘大恸曰："我为周氏女，我固自有夫也。家亡身掳，强逼为婚，毋宁死！"挺身而起，欲以首拟柱。彤恩亟为拦阻，并曰："卿为周家女，是否芳名韵芬？"新娘启眸视之，不觉惊异曰："君为河南鲁生乎？"曰："然。"新娘曰："梦耶真耶？"曰："胡为非真？"新娘曰："然则君胡在此？"彤恩曰："卿胡亦在此？"相对缠绵，情话喁喁，女所言之未详者，由鸦鬟代详之。忽而惊，忽而喜，忽而又泣，至此而彤恩大悟。

先是彤恩入狱，周秘之，不令家人知。及脱狱以后，始有渐泄其事者。韵芬微有所闻，而未及详察也。会周以剧盗越狱，自请处分，上峰犹思回护之。奈贪迹昭彰，挂台谏议，朝命革职逮问。周无如何，随缇骑入京，而遣眷属回籍。盗党侦知之，截夺中途，劫其赀，掳其女归巢。黎大即欲与彤恩言，令谐好事。而王三欲藉此以试彤恩心，佯托为盗魁妹，迫行婚礼。押衙[1]再世，倩女重还。一夜之枕席风光，正非寻常绮语，所能形容毕肖矣。

翌晨，一对新夫妇，相携出堂，叩谢群盗。王三睨彤恩而笑曰："如斯佳丽，曾合尊意否？"彤恩曰："月老厚恩，虽衔结恐不足报也。虽然，君亦太撮弄人矣。"王三曰："一宵云雨，占尽春光。尚鳃鳃怪冰上人耶？"韵芬闻言，羞晕于颊，急返入室。彤恩欲随之，王三曰："夫妻好合，期以百年，讵必形影相随、无片刻离乎？君以得妇为欢，吾侪以得金为快。吾侪贺君，君亦当为吾侪贺。"彤恩曰："得金几何？"曰："万金不啻也。来，吾示君。"遂引入密室。室中列箧数十，大小不一，有贮金珠者，有贮裘佩者，有贮绫罗缎疋者。五花十锦，目不胜睹。彤恩叹曰："此皆民脂民膏也。周某，周某，造孽多矣！"此时黎大亦入室，闻彤恩言，语之曰："君以予为盗，予固盗也，然从未自妄取人财者。

---

① 押衙：指古押衙。唐代小说中的一个人物。肯舍身救人，成人之美。见唐·薛调《无双传》。后来多用作侠义之士的代称。

若皆不义而来，予故取之。彼贫而好义者，予且救给之不暇，忍动彼一毫哉？”彤恩曰：“若是，是大侠耳，非盗也。”王三笑曰：“黎大哥既以爱妹偶鲁君，则奁物亦断不可少。”黎曰：“微汝言，予几忘之矣。请鲁君自择。”彤恩辞。王三取四箧与之，曰：“是俗所谓慷他人之慨也。”彤恩犹欲辞，黎曰：“毋。是本尊阃家积储，持以还君，甚当；余则借给吾侪。幸为尊阃前告谢。”语毕，大笑，王三亦大笑。随令喽啰持箧，送至彤恩室。

日光晌午，筵席重张，诸盗皆入座，彤恩与焉。酒半酣，诸盗皆欣欣然有喜色，惟彤恩尚带忧容。王三曰：“鲁君鲁君，汝是个多愁多病身，怎当那倾国倾城貌？”彤恩俯首，继而曰：“某承诸公惠，至矣尽矣，蔑以加矣。再造之恩，何日忘之？但居安思危，本诸古训，某所由未敢恝然也。”王三曰：“有酒且醉，无酒再谈。”既而酒阑兴尽，席终人散。王三造彤恩室，问曰：“君非虑吾侪之不令终乎？”彤恩曰：“唯唯否否。”王三曰：“君毋多疑。实告君，予亦参将子也，父为权奸构陷，无所控吁，刃仇而逃，借此匿影。即黎大亦非向为盗者，彼亦朱家、郭解[①]之亚耳。”彤恩曰：“可敬，可敬。但长此溷迹，终非善策。”王三长啸曰：“黄钟毁弃，瓦釜雷鸣。谗夫高张，贤士无名。”彤恩曰：“有道则见，无道则隐。为君计，不如匿迹埋名，相时而动。若流连忘返，知者以为侠，不知者终以为盗。某甚为君惜也。”王三踌躇有间，乃曰：“吾试与老大图之。”越宿，王三复至彤恩处，谓黎大亦有此意，准于明日散巢。彤恩曰：“危崖勒马，明哲保身。善哉诸公！”

散巢后，黎王二人，仍护送彤恩夫妇归籍。入里门，二人欲别，彤恩强留之。二人曰：“耳目颇众，未便久羁，请从此别。”彤恩流涕无言，二人掉头径去。彤恩回家，室如悬磬，惟老仆在焉。相见后，共诉前事。问周家，则云眷属未归。

---

① 朱家、郭解：西汉时著名游侠。

彤恩奇之，虑周某之复起为官，将伺隙以报复也，因挈眷他避。越数年，周氏无消息。乃应试，三试连捷。在京访周，始知周已发往军台，触瘴死矣。彤恩感喟不已，而闺中人益凄然欲绝。方欷歔间，忽自外递入一函，展阅之，其词曰：

> 相别久矣，闻君连掇巍科，可喜可贺。周某之死，皆其自取。天道好还，不过假手吾人，以作贪残之鉴耳。尊阃贤孝，或未能释然于怀。幸有遗雏，流落三湘，特觅送至京，付君抚养。周氏有子，可以报尊阃矣。危崕勒马之戒，至今犹感。闻该省未悉空巢，曾遣大军掩捕。鸿飞冥冥，弋人徒劳。不然，几何而不玉石俱焚也？地角天涯，俱幸无恙。前途自重，幸勿追怀。谨颂俪安。

彤恩阅毕，即问来人安在。门役回报，谓只一稚子，尚候于门，急呼入。稚子褴褛若丐，不特彤恩未识，即韵芬亦未识也。盖稚子为周氏庶出，当韵芬被劫时，其年仅四五龄，相距有年，故亦忘之。迨详讯情状，家赀已尽被盗掠。嫡母亡于途，庶母皆风流云散，不知所适。稚子则已入丐籍，遇人提携，始得至京云云。彤恩怃然曰："有是哉，盗而侠也。"韵芬曰："盗而侠，夫族兴，母族苦矣。"言已，泪下如雨。

阅者曰：吾闻之，礼失求野。今义失而求诸盗，可谓绝无而仅有者矣。周某贪暴不仁，尚有子女各一，以承其后。天心其尚仁爱乎！今之居官者多为周某，安得此盗而侠者为之处置也！

秦 生

越右秦生，素业儒，端谨无嗜好。但终日攻书，咿唔不绝。年十六入邑庠，黉序有声矣。旋试于乡，屡不第。主司白眼，文字无灵，秦生亦安之。弱冠娶某氏，内助颇贤，伉俪殊相得也。未几失恃，又未几失怙。双亲见背，痛不欲生，赖室人善言排解，始少释。然家故贫窭，又遭丧两次，费不赀，负逋遂累累矣。

会邑中有张姓者，耳其名，延主西席。秦生教读甚严，日夕不勸，张甚契重之。居数载，子弟多获隽。秦欲辞，张竭情挽留，乃复以期月为约。转瞬届期，张又欲留之，而秦固辞。分袂时，主人犹涔涔泪下也。嗣是秦名寖盛，丐文者日接于途，予之赀，不固却；不予，亦未尝向索。三都炼赋，纸贵洛阳，逋负赖以尽偿，而家计亦得稍裕。

未几，又遇大比期，秦无心仕进，不欲应试。有嬲之者，乃与焉。试毕，友人睹其文，多阘冗[①]泛滥，迥非昔比，大奇之。及揭晓，竟获选，居然上列。秦叹曰："今而知金盆玉椀之皆贮狗矢也。"入都覆试，又如前作。榜发，仍与首选。铨叙某县，领凭赴省。睹官场龌龊形，颊辄为之赤。需次[②]数月，第徜徉山水间，作竟日游。而于钻营运动等情，概不之讲，故历久未得一差。同僚或揶揄之，或讽劝之。秦曰："国家取士胡为乎？将以理万民，治庶政也。今先养成一班阘冗卑鄙之人物，欲其躬居民上，政能治乎？民能理乎？礼义廉耻，国之四维；四维不张，国乃灭亡。吾枉文以求知，已增惭汗；若枉道以求官，是为国家增一

---

① 阘冗（tà rǒng）：繁杂冗长；庸碌低劣；柔媚顺从。

② 需次：旧时指官吏授职后，按照资历依次补缺。

蝇狗[1]，即为国家多一蠹贼[2]。负己尚可，负国断不可也。”遂摒挡行李，乞假去。

彭泽归来，松菊犹存，尚有啸傲烟霞之乐。而秦生则未邀斗米，徒耗千金，累岁积储，已付乌有。苏季子裘敝金尽[3]，屈左徒被发行吟[4]，几可谓秦生写照矣。不意命途多舛，祸不单行。归田未几，炊臼[5]梦来。秦生本伉俪情深，陡占《困》之六爻，宁有不奉倩神伤[6]耶？秦本有子二，髫年绕膝，或可解愁。谁知一刹罡风，又折雁翼。鼓盆之戚未已，丧明之痛[7]又增。未免有情，谁能遣此？

有同学周生者，与秦本总角交，知秦长于文而短于辩，优于德而劣于才。尝语之曰：“子，一书生耳，官不汝许也。世之为官者，必工谐媚，善揣摩，丧其良心，汩其本性，见上司如狗马，对百姓如虎狼；庶攸往咸宜，无乎不利。观子之头，甚钝也；量子之手，甚短也。乌足与之语官学？吾为子计，不营生则已；欲营生，不如鬻文。”秦生曾叹为知己，至是周为某局经理，闻秦丧偶，懊丧无聊，乃折简招为襄办。秦诺之，即慨然往。

雷陈[8]旧好，沆瀣[9]相投。周固每事与商，秦亦得当思报，未始非穷途幸遇也。乃任事甫逾月，而周患瘵疾，无药可瘳，竟逝世。遗言浼秦生代理，秦以死友之约，过于生友，黾勉从事，不敢告劳。约岁余，局中方倚为柱石，而觊其位者则

---

① 蝇狗：像苍蝇像狗一样的人。比喻为了追逐名利，不择手段，像苍蝇一样飞来飞去，像狗一样不识羞耻。

② 蠹（dù）贼：蠹，蠹虫；贼，蟊贼。喻指危害百姓者。

③ 裘敝金尽：战国时苏秦（字季子）游说秦王，十次上书都未被采纳。他的黑貂皮衣已经破旧，百镒黄金也已用光，只得离开秦国返乡。典出《战国策·秦策一》。

④ 被发行吟：披散着头发，边走边吟唱。典出《史记·屈原列传》：“屈原至江滨，被发行吟泽畔，颜色憔悴，形容枯槁。”

⑤ 炊臼：炊于臼中，谓无釜，谐音无妇。后以“炊臼”喻丧妻。

⑥ 奉倩神伤：指人丧妻。晋·孙盛《晋阳秋》载：荀粲（字奉倩）妻有美色，染病亡，粲不哭而神伤，曰：“佳人难再得。”痛悼不已，岁余亦亡。

⑦ 丧明之痛：语出《礼记·檀弓上》：“子夏丧其子而丧其明。”后因以指由丧子而产生的悲痛。

⑧ 雷陈：东汉雷义与陈重的并称。据《后汉书·独行传》载，雷义与陈重为同郡人，二人友好情笃，乡人谚云：“胶漆自谓坚，不如雷与陈。”后用“雷陈”比喻交谊深厚的朋友。

⑨ 沆瀣（hàng xiè）：指夜间的水汽、露水。另外常用成语“沆瀣一气”，比喻气味相投的人联结在一起。

多方诋毁，必倾排之而后快。秦乃语股东，请亟选经理，否则宁辞职。于是股东会议，延刘君为主任，秦副之。

秦于此时已庆续鸾胶[①]矣，内顾无忧，专襄局务。刘亦虚心下问，遇事必咨。秦则知无不言，言无不尽，竭情尽诚，唯恐其有负知己也。然市直不无招谤，惟口易致起羞。始则两好无猜，继则微言起衅。求其善交久敬，不至凶终隙末者，鲜矣。况秦性素戆，未能委婉迎人。人已胸存芥蔕[②]，而秦犹以为内省无疚，不妨坦率以行。于是蜚语中乘，而风潮又起。

刘任局务已二年，忽提出辞职书，居停强留之，刘不允。问其故，曰："以办事之多掣肘也。"秦闻之，喟然曰："项庄舞剑，目注沛公，吾知过矣。然冤诬亦不可不辩也。"乃一面辞职，一面与刘开谈话会，侃侃直陈，不啻掬腑以相示。至是而刘亦鉴其诚，起而谢过，且于居停前代述秦劳，有"彼留我亦留，彼去我亦去"之语。居停懵然不解其故，第唯唯诺诺而已。秦为之强留者一年，而刘则屡次告假，卒不赴局。

一年之限，倏已届期，秦卸事回里，闭户著书，销磨岁月。有时作髀肉复生[③]之感，不免欷歔欲涕。中夜闻鸡，祖生起舞，有由来也。幸继室某知书达理，有老莱妻[④]、梁鸿妇风，愿与偕隐，不求闻达。闺阁中得一知己，亦秦生幸事也。天也不吊，继室某以椿荫之凋、鸰原[⑤]之恨，戚戚寡欢，积成肝郁。初则营卫失调，继且膏肓罹厄。抱病百日，又复谢世，呜呼痛哉！

安仁之痛[⑥]，奉倩之伤，一之已甚，宁堪至再？秦迭遭颠沛，绝无聊赖。亲

---

① 续鸾胶：相传以凤凰嘴和麒麟角煎的胶可粘合弓弩拉断了的弦。俗称丧妻男子再婚。

② 蔕（dì）：同"蒂"。

③ 髀（bì）肉复生：髀，大腿。因为长久不骑马，大腿上的肉又长起来了。形容长久过着安逸舒适的生活，无所作为。

④ 老莱妻：春秋楚老莱子之妻。曾劝阻老莱子出仕，相偕隐于江南。

⑤ 鸰原：语出《诗经·小雅·常棣》："脊令在原，兄弟急难。"比喻兄弟友爱，急难相扶持。

⑥ 安仁之痛：指丧妻之痛。晋代文学家潘岳，字安仁，中年丧妻失子而作《悼亡诗》三首，极尽内心哀伤之情。

友有闻其事者，咸来劝慰。秦婉谢之曰："天下有殉国殉亲者矣，未闻有殉妻者也。况妻子如衣服，屡破何妨屡补，丈夫子岂沾沾于儿女情哉？第以时局艰难，人心叵测，荆天棘地间，无可容我身之地。而复遭家不造，两折鸳俦，自问半生，尚无绝大隐慝[1]。或者如佛家因果之说，前生造孽，今生受难耳。已矣，余将谢绝尘寰，不愿出而问世矣。"亲友多太息而去。治丧毕，秦病几殆。或劝其延医疗之，曰："余病心，不病体也，何医为？"

病数日，渐有起色。独居无事，聊阅书以自遣。少顷，形神疲倦，隐几欲寐。忽有一皂隶自门外入，投刺而请曰："主人命仆召君，请速往。"秦索刺观之，恍惚若有旧交，乃拂衣随行。既出门，见路旁多阴惨状，不类人世，姑从之而趋。约数里，见有古屋数椽，门有匾额，字迹模糊。秦凝神细视，未识全豹。再前行，忽不见隶役。歧路亡羊，莫测所往。正惶急间，有一人在背后呼其名，回顾之，乃故人周生也。秦大喜，转而握手，欢然道故。周生曰："且至敝处小坐，一谈契阔。"秦曰："甚善。"遂随周行数武，至前所见之古屋，周停足，导之入门。秦问："此处为何廨？"周曰："君毋惧，此即地下修文[2]处也。"秦愕然曰："然则吾其死矣乎？"周曰："唯唯，否否。"

秦既入户，视室中几案之属，皆以土为之。案上陈设之书籍，均为人世所罕见者。问周曰："此为何书？"周曰："大半为冥箓。"秦随手翻阅，周曰："毋。君非死人，不应阅此书。我姑与君道阳世事可也。"秦乃止，便与周纵谈中国现状，及五洲大势。周慨然曰："乱不远矣。世间无桃源，泉下亦少乐国也。"秦诘周以何时供职，周曰："予来此已二年矣。"复问以月薪若干，周曰："冥中任事，计功不计禄，与阳世不同。"秦曰："然则用费何出？"曰："衣食由此发给，外无所需也。"秦问地狱在何处，周答以距此不远。秦欲往觇之，周不肯

---

① 隐慝（tè）：别人不知的罪恶，不可告人的罪恶。

② 修文：旧以"修文郎"称阴曹掌著作之官，故以"修文"指文人之死。

导往，惟速其回阳。秦曰："死则死耳，予愿死不愿生也。"言未已，前导之隶役又至，曰："主人待君久矣，君胡暇在此喋喋耶？"秦乃与周别，趋而出。

隶在前，秦在后，急行数百步，有大廨在焉。隶引秦入，堂上有古衣冠者，面南坐。旁立一员，衣冠亦古，左手执册，右手握管。见秦至，令向面南者行礼。礼毕，面南者即问曰："子非秦某否？"秦答曰："然。"面南者复曰："子虽寒微，尚有鲠直风，但惜生非其时耳。今之世，一狐鼠当道之世也，谁用子？子其休矣。"秦曰："人浊我清，所如辄阻，宜也。然椿萱早谢，已痛孤哀；伉俪两伤，迭悲惨别，此岂愚直之咎乎？愿有以晓之。"面南者微哂曰："嘻！傲骨即穷骨也。子身多傲骨，不穷胡为？父母之早殁，妻子之迭丧，即致穷之兆也。圣如孔子而绝粮；贤如颜子而短命；智如诸葛，而身陨五丈原；忠如岳飞，而冤沉三字狱。傲骨之为累大矣，子宁不闻之乎，夫何怨焉？"言已，以目视司员，令视册核秦寿，司员即检册呈阅。阅毕，语秦曰："子寿数未终，请速归。"秦曰："某已不愿再履尘世。"面南者悻然曰："修短有命，不容汝自主。汝违我命，即为违天。速去，毋少留。"秦惧而退，仍由隶役送之归。

归途风景，与前又异。秦诘隶，隶不之答。复恳隶导见周生，隶又不之应。秦大声曰："子岂病聋者，胡屡问而未见答耶？"隶亟前奔，秦尾追之，触石而踣，蓦然惊觉，乃知此身固隐卧案头也。细思梦境，犹在目前。忽自悟曰："是矣是矣，余志决矣。"拂衣而去，不知所终。后有乡人遇之于石牛山下，芒鞵竹杖，步履从容。语之曰："归嘱吾儿，好自为之，毋以我为念也。"乡人归语其子，其子往访之，云深谷静，杳无人迹，乃返。

阅者曰：此篇大意，彷佛《楚辞》之《卜居》，及明文之《司马季主论卜》相类。秦生未必有是人，姑借之以写照耳。虽然，天下之直道而行者，亦乌在不可作秦生观耶？能如秦生之悟而出世，乃为之大智慧、大解脱，超身苦海，即是仙境。天之所以困阨之者，或即所以玉成之欤！是故君子不怨天，不尤人。

客中消遣录

卷四

大刀王五

前清光绪时，京师有王五者，剧盗也。河北、山东群盗，咸奉为牛耳长。王五惯使大刀，人以“大刀王五”称之。王虽为盗魁，然所劫必贪官污吏；非不义之财，勿之取。常约束群盗，毋妄夺，毋好杀；尤恶奸淫，犯者杀无赦。群盗无敢违命者。有耳王五名，与之交，甚重意气，且出为之保镳，竖大刀为标识，无论何地，莫之撄也。

己卯、庚辰年间，三辅[①]盗蠭起，劫案累累。申详刑部，刑部饬吏役日夕缉捕，不之得。佥曰：“此必大刀王五所为，非三五捕役，所能捕治也。”刑部不得已，拟发卒捕王五，而令濮青士太守文暹[②]督治之。濮溧水人，时为刑部总司谳事，兼提牢职。既奉堂官命，檄五城御史，遣吏卒围王宅。王宅在宣武门外，崇墉高垣，吏卒数百人围之。王第纠党羽二十余人，固守门内。吏卒鼓噪而入，不之动，第执枪相向，所发皆石屑瓦片等类，中吏卒面目，多受伤。王大声曰：“君等速去，毋撄王五锋。苟有事，五当自至，奚烦诸君力？必欲与五斗，大刀之下，不能容情。石屑瓦片，特小试耳。诸君勿以五为易与也。”吏卒惧而退，仅在门外叫嚣。至日暮，不损五宅一砖石，竟相率散归。

吏卒既散，王五亦着城卒号衣，杂稠人中，混入内城，而吏卒固未之知也。翌日，王五竟诣刑部自首。濮太守召而讯之，五曰：“特来践约耳，五非可以兵力胁者。昨以兵取五，故五不从。今兵已罢归，五敢不遵约投案乎？”濮又问三辅劫案，曾否干连。五笑曰：“五不屑为劫贼技，有年矣。第劫案数十起，五固

① 三辅：泛称京城附近地区。

② 濮文暹：原名濮守照，字青士，晚号瘦梅子，江苏溧水人。清同治乙丑（1865年）进士，历官南阳知府。

闻之。孰案某所为，系五徒党，所劫者为赃胥；孰案某所为，系他路盗，所劫者为守财虏。劫人财非义，特彼亦劫人，故还为人劫，不过一暗一明耳。城狐遍地，安问社鼠[1]？愿明公熟思之。”濮闻言，颇嘉其侠烈，乃曰：“吾固知诸劫案于尔无与。然汝以一匹夫，而滥交匪人，酗酒逞豪，究非善类。吾逮汝，将以大惩而小诫也。今汝既自首，免汝重罪，轻罪不可恕。”乃饬役笞之二十，撵之出。

越四载，濮奉命外调，出知河南南阳府。濮素清简，有一介不取风。至是将莅任，资斧无所出，乞贷同僚，遍叩不应，忧闷甚。忽有人投刺请谒，视之，王五也。濮令门役却之，王固请，乃令入。王顿首曰：“五沐公再生恩，无可图报。今闻公出守南阳，愿执鞭镫以从。”濮曰：“毋须，此去自有仆从也。”五曰：“五知公素清介，将以琴鹤[2]自随。然暴徒伏莽，未必知公，倘有所犯，贻害多矣。且闻公资斧不继，五有私蓄二百金，愿以为赆。”濮曰：“吾已得金矣，不必汝劳心。”五曰：“公何欺五为？公今晨尚往某处贷百金，议未协，何自得金乎？公以五金为不义，此金固非由劫夺也。公以受金为非廉，则署券付五，俟莅后相偿，何如？”濮沉思良久曰：“既如此，权为一贷，不妨。”五遂出二百金奉濮，濮署券与之。五受券，又请曰：“五愿从公行，公即不许，五亦当随侍左右矣。”濮乃许之，遂相将同行。

抵卫辉，适霪雨兼旬，河水盛涨，不得渡；所携金又垂罄。濮太息终日。五窥濮状，知其情，禀濮曰：“公得毋资用乏绝耶？”公曰：“然。资将绝，河不得渡，奈何？”五笑曰：“是何足以难王五？公勿忧，今晚即可济公急也。”出而驾马，携佩刀驰去。从者白公曰：“王五匹马腰刀，绝尘而驰。恐故态复萌，又往行劫矣。”濮蹙额曰：“果如是乎，吾失之王五矣。”徘徊旅舍，愤而忘食。薄暮，五驰归，入见公，解腰橐陈几上。启视之，约五百金。濮作色曰：“渴者

---

[1] 城狐、社鼠：以城墙为依托的狐狸，以土地庙为依托的老鼠。比喻倚仗权势作恶，一时难以驱除的小人。
[2] 琴鹤：琴与鹤。以琴鹤相随，表示清高、廉洁。

不饮盗泉水。吾虽渴，宁肯失操？子毋污我，速将阿堵物移去。”五大笑曰：“公疑五复行劫乎？五虽微，区区五百金，何至无乞假处，而必行劫耶？此固假之某商者。公不信，可折简招某商来，以证五言。”濮立书片纸，付从者将去。次日，某商果至，出券示濮，固煌煌然借券也。名已代公署，由五介绍，一无伪饰。濮始谢而受之。越数日，五送濮抵南阳，拟告辞，濮固留之。复住居半月，决计返京师。濮出七百金付五，为分偿计，并以百金作贶仪。五受七百金而却百金，掉臂径去。

及戊戌政变，清西后嫉视党人，下令大索。五因与谭嗣同善，闻其事，即诣谭寓所，劝之出亡，愿护从前行。谭不可，五强之。谭曰：“志士仁人，有杀身以成仁，无求生以害仁。吾誓不趋避也。”五无奈，流涕诀别。谭既死，五愤甚，将潜结壮士，图革命，得同志数百人。而拳乱复作，竟罹祸。或谓五恨其志之不得遂，投身海外，不知所终云。

阅者曰：义哉，王五！亦一大侠也，不当以盗视之矣。濮太守独具真鉴，宽其罪而释之，殆亦所谓人杰耶！五感恩图报，扶濮危，济濮困，忠肝义胆，良足多者。厥后死于拳乱，岂天道无知，必如盗跖之暴戾恣睢，乃得永年耶？然其事传，其名亦显。以一绿林客，得驰誉于身后，死亦何憾？豹死留皮，人死留名，吾于王五亦云。

黄面虎

霍元甲，直隶人，少习拳术，有勇悍名。昆季十数，皆孔武有力，而元甲为之冠。面色黄，北人号曰“黄面虎”，元甲亦居之不疑也。

有友某，寓居沪渎，致书元甲，谓：“美国有大力士来申，力能扛鼎，身载重百斤，自称无敌手。君勇盖一世，谅不弱于外人。若不与之较，适启彼藐视之渐。不惟侮君，兼且辱国矣。”元甲得书，投袂而起曰：“若是勇夫，乃吾北方人惯见，乌足雄？有元甲在，何畏此子也？”即作书裁答，约于某日赴申角艺，其友代为介绍。美国大力士闻之，亦栗栗有戒心，阳虽应命，阴欲食言。期将届，托以有事回国，航海去。迨元甲至，而大力士早远飏矣。

东海赵某，勇者也，时亦寓申，夙闻元甲名，欲与较以分胜负。驰书至霍寓，霍曰：“吾此来与外人斗，非与华人斗也。”置不答。赵误会元甲意，疑其怯，登新闻纸以刺之。元甲犹未知也。会其从来白元甲，元甲乃覆书赵某，约明日至张园相会。翌晨，元甲率徒抵张园，候赵片刻，赵乃至。元甲密语其徒曰：“若而人者，殆外强中干者也。决斗时，汝可先试之，初避其锋，但求自护。久之彼必生骄，骄则玩，玩则有隙可乘，败之不难矣。”徒领命。赵邀元甲交手，元甲曰：“有小徒在，先领教可也。”赵意不怿，继思败其徒，亦足以辱师，乃出与颉颃[①]。甫交绥，赵奋拳猛扑，恨不立蹶其徒。其徒往来躲闪，有退无进。赵扬扬自得曰：“请尔师来，尔不足与吾较也。”言未已，左臂忽中一拳，足随而动，几至倾倒。旁观者皆哄然曰：“赵君败矣。”赵方忸怩间，元甲已率徒出园，昂

① 颉颃（xié háng）：原指鸟上下翻飞。引申为不相上下，互相抗衡。

头竟去。

未几，赵又以书贻霍，大致谓某友过此，愿再受教。元甲笑曰："求己不足，转而求人，吾为若羞矣。虽然，来者不拒，吾何畏彼哉？"即就来书之末，写"明日如约"四字，交还来使。越宿，复赴张园，赵与其友联袂而来。元甲仍命徒与赛，两人交手，艺力相当。阅一时，胜负不分。又阅一时，仍雌雄莫决。元甲恐其徒有失，即语赵某曰："贵相知之勇力，已受教矣，可不必再斗也。"赵以元甲言语友，友不允。元甲曰："必欲与吾较，即一试何如？"挺身而出，与赵友手搏，不数合而赵友败，负痛走矣。见者齐声喝采，元甲慷慨言曰："吾之不欲与彼较者，非畏彼也。自残同类，吾甚鄙之。彼不谅，迫而出此。过此以往，凡我同胞，幸勿再相扰也。"言毕，两造各散去。后乃无敢与元甲角者。

元甲寓沪月余，欲北返，其友浼元甲留沪，请以术传人。元甲乃创办精武学堂，招集生徒百余，日以尚武精神鼓厉之。尝曰："欲国强，非使国中人人尚武不可。"又曰："西人之所由强者，以有恒心故也。无论何种技术，必研究至数十百年，始克有成。今余之拳术，亦夙秉家传，至余已七世矣，殆不啻数百年也。"既而西国有擅柔术者，嫉元甲盛名，思有以倾之。纠合同志十人，渡海来华，至沪与元甲决斗。当由双方聘公正人各一，先期议约。西人请元甲勿与拳战，元甲曰："彼此决斗，各用全力，宁有自择取舍理？惧死，不必来；不惧死，可决一胜负。拳战与非拳战，不足发生问题也。"西人理屈词穷，卒如元甲言。决斗届期，哄动远迩，观者如环堵。双方各结束登场，元甲又使其徒先与赌赛，连败西人五名。有长大魁桀者出，面露惯闷状，袒臂而来。元甲知其为上驷[①]选也，亲出当之，面申前议。西人不答，挥拳击元甲。元甲身轻如燕，眼捷如鹰，盘旋左右，恍如游龙一般，不可端倪。西人怒甚，因身高元甲数尺，觑定元甲颅，拳如雨下。元

① 上驷：上等马；良马。喻杰出者。

甲纵跳如飞，无一遭击。约片时，元甲知其技已穷，佯以颅承其拳，人咸为元甲危。不料西人之拳甫下，而元甲即以手仰格之，砉然一声，彼西人之臂已折矣。西人大恚，反诬元甲爽约。元甲曰："予固与君申前议也，众目共睹，何愆约为？"众皆直元甲，曲西人。西人料众怒难犯，乃退。

既而西人持名刺邀元甲，设宴相待。元甲坦然赴宴。西人先谢过，继又贺其健勇。元甲以直道待人，料西人之无歹心也，遽对曰："余已患咯血症矣。"西人曰："何不治之？"元甲以未遇良医对。西人即指折臂者曰："此吾国良医也。前日受君伤，今已举动如常矣。视其臂，果随意屈伸，无痛苦状。"且顾元甲曰："不相斗不成相知。曩与君敌，今与君友矣。予有良药，可疗君疾也。"元甲信之，受其药，照单遽服，服后麻醉不省人事。及醒，吐血倾盆。大愤曰："予中碧眼儿狡计矣。"不数日而病益剧，无可救治，悵悵而死。

阅者曰：拳术为吾华国粹。如霍氏者，又累代相传，宜其莫与京也。彼西人剽窃余绪，不知自量，贸贸然来与霍较。较而不胜，以毒药伤之，何其险欤！霍饮药致殒，中其诡计。而吾国人无起而泄忿，反使碧眼儿横行宇内。九京[①]有知，应长恫矣。呜呼！

---

① 九京：犹九泉。指地下。

情天精卫

一字一点泪，一泪一滴血，伤心语大都如此，而男女之间为尤甚。居尝阅情史亦多矣，曾记有《生祭眉娘文》，本情天精卫所撰，哀艳沉痛，为情史中一大特色。读其文，不欲没其事。而其事又离奇惝恍[①]，处九死一生之地，卒使之离而复圆，此亦有情人所代为快意者也。《生祭眉娘文》者，眉娘犹生，而情天精卫，则谓其已死。著书者空不敢以已死论，故谓之生祭云尔。祭文云：

某月日，辱爱生杜芳若，谨以杯酒束刍[②]，致祭于我眉娘之墓前曰：呜呼！天何不吊，厄此美人，竟令其未婚而逝耶！回忆酒绿灯红之夕，倚妆谈恨，刻烛吟愁，所谓断肠人共，伤心事多。一种凄凉，只堪为知己道。泪随声出，殊不胜哀。及今思之，则前以为哀者，今且以为乐。欲再与卿片时会晤，互叙幽情，盖已不可复得矣。呜呼！人生所最难解者莫如造物，造物既生余，胡为生卿？既生卿，胡为不生卿于余未娶之先，而独生卿于余既娶之后？既生卿于余既娶之后，胡为复死卿于余丧偶之时？安仁之伤[③]，已令人以难堪矣。犹冀卿或无恙，得补情天，则予以丧偶而悲者，且以得卿而转喜也。今已矣，红颜入地，色已成空。青冢埋魂，缘从此断。天长地久，此恨无穷。灵其有知，幸即召余。与其生生死死，长隔幽明；孰若随赴夜台，犹得与卿相见也。呜呼哀哉！尚飨。

---

① 惝恍（chǎng huǎng）：模糊不清；恍惚。

② 束刍：捆草成束。《后汉书·徐穉传》："及林宗有母忧，穉往吊之，置生刍一束于庐前而去。"后因以"束刍"称祭品。

③ 安仁之伤：指丧妻之痛。晋代文学家潘岳，字安仁，中年丧妻失子而作《悼亡诗》三首，极尽内心哀伤之情。

此文一传，而杜芳若之钟情眉娘，已达极点。实则眉娘未死，得见此文，始知杜已丧偶，愿续鸾胶，于是有情人始得成眷属矣。杜芳若，蕲水人，幼聪颖，七岁能诗。其父某，为邑中名宿，屡试不第，以诸生终。晚年得子芳若，爱其慧，举平生学业，悉以教之。芳若不喜章句学，惟以文事为玩具，吟风弄月，是其所长。十龄失恃，越六载，其父以中馈久虚，室无女主，决为子纳妇，了向平愿，且纾内顾忧。适同乡有许氏女，年十八矣，由冰上人说合，择吉行礼。既成婚，伉俪颇笃。顾许氏虽颇循妇道，而胸无点墨，芳若之心，犹怏怏也。第以前缘已定，不使乖离，姑随遇而安已耳。年弱冠，父又殁，椿萱俱萎，无所瞻依，家赀又未敷食用。乃拟橐笔远行，作一文字佣，聊以糊口。商之于妇，妇以生计攸关，不能阻。乃以家事托妇翁家，束装竟去。

芳若之远游也，其目的在赴吴江。吴有父执[1]某，任抚署文牍员，吊问之使不绝。芳若以有垒可依，遂顺江而下，往投梁榭。既至吴江，访知父执在署，投刺进谒。父执某延入，问以近状，芳若据实以对，且力恳嘘咈。父执某曰："寄身政界，如燕巢幕上，朝不保夕。老侄既远道来此，应代觅枝栖，不致失所。敝廨不远，且过留数日。一有机缘，即可往依也。"芳若申谢，即随父执某出署，至其廨所。父执某有妇子两人，其妇出见，芳若执子侄礼。其子尚髫年，在小学校攻书，逮晤芳若，叙谈甚欢。萍水相逢，不啻棣萼[2]也。芳若一住半月，由父执某荐诸抚军，权署为记室。

芳若虽充书记役，仍以父执寓为侨居地。昼则在署，暮则归寓，颇恬适也。一日傍晚，芳若方自公署归。仆人持一信上，接视之，外写"送杜先生启"，左幅写"名内肃"三字，字体秀逸。芳若不识何来，启之，则鸾笺一幅，中有七绝一首，其词云：

---

① 父执：父亲的朋友。

② 棣萼：比喻兄弟。

和纫香室主人原韵

绣窗细与诉忧思，不为言情亦藕丝。

流水高山何处是，天涯幸识女钟期。

昨奉惠诗，白雪阳春，何敢漫和？叨在知己，用献俚词。谨尘韫姊诗家教正。

眉娘呈草

芳若阅毕，不觉技痒。视其纸，大有余隙，因援笔和之云：

春风秋雨话相思，误把多情付柳丝。

莫道天涯人未识，知音未必不钟期。

复识云：

“送信者误投此函于余，启之，始知余与受信人同姓而致也。然因是得睹佳作，宁非诗缘？援笔和之，下里之音，知不足入风人之目。但使不弃葑菲，得逮随于吟咏之间，附丽友末，亦未始非三生之幸也。杜芳若识。”

书毕，呼仆人曰：“此信非与我，乃因与我同姓而误投者也。倘重来索取，命来见我可矣。”仆诺而出，已而果引送信人进见。芳若曰：“尔非送信人乎？”答曰：“然。”芳若曰：“信面有姓无名，吾以同姓故，启之，始知误。”其人又答曰：“吾新来者，主人命送至此，交与杜姓，问尊价[①]，固云有之，遂以信交彼。归告主人，主人言误，急令来取，恳即赐还。”芳若曰：“尔主人何姓？”曰：“姓林。”芳若曰：“受信人果住何处？”曰：“在间壁。”芳若遂以信付之曰：“此信已被吾拆过，不便再送，须持回交尔主人。”其人欣然持去。为此一简之缘，遂致情魔两扰，几令两人为情死，复为情生。可知世间祸福冤缘之事，都非初意所能料，冥冥中一若有隐宰之者。芳若少年事迹，已略述于前；请再述林眉娘之历史。

---

① 价（jiè）：仆役的旧称。

眉娘，皖人。其父曾任河北参军，年四十而殁，仅遗一女眉娘。眉娘幼慧，父在时曾随至任所，得耆宿指授，遂娴吟咏。逮父殁，偕母随叔父商吴江。叔某好赌博，每岁尝浪掷黄金，以此入不敷出。即女父官橐所储，亦被倾蚀几尽。女母郁忿成疾，不数年而亦逝。藐焉孤女，穷无所告。幸叔母视女如儿，犹勤顾恤，故女尚得以少安。然相隔一间，终不逮慈母之亲，万千心事诉与谁知。有时或形诸吟咏，借管城子[1]以作消遣，亦无聊之哀鸣也。有花韫英女士者，旧与眉娘比邻，至是由其夫陈某，挈至吴江，寓所距眉娘不远。韫英亦工诗，因故邻之谊，往来通好，互相唱和。其夫陈某亦风雅士，充府署幕宾，与芳若之父执某，曾相识也。芳若见眉娘诗，未免有情。谁知女子善怀，其易入情网，尤有甚于男子者。自芳若付回原书后，忽接眉娘覆书，谓："当于陈宅候驾，约在明日。"芳若喜甚，即答言遵约。于是情海风潮，遂从此起矣。

芳若以邻谊未通，无端突往，将有讥其不情者。覆眉娘后，即过谒陈宅。适陈某在寓，相晤之下，共道謦颏，知彼倾心。芳若遂问陈某曰："君识皖女士林眉娘否？"陈某曰："此拙荆文字交也，君得毋与有瓜葛谊乎？"芳若佯曰："略有瓜葛，未知近况若何？"陈某以情告。芳若曰："红颜薄命，千古同悲。若眉娘者，亦如是尔。"陈某颔之。芳若又曰："既与尊阃交好，明日可否延至尊寓，一叙离踪？"陈某曰："彼固离此不远也，君尚未知之乎？"芳若曰："略有所闻。但乃叔为商界中人，与吾侪气谊，不甚相洽。能借尊处一谈，更为妥适。未识尊夫人肯为介绍否？"陈某曰："可。"芳若乃起身告辞，约以明日傍晚，彼此办公毕，当再过叙。陈某送至门外而别。

越日，芳若至署中，录拟公牍，过午即蒇事[2]，匆匆告归。遣仆候陈，尚未返也。

---

① 管城子：唐代韩愈曾写《毛颖传》，说毛笔被封在管城，叫"管城子"。后因以为毛笔的代称。

② 蒇（chǎn）事：谓事情办理完成。

芳若徘徊门外，悬望陈归。少顷，见一女郎缓步而来，姿容绝世，英采逼人，望而知为名媛。女郎亦注目芳若，未通姓氏，先达灵犀，盖已暗传媒介矣。女郎至陈氏寓所，将入门，犹作回顾状，一若示其为林眉娘者。芳若亦料其必为意中人也。但陈某未归，不便径谒。又竚候片时，方见陈某归来，急欢迎之。陈某曰："君归何早耶？"芳若曰："署无要公，友有特约，故少早片刻耳。"陈某即延芳若入，献茗毕，陈问仆曰："林女士来否？"芳若亟代答曰："已来。"陈某曰："君已晤叙乎？"曰："未也。"陈某笑曰："然则君何以知其已来？"芳若曰："余归时，遥见有女郎入君门，故知其已至。因君未归，不敢趑次登堂也。"陈即命仆请眉娘出见。眉娘既出，芳若即起立为礼，礼毕，就坐，默无一言。陈某怪之曰："久别重逢，胡相对缄默耶？"眉娘此时，已红晕两颧，碍难启口。芳若不得已致词曰："曩承通函，始知妹亦寓此，本拟趋访，巧值陈君介绍，得于此处晤叙，幸何如之！"眉娘已知言外意，含糊相答。芳若又曰："妹之近况，昨由陈君代述，已悉大凡。彼苍者天，独与佳人为雠敌，良可慨也。"眉娘闻言，感极欲涕，泪几从眶中出，勉强含忍，欷嘘言曰："实命不辰，夫复何言？"芳若曰："闻妹夙好吟咏，谅必珠玑盈箧。倘不吝金玉，许拜诵一周，尤为至幸。"眉娘曰："班门之下，何敢献丑？既承见教，缓日请文旌枉顾，何如？"芳若曰："予与令叔无一面交，恐嫌唐突。"眉娘曰："家叔近日，适往江北贩货。家婶爱我，不吾苛求也。"芳若曰："如此甚善。"随与陈某应酬数语，又对眉娘约以后会，始告辞返寓。

嗣是芳若得直接淑媛，殷动问讯，两情缱绻，如漆投胶。美人有林下之风，名士无狂且之气。只以一则待嫁，一则已娶，芳若既无以位置眉娘，眉娘亦不便托身芳若。"相见争如不见，有情还似无情。"可谓林杜两人咏矣。然而儿女钟情，易滋谣诼。当局未尝苟且，旁观早启猜嫌。眉娘之叔母，始则因爱眉娘而容芳若，寻且因忌芳若而嫉眉娘，尝于夜间语眉娘曰："汝一女子耳，不宜与男子频相往来。此后须决绝为是。”眉娘俯首无言。其叔母又曰：“吾闻若人已有室矣，汝犹恋恋，宁甘为彼侧室耶？予家亦望族，尔父曾策名仕籍，若降为人妾，非特汝叔不愿，余亦为汝不屑也。”眉娘至此，不能再忍，遂答曰：“承叔母厚爱，辱赐明教。顾侄女非不知自爱者，今与杜生往来，颇自谓光明磊落，安有邪心？无论杜固有室，即不尔，亦岂甘效丑女行乎？”其叔母微哂曰：“‘光明磊落’四字，未必确当，汝其思之，毋怪予多言也。”眉娘经此激刺，虽未引以为憾，而自悲身世，伤及途穷，其惆怅之深可知矣。

一日，芳若又访眉娘，见眉娘有抑郁状，私叩之。眉娘以叔母言相告。芳若曰：“瓜李之嫌，予亦知之。所难堪者惟生别耳。继自今，当隔旬相见，免滋物议也。”眉娘允诺。既而其叔某自江北归，闻林杜交好事，不禁大愤，召眉娘至前曰：“男女授受不亲，汝何得擅与人往来？既往不咎，后宜戒之。若再不悟，莫怪汝叔不情也。”眉娘不能辨，惟呜呜暗泣而已。未几，芳若之父执某，因抚军调鲁，将随往鲁省。芳若孑身无依，只得偕其同往。先数日，往别眉娘，语眉娘曰：“吾与妹为文字交，非以声色交也。局外不察，以荡子同类目之，辱我兼辱妹矣。今父执远行，我将随往。此后行踪靡定，不知相见何年。妹体素弱，千万珍重。”眉娘叹曰：“男儿负七尺躯，当务远图，宁可为儿女子所误？第妹自逢君后，平生未道之事，一一为君道之，以君固为妹第一知己也。君去，妹将谁诉乎？”芳若曰：“关山虽隔，鸿雁相通，以笔代言，亦足写意。惜乎无主名花，恨不能代为保护也。”眉娘曰：“得一知己，可以不恨。世未有再如君者，妹将以守贞终矣。君请行，毋以妹为念。”芳若再欲有言，忽有一人怒目而入，几欲唾芳若之面。芳若料其为乃叔也，匆匆趋出，踉跄而归。

既归寓，接蕲水急电，知闺中人病剧，即向父执某禀述，拟返家省妇，再之鲁任。父执某诺之。芳若整装即行，在途数夕，皆辗转不能成寐。一念为妇，转念即为眉娘也。既抵家，其妇已昏晕数次矣。临床一诀，竟尔长逝。芳若以结缡数年，未尝反目；远征以后，又赖妇勤俭，得纾内顾忧。此时仓猝告归，不得一诉离衷，遽成死别。人孰无情，谁能遣此耶？由是捶胸大哭，几若丧考妣然。亲友多慰劝之。芳若曰："明知哭亦无益，但余之所以伤心欲绝者，以予妇随我数年，未得一日安耳。予妇所歉者才，所全者德，才德不能兼备，如予妇，已足持家。今死矣，予将谁偶也？"亲友曰："男子不妨再聘，他日续娶，安知不有胜于故妇者？请自爱，毋过伤。"芳若曰："止此犹不能消受，况尤有胜于此者耶？"亲友曰："是未可知。且汝从远道来，已备尝艰苦；今若为鼓盆之戚，更增忉怛[①]。一旦致疾，冥冥之中，负祖先矣。"芳若曰："以大义相勉，敢不敬从？"乃收泪治丧。既葳事，辞亲友，赴鲁省。

抵鲁后，仍与父执某同寓。断弦之痛少杀，而续弦之意渐萌。心中所惓惓者惟眉娘，以为今日可位置斯人，天意或留以偶我也。乃即使书寄吴江，阳述丧偶，阴寓求凰，默念眉娘必不吾却。月缺重圆，可预期矣。谁知一去月余，并无覆函。又寄书催之，仍不见答。至末后一缄，非常迫切。乃鱼沉雁杳，怅望徒劳。怀伊人而不见，期索解而无从。岂所发之书，皆付洪乔耶？抑眉娘为乃叔所逼，已字他人耶？踌躇再四，决拟亲赴吴江，探明真相。托词往索旧逋，向署中乞假半月，惘惘而去。

崔护重来，秦楼已锁；人面桃花[②]，迥非昔日。询诸乃叔，则云眉娘已逝世矣。芳若闻之，如丧魂魄。问其何疾致死，乃叔怫然曰："死于情耳。乌有二八女郎，即与男子絮絮谈衷曲者，不死果奚为也？"芳若知其语含讥刺，更觉悲愤。惟究未识其致死之由，不便诘责，但问其何日死，何地葬而已。乃叔谓死已旬日，葬

---

① 忉怛（dāo dá）：忧伤；悲痛。

② 人面桃花：据唐·孟棨《本事诗·情感》记载：崔护于清明日游长安城南，因渴求饮，见一女子独自靠着桃树站立，遂一见倾心。次年清明又去；人未见，门已锁。崔因题诗于左扉："去年今日此门中，人面桃花相映红。人面不知何处去，桃花依旧笑春风。"后以"人面桃花"指对所爱慕而不能再相见的女子的怀念。

在庐旁。芳若乃出购酒肴，至墓前哭奠，亲读祭文（见前）。方哀恸间，忽有一老者曳杖前来，语芳若曰："子得毋杜姓耶？"芳若泪眼回视，面似相识，即起与行礼，并语之曰："丈知余姓，必曾经相见者。心痛神迷，遂致失记，幸丈恕我。"老者曰："向见君尝来林廨，问眉娘，始知君姓，余固未与君亲叙也。君何往，至今方知眉娘死？"芳若正思详究死状，见老者相问，适中其意，遂答曰："尊宅固在附近乎？"老者以手东指曰："此即敝宅也，距此不过百步耳。若不嫌室陋，敢屈驾过谈。"芳若转悲为喜，就墓前焚纸毕，撤去酒肴，随老者至其宅，先道寒暄，继乃叙及林宅事。

自芳若别眉娘后，乃叔疑其举止不端，亟浼人随处说亲。时有商人黎某，年四十而鳏，闻眉娘秀丽，拟娶为继室。乃叔与黎某夙有交谊，又为博场欢侣，遂欣然许之，眉娘尚未之闻也。既而吉期将届，乃以婚事告眉娘。眉娘曰："此事真耶？"其叔曰："吉日已迩，汝尚不如。汝叔母宁未之告耶？"眉娘曰："可解约否？"其叔笑曰："痴妮子，世宁有无端悔婚者？况汝年已长矣，女大须嫁，人所同然，岂汝独可丱角老耶？今某商家素封，汝于归后，不患无衣食，汝叔亦得安心矣。"眉娘嘿然。惟一寸芳心，已不知几许酸楚，内外又无可与商之人，愁极无奈，只有一死以自全。转思自经沟渎，亦属无谓。不如乘间免脱，至万无可生之际，再死未迟。计划已定，于吉期先二日，暗怀金饰数件、银洋数圆，改服村女装，乘天色将曙，翩然遁去。乃叔方料理喜事，不遑顾及。至午餐时，未见眉娘下楼，始令其妻呼之。谁知鸿飞冥冥，不知所往。犹以为走谒闺友也，探问数家，皆云未来。乃叔始惶急万分，到处密访，并无下落。私念彩舆当不日临门，何以塞责？情急智生，惟以眉娘暴殁告某商。某商遣人往吊，果见繐帐[1]高悬，彤棺已设，信以为真，徒呼晦气而已。其叔遂以虚棺埋庐旁，老者居与比邻，若

① 繐（suì）帐：用细疏麻布缝成的灵帐。

信若疑。与芳若言，仅以遣嫁遇变事相告。而眉娘远遁之举，老者未曾察觉，无从与谈。芳若此时，以为必眉娘殉志，因此捐驱也。长叹数声，谢别老者。复至墓前默祝一番，循原途而返。

芳若经两次惨变，伤心益甚。越数日，骨立形销，尪瘠不堪矣。父执某微闻其情，因讽之曰："以子之才，何郁郁终日以戕其生？四海之内，宁无佳丽，岂必恋恋此朽骨为也？"芳若曰："佳丽非难，知己为难，求知己于佳丽则尤难。某已遇其人矣，乃天不我容，偏令夭折，此后恐无有继起者矣。某是以伤怀欲绝也。"父执某再三解劝。芳若口虽遵教，而念终难释。未几即病，委顿床席间，呓语不绝。或连呼眉娘，或哭读祭章，似梦非梦，似寐非寐。延医珍之，则曰此心病也，非药物所能瘳。芳若亦自恐不起，以实迹告父执某，且出与眉娘唱和诗橐及前时祭文，并呈父执某，曰："侄死后，请以此稿代付剞劂[①]。囊底尚有余钱，可作为剞劂资；不足，愿世伯代侄凑成之。今生蒙惠，来生当效犬马也。"言至此，呜咽不成声。父执某亦为之泪下。而门外之松楸声、蛩螀[②]声，凄凄切切，嘈嘈杂杂，一若助其悲咽者然。

幸而雁足书来，望犹未绝，芳若视之，心稍安，病亦略瘳，参苓无此效也。此书果何自来乎？盖吴江陈氏所发也。书中大意，谓"芳若曾抵吴江，何以过门不入？闻墓祭哀恸，情见乎词，实则其中尚有隐情。合浦之珠，非真难返"云云。芳若得此书，见其语涉模糊，殊为未解。转念眉娘果死，则陈氏必无此书。自恨当日已抵吴江，未谒故人，遽尔言归。卤莽之愆，诚所难免。乃强起作一覆书，先叙歉仄之意；次言心痛眉娘，激成昏瞀，以致失谒，种祈原宥；末言眉娘尚在，请速惠音，当负荆谢罪。书就寄吴，不半月又接覆音，知意中人尚在人世，不过未寓陈宅，远适异地，住址未详。若明若昧，疑幻疑真，此又芳若所中心忐忑，

---

① 剞劂（jī jué）：雕版；刻印。

② 蛩螀（qióng jiāng）：蟋蟀和寒蝉。

而低徊莫决者也。

芳若欲再赴吴江，苦于病骨难支，不能如愿。乃复作书寄陈，恳其招寻眉娘，久之未得答复。而芳若所托付梓之诗文，则已出版印行。盖其父执某体芳若之意，时催手民[1]，欲乘芳若生时，俾其亲见，以慰其心。而芳若捧书展视，一读一泪，追念前情，缠绵悱恻之状，如在目前。因忆成惧，恐受陈某赚，未必能再睹眉娘，于是忧益剧而病复作矣。一日，忽有人趋问其寓，云："杜生在否？"司门者答以在寓养疴。其人急趋而去，未几引一女郎至，直入寓所，曰："杜君安在？"司门者引入旁室，揭杜卧床帐，导女郎探视。女郎见芳若形容枯槁，奄奄一息，不禁失声而哭。芳若张目凝视曰："汝非眉娘耶？"答曰："然。"芳若曰："予其死乎？抑梦乎？"眉娘曰："非死亦非梦。闻君病甚，特来探询也。"芳若曰："为卿顦悴至今，只欠一死。今果见怜而来？抑来观我死耳？"眉娘颦蹙曰："为君守贞，旧约犹在。今闻君丧偶，又因误信吾死，伤感交并，安能不病？实则吾固未死也。吾未死，君亦不能死。"芳若曰："卿来，芳若可不死矣。但卿非格外垂怜，则芳若未必回生。"眉娘闻言，嗫嚅而言曰："君为我病，我感君诚。君病瘳，当敬从君命。"芳若大喜曰："若然，卿真见怜矣。"遽起亲其颊，眉娘不忍拒，任其吮咂。一则已晕桃花，一则如尝仙液。至由颊而吻，度舌生香，芳津唾入，百体皆苏。阳气蓊蓊见眉宇，而病若霍然失矣。乃令眉娘坐床侧，竟自床着履而下。

起床后，细问眉娘往来踪迹。眉娘曰："予因叔逼嫁，微服潜出。一介弱女，无所栖托，不得已往陈宅暂避，求韫姊庇护。予叔遍竟不得，竟以死闻。嗣陈君以耳目甚迩，遣媪送予至徐州，往其亲戚家避难。一面探访君踪，苦无确音。后陈君闻君赴墓祭奠，仓猝归去，未临彼宅，颇以为怪。比得君覆书，犹未直告予

[1] 手民：古时仅指木工，后指雕版排字工人。

踪者，因有所未慊也。”芳若曰：“我固负陈，陈亦不应欺我。微卿来，已成鬼物矣。然卿在吴江时，曾有数书问候，卿曾接洽否？”眉娘曰：“并未接到，想或为吾叔藏匿矣。”芳若曰：“卿何从知吾病耗？”眉娘曰：“陈君既连接君书，亦迭致予函。予拟来视君，因道途修阻，觅人相随，苦乏妥使。复函托陈君觅价，辗转通问，以致延迟。适见君付梓之书，末附祭章，令人不忍卒读。立思驰问，而陈君所遣仆亦至，故挈之同来。”芳若曰：“卿真能生死人也。”正絮语间，父执某已返寓，芳若即引眉娘谒见。父执某注视眉娘，又回顾芳若曰：“子何起之遽，而色之异也？想已受美人之赐矣。”芳若笑而不答。父执某曰：“情之能生死人也，乃如此乎！吾当为汝玉成之。”芳若拜谕，并导眉娘入谒世母，且与若郎相见。一室太和，满堂春色，正有喜不自禁者矣。

既而择吉成礼，宾朋毕至，即陈某亦遣使贺喜。燕尔之乐可知也。结褵之夕，银烛高烧，洞房如画。新人是故，白璧未瑕。锦帐春浓，香温玉软，个中人几疑身在天上矣。密月后，一对佳耦，至吴江亲谢陈氏夫妇，欢然道故，握手相亲。乃叔闻之，亦有未便相认者。作客旬余，乃返鲁。彷彿如西俗之密月旅行也。

阅者曰：乐而不淫，哀而不伤，孔子尚称之。可见情之一字，虽圣贤亦不能外。惟不流于苟且，不闻于久暂，乃为真情。杜芳若为情几死，又为情竟生，是固可与言情矣。一段姻缘，竟得美满，天亦未始不为情怜也。

寻徒

冀州有顾生者，名颖，字超然，性好奇。尝慕福尔摩斯、桑伯勒之为人，城镇有新闻，顾必探刺之，无待托者，以此颇得侦探名。会游寓燕都，闷坐旅馆中，手新闻纸数页，随披随阅。所载者非政界现状，即委巷琐谭，顾一目数行，无甚注意也。至最末一页，见有寻人告白，独谛视之，告白云：

前日走失学生一名，姓章，名子铨，年十七岁，面白身长，衣服楚楚，能操吴音。如有人知其下落，通报本号，因而寻获者，不惜酬金。其能率学生偕来者，酬当从重，决不食言。末书京城大街某紬缎肆白。

告白上并有本人照片，仿印如绘。察其面目，固一美秀而文之学生也。顾览毕，触动平时好奇之心。且忆某紬肆中，曾有一故人司笔札，决拟亲访，以穷其异。遂出门径往。至紬肆，故人尚在，相见毕，顾即问以报中所见。故人毛姓，遂答曰："是徒失踪已三日矣，遍访未获，是以登报。"顾曰："曾有银钱带去否？"曰："无之。"顾又问："有包裹否？"答云："亦无。"顾曰："是徒为何处人？"曰："姑苏。"曰："京都有是徒亲属否？"曰："彼有堂叔，曾在本肆司帐，彼即由其叔介绍耳。"顾曰："彼居此几年？"曰："已四年矣。"顾曰："彼在京有无相识？"曰："彼仅为学生，即有相识，亦不过与彼同类也。"顾曰："彼常出外否？"曰："甚少。"顾曰："彼曾忆家否？"曰："忆家之心，人所同然。但自北至南，必需途费若干圆。伊叔谓彼无银蚨，何自南归？"顾曰："余虽非侦探家，然余志颇好奇也。彼徒寝所，可导我一观否？"曰："可。"遂同至学徒寝室，左右审视，无他疑踪。再至床上检寻，寝具安然。惟枕畔有小说一册，检阅之，乃“六才子书[①]”也。即问故人曰：“是徒颇好文字乎？不然，《西厢记》非易阅者，胡为留置枕畔也？”毛曰：“诚如尊言。”顾笑曰：“恐已仿《跳墙》一出矣。”随趋而出，与毛别，且订后会期。

越数日，京都花柳场中，屡见顾踪，如狂蜂浪蝶一般。见之者以为恣意评花，实则顾之意别有所属也。顾思学徒年已十七，爱阅《西厢》，情窦必开，安保无误入花丛者？即向乏腰缠，而鸨儿爱钞，姐儿则爱俏，或有赔钱养汉等事。乃探访久之，未见影响。于是舍娼寮而访尼庵。尼庵中之调查，较娼寮为难。娼寮中可自由出入，尼庵乃妇女静修之地，未便冶游。顾则以耳听，以目听，以色听。每入一庵，见女冠子年龄犹稺，姿态稍妍者，必多方视察。奔走数日，仍无下落。一夕归寓，忽发奇想，以为男女有别，欲以须眉男子，调查妇女暧昧事，格不相入，自在意中。计惟改易女装，或易着手。然女子之性情举止，一时不能模仿，辗转图维，非先学戏剧不可。然又必旷日持久，可期有成。该肆故人，肯否久待，是亦一疑问也。翌日早起，即出赴某绸肆，再访故人。

毛见顾至，倒屣相迎，问以有端倪否？顾只摇首。毛曰：“然则竟无下落乎？”顾曰：“天下无难事，总教有心人。不过贵肆中究欲寻获该徒否？”毛曰：“不欲寻获，何须悬赏？”顾曰：“寻获后应赏若干？”毛曰：“数十金至数百金。”顾曰：“以京都之地方辽廓，人迹辐辏，欲以数十百金，寻获该徒，吾知其难也。”毛曰：“该需几何？”顾曰：“是亦难料。鄙人非依此为生活，第欲借以一试，聊餍夙愿。惜随在需钱，即此数日调查，已所费不赀矣。”毛曰：“君果肯代为费心，吾当转达诸肆主前。肆主雄于财，千金当不吝也。”顾曰：“既如此，容一为之。”遂与毛密谈改装事，毛哂微曰：“君真好奇矣。”顾又曰：“贵肆中之往来交易，有无相识妇女？”毛曰：“是必未免。”顾曰：“该徒平日，曾否

---

① 六才子书：清代金圣叹以《庄子》《离骚》《史记》、杜甫律诗、《水浒传》《西厢记》为“六才子书”，并加评订。

投送货物？”毛曰：“是亦恐难免耳。”顾曰：“请君仔细查问，有隙可图，招寻较易。”毛颔之，遂向各伙一一探问，回报顾生。曾相识之妇女，若干人；曾由该徒送交货物者，若干处。顾出日记簿详录之，更向毛先索二百金，乃去。

翌日，即投身梨园，学为旦角，专摹声容举止，及一切妆饰。匝月而成，托病不赴。诡为卖花妇，饰假髢[①]，着女服。惟莲船盈尺，似露痕迹。然托身微贱，不足疑也。改装既就，即照日记簿中所录之人物住址，逐日卖花，以觇诡秘。如是者约半月。而大家巨室中之妇女婢媪，多半认识。有二三处可疑者，每日必往。穿房入室，或经与女主人直接交易，和蔼可亲，索价从廉。以此多受人欢迎。而数月间捕风捉影之疑案，遂自此得端相矣。

有某公馆者，其主人曾候选部中，以夤缘[②]要津得美差。往南省调查库款，数月未返。主妇已殁，仅留妾、女各一人。妾固平康里中人物也。女年已及笄，姿容妖艳，尚未字人。顾颇疑之。借卖花之名，朝夕过从。其妾与女爱其和蔼，尝引入闺帏，时相谈笑。久之，几成为知己。顾曲意揣摩，逢迎备至，有时入以狎谍语，亦未遭呵叱，且加亲昵。一日，某妾语顾曰：“可惜汝仅卖花，若兼卖药尤佳。”顾哂曰：“夫人欲购春药耶？”某妾曰：“狗口无象牙，我购春药何为？”顾曰：“然则将购何药？”某妾曰：“女科中之要药多矣。其尤足牟利者，莫如堕胎药。”顾曰：“堕胎药固足射利，然销场狭隘，必寡妇、闺女，或需用之。夫人岂亦有所需耶？”某妾曰：“我何须此？”顾曰：“夫人固不需此药，但或扛夫人代办，亦未可知。”某妾笑而不答。顾又曰：“予父曾业医，故予颇知堕胎药。但寡妇、闺女，亦有区别。夫人之所欲代办者，将用诸寡妇耶？抑用诸闺女耶？”某妾方答一“闺”字，见其女缓步入。顾急起相迎，见女态，神思恹恹。衣服较前宽大，已瞧透其半矣。惟不动声色，姑虚与周旋以伺之。

---

① 髢（dí）：假发。

② 夤（yín）缘：本指攀附上升。后喻攀附权贵，向上巴结。

女坐定，某妾顾女曰："近日觉安适否？"女曰："未也。"某妾曰："须用药饵治之，方可无患。"女颦蹙[1]，以目示之，颇嫌其多言。顾乘间进言曰："小姐贵恙，已有几日？"女曰："已一月余矣。"顾曰："予曾与夫人言，略得家传，颇知诊治。小姐若不嫌愚陋，愿一为毛遂也。"女摇首，某妾曰："姥往来甚洽。为小姐计，不妨令彼一诊。"女摇首如故。某妾起，强握其手，令顾诊之。顾以手按脉，佯作惊疑状。少顷，向某妾微笑。某妾曰："姥胡为笑我？"顾曰："无怪夫人之愿为代办也。"某妾亦嫣然，顾语女曰："若蒙见信，一剂可愈。"言至此，目注女容，略有愧色。顾复曰："小姐以我为外人乎？我虽往来人家，素守慎言之戒。搬是翻非，非我辈所应为也。"此时女容益赪，起与某妾耳谈数语，转身径出。

顾见女出，遂密语某妾曰："夫人已识小姐病源乎？"某妾颔之。顾曰："实告夫人，荳蔻含苞，已两月余矣。不速治，腹且膨胀也。"某妾曰："此事关系颇大，姥不宜轻泄。"顾曰："夫人且疑余，莫怪小姐。余在此卖花，将匝月矣，屡承接谈，庄谐语不可胜记，曾闻余一谈张家长李家短乎？"某妾曰："我固知姥诚实，故举密事相商。汝能诊治，幸速惠药。"言毕，于妆篋中检出金戒一只，付顾曰："谨以相赠。"顾却之。某妾曰："姥如不受，不便出余室。"顾乃曰："受之有愧，是以拜辞。夫人既坚欲赐余，谨当领谢。但有一事欲问夫人，幸夫人告我。"某妾问故，顾曰："小姐芳龄几何？"曰："年十九矣。"顾又曰："与小姐为偶者年几何？"某妾曰："问彼何为？"顾曰："此与药物亦有关系，故愿闻其详。"某妾曰："闻为十七岁。"顾佯作沉吟，既而曰："若是则固不必用此药也。"某妾曰："何为？"顾曰："女年十九，尚未嫁；郎年十七，必未娶。郎才女貌，正尔相当。夫人代作撮合山可矣，何必令彼堕胎也？"某妾曰：

---

① 颦蹙（pín cù）：皱眉皱额，比喻忧愁不乐。

“恐家主人不允，奈何？”顾曰：“白璧已染微瑕，他处不便再适。何如与彼撮合，玉成好事，免招物议。”某妾曰：“姥言亦是，容主人返家后商之。”顾曰：“待主人返，恐需时日。胎中物讵可久留乎？”据愚见论之，应急发家书，促主人归。一则可保全小姐之名誉，二则令感念夫人之权变。此一举两得之道也。”某妾曰：“姑商诸小姐，何如？”顾点首。某妾出，约半时复返，曰：“小姐已从姥言矣。第书中如何写法？”顾曰：“只云有紧要事可也。”某妾颇识字能书，遂展笺握管，依顾意，写入简中云。

不入虎穴，焉得虎子？顾于此时虽已明要略，第未得若人一面，究不能遽断为真乘。某妾作函时，顾竟自由行动，出妾室而入女闺。时女正在床假寐，见顾至，欲起身下床。顾曰：“小姐休谦，彼此从便可耳。”女乃假寐如故。顾凝神四望，见女床旁有衣橱一具，高而且大，橱门下格外光洁，不免滋疑。惟门有巨锁，无由代启，遂潜窥锁心，牢记其穴之曲析。忽闻床内有窸窣声，知女已起床，忙就他处摩娑什物，曰：“此物颇佳，雕刻甚精也。”回顾女，则已注目在锁，料其必有隐情。姑与女敷衍数语，乃退至某妾室。见书已修好，遂曰：“此信甚关紧要，予当代为付邮也。”某妾曰：“如此甚佳。”遂以书付之。顾持书而别。

越日，顾复往，径造女室，门尚紧阖也。顾以指弹之，闻女问为谁，顾佯效某妾声，答一“我”字。既又闻女声曰：“今日卖花妇来未？”答以未至。复待片刻，方闻门已启扃。顾急入，女见之，大加惊惶，亟以身阻顾，不令入内，且曰：“汝在外少坐，闺中甚龌龊也。”顾曰：“不妨。”推女身返入，而闺中隐身之男子，急欲入橱，门不及掩，已被顾了然矣。一男一女，相顾失色。顾曰：“余知之已悉，何必惊愕？余愿为一对璧人牉合[①]也。”女乃腼颜曰：“姥已觑破吾隐，幸勿外泄。”顾曰：“不劳嘱咐。但此子为某紬肆学徒，胡为匿此？”男子亦赧

① 牉（pàn）合：两性相配合。

然曰："我不识姥，姥何由识我？"顾曰："天下人皆将识君，宁独我耶？"又谓女曰："小姐见亦陋矣。图欢于暂，何如订好于终？他日尊君返驾，能保无泄漏乎？"女不觉长跽曰："愿姥救我。"顾曳之起曰："毋然。我虽非观如在，救苦救难，颇优为也。"乃语学徒曰："尔一箭双鵰，可谓乐矣。然乐极生悲，色上藏刀，尔知之否？为尔计，须矢诸小姐前，终身事小姐，毋忘旧情，余必为君说合也。"学徒乃对天宣誓，复向顾申谢。顾又谓女曰："夫人已信致尊君，不便再匿情郎。今夕可纵彼出门，由余引去，保不露风。"女允之。适某妾亦来，见隐情已破，不得已从顾议。于是夕纵使偕行。

顾导学徒至紬肆，叩其门，阍者启入。顾请见毛君，毛第识学徒，不识顾，乃曰："妪胡由寻获敝徒？"顾曰："君忘故人顾颖乎？"毛凝视久之，不觉大笑曰："好一大侦探家！做得出，扮得像，无怪其能破案也。"顾遂与谈侦访事，并及订婚约。毛曰："君真能成人之美矣。为敝肆轻担负，为学徒配佳丽，为某公馆盖恶声，四面顾到，可称三绝矣。"越数日，某公馆主人归。顾仍服男装，投刺进谒，草草数言，即为学徒成婚约。盖某主人嬖妾爱女，妾劝于前，女啼于后，已早为片面之允洽。迨顾至，不待烦言，而已自唯唯从命矣。数日即遣女嫁学徒。毛与肆主言，极称顾机警，愿如旧约，出千金为顾生寿。顾笑曰："予岂真好此阿堵物哉？前因用费无着，权取二百金，统计所需，不过尚缺一二百金耳。今以千金给我，是以利交我也。非惟轻我，且亵我矣。"肆主乃只给二百金，款饮数日。顾竟去，不知所往。

阅者曰：法皇拿破仑有言："难之一字，法国字典中不应有之。"可知天下事只在尽心，鲜有不能成事者。顾为某肆寻徒，竭尽心力，卒以破获，即其证也。且肆主以千金为赠，而顾则辞多受少，用费以外，概不支取。是尤有义侠风，不得仅以侦探家目之。

奕 技

世俗消闲之具，莫如博奕。然博徒有常刑，而奕士无特罚。良以奕士清高，博徒污下也。古有奕秋，见于《孟子》。后之以善奕称者，亦代有其人。至清乾嘉时，朝贵盛行奕技，四方之善奕者，亦争集京师。海宁范西屏，得推巨擘。先范著名者为黄某，年亦较范为长。及范入都，黄与角技，反为范窘，且死范手。论者遂谓范之技，实通于黄。实则黄之死，由冤孽所致。徒以一日之短长，定毕生之高下，非笃论也。

先是黄某尝游朝贵间，与名士巨公奕，靡不胜，以此人皆畏服之。一日，某部郎邀黄奕，旁有少年作壁上观。每一局，见部郎穷于应付，略为指点。黄即问少年姓氏，某部郎曰："此富春韩君也，馆余有年矣。"黄曰："想亦一风雅士，然棋边不语，乃为君子。韩君独未之闻耶？"于是韩嘿不一言。局既终，黄别去，韩语某部郎曰："谁谓黄某奕无可敌者？自我观之，攻守间亦有隙可寻。必称之曰'国手'，尚未称实也。"某部郎曰："不意君亦精此术。他日黄来，君可与一决雌雄也。"韩笑而颔之。

越数日，黄又至，与某部郎奕。韩复在旁观局，间或指导一二。黄作色曰："曩昔之约，讵忘之耶？"韩曰："善战者不阻众议，善奕者亦不禁人言。先生优于奕，名噪一时，岂尚惮吴下阿蒙[①]耶？"黄忿然曰："子既工奕，能与我较否？"韩曰："贲育[②]之徒，不与三尺童子斗，恐损其名也。公为先进，某乃晚生，公若失手，一世盛名，将扫地矣。还请三思。"黄被激，益愤愤曰："能奕则来，不能则退，

① 吴下阿蒙：指三国时期吴国名将吕蒙，后亦以讥缺少学识、文采者。

② 贲育：战国时勇士孟贲和夏育的并称。

何断断为？”韩曰：“非曰能之，愿学焉。”遂与黄对奕。初下手，黄甚轻之，迨见其布局得法，正中寓奇，始觉其异。亟设法防拒，势已无及。局竟，黄负数子。再奕再布局，黄尽其技以窘韩，韩则从容不迫，随手应之，所有争点，无不立解，且反出奇以窘黄。黄心忙手乱，转致穷蹙。再局终而黄又负。迨至三局，黄费尽心思，而所负仍如故。韩微哂曰：“公高年，精神似已衰矣。三战三北，不必再试也。”黄老羞成怒，推枰而起曰：“今日适患头痛，以致屡北。他日当再与君交手耳。”言已，悻悻然去。

黄为韩所胜，而韩名遂盛噪。有某亲王者，素嗜奕，心尤好胜。人与之奕，每隐让之，藉以博王欢。王则自信不疑也。自韩以善奕闻，某王亦欲觇其技，遣使至部郎家召韩。部郎闻之，语韩曰：“君善奕，若尽其技，王必败，败则必怒，不可撄也。请君屈己徇人，乃可顾全面子。”韩曰：“尽技则伤情，枉道则失名。依某愚见，不如勿去。”部郎曰：“是亦未可。无故而却王召，即属不情。”韩乃往，与王奕。自辰至日中，连赌二枰，无少胜负。至末局，韩乃负半子，遂辞出，出则心力已交瘁矣。盖韩既由部郎嘱托，不敢出奇以制胜，而又虑盛名之或损，务求铢两悉称，不爽分毫。半子之让，全系悉心布置，而故意出此者。故与王虽仅争三局，所费心力，殆不啻数十倍也。

韩踯躅归途，自觉疲惫。忽有一老者要于路曰：“今日余疾已愈，君能与角数局否？”韩视之，乃黄某也，遂却之曰：“本应遵嘱，但此时稍有未适，姑俟异日何如？”黄笑曰：“可一不可再，侥幸者如之，何足道哉？今日愿与君毕其所长，若逡巡却顾，非夫也。”韩少年卓荦，意气自豪，闻此言，不能容忍，遂曰：“必欲与奕，亦无惧也。”偕黄至一室，对坐围棋。黄以累日之图谋，设一迷杂惝恍之奇局，韩亦刻意防之。至最后一角，彼此相争。韩反复凝思，脑力已竭，卒不能应。黄嘲之曰：“老夫耄矣，容有精神未济之时。君方英年，胡竟握子不能下？可见一次侥幸，终归失败。君莫视我为老朽也。”言毕，掀髯大笑。

韩不答，神色陡异。一声狂叫，鲜血直喷，蹶然仆地。忙遣人舁回部郎家，复呕血数升而绝。

韩死，黄某名又盛京都，迁延十余年，无人敢挫其锋者。会范西屏入都，黄犹在。诸名公语黄曰："今日又来一敌手矣。"黄问为谁，佥曰："海宁范西屏，奕手也。垂髫时已精十诀，名闻江左。今北来，莫敢对垒。公愿与彼角胜否？"黄曰："后进小子，粗知一二，即诩无敌。曩昔之富春韩生其前鉴也。老子所谓'欲取姑与'者，余自谓得之。后生辈乌足知此？"此语传入范耳。范曰："黄某以韩生目我，我愿为韩生复雠，试与一奕以决之。"于是诸巨公代为设彩，邀二人角逐一枰。互奕数小时，将终局，亦以一角争优劣。黄迟疑莫决，半晌犹未能下子。范嗤然曰："先生殆不欲战乎，何濡滞若此？"黄忽色变曰："孽也，天夺我矣，又何争为？"推枰仆地，痰厥不醒，竟去世。好事者追溯韩生逝世之月日，与此适符。天夺之语，殆非无因欤。嗣是范名益盛，无复与争者。

嘉庆初年，范游申江。时申江奕士，推倪克让为翘楚，其次为富嘉禄等，皆有名。倪不轻与人弈，富则尝设局豫园，招奕客以逐利。范至，观人奕，见一客将负，为指其疵。众哗然曰："此地系博采者，不容客语也。君若精此，盍亲决胜负。"范应诺。众曰："不出注，不弈。"范自怀中取金一锭出曰："此可作注否？"众羡之，相率赞成，争来就弈。范曰："君等俱来，不妨，余不惮人言也。"于是观者如堵，群言淆杂。范则得心应手，若毫不思索者然。局未半，众已无可措手，亟报富。富至与奕，甫下数子，已知非敌。请以之先让，犹负局。请再让，又负。众又走告倪，倪入局，曾识范，遽乱其枰，语众曰："此棋国手范先生也。君等不自量，乃欲与争，有百战百败已耳。休矣，毋徒向班门献丑也。"随与范寒暄数语，邀之返家，盘桓数日。既而富室刱议，醵金延范至西仓桥宅，请与倪奕。倪请范让四子，始不相上下。迄今所传之《桃花泉谱》，名《四子谱》，即范倪对奕之原局也。

阅者曰：以术自鸣者，多以术败。韩亡于黄，黄亡于范。虽曰巧于报复，要之皆挟术自鸣之过也。倪名传沪渎，独能倾心服范，成《四子谱》。迄今范倪并称，不以倪亚于范少之。《易》曰：“谦尊而光，卑而不可逾。”倪君有焉。

婚 妒

距粤江数里，有一巨村，北倚山，南濒河；山上多竹，可作纸料，河流便于输运，故业此者颇夥。村中之最著名者，为老巨泰纸厂。主人姓席名德徽，以业纸起家。年五十，无子，仅生一女。及笄时，赘一同乡人桑茂中为婿。桑固诚谨，女亦婉顺。席为儿媳两当之计，藉以娱老，生男勿喜女勿悲，席未尝不作是想也。

同居十年，翁婿夫妇，咸无违言，席之愿以是慰矣。遂举厂中一切事务，悉委于桑，不欲过问。惟随意游眺，或登山玩景，或临水观鱼；有时且入市小饮，朝出暮归，习以为常。老当益壮，不待扶持。婿与女亦幸其康健，不之顾也。会当盛夏，天时溽暑，骄阳铄石，炎熇逼人，至晚间热犹如故。席临流乘凉，夜静未归。桑乃往迓，四顾无席踪，异之。连呼数次，亦无应声。惊愕之余，以为妇翁必返，失之交臂也。复回家询妇，妇云未还，乃大骇。亟召厂工数人，各执火具，再往河滨探视。逝水不波，寂无影响。厂工中有善泅者，入水觅之，亦不得。桑彷徨无计，姑率厂工回家。

越日，拟遣厂工分路探寻。忽有村人来报，谓有尸身浮水面；桑急往视之，果其妇翁尸也。忙令工人捞起，舁至家门前，架棚覆席，始举丧。凶讣所至，皆极悲悼。殡葬之日，村众执绋者，实繁有徒。良以席翁素诚厚，而又惨遭变故也。桑亦以妇翁误溺，疑无他故，感念旧情，随时洒泪而已。忽一日接到一函，不署发信人姓名，启视之，内一短笺，大书四字，系“尔毋幸免”一语。桑愕然不知所谓，转辗思之，妇翁之溺，亦必为匪人所害。彼害妇翁且不足，尚欲加害己身，是必有极大隐雠者。顾自思生平交际，概主和平，尚乏睚眦之怨。或者由妇翁所结，辗转牵累耳。遂询之于妇，妇曰：“吾父固无雠隙也。”桑曰：“是必有故，尔未及知。予且谋诸亲族，一决疑团可也。”

席氏本乏近支，故自桑入赘后，未闻有异言。迨翁殁，治丧告窆[①]，亦无有起而攘产者。彼远支疏属，多迁徙他方，同住村中者只寥寥一二家。翁在时尝赒恤之，桑亦相承勿替，无纤芥嫌也。外戚更无论矣。桑既召亲族，出书示之，亲族俱莫测其隐。最后之赠言，惟嘱桑以思患预防，不轻出入而已。桑自是格外小心，每出必令厂工相随，久亦安之如故。会桑有友人自汴中来，友善子平术，桑以己造示之。友曰：“近三年内，防有意外事。但有贵人相护，能化凶为吉，可无虑也。”桑复以匿名信相告，友曰：“亲友中有宿怨否？”曰：“无之。”友复请见其妇，桑令妇出见，年可三九，素衣缟袖，绿鬓红颜，半老徐娘，犹存风韵。相见毕，其妇返入内室。友曰：“今将唐突一言，幸勿见怪。君缔姻时，得毋有相妒者乎？”桑曰：“是未可料。但忆成礼之日，贺者喧阗，一无非议。迄今相隔十年，宁尚有出而报复者？”友曰：“此不过余臆测之辞，非确论也。余有老友在，智深勇沉，足为臂助。不如延之使来，藉为捍护也。”桑欣然应诺。其友人曰：“是非亲往不可。”乃即与桑别，即日起程。隔半月，有壮士来见，桑延入。问其姓，曰“贺”；叩其名，曰“钺”。诘所从来，贺出一函示桑，乃知即友人所介绍者也。桑喜甚，款待甚殷，饷以酒食。席间询客所能，贺曰：“予无能，惟能击石耳，每发必中；虽百步外，亦能及之。中州称为‘贺一石’，即我也。本不敢冒昧进谒，因好友相邀，情不忍却，故特来此。敢问君有何事相须？”桑以实告，贺曰：“令岳之遭变者此水，君之欲烛奸谋者，亦在此水。继自今，请君于傍晚时，常游河干。予在百步外监护，必得端倪，毋恐也。”桑从其言，每夕辄沿河一行，贺尾蹑之。然暑往寒来，朔风烈烈，河水几将凝冱[②]。桑畏冷，初则每日一至，继则间日一至，终则三五日一至。转瞬岁阑，厂中事亦忙乱如丝，

---

① 告窆（biǎn）：旧时以下葬日期讣告亲友，谓之“告窆”。

② 凝冱（hù）：结冰，冻结。亦作“凝沍”。

桑无暇临流，而年事已了矣。

贺在桑家度岁，桑始终敬礼之，不少衰。既而春光和煦，河水旱泮，厂事亦易忙为闲。贺语桑曰："今可复践前约矣。若今岁无意外事，则此后可保无虞，予亦将束装北返也。"桑自是复常至河，往来又月余，绿树阴浓，波光如画；田夫野老，闻有于辍工之暇，小坐河干，同话桑麻者。见桑至，佥问之曰："桑君胡为常来？"桑曰："日间料理厂务，不免敝神。至晚间，聊作优游，运动血脉，亦卫生之一法也。村中浊秽，惟河干饶有清气，余是以逐日过此耳。"众又曰："令岳为好游故，至随河伯而去，君独不畏耶？"桑曰："死生有命。即闭户独处，亦宁可长生？"语毕，复踯躅前行。河干约长里许，桑至河滨尽处，检一苔砌，略坐片刻。但见暝烟四合，新月如钩，遥望村夫，已皆归去。于是欠身而起，亦拟作还家想矣。

俄闻河流作澎湃声，自对岸横渡而来。桑方谛视间，忽波中跃起水珠，激至桑额。有一人从水中出，裸体而前，张手作搏桑状。桑骇甚，急返奔，仓猝之间，不辨高下。未至数武，绊足仆地，追者已踵其后。桑情急，大呼救命。闻追者自后厉声曰："毋呼，呼则速尔死。"桑初意贺必来援，不意寂无影响。而冤家路窄，蓦被逼迫，逃无可逃，惟束手待毙而已。追者猛用两手，自桑背后扼其腕。桑呼吸顿塞，一缕灵魂，几欲从顶门中飞出。突闻扑刺一声，仆追者于桑身上。桑身觉甚重，而气已复苏。刚欲翻身撑拒，忽见灯光一道，闪如飞电。一急足者出其前，鞋尖所至，踢追者于数尺外，复用手挈桑起立。桑从灯下瞩之，盖一不相识之老者也。

彼何人，彼何人，乃突来救桑耶？桑欲问其姓氏，老者曰："且从缓，予当捕匪人。"时匪人为老者踢仆，目已被伤，尚未致命；正思忍痛逃生，而老者已至，反其两手，提之如孩童。且语桑曰："速归，予护尔回家。"于是桑前趋，老者随之。既抵家，桑正欲叩谢恩人，老者突去其须曰："君不识贺一石耶？"

桑惊视之，果贺也，问其故，曰："此即西探所谓易容术耳。予于暗中随君，日久无所得，恐已被匪徒所窥透，故每夕必易容伺之。今果得凶手，亦云幸矣。"桑曰："君胡不早援以手？"贺曰："余夜能烛物于百步外。匪初上岸，见其赤手空拳，未带凶器，料亦无甚急剧。至君仆地后，予将观其何术害君。乃彼徒用手扼吭，是第一莽夫之所为耳。投石击之，中其目，虽曰要害，未伤生命。然后爇灯烛君，且便擒匪。匪不死，可询其口供也。"桑称谢。贺乃提匪入，穷鞫之。

匪徒为谁？盖一纸厂中之故工也。席初设厂时，匪徒年尚稚，入厂为佣。席女亦丱角，婉娈可爱。匪涎其美，格外勤谨，以博席翁欢。席颇倚为左右手，女亦不避嫌疑，尝使执琐务，如是者数年。迨彼此年长，匪乃浼人求婚。席翁怒曰："余女岂嫁小工耶？"竟逐之。匪愤愤去，于他处佣工，暇时习泅水术，兼及拳棒，十年始成。一试毙席翁，心犹未足，欲再毙桑。而桑至河干甚少，即临河亦有人相随，匪无从下手，故投匿名信以激之。谚云："明枪易躲，暗箭难防。"彼之无端投函，适见其愚而已。泅水利暑而不利寒，春夏之交，正便泅水，因复试其故技。不料已欲毙人而人先毙已，天意亦巧于报复哉！匪直陈不少讳，乃执送官厅，处以死刑。

贺既破案，拟指日返里，桑欲厚酬之。贺知其意，权词语桑曰："予尚欲勾留数日，方与君作别也。"桑喜甚，不之防。一日，贺他出不复返。桑就贺寝所检之，行李无存，案下已留简作别矣。桑感怅不已，至尸祝终身云。

阅者曰：天下人之毙于女子者，殆不少矣。翁以女而亡，小工亦以女而死，桑几为女毙。幸遇侠士，始免于难。不然，几何能不为翁之续也。惟小工以却婚之嫌，竟欲置翁壻二人于死地，居心很险，一何其甚！翁之死已为非命，桑若再毙，是无天矣。贺固义侠，亦天特生之以救桑，隐为除暴安良计也。

陈阿尖

陈阿尖，无锡人，父业农，阿尖生四龄而父殁。家无担石[1]储，赖母日夕纺绩，博赀赡养。越三载，阿尖已总角矣，性狡黠，与幼儿戏，专效作窃贼行。少成若天性，习惯成自然。识者知其非佳儿，而其母方溺于舐犊之爱，不之问也。

一日，有贩鱼蛋者过村中，村人趋购之。购毕，贩者检鱼蛋，少鱼一尾、蛋两枚。时适盛暑，担旁虽集群儿，多赤身露体，无从窃隐。四顾无可疑处，只得懊丧而去。去后，阿尖持鱼一尾、蛋两枚归。母问之，答曰："是得诸贩者手。"母曰："尔钱从何来？"阿尖嗫嚅曰："行窃耳，何需钱为？"母曰："贩者岂无耳目，尔何由窃此？"阿尖行至墙侧，举鱼贴墙上，以身掩之。复藏两蛋于两胁下，垂手不少动，乃呼母曰："母来，能知儿所藏处乎？"母见其赤体倚墙，一无痕迹，而鱼与蛋俱失所在，不禁大异。阿尖乃自胁下取蛋出，背后取鱼出，笑示母曰："鱼与蛋固无恙也。"母大喜，烹鱼煮蛋，与阿尖共食之。阿尖以母不之戒，且喜其慧黠，遂自以为得计，因思藉此以谋生活。随时窃邻家食物，邻家以为他贼所窃，不疑其为陈阿尖也。阿尖年稍长，专习拳棒，并学轻身术。越数载而艺成，私心窃喜曰："是可以试吾技矣。"于是名虽为农，实则为贼。昼耕于亩，不啻一农家子也；夜则衣黑衣，服黑裳，纵跳如飞，层墙如平地，攫物归，与老母共食用。行之期年，赤贫之家，居然小康矣。

阿尖所耕之田，与住宅隔一衣带水，流虽不深，然相距丈许，不便徒涉，须迂道而行，约里许，方有桥可通。阿尖嫌其未便，每日往耕，只以铁锄点水中，

① 担石（dān dàn）：一担一石之粮。比喻微小。

一跃而过。见者相率称奇。阿尖则习以为常，不自觉也。会有巨舟泊塘岸，舟中坐彪形大汉二人，见其技，亦奇之。遂登岸叩其姓氏，阿尖一一应答。大汉延之登舟，款以酒食，畅谈绿林故事。阿尖始知为江湖盗魁。自思藉此结纳，或可作将伯之呼，因亦微露真相。大汉闻为个中人，格外欢迎，愿约为异姓昆弟。由是往来过从，日加亲密。阿尖有未能者，得盗友导助之，技且益精进矣。

宵小行窃，最忌雪夜，以其有迹可寻，恐被追捕也。阿尖恃其智力，独于雪夜微行，经诣苏州入某巨宅，窃二千金归，藏圮桥下。去时雪未没涂，尚无足迹；归时则涂已积雪，着迹堪虞。阿尖思得一计，倒着草履，使其足迹反向，迷人心目。其狡黠已可见矣。既至南门，天尚未晓。道旁有灯光微露，瞰之，知为卖浆家，人已起而门虚掩。彼竟排闼直入，取其铜具而逸。主人追之，乃又故缓其行，俾之牵回，缚途县署。迨苏人浼老捕探缉，彼已被禁狱中。老捕本长于侦探者，疑此事系陈所为；乃足迹既皆反向，而犯案又在他家，两相印证，料非一人所为，遂舍而他去。谁知斲轮老手，竟被瞒过。狡哉阿尖，智且出老捕上也。

阿尖犯案甚轻，拘禁仅数日，遂得释。往桥下取二千金归，安心享用。陇亩之间，亦无其踪矣。越一二载，金将用罄，故态复萌。闻海盐陈姓，富甲全国，拟出其全力，做一桩好生意，为归营菟裘[1]计。谋定后行，数日抵海盐，访得陈氏家。但见甲第连云，侯门似海，雕甍画栋，光怪陆离。慨然叹曰："今而知名不虚传也。一生吃着，当于是取之。"日既暮，易衣出旅舍，纵身入高墙。鸡犬不哗，人听俱寂。惟内室西楼，有烛光荧荧，自窗隙出。过觑之，见有二少女伏几假寐，一则高髻绾云，年较长；一则双鬟委绿，年较稚。年长者服红裳，年稚者服青衣，均短衫窄袖，装束谨严。阿尖阅人多矣，料知隐寐者虽为女流，必有异术，恐非所敌，不敢惊动。急以身作翻鹞状，翻然竟下，出具烛之。门外有铁

① 菟裘（tù qiú）：地名。在今山东省泗水县。《左传·隐公十一年》："羽父请杀桓公，以求大宰。公曰：'为其少故也，吾将授之矣。'使营菟裘，吾将老焉。"后因以称告老退隐的居处。

栅，扃鐍[1]甚固。用器扳去铁条，复以刃撬门，钻身而入。室内置有数箧，启其锁，箧内所藏者，累累黄白物也。阿尖大喜，解去腰囊，拟窃金银以实之。

囊甫解，置他箧上，乘机取金银。忽楼上有声作响，未免心虚。急仰首望之，见青衣女飞身而下，不觉大惊，转身欲遁。而女已直逼其前，无可趋避。观其来势突兀，决非易与者，忙拔利刃与女斗。女手无寸铁，首未闪而足已起，出其不意，蹋阿尖右腕。阿尖手少动，而所执之刃，已被女足蹋去，不知所在。阿尖仓皇失措，仅举拳向女。女不与手搏，但随势腾跃，忽前忽后，忽上忽下，几令人无从捉摸。砉然一声，阿尖已仆于地上。女曰："嘻！鼠子亦想作贼耶？"盖阿尖腰间，为女足踢中，痛而致仆，惟束手待缚而已。女出索缚其手，提之登楼，举重若轻，似携敝絮然。

登楼后，置阿尖于楼上。有一红妆女，坐床头，美丽绝伦，笑语陈曰："汝太不自谅，欲钱亦不妨明言，何必作此窃贼行？且试问汝有何术，乃敢至我家图窃耶？"阿尖唯唯称不敢。女诘问如前，阿尖曰："无他技，只一轻身术耳。"女曰："汝学此术，吾令汝试之。"顾青衣女，令取大藤笆至，呼阿尖曰："试履行此口。"阿尖不得已，绕走五十余匝，汗出如瀋，遂下，作牛喘状。女哂曰："只此伎俩，乃思作贼，傎[2]矣！吾家雏婢，尚能胜汝也。"随命青衣婢试之，数百周乃下，毫无喘容。阿尖大惧，遥瞷楼后一窗未键，乘二女不备，跃而遁，自以为疾。不料臂间已被蹴莲钩，但听女子娇声曰："便宜汝，区区小窃，不值余一追也。"阿尖幸得生还，星夜回里。而臂患奇痛，取火烛之，已成青紫色矣。医数月，始得瘥。

阿尖经此奇创，仍不之悛。臂痛愈后，复试其故技，犯案累累。鸣官者多指定阿尖。邑令嫉之甚，募干役合力缉捕，卒为所获。审鞫时，证据确凿，阿尖不能讳，

---

① 扃鐍（jiōng jué）：门闩、锁钥之类。

② 傎：同"颠"。

一一实供。遂定谳申详，斥为盗犯，置诸重辟。临刑时，其母探视之。阿尖涕泣呼母曰："儿今日死矣，愿得母乳一含，死亦瞑目。"母不解其故，阿尖恳求愈急，不得已袒胸与之。阿尖用力一齩[1]，乳头已脱落，血淋漓母胸。母忍痛问曰："尔胡为者？"阿尖恨恨曰："母乎！不早勖我，误入于邪，致有今日。今悔无及矣。"母泣而归。迄今里巷间之评溺爱者，佥谓母不善教，他日必有齩乳之祸，是即引陈阿尖故事也。

阅者曰：母教之所关大矣哉！母教善，则可使其子为孟子，为陶柳，为欧阳诸人；母教不善，则其子多堕入下流，欲不为陈阿尖者几希矣。虽然，木必有根而后叶茂，水必有源而后流长。女学不兴，而望斯民之得母教，是犹锄根而求叶，竭源而期流也。噫！

① 齩：同"咬"。

易 嫁

指腹为婚，古习闻之；然伏弊甚多，往往有订婚于前，贻悔于后者。盖贫富之见，人情同然。始则境遇相若，意气相投，子未离胎，亲先择偶；迨男长女大，而沧海桑田，不知几变。彼贫此富，相形见绌，未有不因而生悔也。蒲城有樊、刘二姓者，因指腹为婚事，演成奇剧。借管城子述之，亦讽世之一助云尔。

樊、刘皆世家也，向联葭莩谊，儿女尝互为婚嫁，以此相得益欢。樊有女适刘，刘有女适樊，彼此以姑嫂相呼。适同时怀妊，遂有指腹为婚之约。已而樊生男，刘果生女，汤饼筵[1]开，弧帨[2]同庆，亲属咸往贺。中有吴生攀桂者，与樊、刘俱有戚谊，至是登堂列座，豪饮甚欢。乘一时酒兴，笑对诸宾曰："某姓吴，系月老后裔，欲承祖业久矣。今幸樊、刘两家，男女分育，安知非金童玉女，脱胎而来？前缘已定，只待冰人。某不谅，愿充此执柯役也。"一唱百和，相率赞成。樊、刘姑嫂，本有夙约，得吴生为之撮合，私愿皆慰。于是汤饼筵终，而喜筵又启。

涓吉纳采，贺者又踵至，欢声盈耳，倍于曩昔；佥谓天缘辐辏，定卜永好矣。阅数年，两儿渐长，一般如粉妆玉琢，不判低昂。有见之者，皆啧啧称赏曰："此真佳耦也。"既而樊家运蹇，儿忽丧父，藐焉诸孤，茕茕孑立[3]。犹幸母氏贤达，兼代父职，画荻课书，篝灯授读，夜以继晷，不惮勤劳。厥儿天资颖悟，得此善

---

① 汤饼筵：即汤饼会。旧俗寿辰及小孩出生第三天或满月、周岁时举行的庆贺宴会。因备有象征长寿的汤面，故名。

② 弧帨（shuì）：古时生男子则置木制的弓于门左，称为"悬弧"；生女则设事人的佩巾于门右，称为"悬帨"。

③ 茕茕孑立（qióng qióng jié lì）：茕，同"茕"。孤零零一个人站着。形容一个人孤孤单单，无依无靠。

良之母教，固已卓荦不群。无如松柏之材，必经盘错；圭璋之质，必待磨砻。是儿有母可依，有产可恃，尚不足以言困阨。天欲成之，姑先靳之，饿其体肤，劳其筋骨。天之所以试验英雄者，类如是也，宁独此儿然耶？

果也丧父未几，又丧翁姑。亲戚来不情之篡夺，酿成讼衅者数年。逮案得直，而耗费不赀。祝融氏[1]忽又下降，自邻宅税驾，旁达樊家。举祖若父辛苦经营之居积，被该氏囊括而去，一炬成空，可怜焦土。自是嫠妇孤儿，无家可依，不得已商诸刘宅，借耳舍两椽，权为住所。刘宅虽尚顾亲谊，随时赒恤。奈贫富之嫌，势所难免。婢仆辈尤势利居心，冷语热嘲，无日不有。樊氏母子傲骨峻嶒[2]，自念依人篱下已属无聊，况又经婢仆之揶揄，益加愧恨。居不数月，向他家别赁矮屋，迁移而去，刘宅亦听之而已。

樊儿名弧生，刘女名帨芳，当时取"悬弧设帨"之义，议定斯名。弧生因连遭逆境，一落千丈，其母虑儿贫而志短也，因字之曰"志刚"，时已成童矣。志刚秉贤母遗传，性磊落，不屑以贫贱谄人。乡有老明经范儒者，见其志趣非凡，大为赞赏。暇时辄授以圣经贤传，及诸子百家等书。志刚默识心融，无不领会，下笔能作千言。明经料其必成大器，尝语樊母曰："甘于苦出，今日以为苦，他日必回甘也。"无如家叹屡空，衣食之赀，常虞不足。志刚衣短褐，食粗粝，望之若乞儿状。当局虽安之若素，而局外则皆鄙夷视之矣。

刘女帨芳，以娇贵之躯，席丰厚之境，颐指气使，成为习惯。婢媪有受其诃责者，尝退有后言曰："威福可暂不可常，将来出嫁樊家儿，恐视我辈且不若矣。"女闻之大恚，怨怼之意，形于词色。有道及樊家事者，辄掩耳避去。或语人曰："我誓不作乞儿妇。如父母相逼，毋宁死。"其父母亦略有悔意，但已受聘，不便负约，唯欷歔太息已耳。无何而男年及冠，女年及笄，已届婚嫁之期。前时愿

① 祝融氏：即火神祝融。借指火灾。

② 峻嶒（jùn céng）：陡峭不平貌。

为月老之吴生，颇思全始全终，以践前约。先至樊家，问婚期。樊母曰："儿年固长矣，余亦欲纳媳，持箕帚也。但如其乏婚娶之资何？"吴曰："女家素封，又向为姻好，不如使郎君入赘以节浮费，何如？"樊母曰："不敢请耳，固所愿也。"吴曰："试言之，或能有成，最佳；否则另议。"樊母应诺，吴乃赴刘宅。

刘见吴至，正欲与语乃女事。吴即以己意相商，女父曰："我家无赘婿例，不便允从。"女母曰："无论赘婿之无其例也，且吾家小妮子亦不愿嫁彼，奈何？"吴曰："男女婚嫁，由亲作主，安能权操女手？况二十年前，已有成约乎？"女母曰："吾固未尝有悔婚意，无如女意甚坚，屡劝不从。即强迫出嫁，必多反目。为樊家计，亦属未安，当别求良策。"吴笑曰："然则将毁约乎？"女父曰："约可毁否？"吴曰："毁约之说，不敢从命。安见樊家郎君终饿莩死乎？"时刘女在屏后窃听，闻此言，不禁气愤，奔而出，指吴曰："吴家伯伯，汝硬申前议，必欲置吾于死地耶？吾死，亦当为厉鬼祟汝。"吴不意帨芳出诘，面色惊沮，久之乃对女曰："穷达，命也。姑娘命佳，则于归后，可转穷为达，何虑为？况樊家郎君已负盛名，指顾间即登云路，夫荣妻贵不难也。"女曰："渠即拜相封侯，予亦不愿适彼。"吴曰："亲命难违，人言可畏。姑娘须三思。"女曰："汝家亦有女儿，何勿嫁彼，乃絮絮向人间语耶？"吴曰："我固有女，未受彼聘，张冠可让李戴乎？"女曰："我愿让之。"吴曰："将来之五花封诰，亦甘心让人乎？"女曰："愿让愿让。"女母见其出言不逊，促之入。女乃悻悻返，屏后犹闻有怨詈声也。

吴起座欲行，女父尼之，并为女谢过，且愿与吴熟商。吴勉强勾留。女父曰："九州之铁，铸成大错。欲悔约则有关名誉，欲遵约则女誓不从。叨在戚谊，幸赐明教。"吴只摇首，不能答。女父曰："适有一言，可容君听否？"吴曰："试道其详。"女父曰："必欲吾女过门，则纳采之礼已行，纳征之礼未备。须黄金百两、彩币十端，朝入吾门，暮嫁吾女矣。"吴哂曰："此即意图悔约之设词也。"

女父曰："樊、刘世通姻好，前例如是，今亦仍之。宁设词以窘人乎？"吴曰："曩均富，今则一富一贫。必援故例，宁非窘人？"女父曰："如樊家不能从，休怪薄情。"吴起辞，出诣樊家，讳女言，第以女父意相告。适志刚侍母侧，愤而言曰："渠欲毁约，毁之可耳，齐大固非吾耦[①]也。"樊母无词，惟伏几而泣。时范明经正过访志刚，闻其事，即奋然曰："君子成人之美，吾愿任其半；余半，由樊自筹。吴君能借助一臂，事即成矣，不怕刘老刁猾也。"志刚揖明经曰："谢师厚我。虽然，弧生，贫士耳，德不逮梁鸿，而娶妇颇思如孟光。倘所偶非人，何如不偶？"明经曰："子言亦韪。但已成之缘，何可决裂？如子言，反贻彼以口实矣，余不乐赞成也。"樊母始终无言。明经去，吴亦归。

吴有女名咏琴，二九年华，德容俱备。吴物色佳壻，无当意者，故尚待字闺中也。吴返家，与女述樊、刘事。吴女与樊生，曾有一面缘，至是亦莞尔曰："樊生非终贫者，刘家姊殊太执拗也。"吴曰："吾亦云然。若个好郎君，惜已为刘家壻。不然，吾愿以汝字彼矣。"女脉脉含羞，红晕于面。吴复曰："范明经可谓有心人，刘家所索过奢，渠愿任其半；余半令樊氏自任之。犹恐樊力不胜，浼吾臂助，儿以为何如？"女曰："此义举也，可量力助之。父若无自筹措，儿稍有金饰，亦可将去。"吴曰："贤哉吾女！彼刘氏女安足语此？"女退，吴以语其母，母亦赞成之，无吝色焉。

翌晨，吴未与樊商，先赴刘宅，语女父，以樊愿如约。刘奇之，问樊家金币何来。吴以实告。女父曰："吾固知樊氏之不能出此也，今告贷以成此举，是负担愈重矣。为吾女而使重负，余不忍为也。"吴曰："然则将免之乎？"曰："否否。吾且与渠母女商，再以报君。"吴颔之，小坐以待。久之始出，蹙额而言曰：

---

① 齐大非耦：耦，通"偶"，配偶。春秋时期郑国太子不接受齐君求婚的话。比喻由于自身门第低下、势位卑微不敢高攀。语出《左传·桓公六年》："齐侯欲以文姜妻郑太子忽，太子忽辞。人问其故，太子曰：'人皆有耦，齐大，非吾耦也。'"

“吾女决意不愿，可若何？”吴笑曰：“名为家君，乃不能驭一儿女子乎？”刘大惭。既而女母出，长跽吴前，请设法请圜。吴曰：“若欲悔约，余不便代达。大丈夫一诺千金，何能食言？无已，吾有一策，以小女代嫁可乎？”女母拜且谢，女父亦叩首。吴曰：“是亦宜归家商之。”女父曰：“予之权力，不及一亲生女，已知愧矣，君谅不吾若也。若令爱肯为代嫁，吾愿以女奁相赠。然必须至我家登舆，方免物议。”吴曰：“掩耳盗铃，能长此隐讳乎？吾姑从汝。”议既定，吴归询女，女曰：“以李代桃，未免不经。然既承父命，敢不敬从？”吴乃诣樊，第言刘愿如约，敢请吉期。樊即择定良晨，行成婚礼。

吉期既届，吴女潜造刘家，刘伪作嫁女状，候郎亲迎。志刚至，奠雁毕，迓吴女行。却扇[①]之夕，志刚谛视芳姿，与刘女不甚相类，颇有所疑。盖志刚幼时，固尝与刘女谋面也。惟怀疑莫释，一时未便致询，第屡目吴女以示意。吴女亦窥破底蕴，欲析其情。究之作新嫁娘，不能遽自剖白。夜阑客散，志刚入房，据案而坐，不解亦不寝。吴女亦侍坐无言。迨更鱼三跃，志刚愈思愈疑，情不能耐，乃起对吴女曰：“卿今日劳矣，辱承不弃，许附丝萝，幸何如之！惟相别未久，芳容骤改，殊所未解。”吴女嫣然曰：“君得毋嫌妾丑否？”志刚曰：“娶妻在德不在貌。貌美如卿，亦观止矣，但何以今昔不同？令人心迷。愿有以教我。”吴女曰：“君曾忆妾姓氏乎？”志刚闻言益疑，良久乃曰：“卿非刘姓耶？”吴女曰：“实告君，妾姓吴，非姓刘也。”志刚愈骇。吴女曰：“君毋惊。刘家女不愿适君，家父曾为柯证，不便爽约，是以命妾代嫁耳。”志刚曰：“然则胡为仍由刘宅遣嫁？”吴女曰：“刘家恐遭物议，故为此张冠李戴之计。”志刚曰：“刘家女之不愿来归者，憎我贫耳。卿本无夙约，乃肯惠然前来，岂甘作贫人妇耶？”吴女曰：“父命不可违，故冒昧来此。若以贫富论人，非妾意也。天下事

① 却扇：古代行婚礼时新妇用扇遮脸，交拜后去之。后用以指完婚。

只视人为，贫者岂必终贫？且妾以为富而浊，何如贫而清？妾所愿与君偶者，钦君德耳，贫何足道哉？”志刚曰：“嗟乎！不意巾帼中有此伟论也。鄙人当奉为女师，不敢屈为荆室。”吴女曰：“言之太谦，徒增妾赧。”志刚曰：“明知婚礼已成，不容异议。然以卿代刘，独具慧眼，固以鄙人之不终贫也。鄙人苟志不在远，何以对卿？今愿与卿约，名为夫妇，实分枕席，得志后乃敢实践，卿意如何？”吴女曰：“君有此志。妾当成之。”志刚曰：“愿对烛共矢。”吴女欣然领诺，相誓毕，乃异衾而寝。

翌晨，志刚先起，出省母，与母道昨宵事。母曰：“吾固疑妇貌之不昔若也，不谓有此隐情。刘家女太轻视儿矣。”志刚曰：“易鸦而凰，儿心甚慰。刘女不足责也。”少顷，吴女登堂谒姑，执礼甚恭。樊母大喜，语女曰：“儿不嫌菲陋，易嫁来归，非特弧生知感，余闻之，亦惊喜交集矣。惟井臼[①]之劳，有屈娇娃，未免令余抱愧也。”吴女低声曰：“媳不慧，诸事悉仗姑教。姑言若此，媳何敢当？”樊母曰：“儿既见谅，尚复何言？”吴女即入厨执爨，汲釜调羹，择甘奉母，举案相夫，井井有条，毫不凌乱。樊母见其动作有方，不禁极口赞赏曰：“吾子有福，得此贤妇。我樊氏当剥极而复[②]矣。”志刚见母欢，心益慰，对吴女益加敬礼。吴女亦益矢谦冲，闺房之内，若师友然，不狎而亲，不昵而爱。以视庸俗夫妇之感情，盖有过之无不及者。

刘女年届花信[③]，尚未适人。其父忧之，以近村耳目颇周，未便托人执柯。乃致书远道亲友，诡言次女待字，浼作撮合山。适闻喜有巨商卞氏，为其子求婚。刘友即代为作合，择日于归。远道相攸，各未详察，但凭冰人之片语，遽为二姓之相联，其不能无后憾也审矣。女既嫁，卞氏子见其年长，已为不欢。且素性游

① 井臼：汲水舂米，泛指操持家务。

② 剥极而复：剥卦阴盛阳衰，复卦阴极而阳复。后以喻物极必反，否极泰来。亦作“剥极则复”“剥极将复”。

③ 花信：花信风，应花期而吹来的风。相传花信风共有二十四番。故以“花信之年”借指女子二十四岁的年龄。

荡，好作冶游，不匝月即纳小星，视女若雠敌。女有怨词，则还以鞭挞。闺帏之地，成为狴犴[1]。女固无如何。其父母闻之，亦无如何也。既而卞父又殁，卞子益暴戾，贬其妇为灶下婢。炊爨洗濯诸琐务，悉以役女。一不当意，挞辱无算。女日夕涕泣，但祝速死。卞子则嘱婢媪监守，拘束綦严。女求死不得，求生不能，多方觅得故乡人，以情达其父母。刘远使接女归宁，卞子叱之曰："女既嫁人，无再返理。今迓去，得毋欲令女作钱树子耶？"使者答词亦不屈，卞子怒，逐使归。

刘女方入地狱，而吴女已登天堂矣。志刚以文名噪于世，膺科举，三试连捷，擢为部曹，简任鲁省主试。试毕，告假祭祖，与吴女实行夫妇礼。刘闻志刚回籍，仍浼吴与志刚商，乞设法迓女。志刚曰："吾谓刘家女必适贵人矣，今乃若此而已乎？既奉吴丈命，敢不効劳？"遂贻书闻喜县令，令饬卞子送妇归宁。时卞子因强奸邻女，为乃父讦发，已系狱待罪矣。邑令第饬役送刘女归宁。刘女返母家，首若飞蓬，泪如零雨，面目憔悴无人色。逮闻樊生贵显，吴女得膺诰命，省愧悔，尝自挞其面曰："一双好眸子，何盲视若无睹也？"未几病瘵，不数月而死。志刚挈眷至京，仍司部务数年。妇连举二男。其太夫人享寿八十余，乃终。志刚以丁内艰[2]归林下。自志刚发迹后，岁时以金帛贻范明经。及丁艰，明经犹在，见之必执弟子礼。逮明经殁，心丧三年，不饮酒食肉，如丧母时云。

阅者曰：造物之弄人，亦狡矣哉！欲抑故扬，欲扬故抑。而庸耳俗目，为一时现象所炫，堕入牢笼，被造物狡弄而不自觉。迨至始扬者终抑，始抑者终扬，乃叹前日之误为，而已无及矣。刘女之憎贫，人以为奇，吾以为常；吴女之不厌贫，人以为常，吾以为奇。世有伟识如吴女者，吾为丈夫子，屈膝亦不辞焉。

---

① 狴犴（bì'àn）：犴，同"犴"。狴犴，传说中的一种神兽。形似虎，好讼。古代在牢狱的大门上画着狴犴的头形。后用作牢狱的代称。

② 丁内艰：即丁母忧。

奇 缘

金陵王翼皋，家素贫，以贩香为业，尝往来皖之庐、凤间。妻某氏，生子不育，仅留二女。长女甫出嫁，而妻病殁。王老而鳏居，只一弱女相依，形影凄凉，无所呼吁。又因内助乏人，不便外出，郁郁困守者数年。而家益落，齿益衰矣。

幼女甫垂髫，眉目清秀，面貌姣好，天姿亦颖慧不群。王爱其幼而聪也，戏呼之曰“阿聪”，后遂沿为定名。王独居无聊，尝教女以书算，女一学即知，深惬父意。龙钟老人，得此娇小玲珑之爱女，粗足自慰。但以株守非计，日思重理旧业，藉以自赡。一夕，召阿聪至前，语之曰：“尔母去世，已数年矣，仅遗尔姊妹两人。尔姊又出嫁，惟尔在家伴我。我年已老，舍尔何之？但坐守已久，境遇萧条。欲行商则苦不能堪，欲不行则势将坐毙。出处两难，如何而可？”阿聪闻言，无限凄凉，又恐父之增痛也，强作欢容曰：“儿虽一女子身，然同是人类，岂必与男子异？父欲远行，儿愿追随左右，始终不离。请老父勿虑。”王曰：“儿乎，谈何容易乎！关山修阻，跋涉维艰，娇怯如尔，奚堪当此？就令尔不惮艰苦，而以一老翁，携一弱女，仆仆长途，亦多不便。况我风烛残年，生死难测。倘或委身沟壑，遗尔孤独之身，飘泊天涯，泉下有知，何能瞑目？已矣，阿聪，天既阨我以伯道之悲[1]，复窘我以庄生之戚。若非前生造孽，胡为致此？”阿聪曰：“儿有计在，可从父行。”父问计，阿聪曰：“其惟易钗而弁[2]乎？昔花木兰代父从军，雌雄莫辨。彼于出生入死之交，犹能决然而去。儿即不古人若，宁随父出游，履

---

① 伯道之悲：同“伯道之忧”。谓无子。伯道，晋朝邓攸的字。邓攸为河东太守时，因避石勒兵乱，带着自己的儿子及侄子逃难。途中数次遇到乱兵，邓攸因不能两全，乃丢弃儿子保全侄儿，以致没有后嗣。

② 弁（biàn）：古时的一种官帽。古时男子年满二十加冠称弁，以示成年。

道坦坦，亦以为惮乎？”父笑曰：“孝哉，吾女！壮哉，吾女！”越日，阿聪促父购男子衣冠，实行改装之策。父曰：“此戏言耳，宁果可实行耶？”阿聪曰：“试为之。可则去；不可，何妨另议也？”父不忍拂其意，遂为购男衣数袭、冠一顶，归令改装。阿聪妆竟，禀父曰：“何如？”父视之，峨冠博带，举止大方，居然一美少年也。微叹曰：“形固肖矣，如皮相何？”阿聪笑曰：“儿固一男子也，父胡为目我以女？”父亦笑失声。阿聪又曰：“今日系黄道吉日，我父女可即整装也。”父曰：“儿胡急急若是？须知出门作客，只能略带行李；家中所存什物，亦应托人照管。儿年轻，究属少不更事也。”阿聪曰：“姊家迩，托之可耳。”父曰：“然。我先往尔姊家接洽，待我归，整装未迟。”阿聪曰：“父不必去，容儿至姊家。儿今日初为男子，看阿姊认得也未？”父笑而颔之，阿聪即行。

既抵姊家，见姊正携瓮出门，为汲水计。阿聪欲借此试姊，姑向姊曰：“嫂，今日某兄在家否？”阿聪所言之某兄，即其姊丈名也。姊曰：“不在家中。客从何处来？”阿聪曰：“我从来处来，今日有缘见嫂，能容我小坐否？”言未已，骤握姊手。姊大骇欲呼。阿聪曰：“姊目盲矣，讵同胞弱妹，乃未之识耶？”姊闻言，呆视久之，乃笑曰：“促狭鬼，谁教尔冒为男装，来吓阿姊？”阿聪曰：“我教我。姊尚能言，幸不吓煞也。”姊曰：“尔作男装胡为？”阿聪曰：“将娶妇耳。为王氏血脉计，应若是。”姊大笑曰：“妹痴矣，余不料有此痴妹也。”阿聪曰：“姊且汲水归，待妹详告。”其姊乃任阿聪入，亟自外汲水归，细诘阿聪，乃悉其故。遂偕阿聪至父家，检点什物。值钱者雇人搬运，代为收藏；旧且敝者听之。待父与妹治装毕，扃户而出，加以键镭。各洒泪数点，珍重数声而别。

王翁挈阿聪，出金陵城，乘舟渡江，以凤阳为目的地。因有老友相识，可呼将伯也。鸿毛遇顺，直达凤阳，登陆访旧友，得二三故交。误认阿聪为男子，见其美秀而文，皆称为佳儿，愿出资相助，俾理旧业。王遂赁屋一椽，设肆为生。阿聪事父惟谨，暇时复温习书算，自簿记以及洒扫，皆阿聪司之。经营逾年，子母相权，居然得利。王大喜。阿聪见父有欢容，益乐此不疲，几自忘其为女矣。又越年，交易愈多，父女两人，日无暇晷，欲觅一佣伙以承其乏。适有吕氏子名膺者，从金陵贩香来，与王翁为子侄行。王素信其诚谨，遂延为助手。居数月，吕之勤恳，不亚阿聪。两人意气，颇亦相洽。惟吕固未知阿聪为女者，尝语王曰："聪弟年长矣，胡不与彼纳妇？叟已高寿，向平愿[①]亦宜早了也。"王唯唯。而论婚者亦踵至，王俱却之。吕不解，惟私与阿聪语曰："吾劝君父为弟纳室，君父固尝承认矣。乃媒物频来，未闻允洽。岂以弟年尚稚耶？抑以此乡人不足订婚耶？"阿聪忸怩久之，曰："兄长弟数岁，何尚未纳妇，乃问及弟耶？"吕曰："处境不同，难以并论。"阿聪曰："兄贫耶，弟富耶？乌有所谓不同者？弟固无福娶妇也。"言讫，返身入室。吕以其年少怕羞也，亦一笑置之。

居无何，而王竟病，病二月而大剧。见聪在侧，流涕与诀曰："吾向者固虑及此，不幸适中吾料。吾死，尔茕茕矣，奈何？"阿聪至此，强欲忍泪，而泪已满眶，点滴如雨。王又欲叮嘱，而吕膺亦入，乃顾与语曰："老侄来此，深蒙臂助。极思得利千金，同归故土。乃一病不起，遽成长别。命也何如？阿聪年少，侄宜顾老朽面，格外照拂，毋相负也。"吕膺亦哽咽不已，仅以"诺"字相答。王又顾阿聪曰："尔宜善自为计，慎之勉之！"言及此而痰已塞喉，气已上壅，溘然逝矣。阿聪大恸，欲以身殉。吕膺劝慰曰："承先继志，斯谓之孝。若毁身灭性，转成罪人。今日为弟计，宜勉抑哀思，治丧守制。现正营业发达，弃之可惜。姑再经营数年，搬柩回籍。弟意以为何如？"阿聪始勉强收泪曰："兄以大义相劝，敢不敬从？"乃整缮丧具，一一如仪。并得吕膺为助，暂以父柩厝凤阳。

厝葬时，阿聪至灵位前，焚香默祝曰："儿不幸，昔日丧母，今复丧父。茕茕弱质，何以自存？本思随吾父于地下，顾念父柩未返，父志未成，儿若遽殉，

① 向平愿：《后汉书·向长传》载：东汉人向平隐居不愿做官，待子女婚嫁完毕，就出外游览名山大川，不再过问家里的事。后因称子女的婚嫁之事为"向平之愿"。

是更增儿之不孝矣。儿虽非男子，所关于宗祧者至大，今已易钗而弁，誓愿以男装终身。我父有灵，还祈默佑。儿当继承父志，勿使遽坠，得博余利，即当迁柩回籍，以慰先灵。那时可生则生，可死则死，决不贻吾父羞也。”阿聪退。吕膺亦跪而祝曰：“仰荷帡幪[①]，已历数载，不幸降劫，竟丧老成。丈知我而不报，是谓负恩；我诺丈而不信，是谓负约。膺虽愚陋，誓不为此。丈其鉴之！”祷毕亦退。但见所焚之香，凝成一团，隐隐示后团圞之兆。而两人当日，第知吾尽吾心，固未尝作他想也。

葬讫，返理肆中事，仍如往日，且以勤俭。惟两人外室而居，毫无戏言。阿聪束身尤谨，暑不解衣，饥不外食。吕膺固诚悫，见阿聪所为，绝不之怪。第以其举止不苟，甚敬礼之。服将阕，计肆中所获之利，不啻数倍。又出其余赀营他业，亦获赢余。转瞬禫祭[②]，阿聪行祭礼毕。翌日除服，招父执至，设筵待之。酒半酣，阿聪出谢父执，并陈词曰：“先父辞世，已三年矣。承故旧庇荫，得承先业，不坠箕裘。计自设肆以来，除赀本外，已获千金。先父之所望者止此。今克偿先志，当知足矣。父执所助之赀，应于今日归还。某拟搬柩还乡，俾正首邱[③]。谅伯叔行不我鄙也。”言已，浼吕膺取银出，一一清偿。客三让而收受，尽欢而散。是时肆中已另有他伙，阿聪择其悫挚者托之，即移父柩返金陵。吕膺以离乡有年，久怀归志，且因沿途可以为照料，亦偕阿聪归。

归后，先诣姊家。相隔多年，姊又忘其为妹，疑讶久之。阿聪曰：“姊不忆当日临别时耶？今父殁已三载矣，予特搬柩回籍也。”姊闻父殁，即缟衣奔丧。既还葬，见其妹所偕之男子，相助甚殷，情谊兼至，不禁疑忌交并。私语阿聪曰：“彼何人，莫非即妹倩耶？”阿聪变色曰：“彼乃肆中之伙耳。予何曾嫁彼也？”

① 帡幪（píng méng）：庇荫，庇护。

② 禫（dàn）祭：古代除去孝服时举行的祭祀。

③ 正首邱：邱，同“丘”。传说狐狸即将死在外边，也要把头朝向所住洞穴的方向。指死后归葬于故乡。语出《礼记·檀弓上》：“礼，不忘其本。古之有言曰：狐死正丘首，仁也。”

姊笑曰："妹云不嫁，窃恐嫁已过半矣。"阿聪愤甚，指天为誓曰："耿耿此心，可鉴天日。予若不贞，神其殛之。"姊终未信，阿聪涕泣终日。邻里闻之，传为奇事。于是吕膺始得悉阿聪之非男矣。

越数日，吕膺即遣人求婚，阿聪不允，且曰："吕君情可感，但余已改女为男矣，男子安能嫁人？"吕闻阿聪言，更设法求其姊丈。其姊丈与妇言，令劝妹嫁吕。阿聪曰："姊因疑我，今又劝我，何矛盾若是？"姊曰："男女同居，已涉嫌疑。不如适彼，免滋口实。"阿聪曰："王家一脉，赖我相承。我嫁人，宁不绝王氏后乎？"姊笑曰："承妹王氏后，妹之后将谁承乎？依姊所见，妹不嫁吕，不如令吕嫁妹，何如？"阿聪亦大笑。吕闻之，竟造阿聪家，长跪求婚。阿聪曰："大丈夫何患无妻？汝乃跪一女子前，何龌龊无丈夫气？"吕曰："卿女中杰也，天下如卿者能有几人？予敬卿，是以跪卿，并愿娶卿。卿不嫁我，我愿嫁卿。"阿聪扶之起，流泪相告曰："君之待我亦厚矣。人孰无情，宁不感惠？但我已誓于父前，愿以男装终身。即嫁君，亦不能强我返装，改从君姓。可则成婚，不可则止，毋扰我也。"吕曰："谢卿诺，愿如卿命。"

片言要约，涓吉成礼。青庐交拜时，设两家之祖先神位于堂上。阿聪仍着男服，与吕膺行礼毕，相偕入洞房。衣冠已卸，究判阴阳，半推半就之时，固犹是儿女态也。密月后，仍偕往凤阳，理旧业又数年，乃闭肆还里。其时腰缠已万贯，膝下已二雏矣。析产业各半，长得其一，承王氏后；次得其一，承吕氏后。吕膺敬礼阿聪不少衰，人见之，犹无异主宾也。

阅者曰：阿聪固奇女子，吕膺亦奇男子也。佳偶曰配，以阿聪配吕膺，洵所谓无独有偶者矣。世之自诩文明，动以自由结婚为词者，为问男子而如吕膺，女子能如阿聪否也？

慧婢

文登郭翰城者，少有文名，家屡空，无恒产。而事亲至孝，制行不苟。会父又病殁，郭寝苫枕块①，三年不外出，因是益贫。迨服满，年已弱冠，招徒课学，所得修脯，悉以供母。自奉则蔬粝以外，无兼味也。有见之者，佥曰："郭生真孝子也。"

世态炎凉，人多势利，憎贫趋富，习以为常。郭不求声达，甘心食贫，谁料其后能致福者。以此鳏居数年，无与为媒；郭亦随遇而安，未尝有求凤想也。时适天寒，郭母出负曝，奉几奉杖，皆郭躬亲之。又与母捶背搔痒，曲意承欢，愉愉之容，始终不改。会邻有雏鬟过其门，睹郭状，心甚异之，归告主人。主人若勿闻也者而置之，肉眼人不识英雄，奚足怪焉？

邻主人为何富翁，家积巨万金，生子女各一。子甚蠢而女颇慧，故翁之爱女，甚于爱子。女名掌珍，年长及笄，因苛于择偶，故尚未字。雏鬟即女婢也，名小春，甫十六龄。其父曾操许负②术，小春幼聪，见父谈相，尝默识之。厥后父母并逝，叔荡无行，鬻于何家，充灶养婢。掌珍喜其慧，拔置闺中，遇之如骨肉。小春感甚，尝怀报德念。既见郭，与主人言，不之答。乃入告掌珍，且曰："此佳耦也。小姐欲得良匹，舍郭其谁？"掌珍曰："彼贫甚，奈何？"小春曰："向以小姐为非常人，不意所见亦如此。尝见富家求偶，必择其较富者与之。不知膏粱文绣，最足误人。纨袴中之佳子弟，能有几耶？况婢子粗得家传，颇知相术。郭生不贵，

---

① 寝苫枕块（qǐn shān zhěn kuài）：铺草苫，枕土块。古时居父母丧之礼。

② 许负：汉代善于相面的许姓老妪，曾相周亚夫，说："君后三岁而侯。侯八岁为将相，持国秉，贵重矣，于人臣无两。其后九岁，而君饿死。"竟如其言。见《史记·绛侯周勃世家》。后用以泛指相术家。

宁抉吾目。愿毋交臂失之也。”掌珍曰：“吾父不从，奈何？”小春曰：“终身大事，固应由父母作主。但小姐如以为可，则不妨由婢子潜告，令遣冰上人作伐，或者可以玉成耳。”掌珍无言。小春即往告郭母，母曰：“汝家小姐，金玉尔躯，讵屑嫔寒门乎？余何敢作此妄想也？”小春曰：“郎君纯孝，必邀天眷。今日贫，安知后日不富贵？余既与小姐言之矣，速托人媒合，成固佳，不成亦何妨？”郭母曰诺，乃别浼邻媪往。

邻媪至何家，亦不便措词，第先述郭生孝思。何氏翁媪强应之。及见何女，乃曰：“好姑娘，不知何处潘郎，得享受丽福？如比邻郭生，品学兼优，与姑娘可称合璧。惜乎贫富不相当耳。”掌珍俯首。小春在旁曰：“郭家相公，宁长贫者？倘使缘有相合，賸以膏火资，行见平地青云，指日可待矣。”何富翁曰：“恶，是何言欤？吾女非豪门不嫁，彼穷措大乃思妻吾女耶？”小春又曰：“鱼盐版筑之中，尝出将相。若以目前之贫贱，断其终身，似相人不应尔也。”翁嗔目曰：“尔喜郭穷儒耶？吾当为尔嫁之。”小春跪曰：“婢子无福，请主公息怒。”翁曰：“尔在我家，衣锦绣，食膏粱，尚云无福耶？今乃有心嫁郭，愿携筐作乞人妇，是真尔所谓无福矣。”即顾语邻媪曰：“郭欲得妇，宜以千金来。吾家有婢，可与彼也。”邻媪知事不谐，唯唯而去。

小春随掌珍返闺中，跽掌珍前，愿赐怜悯。掌珍曰：“痴丫鬟，年甫二八，即欲嫁人，知差也未？”小春曰：“婢子岂急欲嫁人者？第以今日作合，尚期有成，他日即不相符也。”掌珍曰：“我一女子耳，宁能为汝作介绍人？”小春曰：“小姐能垂怜婢子，似亦无难。”掌珍曰：“试言其策。”小春起，附耳数言，女笑而颔之。翌晨出省父母，侍亲早餐，密禀曰：“小春虽稚，已萌他念。昨父亲令之嫁郭，渠竟信为真言。夜间呓语，犹记郭生，不如遣之为得也。”翁曰：“彼果以千金来，愿如约。”掌珍曰：“吾家鬻婢，必索千金，如物议何？且得千金不足喜，失千金不足忧，愿大人熟思之。”翁曰：“如尔言，将无取直乎？”

掌珍曰："是亦不然，以原价署券耳。"翁未允。掌珍又曰："小春虽侍儿，儿不能时时拘束也。万一不慎，渠竟私奔，亦吾家之羞。儿敢预禀，以免后责。"翁沉吟良久，乃曰："诺。明日宜招邻媪来，与署约。"

是时邻媪，以作合未谐，早覆绝郭母矣。忽何家又来相召，乃再往。何翁见媪，语之曰："原约如何？"邻媪曰："郭氏之贫，谅早闻知，何从而得千金乎？余固未尝与彼言也。"翁曰："以原价署券何如？"媪问若干，曰："百金而已。"媪曰："恐一时亦难致百金。"翁笑曰："然则前日之来，尔且欲与吾女媒。生女虽是赔钱货，然亦未闻有六礼未备，贸然遣嫁者。今仅取百金之值，乃反闻而却步耶？"媪无词可答，权为承认。入见小春，详言翁意。小春导见掌珍，媪语之曰："百金鬻婢，可谓廉矣。然吾料郭氏终窭，亦未必咄嗟可办也。"掌珍不答，小春已泪数行下。掌珍见小春状，笑语曰："婢子真痴情哉！吾当为汝玉成之。吾蓄有数十金，悉以相助，则事可谐矣。"小春拜谢。媪乃出，与郭母言。母以问生，生曰："取婢为妻，心犹未慊。但既承知己，不当以婢视之。母意以为何如？"母曰："儿以为佳，取之可也。然百金之约犹仅得其半，如之何而可？"郭生曰："吾家有藏帖若干本，足值数十金。儿意本不愿出售，今为知己所逼，权且割爱，以济急需。"母应诺。郭有友嗜古，曾见郭家所藏碑帖，读赏不置。郭乃往与之商，愿以藏帖作抵押品，乞贷数十金。友问何用，郭以娶妇事详告之。友曰："巾帼犹加青眼，况吾侪名为须眉乎？"立凑五十金与之，却还藏帖。郭留帖携金归。

百两往迎，三星入户。今夕何夕，见此良人？小春之痴愿已偿，郭郎之嘉耦亦就。新婚燕尔，乐可知已。小春奉姑孝，相夫谨，餍糠粃不为苦。且以十指生涯，佐家中生计。每日夕劝郭勤学，郭益自奋勉，功随时进，声名鹊起。求文者日汇于门，岁得润资若干金，几小康矣。而何家则乐极悲生。何氏子长而好博，终日与匪类伍，一掷辄千百金。何翁屡诫不悛，反出言相忤。翁愤极成病，旁人劝为子纳室，冀得贤妇以作内箴。翁乃多方物色，择一橐家女偶之。不意新妇来嫔，骄倨成性，勃溪之声，尝达户外。目无翁姑，遑论姑嫂？此时之掌珍，盖已趋于悲观矣。小春闻之，探视掌珍。掌珍泣且曰："子固具有特识也，吾勿如多矣。"小春极力劝慰，并曰："现观小姐气色，殊不甚佳，恐近年必多挫折。经五稔后，乃可贵显也。"掌珍曰："五月且难挨，可五稔耶？"小春曰："实告小姐，目前尚属佳境，过此且有不今若者。为小姐计，宜抱定宗旨，幸勿少误。"掌珍问："宗旨安在？"小春曰："此五年内，勿轻嫁也。"掌珍许诺，小春辞而出。

小春甫归家，而省吏征辟[①]之命下，延郭生为记室。郭以问小春，小春曰："此发轫[②]兆也，胡勿行？"郭生曰："家有老母，谁其事之？"小春曰："君娶妾何为？君之责，即妾之责也。"郭起揖小春，小春趋避，笑语曰："休休，但教君不忘妾，受惠多矣。"郭曰："乌有负妻之郭翰城者，卿何虑焉？"于是整装起行，临歧叮嘱，不惮烦言。越月余，郭以忆母故，遣使接眷。小春将奉姑载道，先至何宅别掌珠。时何翁病已加剧，掌珍日侍父侧，不敢少离。小春亦入问翁疾，翁曰："子得所矣，曾亦念我否？"小春曰："唯唯，不敢忘。"翁曰："我欲语尔，实自汗颜。今病亟矣，行将就木，不敢不以后事相属。吾儿不肖，吾女待字。来日大难，何以善后？他日如念香火情，还望转达尔夫，幸加顾恤。"言至此，饮泣失声；掌珍益泪似绠縻。小春曰："婢之荷主人惠，得偶郭生，如蒙庇廕，幸遇顺风，誓必相报。"翁乃收泪，命掌珍赠以赆仪。小春不受。掌珍曰："妹乎！尔胡为外我乎？"小春瞿然曰："小姐以妹相称，恐折婢子寿。承厚赐，本不敢辞。第小姐惠婢已多，留此作脂粉资，胜于馈婢万万也。"掌珍不从，强纳小春袖中。小春入掌珍闺帏，私置诸箧，乃与掌珍别。

自小春去后，何翁即逝世。其子毫无戚容，草草治丧，即出外冶游，挥霍纵

---

① 征辟：谓征召布衣出仕。朝廷召之称征，三公以下召之称辟。

② 发轫（rèn）：拿掉支住车轮的木头，使车前进。比喻新事物或某种局面开始出现。

态，倍于曩昔。越年而余赀已尽；又越三年而积产无遗。其母又以忧愤卒。其妇不安于室，长归母家。仅留一伶仃孤苦之掌珍，与一老媪同居，恃衣饰之典鬻，以作生计。乃兄犹且朝夕需索，不与之，即击桌掷盌，哗扰不休。掌珍惟以泪洗面，终夕痛哭而已。一日，乃兄施施从外来，语其妹曰："吾为妹得一好郎君矣，明日当来迎汝也。"掌珍大骇，矢以不嫁。乃兄大言曰："天下有终身不嫁之女子乎？不嫁将胡为？"掌珍曰："母丧未阕，乌可从吉？"乃兄曰："汝真迂矣，年已逾笄，犹欲守礼耶？父在从父，父死从兄，不怕汝不嫁也。"言讫，悻悻而出。掌珍大哭。老媪曰："姑娘年长矣，乘此适人，亦何伤？"掌珍呜咽曰："彼岂欲嫁我哉？鬻我而已。吾宁死，吾宁死！"是日饮食不进，泣至夜半，拟吞金以殉。检箧中，金饰已罄，惟案上置有空箧，已生尘网。视之得银二锭，私忖此物胡为遗此。默忆良久，始悟系小春留置物，喟然曰："吾悔不从小春言，致受此苦。然小春尝语我以五稔之约矣，屈指计之，已历四载。岂前途尚有幸福耶？"继又叹曰："明日即恐受胁，遑问明年。小春之言，未必非欺我也。"辗转思量，终无善策。始则怀银欲遁，继则以夜深更静，去将安适，决计自尽。忽闻有叩门声、启户声，接连又有嘈杂声、抢攘声，料知有意外虞，急拟结帛悬梁。孰意乃兄已上楼直入，有二三赳赳武夫，随之而来。不待掌珍言，强劫而去。

掌珍身不由主，被强徒牵拥上舆。约行数里，始抵一宅。有婢媪数人，出迓掌珍。掌珍下舆大恸曰："我本良家女，奈何劫我至此？岂世界中无王法耶？"言已，欲以首触柱。婢媪等方力为阻拦，忽有一大腹贾昂然而出，厉声曰："汝非何家女耶？汝兄已以三百金鬻汝，俾我为妾。汝从我则已；不从我还我三百金，亦当送汝归也。"掌珍大愤，一跃坠地，髻脱发垂，乌云四散。大腹贾毫不怜惜，指挥婢媪，将加以强暴手段。俄闻狮吼一声，自内户出，一涂脂抹粉之中年妇，负气登堂，指大腹贾而詈曰："谁令汝纳妾？我昨日曾不允汝，经汝再三哀求，勉强承认。今来此不祥之女喧闹堂中，岂以汝家尚兴旺，必欲令此女败之耶？速驱出，毋贻灾。”大腹贾被其谴责，垂首无言。该妇竟指令婢媪，逐掌珍出门。

时已天明，行人犹稀。掌珍被麾出外，进退维谷，自思不如投水，聊以全贞。踯躅数武，果见有河流一带，潆洄其间。趋抵河干，以手笼发，向西立拜曰：“父兮母兮，畜我不卒。今若此，惟葬身清流，还我洁白之身。父母有知，请在冥途援引。儿即从父母于地下矣。”又顾河水曰：“掌珍掌珍，不意死于此地。”言讫，奋身一跃，随流而往。时正有一巨舰，沿河而下。闻有女子泣声，正思笼岸询问，忽见女子哭投入水中，急由水手捞救，拥女出水。抚之犹温，倒其身，吐水数升。灌以姜汤，易以新衣，约一时而复苏。启目视之，身旁立有丽人，缟衣素裳，清而且艳，一似曾相识者。凝思良久，曰：“是矣是矣！汝其为小春妹耶？”丽人亦惊曰：“数年阔别，幸睹尊容，胡为憔悴若此？若非小姐先呼，恐尚未能相认也。”掌珍欲起立，小春曰：“小姐且假寐，容婢子在旁细叙。”掌珍曰：“承妹相援，铭感不朽。此后若再以小姐婢子相称，多增羞恶，宁再蹈水中为佳。”小春曰：“名分自在，安敢改称？”掌珍跃然起，仍欲赴水。小春亟以手相阻，曰：“愿遵尊命。”掌珍乃返坐，问其详。小春曰：“余姑已去世矣。郭郎在任丁艰，奔丧回籍。适遇姊，此天意也。”掌珍曰：“郭君本任何职？”小春曰：“自赴省后，充记室半年，得大吏保荐，调署县令，洊升[①]府道，屈指已三载余矣。”掌珍曰：“可喜可贺。”小春曰：“饮水思源。非姊德，小妹曷能臻此？姊贺妹，妹亦当贺姊。”掌珍曰：“巢覆卵碎，何贺之有？”小春曰：“睹姊面，晦已消矣。妹固虚左以待也。”掌珍面色微赪，久之，曰：“妹休言，予愿以蒲团老矣。”小春曰：“违天不祥。今姑置议，且谈姊事。”掌珍一一叙述，且述且泣。小春亦叹息不置。

既而与郭相见，郭申谢旧惠。掌珍谦不敢当，唯红晕两颊而已。郭既返，掌

---

① 洊（jiàn）升：被举荐提升。

珍欲返故庐，小春坚不肯从，乃随入郭家。遣人视何宅，兽镮紧锁，闻已为大腹贾所司矣。郭怒，缮文鸣官。贾闻之大惧，亟浼人说情，愿还宅了案。郭又遣人觅何子，得之于丐户间，严词训诫。何子自陈悔状，乃令返故宅，给以钱米。经半载，而何子果改过，乃为迎其妇，时妇家亦中落矣。郭令掌珍进规，妇亦少悟。未几，郭已除服。小春乃申原议，劝掌珍与郭生行合卺礼。掌珍却之。小春不待允从，竟为之涓吉成婚。届期鼓乐盈门，傧相皆至。小春亲与掌珍改妆，掌珍不知所为，任其梳裹，由喜娘搀扶而出，行交拜礼。既入洞房，小春顾郭生曰："好为之，今夕可报德也。"掌珍挽小春裙，小春曰："留妹何为，宁今夕可相代乎？"小春去，郭拥掌珍入鸳帏。苦尽甘来，惊喜交集，三生夙约于此圆满云。

阅者曰：此篇与蒲留仙《青梅》一则相似。惟事实间有差异耳。闺阁之中，得此慧眼，事妙文妙，足与《聊斋》仝传矣。

卫宫人

永嘉滕生，年二十六，美姿容，善吟咏，为众所推。夙闻武林山水之胜，拟往游焉。会赴省乡试，假涌金门外住宅为旅舍。每日游西子湖中，领略波光山色。七月既望，往曲院赏荷，乐而忘返，泊舟雷峰塔下。少顷，夕阳西坠，荷香袭裙，游鱼跳掷于波间，宿鸟归翔于林际。生把酒吟诗，倍极酣畅。既而月光如画，凉风徐来，吹动衣袂，益令人有飘然出世之想。遂舍舟登陆，沿堤观望。行至聚景园，信步而入。是时人迹已稀，虚园岑寂，独生对景徘徊，凭栏小憩。忽见一美人先行，一侍女随之，自外入内，风鬟雾鬓，绰约多姿，望之如神仙然。翳何人，翳何人？是正生之所索解无从者也。

生隐于轩下，屏息以观其所为。但闻美人自言曰："湖山无恙，风景不殊。但时移世变，殊不能无黍离之感耳。"继又行至园北太湖石畔，微露叹息声，又徐徐而咏诗曰："湖上园亭好，重歌忆旧游。征歌调玉树，阅舞按梁州。径狭花迎辇，池深柳拂舟。昔人皆已没，谁与话风流？"生固放逸者，初见其貌，已情不自持。及闻此作，不禁技痒，即于轩下续吟曰："湖上园亭好，相逢绝代人。嫦娥辞月殿，织女下天津。未会心中意，浑疑梦里身。愿吹邹子律[①]，幽谷发阳春。"吟毕，趋出赴之。美人亦不惊讶，徐言曰："固知君在此，特来相访耳。"生叩其姓名，美人曰："妾弃世已久，欲自陈叙，恐惊动郎君。"生恋其美，不以异类生嫌，复固诘之。美人乃曰："妾姓卫，名芳华，前代宫

---

① 邹子律：同"邹律"。相传战国时齐人邹衍精于音律，吹律能使地暖而禾黍滋生。《列子·汤问》："微矣子之弹也！虽师旷之清角，邹衍之吹律，亡以加之。"张湛注："北方有地，美而寒，不生五谷。邹子吹律暖之，而禾黍滋也。"后因以"邹律"喻带来温暖与生机的事物。

人也，年二十四而殁，瘗此园侧。今料君至，特来相迓。”遂命侍女曰：“翘翘，可于舍中取裀席酒果来。今夜月明如此，郎君又至，不宜虚度，可便于此赏月也。”侍女即领命而去。

须臾，侍女携紫毹毯，铺于庭中。设白玉碾花樽、碧琉璃盏，贮以清醪，佐以美果，芳气袭人，殆为世所罕有。美人与生分宾主坐，载笑载言，词旨清婉。复命翘翘歌以侑酒。翘翘请歌柳耆卿[1]《望海湖辞》。美人曰：“对新人不应歌旧曲。”即于座上自制《木兰花慢》一阕，命之歌。歌曰：

记前朝旧事，曾此地会神仙。向月地云阶，重携翠袖，来拾花钿。繁华总随流水，叹一场春梦杳难圆。废港芙蕖浥露，断堤杨柳摇烟。两峰南北只依然，辇路草芊芊。怅别馆离宫，烟销凤盖，波没龙船。平生银屏金屋对，添灯无焰夜如年。落日牛羊陇上，西风燕雀林边。

歌毕，美人潸然垂泪。生以言慰解，仍微词挑之，以观其意。美人起，敛衽谢曰：“薄命红颜，久埋尘土。幸得奉事巾栉，虽死不朽。且郎君适间诗句，固已许之矣。愿吹邹子律，一回黍谷春也。”生曰：“向者之诗，率口而出，实本无意。岂料便作良媒，幸何如之！”良久，月翳西垣，星残东岭。即命翘翘撤席。美人曰：“敝居僻陋，非郎君所处，只此西轩可也。”遂携手而入，假寝轩下。交会之际，无异生人。将旦，约后会而别。

既至昼，生往访园侧，果有宫人卫芳华墓。墓左一小坵，无碑碣，料即翘翘所瘗也。生感叹不置。迨暮，又赴西轩，则美人已先至矣，迎谓生曰：“日间感君相访。然妾正卜其夜，未卜其昼，故不敢相见。过数日，当得无间尔。”自是无夕不会。经旬后，白昼亦见。生遂携归寓所，俨成伉俪焉。已而生下第东归，美人愿随去。生问翘翘何以不从，曰：“妾既侍奉君子，旧宅无人，留渠看守尔。”

---

① 柳耆卿：北宋著名词人柳永，字耆卿。

生遂与之同归乡里，给其家人曰："娶于良家。"众见其举止温柔，言词敏慧，靡不信服。美人奉长上以礼，待婢仆以恩。左右邻里，俱得欢心。且又勤于治家，洁于守己，虽中门之外，未尝轻出。众咸贺生得内助焉。荏苒三载，又届乡试，生复治装欲行。美人曰："武林，妾故乡也。从君至此，已阅三秋，今愿偕行，以视翘翘。"生许诺，遂同载而西，抵钱塘，僦[①]屋居焉。

寓数日，又值七月之望。美人语生曰："三年前，曾于此夕遇君。今再欲与君同赴故园，重续旧游，可乎？"生如言，载酒而往。至晚，月上东垣，莲开南浦，露柳烟景，动摇堤岸，宛然昔日景象。行至园前，翘翘已迎于路旁，曰："娘子侍奉郎君，优游数载，占尽人间之乐，独不念旧居乎？"三人入园，又至西轩对饮。酒半酣，美人忽垂泪告生曰："感君不弃，得侍房帏；未遂深欢，又当永别。"生惊问曰："何故？"对曰："妾以幽阴之质，久践阳明之世，甚非所宜。但以与君有宿世缘，故出而自荐。今缘尽矣，敢从此辞。"生泣问曰："然则何时？"曰："缘止今夕尔。"王流涕不已。美人曰："妾非不欲终事君子，然为期有限，不可强留。若再迟恋，即当获戾。匪惟不利于妾，亦将有损于君。"生太息曰："盛会不常，佳期难再，吾亦非不知此。但黯然长别，何以为情？"美人亦唏嘘欲绝。俄而山寺钟鸣，江村鸡唱。美人遽起，与生为别，解所御玉指环，系生衣带，曰："留此以作纪念物，见此如见妾也。"生起，欲牵其裾。美人飘然径去，临行时，犹频频回顾，良久乃灭。生大恸而返。

翌日，生具酒醴，焚楮镪[②]于墓下，并作文以祭之。返寓后，如丧配偶，悲怆不已。试期既迫，亦无心入院，惆怅而归。亲族问其故，始具述之，众咸叹异。生自是终身不娶，入雁宕山采药，不知所终。

阅者曰：宿缘未了，死且了之。寓言耶？抑实事耶？然天下事无在非缘，况

---

① 僦（jiù）：租赁。

② 楮镪（chǔ qiǎng）：祭供时焚化用的纸钱。镪，钱贯，引申为钱。

乎伉俪？世之千里相攸，邂逅作合者，皆缘也。缘一尽，则鸳分钗折，诸惨剧皆因之而至矣。即人即鬼，即鬼即人。能如卫女之行止，何人鬼之足嫌乎？惜乎其缘止三年也。

龚半伦

龚半伦，本名孝拱，初名公襄，寻迭更名，曰刷刺，曰橙，曰太息，曰小定，曰昌匏，及晚年始号半伦。半伦云者，因其无君臣、父子、夫妇、兄弟、朋友之伦，而尚爱一妾，故曰半伦。人以此号孝拱，孝拱亦即以之自号。父名自珍，号定盦，为晚清名士。孝拱幼亦好学，颖慧过人。及长，随父入都，尝习满洲蒙古文字，且好与满蒙人游，弯弓射马，胡儿不啻也。嗣是放浪不羁，无意习举子业。父强之，乃纳粟[1]，应京兆试。迨揭晓，无其名，大恚曰："吾固谓天下无知我文也。若辈皆盲目，宁能胜主司任哉？"益自颓放，好纵酒谩骂，视时流无所许可。人亦畏而嫉之，目为怪物，往往与避道行云。

相传孝拱为定盦长子，生于上海道署中。当槜李[2]三塔寺未建时，前有潭，深而且广，土人谓下有龙穴。某日有高僧过其旁，亦以此潭有龙气。为民祈禳筑坛诵经，共三昼夜。末夕，僧梦龙至，向之乞恩。僧曰："汝能令潭水立涸，得建寺基，即舍汝。"龙颔首去。翌日风雨交作，未几即霁。视潭中，果无水。乃于其地建三塔寺，寺中香火甚盛，竞传灵验。定盦中年乏嗣，渐好佛学，爰挈其妇诣寺求子。甫入门，其妇觉神情恍惚，似有所见，惊而却回。定盦问之，答曰："适见有一龙首人身者，扑吾身，其状可怖，吾不愿入寺也。"乃归，亡何即怀妊。分娩时，儿初堕地，有薄膜蒙其面，剥之始见面目，啼声甚宏。是时定盦适旅京，梦有一龙入室，隔日得家书，正于是日生一子，非常欣慰。福兮祸伏，妖梦不祥，正非常情所能窥测矣。

---

① 纳粟：明清两代富家子弟捐纳财货进国子监为监生，可直接参加省城、京都的考试，称纳粟。
② 槜（zuì）李：古地名。在今浙江省嘉兴西南。

孝拱居京师，落落寡交，惟与灵石杨墨林善。杨素封，爱孝拱才，倍加敬礼。孝拱有所需，必慨给之。甚至狎游之费、缠头之资，俱为代付。虽日挥千金，无吝色焉。既而杨病殁，孝拱失一知己，辄抑郁不欢，自谓当世除墨林外，无一可与语者。由是独往独来，境遇日艰。其性反日傲，闲居无事，惟徘徊平康里[①]中，评花问柳，聊以自遣。然操卖笑业者，多嗜金钱为生命，前则有杨家友为后盾，曲献殷勤；后则以龚氏子为狂生，渐加奚落。床头金尽，壮士无颜。长安居，大不易[②]。遂蓬飘而南，离京而抵沪矣。既至沪，贫困愈甚，至以贩书为生涯。适有粤人曾寄圃者，独具鉴衡，颇与之善。曾尝与西人论交，英使威妥玛，在沪设招贤馆，礼罗名士，曾与列焉。威又以幕府乏才，属曾代为招致，曾即以龚荐。及见威，坐谈之下，臭味相投。威喜甚，即留襄机务，月致万金为修脯。当时威妥玛寄居沪渎，势甚烜赫。龚以落拓布衣，得附骥尾，一登龙门，声价十倍。西人咸呼为先生而不名。龚所至，西捕皆护卫之。楚材晋用，胡越联交，较诸在京遇杨时，有过之无不及焉。

咸丰十年，英法联军入都，清帝北狩，留恭亲王奕䜣议和。外人要挟多端，猝未成议。威妥玛偕龚北上，龚献策曰："明公欲屈服满清，非示以威力，不能有成。吾料彼留京诸臣，皆行尸走肉耳，平时毫无布置，一经变起相率仓皇。乘此加以惩创，则震慑兵威，必唯唯诺诺，唯命是从矣。"威曰："吾国政府，以通商为本旨，非欲占中国土地也。彼果大开海禁，任我通商，愿已足矣。此外尚有何求？"龚曰："公尚未知中国人心耶？危即思安，安即忘危。必有以怵其心目，使之不敢自大，庶为一劳永逸之图。幸公熟思之。"威曰："杀人盈城，吾不为也。"龚曰："吾非导公以好杀。但火其庐，赭其居，已足示威。"威曰："何庐可火，何居可赭？"龚曰："不如圆明园。二百年来，满清剥民膏血，穷奢极

---

① 平康里：唐长安街坊名。后亦为妓院的代称。

② 长安居，大不易：本为唐代诗人顾况以白居易的名字开玩笑。后比喻居住在大城市，生活不容易维持。

欲，构为是园。举而火之，非惟使民畏，且足使民怀。畏威怀德，在此一举。”威掀髯沉思，良久乃曰：“先生之言是也。”遂发兵毁圆明园。

圆明园距京三十里，即今颐和园故址。咸丰帝曾藏娇于此，最著者为四春，即牡丹春、海棠春、杏花春、武林春是也。帝北狩，妃嫔多随去。而珍奇古玩，罗列依然。龚之导威焚园，盖欲藉此劫宝，为晚年致富计耳。西兵既至园，龚单骑先入，取金玉重器，悉载之出，然后令付诸一炬。逮和议成，龚载宝归沪，人益诟病之，龚不之顾也。其妻某，闻龚暴富，至沪上求见，龚拒之。有二子来沪省亲，又被诃逐。同母弟念匏，以县令需次江南，亦来谒。龚厉声语之曰：“汝等以我为富人，竞来献媚耶？我拓落时，亲族中避我若浼，谁一见怜者？我富亦自富耳，汝等速去，毋近我。”念匏愤而出。会曾国藩督师两江，闻其才，欲羁縻为之用，免为外人伥。某岁过沪上，设盛宴招之。龚至，睥睨自若。国藩曰：“如君才，致高爵非难，何屑仆仆役外人手哉？”龚大笑曰：“公欲用我耶？以仆之地位，公即予以官，不过一监司耳。公试思之，仆岂甘居公下者？公之知我，不西人若，仆宁受役于西人。今夕蒙招，只可谈风月，毋及他事也。”国藩乃虚与委蛇，不复述初意。席终，龚匆匆自去。未几，龚之主人威妥玛，竟罹疾卒于沪上。

威既殁，龚又失一馆谷主，惟日鬻珍奇古玩，以作生涯。尝以万金纳一妾，宠之专房。继又以巨万购两姬，得新忘故，宠遂以移。两姬固勾栏中人，丰衣美食，所费不赀。龚复尽情挥霍，不数年而所得之物，斥卖殆尽，拮据几如往日。两姬不餍所欲，同时遁去。至此龚年已五十余矣，侘傺无聊，竟发狂疾死。生平著述颇富，均散佚不传。

阅者曰：吾尝谓才德二字，不能偏废。有才乃有为，有德乃有守。有守有为，始为完人。然与其有才而无德，毋宁有德而无才。龚孝拱以才著，而德不足以副之。蔑纲常，隳名教，举父子、夫妇、昆弟、朋友之伦，澌灭靡遗。令天下皆龚若，吾恐人类早灭矣。至于为虎作伥，甘心媚外，是犹禽兽之不如也。定盦有知，必徒呼负负，曰：“是一场恶梦。”

华 氏

中州华翁，家中赀，生平颇好善。有子五，以仁、义、礼、智、信五字名之。仁文弱，翁令之业儒；义强壮，翁令之业农；智、信均幼，耕与读尚未定也。未几仁年十有九，义年亦十有八矣。翁为仁娶妇刘，为义娶妇胡。群儿遶膝，两妇承欢，家庭乐事，无逾于此。里人咸为翁庆贺，翁亦常沾沾自喜。以为南面王不啻也。

盛则必衰，满则易覆。天道之常，人莫能遁，何独于翁而异之？仁读书累年，丰衣美食，安之若素。而义则早作夜息，逐逐陇亩间，终日勤劬，不得少懈。相形之下，已不无芥蒂嫌矣。妇胡氏，性狡猾，其父以刀笔吏致富，故女亦习成儇巧，口若蜜，心实若蝎也。来嫔时，见其夫力田，心殊未慊，第隐忍不遽发；惟谄事翁姑，故意献勤，思得间以试其技，而翁姑固未能知之。与亲族谈家事，辄道次妇贤。妇私幸其计之得售，遂恃宠生骄，渐露真面矣。一夕，与义反目，叱义为贱奴。义曰："我何贱？"妇曰："人逸而子劳，人安而子忧，人华而子朴，尚得为非贱耶？"义不能辩，惟唏嘘太息而已。越宿，思妇言甚有理，遂向床头人问计。妇有长舌，维厉之阶[①]。于是阋墙之衅起，而华氏无安枕日矣。

义问妇，妇故拒之，曰："侬外来人也，疏不间亲，何敢闻汝一家事？"义曰："同衾共枕，尚谓非亲，外此果谁为亲者？"妇曰："至亲莫如父子，其次莫如兄弟。"义曰："父子，固至亲也，然不能无偏憎偏爱之弊；若兄弟，则更无论矣。"妇笑曰："侬以汝为蠢物，不意犹有一隙之明。汝兄四体不勤，五谷

① 妇有长舌，维厉之阶：语出《诗经·大雅·瞻卬》。大意是花言巧语善说谎，灾难邪恶祸根藏。厉阶，祸端。

不分，除伏案咿唔外，一无事事。且每岁耗赀，不可胜计。汝家虽小康，恐有此漏卮，转瞬将终窭，汝何苦长为牛马也。”义曰：“然则将奈何？”妇曰：“汝视我如外人，昨与我反目，恨不捽我出门，问我奚为？”言至此，作掩面欲泣状。义怜且悔，劝之不从，只得长跽以请。妇乃破涕为笑，嗤之以鼻曰：“今若此，何必昨日？汝且起，当为汝徐徐设法也。”是夕，两人絮絮房中，直达夜半，不知所谈为何事。而义之行止，遂以此大变。

向时义常早起，起即洒扫；晨餐后必赴田间，耕耘灌溉无虚日。自受教闺帏后，日高犹睡，晌午未出，竟夕游惰，不务生业。翁怪之，问以故，义曰：“儿不愿为此也。”翁曰：“胡为不愿，得毋体有未适乎？”义曰：“非也。”翁曰：“然则胡为若是？”义曰：“儿亦犹是人耳，岂必操耰锄[①]，持畚帚，乃可生活？”翁喻其意，谕之曰：“民间恒业，惟读与畊。子业农，舍耕安适？”义曰：“何不使人耕而独使儿？”翁曰：“汝体质较强，故令汝业农。且我家田园，约数百亩，设无操农业者，为之耕治，将事事求人，诸多不便。汝嫌劳，俟弟辈长成，亦可助汝，毋舍业而嬉也。”义不答，嬉游如故。翁益督促，义益纵弛，有时且反唇相稽。翁大恚，令礼亦业农继之。义私语礼曰：“我执贱役，悔之无及。汝何为蹈我覆辙乎？”礼信之，亦辍锄而返。

翁既不能训义，又不能诲礼，只得日趣仁勤读。仁迫于父命，又受弟嘲，发愤忘食，日夕披吟。无如一经未辍，二竖忽侵，始则乏力，继且咯血，甚至寒热交作，困顿床褥者数月。妇刘亦悒悒有怨声。翁远道求医，幸得和缓[②]后人，对症拟方，服药渐效，疾少愈。而骨肉间又有违言矣。胡氏语其夫曰：“汝兄读书，分利已不少；近又病，医药赀不下数百金，家财已半耗矣。过此不图，问汝将何自度日也？为今计，速析产，尚可自存。”义惑于妇言，逼翁析财自主。翁不得已，分

① 耰锄（yōu chú）：犹锄耰。泛指农具。

② 和缓：春秋时秦国良医和与缓的并称。

其产为五，邀集亲族，指日分爨[1]。义之愿似可偿矣。谁知亲族偕来，而龃龉又起。

先是义所耕之田，皆近住宅，且甚肥沃，为翁产中所仅见者。翁则作五股分配，不使偏倚。公议时，义出语亲族曰："某耕之田，宜归某。累年浇壅，费尽心力，岂兄弟辈所得安坐而取耶？"亲族以其言不合，评驳之。义曰："予一人，所耕田仅数十亩，如数分给，不逮五分之一。予岂敢无端多取者？不过驾轻就熟，较便耕耘。兄弟辈亦当谅我积劳，慨然允诺。予父老矣，幸亲族在堂，愿代为玉成也。"亲族各面面相觑，不发一言。时胡氏父亦与座，作而言曰："女夫之言，亦似有理，但必因利乘便终属未公。鄙人虽系私亲，不敢提议；既叨末座，愿倡公言。义所尝耕之田，仍由义承种。秋收时，除工力肥料外，作五股分派可耳。诸公以为何如？"亲族以其言颇公，俱鼓掌赞成，惟义犹不允。胡氏父呼义密谈，寥寥数语，义即首肯。礼忽进而请曰："礼亦业农，讵必就远？诸亲族顾念仲兄，独不顾念礼耶？"胡氏父笑曰："尔亦太愚矣。田有数十亩，宁一手一足之力，所能为之？尔不言，尔仲兄亦当呼为将伯也，何虑为？"礼乃退。于是余产如翁意，第其有余以补不足。而义所提议之田，独提出如愿言。议遂定。

析田议成，继而析宅。宅有五间，中作公用，余仅四间，不敷分配。翁正在犹疑，义愿让与昆季，就他宅另居。适里中有矮屋三椽，为翁廉价所得，乃以给义。义固乐就之，佯嫌狭小，不肯就徙。再由亲族公议，别给百金，义始允。所存现银，暂由翁使用。尚有三子未娶，悉归翁理值。一切议妥，立证签押。手续告毕，佐以筵宴，亲族各尽欢而散。义即择日徙居，挈其妇胡氏，往居矮屋中。翁如原约，以百金予之。

胡氏既随夫徙居，不受约束，奴视其夫。义以分爨之谋悉由妇出，奉之若神明，不敢与校。事无大小，俱惟妇是命。稍有所忤，妇即不饮亦不食，必由义屈膝谢过，

---

① 分爨（cuàn）：分家过日子。

始得释妇嫌。义不以为辱，甘之且如饴也。既而秋成已届，禾稼登场，义拟遵约分谷。妇曰："尔忘予父训乎？胼胝[1]经年，博此数十石谷粒，乃欲尽分与人耶？"义曰："尔父以密语相诏，予岂忘之？但亦非语予以悉数侵吞也，且吾父尚在，姑暂遵约。"妇艴然怒。义跪恳，始允其半，作五股分给。仁少之。义哓哓曰："今岁歉收，所入仅抵所出。弟之工力，不计在内，乃尚有此数可分。兄只识诗云子曰而已，安知丰歉哉？"仁不得已受之，礼、智、信亦不便计较，各隐忍无言。自后遂沿为常例，无多与者。

越二年，翁为礼授室，娶妇尤氏。尤亦农家女，米盐琐屑，靡不关心。秋收时，见分受之谷数石，保礼有若干田亩，礼悉数告之。尤曰："若干田亩，乃仅得分谷若干乎？子亦业农，宁不分晓？"礼曰："昆季皆不言，而我独言之，是成为发难之首矣。姑少待，俟父百年后，再与理论未迟也。"尤闻言，意中未以为然；特以新嫁之故，强作含容。一年明过，又是秋风，义缴谷如故例。尤至此忍无可忍，出语义曰："年有凶歉，谷即有多寡。奈何累岁所入，常止此数乎？"义忿然曰："吾父不问，吾兄不校，吾弟无论矣。尔何人，乃敢预我家事？"尤曰："我姓尤，为华家第三媳，已二载矣，宁尚不相识耶？"义曰："久仰久仰。"言已，抽身而出。未几，又至礼家，唤尤出。尤问故，义突以老拳相赠。是时礼适外出，尤猝不及防，被击数下，面目青且肿。仁闻之，亟呼妇出劝。义不分皂白，举拳乱挥，兄嫂亦间接受殴。迨翁至，厉声叱义，义乃悻悻去。

尤以无端遭击，心殊不甘，未与翁姑商，径奔回母家。尤有兄弟数人，闻其事，即荷锄执杖，往义家问罪。既入门，与义遇，各猛殴之。义孑身不敌数人，被揪至地，拳足交加。待邻里走劝，父兄往阻，而义已奄奄一息矣。尤家兄弟入内室，觅义妻胡氏，已杳然不知所往。乃将义家什物，捣毁一空，愤泄始去。翁与仁舁义至床，

① 胼胝（pián zhī）：老茧。犹胼手胝足，手脚上磨出老茧，形容长期辛勤劳动。

均气忿填膺，相对无语。忽闻义作呻楚声，乃顾问其痛苦。义瞋目视仁曰："大哥，今日始敢劳汝矣。亟缮禀鸣官，毋少延。"仁应诺，方属草，胡氏父已至，就病榻视义，旋语翁曰："亲家，汝奈何订此婣娅[1]。予女依汝儿为二天，今被殴至此，吉凶难料。脱有不幸，如予女何？"翁不能答，久之始问及媳。胡父曰："幸予女颇慧，避至予家。不然，亦将与汝儿等矣。"寻见仁正属稿，乃略视之曰："呈文宜简不宜冗。君只知为文，于呈式无当也。为今计，速买棹[2]验伤，予与君同往，呈文至舟中为之可矣。"仁曰："唯唯。"遂出招舟子，舁义下舟，与胡父同赴邑署，控诸官。

既入署，即击鼓鸣冤。邑令升堂，由胡父作抱告[3]，出呈文上递。令阅呈毕，即传义验视，伤痕宛然；复传仁，仁据实禀陈。令曰："汝弟亦太过，胡与弟妇斗？"胡在旁，即白官曰："予壻固未与弟妇斗也。若动手，予壻即避去。彼乃耸动昆季，殴予壻身，捣予壻家。不蒙拘惩，民命如草芥矣。"官乃令胡父送壻归，留仁待质。立饬役拘尤氏兄弟，并传礼到案。尤家恟惧[4]，浼人往胡家，求转圜。胡父不允，尤愿以百金寿胡，胡仍却之；增至五百金，乃开议。由尤给义医药赀，并偿还捣毁费，如寿胡例。胡又索了案费百金，代为寝事。共计需千金有奇，入胡私橐者三分之二。人为尤家惜，实则尤家亦不出一钱；暗受耗累者非他，乃华翁第三子礼也。案既寝，仁亦归。

义自返家后，卧床数月，日延医生诊治。医生薛姓，得世传，手术颇佳。问其年，犹二十许也，貌美如冠玉。胡氏见而悦之，每薛至，搔首弄姿，曲尽媚态。天下有几多鲁男子，见此狐媚物，能不动心？况胡固擅有三分姿色者。此倾彼慕，

---

① 婣娅（yīn yà）：犹"姻娅"。有婚姻关系的亲戚。

② 买棹（zhào）：雇船。

③ 抱告：明清制度，原告可委托亲属或家人代理出庭，称抱告。

④ 恟（xiōng）惧：纷扰惊惧。

相与为欢。折肱之医生，居然为把臂之情郎矣。胡既与薛私，益憎义，恨义不速死；甚至嘱薛下毒，欲酖义以快意。幸薛颇具天良，不肯从胡言。且语胡曰："余业医，志在活人，焉有杀人理？业已堕入情网，不能自脱，已知过矣。若再置汝夫于死地，是重益吾戾也。予决不为此。"胡氏始不敢下毒手，然中冓之言①，已播远迩。翁亦稍有所闻，心益恚，郁愤交并，遂以成疾。

翁疾日笃，唯仁侍翁寝，始终不懈；礼、智、信间或入视；义则病尚未瘥，不一过问。胡氏恋露水欢，视槀砧②犹如眼中钉，更无论其为翁也。翁弥留之夕，嘱仁召义至。义扶杖而来，造翁榻前。翁曰："义乎义！吾以义名汝，诚望汝之知义也。汝偏听妇言，目无父兄，于义何取？再不悛，华氏门楣，将为汝扫地尽矣。汝昵妇，亦知汝妇近日之举止乎？"寻又作恨恨声曰："我死，目难瞑矣！"复顾仁曰："汝粗读诗书，应明道义。我死后，责全在汝。汝母迈矣，智、信未娶。汝好为事畜③，毋贻先人羞也。"言讫而逝。仁伏尸哀恸，擗踊④无算。义曳杖竟去。次日治丧，义与妇始临丧成服。未晚，妇即去，诡言家内无人，留义居苫次⑤；其实邀薛入幕，图长夜欢也。治丧毕，义又索翁遗金。仁曰："父新丧，汝何急急为？况老母在堂，二弟待娶，后用正多，宁遽可散给乎？"义不服，语侵兄。仁入内告母，礼闻声趋出，曰："尔今日又来絮聒乎？畴昔以不忍累人，赔钱了事。今愿与尔拚命，以一对一，虽死无恨。"言已，愤愤作趋斗状。仁奉母出阻，乃免。义亦自知不敌，趋而归。

义之索父遗金也，曾受教于其妇。妇以义病新瘥，不便与薛狎，嗾义索金，

---

① 中冓（gòu）之言：中冓，内室。内室的私房话。也指有伤风化的丑话。语出《诗经·鄘风·墙有茨》："中冓之言，不可道也。"

② 槀砧（gǎo zhēn）：斩草时承鈇的砧板。因"鈇"与"夫"同音，故隐语稿砧为丈夫。

③ 事畜："仰事俯畜"的省略语。谓侍奉父母，养育妻儿，维持一家生计。

④ 擗踊（pǐ yǒng）：擗，捶胸；踊，以脚顿地。形容极度悲哀。

⑤ 苫（shān）次：旧指居亲丧的地方。

令之争殴，将为借刀杀人计，以陷义于危地也。既见义归，毫无狼狈状，因问之。义以实告，妇曰："子真无能为，吾当谋诸父。"翌日，遂束装归宁。义欲送之往，妇却之，买舟竟去。越数日不返，义往迓，其父曰："予女来此，隔宿即回家，胡尔犹来迓耶？"义大惊，各处探访，杳无踪迹，返告其兄。仁曰："予亦安知尔妇？尔速规之可也。"义懊丧而出，复至胡氏宅述兄言。胡父曰："尔弟礼尝憾予女，尔前日又与尔弟争。恐尔弟不良，中途加害。听尔兄言，适滋疑窦。不然，尔妇失踪，尔兄弟且代觅不暇，胡为恝然作壁上观也？"义曰："然则计将安出？"曰："诉诸官，控尔兄弟，自有水落石出之日。"义本粗蠢无识者，遂浼胡氏父代作禀词，捏谎起诉。

初禀被斥，再禀乃传仁与礼赴署对质。仁与礼莫明其故，及对簿，始知义失妇刁控事。仁流涕，请密陈原因。官见其为文雅士，准之，嘱仁入内厅。仁长跽曰："家丑不宜外扬，今则无可讳矣。自胡氏女入门后，播弄是非，几倾家祚。今且闻有禽兽行，蛛丝马迹，可悬揣而得也。"官问妇安在，曰："谅在薛医家。"官又曰："汝既知在薛医处，胡不代往寻之？"仁曰："一介布衣，无此能力，乞见谅。"官乃饬役往，俄顷返报，无胡女踪。官再召仁入，责其诬。仁曰："明查易匿，暗探难防，愿求明鉴。"官复令干役密为侦访，每夕伺薛医出入。久之，仍不见有胡女，复还报。官怒，系仁、礼于狱，将以诬赖罪罪之。然杀妇究无确证，不遽决。

无何，邑宰他调，继任者为黄公某，折狱才也。既莅任，遍阅诸案牍，至义失妇案。见原呈为讼师手笔，立传义上堂，问呈文系何人所为，义以妇翁对。黄即亲率役至胡家，搜之，果得妇。锁其父女至署，讯胡父曰："尔匿己女，乃令尔婿饰词诬控耶？"胡父曰："小女曾失踪，昨始返，某固拟报告也。"复讯妇，妇曰："小妇人固在家中，昨始归宁。"黄令义质对，妇以目视义。义惧，词涉支吾。黄笑曰："阃威乃若是耶？"饬役械义，义乃曰："妇失踪多日，乌得谓在予家？”黄又命役掌妇颊，妇始云有病就医。黄又哂曰：“此相思病耳。医何姓？”妇云姓薛。即拘薛医至，一鞫即服。先是胡女辞父返，道遇薛，邀至彼家续欢，夜以继日。及案发，薛惧，不敢匿，纵使至母家。女父已悉其事，反与薛勾通，厚贿吏役，令嫁罪仁、礼。其云昨始归宁者，犹伪词耳。至是而案始破。以诬控罪罪义，以教唆罪罪胡父，以和奸罪罪胡女及薛；释仁、礼出狱。闻其事者咸称快焉。

义系狱期满，黄令唤义上堂，责之曰：“汝听妇言，背父兄，今知悔否？”义泣，愿悔过。黄复曰：“俗语有言：‘人间最难得者兄弟。’兄弟不和，外人将乘隙而入。如汝妇翁，犹侮弄汝，况他人乎？”时胡氏父女亦满刑期，黄命义挈妇领回，严加管束。义不愿，求离异，黄曰：“离婚虽法律所许，然渠若知过，何必离异？此后毋偏听可也。”义乃领妇归。胡氏父与薛医皆得释。自是义与胡氏绝往来，妇亦无颜归宁。未几，仁登贤书。义自觉恧颜[1]，奉兄命维谨。仁勖礼、智、信，和好如初。华氏遂以复振云。

阅者曰：语有之：“蚌鹬相持，渔翁得利。”观此益信然矣。胡氏父以翁婿谊，犹诡谲如此。微黄大令，华宗将覆矣。然卒得和好如初，复振门楣者，未始非华翁好善之报也。一家然，一国亦然。吾怪夫人心不古，争权攘利，满口同胞，居心狡险。今日挑衅，明日操戈，自为鹬蚌不之恤，而不知耽耽其旁者，无在非渔翁也。安得一公正如黄大令者，为之耳提面命耶？言念及此，能勿慨然！

---

① 恧（nǜ）颜：惭愧。